J.R. WARD

# FALLEN ANGELS

## INVEJA



São Paulo
2013

UNIVERSO DOS LIVROS

1ª edição - 2013

**Diretor editorial**
Luis Matos

**Editora-chefe**
Marcia Batista

**Assistentes editoriais**
Bóris Fatigati
Raíça Augusto
Raquel Nakasone

**Tradução**
Carolina Curassá

**Preparação**
Helder Profeta

**Revisão**
Felipe CF Vieira
Fabiana Chiotolli

**Arte**
Francine C. Silva
Karine Barbosa
Stephanie Lin

**Capa**
Zuleika Iamashita

Dados Internacionais de Catalogação na Publicação (CIP)
(Câmara Brasileira do Livro, SP, Brasil)

---

W259i Ward, J. R.

Inveja / J. R. Ward ; [tradução de Carolina Curassá]. –
São Paulo : Universo dos Livros, 2013.
440 p. – (Fallen Angels)

Tradução de: Envy

ISBN 978-85-7930-353-1

1. Fantasia. 2. Erótico. 3. Romance.
I. Título. II. Série

CDD 813.6

---

**Universo dos Livros Editora Ltda.**
Rua do Bosque, 1589 - Bloco 2 - Conj. 603/606
Barra Funda - São Paulo/SP - CEP 01136-001
Telefone/Fax: (11) 3392-3336
www.universodoslivros.com.br
e-mail: editor@universodoslivros.com.br
Siga-nos no Twitter: @univdoslivros

*Dedicado a:*
*David B. Fox, DMD*
*O mestre em fazer as pessoas sorrirem, de muitas maneiras.*

Agradecimentos

Agradeço a Kara Welsh, Claire Zion, Leslie Gelbman e todos da NAL! Obrigada, Steve Axelrod!

Com amor à Equipe Waud: LeE, Nath, D., Lu, Jean, Jake (Ken), Cheryle, Buster (Ben), Shanna, Elwood (Mike) e Jenn.

Agradeço muito à minha família e a todos os anjos da minha vida, todos, inclusive os que se apoiam em quatro patas.

Vocês sabem como são importantes...

# Capítulo 1

Era primavera, numa noite escura de abril, quando o detetive Thomas DelVecchio Jr. entendeu que pesadelos poderiam, de fato, saltar da mente e tornar-se realidade. Infelizmente, isso, para ele, não era bem uma novidade.

Havia sangue por toda parte. Um vermelho brilhante sob o luar, como se um galão de tinta tivesse sido derramado no local, não apenas sobre o chão da floresta... mas sobre aquele homem estraçalhado em meio às folhas secas, bem aos pés de Veck.

Contudo, toda aquela confusão vermelha não era de tinta látex para interiores. Ou de tinta a óleo para acabamentos. Ou, ainda, de tinta para paredes externas. Não se poderia comprar aquilo numa loja de tintas e limpar tudo com solvente, muito menos era algum corante daqueles filmes de terror de segunda.

Aquilo era a vida real, sim, bem ali, diante dele. Escorrendo por todos os cantos.

O que ele havia feito? Santo Deus...

Arrancando sua jaqueta de couro, ajoelhou-se para pressioná-la contra o tórax descoberto do homem. Sons de líquido borbulhando misturavam-se com os da forte respiração de Veck, que encarava aqueles olhos escurecendo-se rapidamente.

– Eu matei você? Será que eu...?

Nenhuma resposta. É claro que as cordas vocais do bastardo deviam estar penduradas num galho qualquer.

Droga... que *droga*... era como a noite em que sua mãe havia sido morta.

Só que, neste caso, ele realmente veio para esquartejar alguém.

De uma coisa tinha certeza: estava com sua moto, dirigiu até ali e esperou escondido na floresta até o maldito psicótico aparecer – mentindo a si mesmo, o tempo todo, sobre estar ali apenas para prender o "suspeito". Mas as suas mãos diziam a verdade. Quando sua presa finalmente chegou, a faca estava empunhada e atuou como uma sombra com suas roupas pretas, aproximando-se...

O Monroe Motel & Suítes estava a pouco mais de dez metros dele, do outro lado da espessa barreira de arbustos e pinheiros. Iluminado por luzes de um amarelo que mais parecia urina, a tentativa decadente do local de chamar a atenção para o aluguel de quarto por uma noite, ou por uma hora, foi a razão para ele e o assassino terem saído de casa naquela noite.

*Serial killers* costumam colecionar troféus de suas vítimas. Incapazes de formar laços emocionais adequados com as pessoas e carentes de representações físicas do poder fugaz que exercem sobre suas presas, revestem os objetos de emoções ou lembranças das pessoas que massacraram.

David Kroner havia perdido sua coleção de recordações há duas noites. Quando o trabalho que fazia ali foi interrompido e a polícia cercou a cena do crime. Então, é claro que retornaria ao local onde esteve no controle da situação pela última vez. Era o máximo que poderia reconquistar daquele momento.

– Chamei uma ambulância – Veck ouviu-se dizer, sem saber ao certo com quem estava falando.

Mudando o foco de seu olhar, concentrou-se no último quarto do motel, próximo de onde estavam e longe da sala da gerência. Um selo oficial do Departamento de Polícia de Caldwell estava fixado à porta e aos batentes, e a fita que envolvia a cena do crime produzia um ruído com a brisa que nela batia. Numa fração de segundos, visualizou o que ele e os outros oficiais tinham encontrado havia duas noites: outra jovem mulher, que acabara de ser morta e estava prestes a ter sua carne recortada para ser levada como lembrança.

Mais sons de algo borbulhando.

Olhou para baixo. O homem que sangrava era magro e fino, portanto, fazia sentido as vítimas de David Kroner serem jovens, aparentando idade entre 16 e 24 anos. Não precisava ser forte como um cão de guarda para fazer o trabalho. Os cabelos loiros de Sandy afinavam no alto da cabeça. A pele branca tornava-se cinza, pelo menos onde não estava coberta de sangue.

Mergulhando em seu banco de dados mental, Veck tentou se lembrar do que diabos havia acontecido. Após esperar por um período de tempo que lhe pareceu dias, o estalar de galhos finos chamou-lhe a atenção, foi quando viu Kroner andando na ponta dos pés entre os pinheiros.

No instante em que avistou o homem, pegou a faca, agachou o seu corpo e, em seguida...

– *Filho da mãe!*

A dor de cabeça veio com força, como se alguém tivesse batido um prego em seu lobo frontal. Erguendo uma das mãos, inclinou-se para a esquerda e pensou, *muito bem, ótimo.* Quando a ambulância chegasse, os médicos poderiam diagnosticar nele um aneurisma.

Ao menos isso lhes daria algo para fazer – Kroner já seria um cadáver quando chegassem ali.

Quando a dor lancinante passou um pouco, Veck tentou, outra vez, lembrar-se de mais alguma coisa... apenas para voltar com força total à necessidade de tomar um analgésico urgentemente e, em seguida, sofrer um apagão mental novamente. Com a nova rodada de agonia que floresceu em seu crânio como se fosse um buquê vermelho brilhante, fechou os olhos e pensou em vomitar – e, enquanto a dúvida sobre pôr ou não tudo para fora enfurecia suas entranhas, percebeu que era hora de ser honesto consigo mesmo. Por causa do enorme buraco negro em suas lembranças de curto prazo, sabia apenas que *tinha sim* ido até lá para matar aquele filho da mãe pervertido que, incluindo a última vítima na contagem, havia atacado pelo menos onze mulheres de Chicago a Caldwell no ano passado.

Horrível, é claro. Mas era um amadorismo comparado ao próprio pai de Veck – que fizera tudo aquilo num espaço de três meses: Thomas DelVecchio pai escreveu a cartilha para caras como Kroner.

E foi seguindo essa linha de raciocínio que Veck chamou não apenas a ambulância, mas também seu parceiro do Departamento de Homicídios.

Por mais que detestasse admitir, era filho de seu pai: foi até ali para matar. Ponto final. E o fato de sua vítima ser um imbecil violento não era nada além de um filtro social aceitável para a realidade.

No fundo, não se tratava de vingar as garotas mortas.

E, pelo amor de Deus... sabia que o que acontecera naquela noite era inevitável. Ao longo de toda sua vida, aquela sombra esteve atrás dele, guiando-o, seduzindo-o, puxando-o em direção àquela cena de destruição. Então, fazia sentido não se lembrar de nada. Sua outra metade finalmente havia assumido o controle e não tirou as mãos do volante até que todo o ato de violência estivesse feito. Prova disso? Em algum lugar na parte de trás de sua cabeça, ecoava um riso, maníaco e satisfeito.

*Certo, muito bem, divirta-se agora* – pensou, pois não iria mais deixar-se levar tão longe em direção aos passos de seu pai...

O som de sirenes surgiu vindo do Leste e ficava cada vez mais alto e rápido.

Aparentemente, não foi o único que ouviu o alarme. Um homem saiu rapidamente de um dos quartos do hotel e correu em volta do capô de um carro já com seus dez anos, bastante usado, que tinha uma treliça metálica sobre o para-choque. Foi meio difícil pegar as chaves, já que puxava as calças ao mesmo tempo. Em seguida, no mesmo ritmo de fuga, veio uma mulher de aparência rude que tropeçava ao se aproximar de um velho Honda Civic enquanto descia sua minissaia.

As partidas ruidosas e desenfreadas deixaram o estacionamento vazio quando a ambulância surgiu na entrada do local e parou em frente à sala da gerência. Quando um paramédico saiu do banco do passageiro, um homem que deveria ser o gerente abriu a porta, Veck assoviou com força:

– Aqui!

Parece que o gerente não tinha a menor intenção de se envolver e voltou para trás. Mas o paramédico correu e a ambulância percorreu o estacionamento atrás dele. Quando chegaram, Veck ficou muito calmo – mortalmente calmo. Tão intocável quanto a fria e distante lua que os vigiava naquela noite densa e escura.

Dane-se seu lado negro. Foi ele quem tinha feito aquilo. E obrigaria a si mesmo a pagar por isso.

A oficial de Assuntos Internos, Sophia Reilly, dirigia a todo vapor em seu carro sem marcas de identificação, disparando ao longo de uma área remota junto aos limites sujos de Caldwell, enquanto percorria a Rota 149 numa corrida louca – o fato de estar a caminho da cena de um crime não justificava a alta velocidade. Ela dirigia rápido, comia rápido e odiava esperar em filas, aguardar pessoas ou informações.

Se apenas pudesse evitar a colisão com um cervo antes de chegar ao Monroe Motel & Suítes...

Quando seu celular tocou, já estava com ele em seu ouvido antes do segundo toque.

– Reilly.

– Detetive De la Cruz.

– Oi. Adivinhe para onde estou indo agora?

– Quem te ligou?

– 190. Seu parceiro está na minha lista de coisas a fazer... então, quando ele liga chamando uma ambulância, pede reforços no meio da noite e diz que não se lembra do que aconteceu com a vítima, eu recebo uma ligação básica.

Infelizmente, aquilo era algo com o que ela já estava se familiarizando. Thomas DelVecchio Jr. estava trabalhando no Departamento de Homicídios há apenas duas semanas e já quase tinha sido suspenso por nocautear um paparazzo que tentara tirar uma foto de uma vítima.

No entanto, aquilo era brincadeira de criança se comparado à confusão de agora.

– Como descobriu? – ela perguntou.

– Ele me acordou.

– E o que lhe pareceu?

– Vou ser honesto com você.

– Sempre é, detetive.

– Parecia que estava bem. Reclamou de uma dor de cabeça e perda de memória. Disse que havia muito sangue e que tinha certeza absoluta de que a vítima era David Kroner.

Mais conhecido como o bastardo doente que havia retalhado garotas e guardado pedaços delas. A última sessão de "trabalho" do bastardo tinha sido dirigir até aquele hotel há duas noites, mas foi interrompido por desconhecidos. Com a confusão, Kroner escapou por uma janela do banheiro, deixando para trás um cadáver numa posição trágica e uma caminhonete cheia de frascos com amostras e outros objetos – todos eles foram catalogados em seu esconderijo, e havia referências cruzadas a nível nacional.

– Perguntou se foi ele quem fez isso? – como membro do Departamento de Assuntos Internos, Reilly investigava os delitos de seus colegas e, apesar de se orgulhar do trabalho que fazia, não gostava do fato de que as pessoas com sua função sempre tivessem muito trabalho. Seria melhor se todos, incluindo os oficiais da lei, jogassem segundo as regras.

– Ele disse que não sabia.

Branco total ao cometer um assassinato? Não era incomum. Especialmente se fosse um crime passional – como, digamos, um detetive de homicídios querendo pegar um perverso *serial killer*. E Veck já tinha dado provas de ser um cara de pavio curto no que se referia à proteção ou defesa das vítimas. Bem, não era simplesmente pavio curto e ponto final. O cara era brilhante, um pavio curto muito sexy – não que o fato de ser sexy fosse relevante. Nem um pouco.

– Em quanto tempo você vai chegar lá, detetive? – ela perguntou.

– Uns quinze minutos.

– Estou a pouco mais de um quilômetro de distância. Vejo você lá.

– Entendido.

Quando desligaram, ela colocou o telefone no bolso interno do casaco e endireitou-se no banco. A possibilidade de um membro do departamento ser o suspeito na investigação de um assassinato – e considerando o que Veck havia dito ao pessoal da Emergência, que a probabilidade de Kroner ter sobrevivido era mínima – criava todos os tipos de conflito de interesse. Na maioria das vezes, o pessoal dos Assuntos Internos lidava com corrupção, infrações processuais e investigações sobre a competência no desempenho de funções. Mas, numa situação como essa, os membros do próprio departamento de Veck estavam numa posição delicada, pois deveriam avaliar se um de seus colegas havia cometido um crime.

Caramba, dependendo de como a situação se encaminhasse, ela teria de chamar algum reforço externo para efetivar a investigação. Mas era muito cedo para isso. Porém, não era muito cedo para pensar sobre o pai de Veck.

Todos sabiam quem ele era, e ela tinha de admitir que, se esse laço consanguíneo não estivesse em jogo, não estaria tão alerta... com a preocupação constante de que aquilo fosse resultado de uma revanche ao estilo DelVecchio, por assim dizer.

Thomas pai foi um dos *serial killers* mais conhecidos do século XX. Oficialmente, fora acusado e condenado por "apenas" 28 assassinatos. Mas estava envolvido em mais trinta – e isso era apenas o que as autoridades de quatro estados sabiam. Havia uma grande probabilidade de existir dúzias de mulheres desaparecidas, cujos casos não puderam ser relacionados adequadamente a ele.

Então, não, se o pai de Veck tivesse sido um advogado, contador ou professor, ela não estaria tão preocupada. Mas o velho ditado "tal pai, tal filho" tinha implicações terríveis quando se tratava de *serial killers* e seus filhos.

Depois de passar por uma ponte estreita, o Monroe Motel & Suítes surgiu mais acima, à direita, e ela passou lentamente pela gerência e pelos quartos até chegar ao final do estacionamento, próximo à floresta. Ao sair com uma mochila cheia de pequenos compartimentos, o aroma doce do diesel da ambulância a fez espirrar com força e, na sequência, sentiu o odor forte dos ramos de pinheiro... bem como o cheiro pungente e inconfundível de sangue fresco.

Os paramédicos estacionaram o veículo com a traseira voltada para a floresta e, sob a luz dos faróis, os dois profissionais trabalhavam sobre o corpo ensanguentado de um homem branco. As roupas da vítima haviam sido cortadas – ou rasgadas – e sob elas havia uma mistura de incontáveis ferimentos.

*Não há chance alguma de ele sobreviver*, ela pensou. Então, viu Veck. O detetive de homicídios estava em pé ao lado da cena do crime, com braços cruzados e pés bem firmados ao chão. O rosto mostrava... absolutamente nada. Assim como De la Cruz havia dito. Meu Deus, o cara poderia muito bem estar na fila de uma lanchonete daquele jeito.

Quando andou sobre a superfície esponjosa de folhas caídas e terra macia, sentiu um súbito frio na barriga. Embora, sinceramente, não fosse apenas pela cena do crime. Também era por causa do homem que deveria investigar. Próximo ao local, notou uma moto preta estacionada nos limites da floresta. Era dele, já tinha visto na delegacia antes. De fato, já o vira pela janela de sua sala montando naquela coisa, dando o impulso com o pé para iniciar o motor e arrancando para longe dali. Ele usava capacete – na maioria das vezes.

Ela sabia que muitas mulheres na delegacia observavam a cena, pois havia muito que olhar. Aqueles ombros pesados e quadris bem definidos mostravam a constituição de um boxeador, mas seu rosto era mais o de um garotinho bonito que o de um pugilista – ou seria, se não fosse por seu olhar. Aqueles olhos azuis-escuros, inteligentes e frios faziam com que toda a estrutura óssea, estilo modelo famoso, tornasse-o bastante viril. E havia algo mais.

Parando em frente a ele, a primeira coisa que notou foi o sangue na gola de sua blusa preta. Respingos aqui e ali, não eram grandes manchas ou partes encharcadas. Nenhum arranhão no rosto, ou no pescoço.

As roupas e o chapéu estavam em boas condições – nada desalinhado, rasgado ou amassado. Havia dois círculos de lama sobre os joelhos de suas calças pretas. A arma estava guardada no coldre. Não estava claro se tinha outras armas.

Ele não disse nada. Nada de "eu não fiz isso" ou "deixe-me explicar...". Seus olhos apenas se fixaram nela.

Deixando de lado as gentilezas, ela disse:

– O sargento me ligou.

– Imaginei.

– Está ferido?

– Não.

– Se importa se eu fizer algumas perguntas?

– Vá em frente.

Deus, ele tinha tanto autocontrole.

– O que o trouxe aqui esta noite?

– Sabia que Kroner voltaria. Tinha que voltar. Com sua coleção apreendida, não restava mais nada do seu trabalho, portanto, este é um local sagrado para ele.

– E o que aconteceu depois que chegou?

– Esperei. Ele chegou... e, então... – Veck hesitou, as sobrancelhas estreitaram-se como se fossem dar um nó e uma das mãos se ergueu para esfregar a têmpora.

– Droga...

– Detetive?

– Não consigo me lembrar – olhou para os olhos de sua colega outra vez. – Não consigo me lembrar de nada depois que ele apareceu, juro por Deus. Em um minuto ele surgiu vindo da floresta, no outro...? Havia sangue por toda parte.

– Posso ver suas mãos, detetive? – quando ele as estendeu, estavam firmes como rocha... e sem marcas de corte ou arranhões. Nada de sangue na palma das mãos, na ponta dos dedos ou nas unhas.

– Avaliou a vítima ou interveio em seus ferimentos antes de ligar para o 190?

– Peguei minha jaqueta de couro e coloquei sobre o pescoço dele. Não ia ajudar, mas eu fiz mesmo assim.

– Está carregando mais alguma coisa além da sua arma de fogo?

– Minha faca. Está no meu...

Ela colocou a mão sobre o ombro dele para impedi-lo de continuar.

– Deixe-me dar uma olhada.

Assentindo, virou-se. Sob a luz da ambulância, a lâmina guardada no pequeno coldre em suas costas era bem o que ela esperava ver.

– Posso ficar com a arma, detetive?

– Fique à vontade.

Tirando um par de luvas de vinil, vestiu-as e pegou o punhal. Quando puxou o objeto, percebeu que o corpo dele não se moveu. Poderia muito bem ser esta a sensação de desarmar uma estátua.

A faca estava limpa e seca. Levantando-a até o nariz, ela inalou. Nenhum cheiro de adstringente que indicasse ter sido higienizada às pressas.

Quando ele olhou por cima do ombro, o movimento de seu corpo fez seus ombros parecerem enormes e, sem qualquer motivo, ela percebeu que estava frente a frente com o peitoral dele. Com seu quase um metro e setenta, ela tinha uma altura mediana, mas, ao lado dele, ela sentia como se tivesse sido reduzida a uma miniatura.

– Vou confiscar isso, importa-se? – Ela ia pegar a arma dele também, mas, considerando os ferimentos da vítima... a lâmina era o que realmente queria.

– Nem um pouco.

Quando pegou um saco plástico, disse:

– O que *acha* que aconteceu aqui?

– Alguém partiu ele ao meio e acho que fui eu.

Aquilo deteve-a, mas não por achar que fosse, de fato, uma confissão – não esperava que alguém naquelas circunstâncias fosse tão honesto.

Naquele momento, um carro sem identificação percorreu o estacionamento com duas viaturas.

– Seu parceiro chegou – ela disse. – Mas o sargento quer que eu lidere a investigação para evitar qualquer possibilidade de conflito de interesses.

– Sem problema.

– Concordaria se eu retirasse amostras do material sob suas unhas?

– Sim.

Ela colocou a mochila à sua frente outra vez e tirou um canivete suíço e alguns pequenos sacos plásticos.

– Você é muito organizada, oficial – Veck disse.

– Não gosto de estar despreparada. Por favor, estenda sua mão direita.

Ela fez um trabalho rápido, começando com o dedo mindinho. As unhas foram cortadas, mas não como uma manicure faria, e havia muito pouco sob elas.

– Tem experiência em trabalhos de investigação? – Veck perguntou.

– Sim.

– Parece mesmo.

Quando ela terminou, ergueu o olhar... e imediatamente teve que se desviar de seus olhos azuis-escuros como a meia-noite para algum outro lugar próximo.

– Quer outro casaco, detetive? Está frio aqui.

– Estou bem.

*Se estivesse com um ferimento sangrando no peito, aceitaria um maldito esparadrapo?* – ela pensou – *ou bancaria o cara durão até não haver mais plasma em suas veias?*

*Bancaria o durão, com certeza,* concluiu.

– Quero que os paramédicos deem uma olhada em você.

– Estou bem.

– Isto é uma ordem, detetive. Parece que está com dor de cabeça.

Naquele momento, De la Cruz emergiu de seu carro e, enquanto se aproximava, seu rosto parecia triste e cansado. O fato era que tinha perdido um parceiro há alguns anos. Obviamente, não estava empolgado com a ideia de repetir a dose, mesmo que por um motivo diferente.

– Com licença – ela disse aos dois. – Vou chamar um dos paramédicos.

Contudo, quando ela aproximou-se, eles estavam transferindo Kroner para a maca e, logicamente, não poderiam dispensar nem um minuto.

– Quais são as chances dele?

– Poucas – um deles disse. – Mas faremos o nosso melhor, oficial.

– Sei que farão.

Os suportes da maca foram estendidos até que esta ficasse à altura da cintura deles e, pouco antes de deslizarem o objeto, ela tirou uma foto mental. Kroner parecia ter sido retirado dos destroços de um carro fumegante, com o rosto desfigurado, como se não estivesse usando o cinto de segurança e tivesse sido lançado contra a janela.

Reilly olhou para Veck outra vez.

*Há muitas lacunas nesta cena* – pensou. Especialmente se concluísse que havia sido ele o agressor. Mas não havia muitas possibilidades de fazer todo aquele estrago e limpar tudo tão rápido no meio da floresta. Além disso, parecia que não havia se envolvido em alguma briga ou coisa assim – e não existe um jeito de lavar arranhões e hematomas.

Quem tinha feito aquilo? Era o que a incomodava.

Como se pudesse sentir o olhar dela, Veck girou a cabeça, e, quando os olhares encontraram-se, tudo desapareceu: era como se estivesse a sós com ele... não a quinze metros de distância, mas a quinze centímetros.

Do nada, um calor brotou, borbulhando pelo corpo de Reilly, o tipo de coisa que, se ela estivesse em casa, diria a si mesma que era a proximidade do duto de ar quente. Mas ali ela justificava a onda de calor como consequência da adrenalina do estresse.

Maldito estresse. Nada de atração sexual.

Ela interrompeu aquela conexão quando atentou-se aos policiais recém-chegados. Ordenou:

– Poderia passar a fita aqui?

– Entendido, oficial.

Certo, hora de voltar ao trabalho: aquele breve momento de atração totalmente inadequada não atrapalharia o que tinha a fazer. Era muito sensata. Sua integridade profissional não exigia nada menos que isso. Também não tinha a intenção de permanecer muito tempo na lista de adoradoras do cara. Ia cuidar dos seus negócios e deixar os olhares embevecidos para as outras.

Além disso, caras como Veck não gostavam de mulheres como ela e não havia problema algum nisso. Estava muito mais interessada no trabalho do que em mostrar as pernas, soltar os cabelos e competir nos jogos olímpicos da sedução. Brittany – na verdade, escrevia-se Britnae, mais conhecida como a gostosa da delegacia – poderia conquistá-lo e ficar com ele à vontade se quisesse.

Enquanto isso, Reilly verificaria se o filho teria revivido ou não os horrores típicos dos atos do pai.

# CAPÍTULO 2

Em circunstâncias normais, Jim Heron considerava-se um mau perdedor. E isso com qualquer coisa que jogasse no dia a dia, fosse videogame, tênis ou pôquer. Não que ele perdesse tempo jogando tudo isso, mas, quando jogava, era do tipo que não deixaria o controle, a quadra ou a mesa antes de estar por cima da situação.

Mas nada disso tem importância.

Quando se tratava da guerra com o demônio Devina, ele ficava em chamas de tão furioso: havia perdido a última rodada.

Perdido, o contrário de ter vencido. Na batalha por aquelas sete almas, ele e aquela vadia estavam empatados em um a um. Claro, ainda havia mais cinco disputas, mas não era essa a direção que ele ou qualquer outra pessoa precisava seguir.

Derrotado? Aquele demônio tinha domínio não só sobre a terra mas também sobre os céus... o que significava que sua mãe e todas as boas almas que ali estavam, assim como ele e seus soldados, que eram anjos caídos, poderiam um dia contemplar uma eternidade de tormentos.

E havia descoberto há pouco tempo que aquilo não era apenas algo hipotético que motivava os mais religiosos. O inferno era um lugar de verdade, e o sofrimento que ali havia era bem real. De fato, muito do que tinha concluído ser apenas retórica tola de todos aqueles que se diziam santos mostrou-se ser correto.

Então, sim, as apostas eram altas e ele *odiava* perder. Especialmente porque não precisava ter sido daquele jeito. Estava furioso com o jogo. Com seu chefe, Nigel. Com as "regras".

Era senso comum: quando se diz a um cara que ele deve influenciar alguns idiotas numa encruzilhada da vida, facilita se disser quem eles são. Afinal, não era um grande segredo: Nigel sabia. O inimigo, Devina, sabia. Jim? Nem tanto assim, pessoal. E, cortesia do buraco negro de informação, concentrou-se no homem errado na última rodada e estragou tudo.

E lá estava ele, empatado com a vadia e furioso num quarto de hotel em Caldwell, Nova York. E não era o único enfezado por ali. No quarto ao lado, do outro lado de um conjugado, duas vozes masculinas graves iam e vinham, num tom de extrema frustração.

Nenhuma novidade. Seus companheiros, Adrian Vogel e Eddie Blackhawk, não estavam contentes e era claro que falavam mal dele em sua ausência. Voltar constantemente a Caldie não era tanto a questão. O problema era a razão pela qual Jim arrastou-os até ali.

Seus olhos percorreram o edredom. Cachorro estava enrolado como uma bola ao lado dele, seu pelo desalinhado dava a impressão de o terem entupido de gel e colocado, em seguida, diante de um vento forte, mas isso não tinha acontecido. Ao seu lado, havia a impressão de um artigo de três semanas do *Correio de Caldwell.* O título era "Garota local desaparecida", e, ao lado do texto, havia a foto de um grupo de amigos sorridentes, cabeças unidas e braços estendidos por trás dos ombros uns dos outros. A legenda sob a imagem identificava a que estava no meio como Cecília Barten.

Sua Sissy.

Bem, não era bem "sua", mas pensava nela como sendo sua responsabilidade. A questão era: ao contrário de seus pais, familiares e amigos da comunidade, sabia onde ela estava e o que havia acontecido com ela. A moça não fazia parte da enorme lista de jovens que fogem de casa e também não havia sido atacada pelo *serial killer* que, de acordo com o site do jornal daquela manhã, estava à solta. Porém, havia sido profanada. Por Devina.

Sissy foi uma virgem sacrificada para proteger o espelho do demônio, seu bem mais sagrado. Jim encontrou seu corpo pendurado de cabeça para baixo em frente à coisa, no covil temporário do demônio, e foi forçado a deixá-la para trás. Porém, mais tarde, pôde vê-la no muro de almas de Devina... presa, sofrendo, perdida para sempre entre os condenados que mereciam aquele destino.

Cecília não pertencia ao inferno. Era uma garota inocente e foi usada pelo mal – e Jim iria libertá-la, nem que fosse a última coisa que fizesse. Portanto, sim, foi por isso que voltaram a Caldwell. E a razão pela qual Adrian e Eddie estavam furiosos.

Mas, sem ofensa... que se fodam.

Com cuidado, Jim pegou o artigo e passou o polegar calejado sobre a imagem granulada do cabelo de Sissy, longo e loiro. Quando piscou os olhos, viu os fios cobertos de sangue pendendo sobre o ralo de uma banheira de porcelana branca. Então, piscou outra vez, e viu-a como na outra noite, na prisão viscosa de Devina, apavorada, confusa, preocupada com seus pais.

Ele queria ter ido direto conversar com os Barten, porém as reclamações de Adrian e Eddie só serviam para gastar saliva. Não ia tirar os olhos da guerra, pois não poderia suportar perder para Devina enquanto tentava tirar Sissy daquele poço de almas.

A porta do quarto conjugado abriu-se, foi quando Adrian, mais conhecido como "O que se Faz de Surdo", entrou sem bater. Bem no estilo dele. O anjo estava vestido de preto, como sempre, e os vários piercings em seu rosto não constituíam nem a metade do que ele deveria ter pelo resto do corpo.

– Vocês terminaram de discutir sobre mim? – Jim virou o artigo para baixo e cruzou os braços sobre o peito. – Ou fizeram apenas uma pequena pausa?

– Que tal levar isto a sério?

Jim levantou-se da cama e ficou frente a frente com seu soldado.

– Estou dando qualquer indício de que ando brincando por aí?

– Não nos arrastou de volta a este lugar para a guerra.

– Até parece que não.

Enquanto se enfrentavam, Adrian não se intimidou, mesmo que Jim fosse um antigo assassino das Operações Extraoficiais e soubesse derrotar um peso-pesado de muitas maneiras diferentes.

– Aquela garota não é seu alvo – Ad disse – e, caso não tenha notado, perdemos um. Distrações não são nossas amigas.

Jim deixou passar a referência a Sissy: propôs-se a nunca falar sobre ela. Seus amigos testemunharam quando ele encontrou o corpo e viram o que aquilo fez com ele – então, sabiam o suficiente. E não havia motivo algum para pronunciar palavras que descrevessem o que foi vê-la naquela parede. Ou mencionar o fato de que, enquanto estava sendo usado e abusado por Devina e seus subordinados na última rodada, a jovem, possivelmente, assistiu assustada a tudo o que aconteceu com ele.

Droga... as coisas que aconteceram naquela mesa de "trabalho" eram algo difícil de testemunhar até mesmo para um homem habituado a guerras. Mas uma inocente? Que já estava aterrorizada?

Por um lado, naquele momento de sua vida, as violações não o incomodavam mais. Tortura, de qualquer maneira que fosse aplicada, não era nada além de uma sobrecarga de sensações físicas. Mas, por outro lado, ninguém precisava ser testemunha ocular daquilo, muito menos sua garota. Não que ela fosse sua.

– Vou conversar com Nigel – Jim respondeu. – Então, já terminaram de me detonar? Ou querem desperdiçar um pouco mais do meu tempo?

– Por que já não está lá?

Bem, porque estava sentado naquela cama, olhando para o nada, apenas pensando para onde diabos Devina tinha levado o corpo de Sissy.

Só que Jim não era o tipo de idiota que dava o braço a torcer.

– Jim, sei que essa garota é importante para você. Mas vamos lá, cara, precisamos cuidar dos negócios.

Enquanto Ad falava, Jim olhou por sobre os ombros do cara. Eddie estava parado na porta que ligava os dois quartos, seu corpo enorme estava tenso, os olhos vermelhos eram graves, aquela longa trança preta descia sobre o ombro, cuja ponta quase alcançava a cintura de suas calças de couro.

Caramba. O jeito espalhafatoso de Adrian dava vontade de xingar. Ou socar... o que já havia acontecido antes. Mas a rotina equilibrada e pacífica de Eddie não era um alvo. Era um espelho que simplesmente refletia o comportamento idiota de quem o observava.

– Tenho tudo sob controle – disse Jim. – E vou ver Nigel agora mesmo.

O arcanjo Nigel estava em seus aposentos particulares quando a convocação aconteceu. De qualquer maneira, já era hora de sair do banho.

– Vamos ter companhia – disse a Colin quando se levantou da água perfumada.

– Vou ficar aqui. O banho está numa temperatura perfeita – com isso, Colin esticou-se e fez um arco preguiçoso com o corpo. Seu cabelo escuro estava molhado com a umidade e havia cachos nas pontas. Seu rosto majestoso e inteligente estava relaxado como sempre. Nada muito exagerado.

– Sabe por que ele está vindo?

– Mas é claro.

Atravessando o mármore branco e afastando a cortina safira e coral, Nigel saiu e teve todo o cuidado ao colocar de volta no lugar o tecido aveludado. Ninguém precisava saber sobre sua companhia na sala de banho – embora suspeitasse que Bertie e Byron fizessem alguma ideia disso. No entanto, eram bastante discretos para dizer qualquer coisa.

Puxando um roupão de seda, não se preocupou em vestir nada mais formal. Jim Heron não se importaria nem um pouco com seu vestuário e, já pensando em como seria a conversa, sabia que precisaria voltar para o banho.

Com um gesto de sua mão, Nigel convocou o anjo que se encontrava na Terra, reunindo o corpo físico de Heron e materializando-o em seus aposentos particulares. Sobre seu divã de seda, para ser mais exato. O salvador parecia ridículo sobre o móvel framboesa, os braços e pernas pesados pendiam nas laterais, sua camiseta preta e o jeans surrado eram uma ofensa a um tecido tão delicado.

Heron caiu em si numa fração de segundo e ficou em pé num salto, pronto, alerta... e não muito satisfeito.

– Vinho gelado? – Nigel perguntou ao se aproximar de uma cômoda francesa com gavetas, cuja tampa de mármore servia de bar. – Ou talvez uma dose de uísque?

– Quero saber quem é o próximo, Nigel.

– Isso é um "não" para as bebidas? – levou um tempo escolhendo entre as pequenas garrafas de vidro e, então, serviu-se lenta e tranquilamente.

Ele não era um idiota qualquer a quem se fazia exigências, e Heron precisava aprender um pouco de boas maneiras. Nigel virou-se e tomou um gole.

– Leve e refrescante.

– Dane-se o vinho.

Nigel deixou passar essa e apenas encarou o salvador.

Quando o Criador apareceu diante de Nigel e Devina explicando que haveria uma competição final, os dois lados concordaram que Heron estaria sozinho no campo de batalha com as sete almas escolhidas. Cada adversário, naturalmente, queria seus valores representados, e o resultado foi que aquele forte anjo com espírito guerreiro, ali, em pé diante de Nigel, tinha o bem e o mal equilibrados dentro dele.

Contudo, Nigel tinha convicção de que o fato da mãe assassinada de Jim estar dentro dos muros da mansão seria crucial. Momentos como aquele faziam-no questionar o próprio fundamento daquele jogo decisivo. O anjo parecia pronto para matar.

– Tem que me dizer quem é.

– Como disse antes, não posso.

– Eu perdi, idiota. E ela trapaceou.

– Tenho plena consciência dos limites que ela ultrapassou e acho que se lembra do meu conselho: deixe-a fazer o que quiser. Haverá represálias.

– Quando?

– Quando acontecer.

Heron não gostou daquela resposta e começou a andar pelo local ornamentado com suas cortinas de cetim, tapetes orientais e a cama baixa... ao redor da qual – Nigel percebeu tarde demais – dois conjuntos de roupas estavam dispostos.

Nigel limpou a garganta.

– Não posso correr o risco de que haja uma reviravolta e tudo se volte contra nós. Já me rebaixei demais ao nível de Devina permitindo que Adrian e Edward o ajudassem. Se eu lhe ajudar mais, posso perder não apenas uma rodada, mas a competição inteira. E isso é inaceitável.

– Porém, você sabe quem é a alma. E Devina também.

– Sim.

– E isso não lhe parece uma grande injustiça? Ela irá atrás dessa pessoa... Provavelmente, já foi.

– Pelas regras estabelecidas e acordadas, ela não tem permissão de interagir com as almas. Ela, assim como eu, deve apenas influenciar você na maneira como vai influenciá-los. Contato direto não é permitido.

– Então, por que você não deteve o que aconteceu?

– Isso não é da minha alçada.

– Que saco, Nigel, estabeleça...

– Posso assegurar uma coisa: o saco dele está bem.

Com a interrupção seca, tanto Nigel como o salvador viraram-se para as cortinas que levavam à sala de banho. Colin não se preocupou em vestir um roupão, estava em pé diante deles nu e sem qualquer ar de desculpa.

E, agora que tinha a atenção de todos, o arcanjo acrescentou:

– Também vou pedir para que controle o linguajar, companheiro.

As sobrancelhas de Heron ergueram-se rápido e houve um momento em que parecia estar assistindo a um jogo de tênis, alternando o olhar de um para o outro.

Nigel amaldiçoou baixinho. Sua privacidade e decoro tinham ido por água abaixo.

– Vinho gelado, Colin? – disse rispidamente. – E talvez um roupão?

– Estou bem.

– É verdade. Mas sua falta de modéstia não lhe protege muito bem do ar frio desse ambiente. E eu tenho um convidado.

Sua única resposta foi um grunhido. Que era a maneira de Colin proclamar que não havia razão para dar uma de velho azedo.

Adorável.

Nigel virou-se para o salvador.

– Sinto muito em não poder lhe conceder o que me pede. Pode acreditar.

– Você me ajudou com o primeiro.

– Houve permissão para isso.

– E veja o que aconteceu com o número dois.

Nigel escondeu sua preocupação atrás de um gole em seu copo.

– Sua paixão é louvável. E posso lhe dizer que seu retorno a Caldwell é bem útil.

– Obrigado pela dica. Há dois milhões de pessoas naquela maldita cidade. Isso não reduz muito as possibilidades.

– Nada é por acaso e não existem coincidências, Jim. Na verdade, há outra pessoa que procura o mesmo que você e, quando seus diferentes propósitos se unirem, encontrará a próxima alma.

– Sem ofensa, mas isso não significa merda nenhuma – Heron olhou para Colin. – E não vou pedir desculpas à fiscalização por isso. Sinto muito.

Colin cruzou os braços sobre o peito nu:

– Faça como quiser, rapaz. E eu farei o mesmo.

Leia-se: talvez eu o esgane agora. Talvez depois.

A última coisa que Nigel precisava era de uma briga em seus aposentos, isso atrairia os outros arcanjos, assim como Tarquil, num piscar de olhos. Não era bem a interrupção que procurava.

– Colin – disse Nigel –, vá tomar banho.

– Já fiz isso, obrigado.

– Isso é uma questão de ponto de vista – Nigel murmurou antes de se dirigir a Jim. – Vá em frente e tenha fé que você estará no lugar certo e fará o melhor possível.

– Não acredito em destino, Nigel. É como pegar uma arma descarregada e achar que vai atirar em alguma coisa. Você mesmo tem que carregá-la com as balas.

– Estou lhe dizendo que há coisas maiores nesse trabalho do que seus esforços.

– Certo, ótimo, então coloque tudo num cartão de Natal. Mas não venha com besteiras pra cima de mim.

Encarando o rosto duro do salvador, Nigel teve um lampejo de medo. Com aquela atitude, havia mais uma coisa que jogava contra os anjos. Mas o que ele poderia fazer? Heron não tinha paciência ou fé, mas isso não mudava em nada as regras do jogo ou as chances de que o Criador corrigisse as liberdades que Devina havia tomado.

Ao menos esse último fato contribuía a favor deles.

– Acredito que já terminamos – Nigel disse. – Nada de bom virá a nosso favor se continuarmos a conversa.

Houve um momento obscuro, até mesmo maligno, durante o qual Heron olhou para ele com uma espécie de fúria.

– Tudo bem – disse o salvador. – Mas eu não desisto tão fácil.

– E eu sou a montanha que não será movida.

– Entendido.

Num piscar de olhos, o anjo se foi. E, quando o silêncio dominou o local, Nigel percebeu que não tinha mandado Heron embora. Ele tinha feito aquilo sozinho.

Estava ficando mais forte, não?

– Quer que eu desça e o vigie? – Colin disse.

– Quando concordei que ele seria o escolhido, pensei que haveria rédeas suficientes para contê-lo. Acreditava mesmo nisso.

– Então, repito, eu devo sair para vigiá-lo?

Nigel voltou-se para o seu querido amigo, que era muito mais que um colega e confidente.

– Essa é a tarefa de Adrian e Edward.

– Conforme estipulado. Mas fico pensando até onde essa competência, que aumenta cada vez mais, vai levá-lo. Acho que isso não nos guia por um bom caminho.

Nigel tomou outro gole de seu vinho e observou o espaço vazio que Heron tinha acabado de deixar. Apesar de continuar em silêncio, tinha que concordar. A questão era: o que fazer, o que fazer...

# Capítulo 3

Lá embaixo, na floresta fria próxima ao Monroe Hotel & Suítes, Veck permanecia parado sob o reflexo dos faróis da ambulância, com seu colega De la Cruz à direita e seu parceiro, Bails, à esquerda. Iluminado como estava, sentiu-se num palco quando Kroner surgiu dentre as árvores sobre uma maca.

Só que havia apenas uma pessoa olhando para ele. Sophia Reilly, a oficial de Assuntos Internos. Ela estava em pé próxima a ele e, quando os olhos dos dois encontraram-se, desejou que as circunstâncias fossem diferentes – de novo. O primeiro encontro com Sophia Reilly tinha sido quando ele agrediu aquele paparazzo. Mas a situação em que estavam agora fazia aquela agressão parecer uma caminhada na praia.

A questão era: gostou dela no momento em que apertaram as mãos, e essa primeira impressão foi reforçada naquela noite: o detetive dentro dele tinha aprovado totalmente a atuação profissional dela, bem como a maneira como o olhou. Se ele estivesse mentindo – e não estava –, ela teria percebido. Mas precisavam parar de se encontrar daquela maneira. Literalmente.

Sobre o asfalto do estacionamento houve um barulho alto quando os médicos fecharam as portas duplas da ambulância e, em seguida, o veículo afastou-se, levando a iluminação consigo. Quando Reilly voltou-se para observar a partida, já estava no escuro... até que acendeu uma lanterna.

Antes que ela fizesse qualquer outro movimento, De la Cruz falou baixinho:

– Quer um advogado?

– Por que ele precisaria de um advogado? – Bails exclamou.

Veck balançou a cabeça para seu amigo. Entendia a lealdade do cara, mas ele próprio não tinha tanta fé em si mesmo naquele momento.

– É uma boa pergunta.

– Então, vai querer? – De la Cruz sussurrou.

A oficial Reilly circulou a poça de sangue, transitou entre os troncos e galhos... Pequenos gravetos estalavam sob seus pés, aquilo soava alto nos ouvidos de Veck. Ela parou na frente dele.

– Terei de continuar com as perguntas amanhã, mas pode ir para casa agora.

Veck estreitou os olhos.

– Você vai me liberar?

– Nunca esteve sob minha custódia, detetive.

– Isto é tudo?

– Não, não. Mas não tem mais nada o que fazer aqui esta noite.

Veck balançou a cabeça.

– Ouça, oficial, isto não pode...

– A perícia criminal está a caminho. Não quero você aqui quando chegarem à cena do crime, pois isso pode comprometer o trabalho deles. Está suficientemente claro para você?

Ah, sim. E ele devia ter adivinhado. Estava escuro entre as árvores. Ele poderia manipular evidências com facilidade sem que ninguém soubesse, e ela queria fazê-lo sair dali de uma maneira discreta e educada.

*Ela é esperta* – pensou. E também era bonita: sob o brilho da lanterna, ela estava deslumbrante, do jeito que só uma mulher natural e saudável poderia ser – nada de maquiagem pesada para entupir seus poros ou pesar suas pálpebras, nenhum brilho gorduroso e escorregadio sobre seus lábios. Era totalmente verdadeira. O cabelo vermelho-escuro e pesado e o olhar de um verde profundo também não poluíam o visual. Além disso, havia a postura "nada de gracinhas" dela...

– Muito bem, oficial – ele murmurou.

– Por favor, esteja na sala do sargento amanhã, às 8h30.

– Você é quem manda.

Quando Bails murmurou alguma coisa em voz baixa, Veck rezou para que o bastardo guardasse suas opiniões para si mesmo. Reilly só estava fazendo seu trabalho – e era bastante profissional. O mínimo que poderiam fazer era retribuir o respeito.

Antes que seu amigo falasse algo, Veck bateu no ombro de Bails e assentiu para De la Cruz. Quando começou a andar, a voz séria e baixa de Reilly irrompeu no silêncio da noite:

– Detetive.

Ele olhou sobre o ombro.

– Sim, oficial.

– Terei de levar sua arma. E seu distintivo. E o coldre daquela faca.

Certo. Mas é claro.

– O distintivo está na jaqueta de couro bem ali no chão. Quer fazer as honras com a minha nove milímetros e o cinto?

– Sim, por favor. E levarei seu celular também, se incomoda?

Quando ela aproximou-se, Veck sentiu seu perfume. Nada de frutas ou florais ou, meu Deus, aquela merda de baunilha. Mas também nada que pudesse classificar. Xampu talvez? Será que ela recebeu a ligação saindo do banho?

Que bela imagem... Espere um minuto. Estava *mesmo* fantasiando com sua colega de trabalho... a menos de dois metros da cena de um crime? Nossa. Sim, era isso mesmo o que estava fazendo.

Reilly colocou a lanterna na boca e, então, as mãos revestidas por luvas azuis brilhantes estenderam-se. Quando ele ergueu os braços para facilitar que tocasse sua cintura, registrou uma pressão sutil em seus quadris, o tipo de coisa que sentiria se ela estivesse tirando as calças dele...

O impulso elétrico que surgiu em seu pênis foi uma surpresa... E, Deus, ficou feliz por aquela luz estar sobre seu peito, e não mais ao sul. Cara, aquilo era tão errado... e contrário à maneira que agia. Nunca paquerava colegas de trabalho, fossem assistentes administrativas, colegas detetives... ou oficiais do Departamento de Assuntos Internos. Problemas demais quando chegava ao fim inevitável...

Santo Deus, onde estava com a cabeça?

Parece que não na realidade.

Era quase como se a magnitude do que havia acontecido naquele local cheio de folhas manchadas de vermelho fosse tão grande que seu cérebro buscasse refúgio em qualquer outro lugar para além do elefante gigante ensanguentado na floresta. Talvez estivesse simplesmente louco. E ponto final.

– Obrigada, detetive – Reilly disse ao afastar-se com a arma e o coldre de couro. – Seu celular?

Ele entregou-o.

– Quer minha carteira?

– Sim, mas pode ficar com sua carteira de motorista.

Quando o trabalho de confisco terminou, ela adicionou:

– Além disso, gostaria que você tirasse suas roupas em casa para ensacá-las e levá-las a mim amanhã.

– Sem problema. E sabe onde me encontrar – ele disse com a voz rouca.

– Sim, sei.

Quando estavam prontos para partir, percebeu que não havia nenhum sinal de um queixo abaixado ou um olhar esquivo aparentando timidez. Nada de mexer nos cabelos. Nada de rebolar. Algo que, tudo bem, seria ridículo naquelas circunstâncias... Mas ele teve a sensação de que, se estivesse numa boate, ao lado do bar, ela também não agiria de outra maneira. Não era seu estilo.

Droga, ela simplesmente ficava mais atraente a cada minuto. Se aquilo continuasse, pediria Sophia Reilly em casamento na próxima semana.

Até parece...

Com isso, Veck virou-se pela segunda vez. E ficou surpreso ao ouvi-la dizer:

– Tem certeza de que não quer um casaco, detetive? Tenho uma jaqueta extra no meu carro, pois sentirá frio na moto.

– Ficarei bem.

Por alguma razão, ele não queria olhar para trás. Provavelmente por causa de todo aquele grande público que eram os olhos de De la Cruz e Bails. Sim. Era isso.

Na moto, jogou a perna sobre o assento e pegou o capacete. Não o usou para chegar até ali, mas precisava conservar alguma parte do corpo aquecida. Quando deu a partida, esperava que De la Cruz se aproximasse dele e voltasse a comentar sobre o advogado. Em vez disso, o venerável detetive ficou onde estava e falou com a agente Reilly.

Bails foi quem se aproximou. O cara estava com roupas de academia, cabelo curto espetado, os olhos eram um pouco agressivos... sem dúvida porque não gostava que Reilly tivesse assumido o caso.

– Tem certeza de que está bem para ir para casa?

– Sim.

– Quer que eu lhe siga?

– Não – provavelmente o cara iria de qualquer maneira. Ele era assim.

– Sei que você não fez isso.

Quando Veck olhou para o parceiro, ficou tentado a desabafar sobre tudo: seus dois lados, a divisão que sentia há anos, o medo de que sua maior preocupação finalmente tivesse acontecido. Droga, sabia que podia confiar no cara. Ele e Bails fizeram academia de polícia juntos anos atrás e, embora tivessem seguido por caminhos diferentes, mantiveram contato e proximidade – até Bails convocá-lo para ir a Manhattan unir-se à equipe do Departamento de Homicídios de Caldwell. Duas semanas. Estava ali há apenas duas malditas semanas.

Assim que abriu a boca, uma van estacionou atrás dele junto com outros carros do Departamento de Polícia, anunciando a chegada da perícia.

Veck negou com a cabeça.

– Obrigado, cara. Vejo você amanhã.

Deu um solavanco com o corpo, ligou o motor e, enquanto aquecia a moto, olhou de volta para a cena. Reilly estava ajoelhada perto da jaqueta dele, revistando os bolsos. Assim como faria com sua carteira.

Oh, droga. Encontraria...

– Ligue se precisar de mim para alguma coisa, cara.

– Sim. Ligarei.

Veck acenou para Bails e partiu devagar com a moto, pensando ser desnecessário Reilly ver as duas camisinhas que sempre mantinha na carteira atrás dos cartões de crédito. Engraçado, ser um vadio nunca o incomodou antes. Agora, desejava ter dado um nó no pênis anos atrás.

Quando entrou na estrada propriamente dita, acelerou a moto e seguiu rugindo. Quando disparou pelas curvas da estrada 149, inclinava-se nelas, abaixando-se sobre os guidões, tornando-se apenas mais uma peça do projeto aerodinâmico de sua BMW. Com a alta velocidade, as curvas tornaram-se apenas pequenos movimentos para a esquerda e para a direita, enquanto ele e a moto desafiavam as leis da física. Bater em qualquer coisa naquela velocidade? Teria sorte se restasse algum pedaço grande o suficiente para enterrar.

Mais rápido. *Mais rápido*. Mais...

Infelizmente, ou felizmente, não tinha certeza, o fim da linha para ele não foi colidir em árvores, evitando um acidente com um carro ou um cervo.

Foi um outlet da Ralph Lauren.

Ou, especificamente, um semáforo próximo ao local.

Sair daquela sensação de velocidade da qual tanto gostava deixou-o num estado de desorientação estranho, e a única razão de ter parado no sinal vermelho foi que havia alguns carros na frente dele. Foi forçado a obedecer às leis de trânsito ou andar sobre os carros.

O maldito sinal levou uma eternidade para abrir, e a fila em que estava moveu-se a passo de lesma quando finalmente ficou verde. Ele teria atingido mais de cem quilômetros por hora na estrada, o que não ajudaria em nada. Não que estivesse fugindo de alguma coisa. Claro que não.

Passou por lojas como Nike, Van Heusen e Brooks Brothers. Sentiu-se tão vazio quanto os estacionamentos, e havia uma parte dele que desejava continuar... Desejava passar por aquela parte mais afastada da cidade, vagar pelo labirinto suburbano de Caldie, percorrer a área de arranha-céus e atravessar uma ponte que só Deus sabe onde daria.

O problema era que, aonde quer que fosse... lá estava ele: a mudança geográfica não mudaria se rosto no espelho. Ou aquela parte de si mesmo que ele nunca entendeu, mas também nunca questionou. Ou a porra que teria acontecido naquela noite.

Assassinara aquele bastardo doente. Não havia outra explicação. E não sabia o que Reilly tinha na cabeça ao deixá-lo ir. Talvez ele simplesmente precisasse confessar... Sim, mas o quê? Que tinha ido até lá com a intenção de matar e, em seguida...

A dor de cabeça que acometeu seu lóbulo frontal era o tipo de coisa que ele não suportaria. Nesses casos, tudo o que se faz é gemer e fechar os olhos... Mas isso não é a melhor opção quando se está em cima de uma moto que, praticamente, resume-se num motor com um assento acolchoado.

Forçando a concentração na estrada e em nada mais, sentiu-se aliviado quando a pancada no crânio suavizou e pôde seguir caminho.

A casa em que morava ficava num bairro cheio de professores, enfermeiras e representantes de vendas. Havia muitas crianças, e a conservação dos gramados nos quintais era feita por amadores – o que significava que, no verão, era muito fácil encontrar um gramado irregular, mas, ao menos, eram aparados regularmente.

Veck era um caso isolado ali: não tinha esposa, filhos e nunca contrataria um garoto para aparar a grama. Felizmente, tinha a impressão de que os vizinhos dos dois lados de seu quintal – praticamente um cartão-postal – eram do tipo que invadiam alegremente o território alheio com suas ferramentas.

Sua casa de dois andares era tão luxuosa e única quanto uma moeda de um centavo dos anos 1970. Portanto, como era de se esperar, foi nessa época que a casa viu sua última nova camada de papel de parede.

Estacionando na garagem, desmontou da moto e encaixou o capacete no guidão. Não havia muitos crimes naquela área... então, seus vizinhos aparadores de gramado faziam um ótimo trabalho, em vários sentidos.

Entrou pela porta lateral, passou pelo armário de casacos e caminhou até a cozinha. Não havia muita comida por ali: só algumas caixas vazias de pizza sobre o balcão e algumas embalagens da Starbucks amontoadas sobre a pia. Tinha envelopes meio abertos e relatórios espalhados sobre a mesa. O laptop estava fechado junto a cupons de desconto que ele nunca usaria. Também havia ali uma conta de TV a cabo que ainda não estava vencida, mas, provavelmente, acabaria vencendo, pois era péssimo em pagar as coisas em dia. Sempre ocupado demais para fazer um cheque ou acessar a internet para pagar.

Deus, a única diferença entre aquele lugar e sua sala no centro da cidade era o fato de ter uma cama *king-size* no andar de cima. Pensando nisso, lembrou-se de que a oficial Reilly queria que ele se despisse, não queria?

Pegou um saco de lixo debaixo da pia da cozinha e subiu as escadas pensando em contratar uma faxineira para limpar a casa uma vez por semana, assim não teria mais que encontrar teias de aranha em todos os cantos e montinhos de poeira que se multiplicavam embaixo do sofá. Mas aquilo não era um lar e nunca seria. Desinfetante e outros produtos de limpeza quatro vezes por mês não deixariam o local aconchegante. Porém, se levasse uma garota um dia até lá, ela teria um local decente para se vestir.

Seu quarto ficava na parte dianteira da casa, e tudo que havia nele era uma cama grande e uma escrivaninha. Suas botas, meias e calças foram tiradas rapidamente. Com a blusa foi a mesma coisa. Quando tirou sua cueca *boxer* preta, recusou-se a lembrar da oficial Reilly revistando-o. Simplesmente não seguiria por aí.

Dirigindo-se para o banho, ligou o chuveiro e, enquanto esperava a água esquentar, parou em frente ao espelho sobre a pia. Não havia reflexo para se preocupar... Tinha coberto o espelho com uma toalha de praia no dia em que se mudou. Não era fã de espelhos.

Ergueu as mãos e estendeu-as com as palmas para baixo. Então virou-as. Em seguida, olhou embaixo das unhas. Parecia que seu corpo, assim como sua mente, estava vazio de pistas. Embora aceitasse que a ausência de ferimentos, sangue ou coágulos em si mesmo fosse um indício... e, sem dúvida, a boa oficial Reilly também tinha notado.

Cara, era a segunda vez na vida em que se encontrava numa situação dessas. Na primeira... Não havia razão para pensar no assassinato de sua mãe. Não numa noite como aquela. Entrando no chuveiro, fechou os olhos e deixou a ducha cair sobre sua cabeça, ombros e rosto. Sabonete. Enxaguar. Xampu. Enxaguar.

Estava parado, envolvido no vapor, quando sentiu uma corrente: como se alguém tivesse aberto a janela do banheiro. O sopro de ar movimentou a parte de cima da cortina e acariciou sua pele. Sentiu arrepios quando percebeu que passava também pelo seu peito e descia por suas pernas e pelas costas. Contudo, a janela não fora aberta.

Foi por isso que removeu o boxe de vidro do banheiro e cobriu aquele espelho embutido sobre a pia. Foram as únicas coisas que mudou na casa, sendo que a melhoria era para manter a sanidade. Já fazia anos que se barbeava sem olhar no espelho.

– Fique longe de mim – ele disse, fechando os olhos e mantendo--os assim.

A corrente de ar enroscou-se nas pernas de Veck, como se mãos estivessem se movendo sobre sua pele, subindo cada vez mais, acariciando seu sexo antes de atingir o abdômen e o peitoral, até chegar ao seu pescoço... seu rosto... Mãos frias passaram pelo seu cabelo...

– Me deixe em paz! – estendeu o braço e empurrou a cortina. Quando o ar quente dissipou-se, tentou concentrar-se em si mesmo, expulsar o intruso, matar a conexão. Tropeçando no balcão, envolveu o corpo com os braços e inclinou-se, respirando com força e odiando a si mesmo, odiando aquela noite, odiando sua vida.

Sabia muito bem que era possível, se você tivesse um distúrbio de personalidade múltipla, que uma parte poderia se libertar e agir de maneira independente. Aqueles que sofrem disso podem ignorar completamente as atitudes tomadas por seu corpo, mesmo quando envolvem atos de violência...

Quando a dor de cabeça começou a latejar em suas têmporas outra vez, Veck amaldiçoou e conseguiu se enxugar. Em seguida, pegou a camisa de flanela e as calças de moletom do Departamento de Polícia de Nova York com que tinha dormido na noite anterior e deixado atrás do vaso sanitário. Estava prestes a descer as escadas quando uma rápida olhada pela janela imobilizou-o.

Havia um veículo estacionado do outro lado da rua a umas duas casas de distância. Conhecia cada veículo da vizinhança, todas as caminhonetes, vans, SUVs, sedãs, carros híbridos... Aquele carro escuro, de um modelo recém-lançado, não estava na lista.

Contudo, era exatamente o tipo de carro sem identificação que o Departamento de Polícia de Caldwell usava. Reilly fora vigiá-lo. Muito bem... exatamente o que ele faria no lugar dela.

Finalmente, viu que era mesmo ela, em carne e osso.

Descendo as escadas, hesitou na frente da porta, considerando sair na rua, mesmo descalço, porque talvez ela, ou quem quer que fosse, tivesse respostas sobre a cena

Conteve aquela brilhante ideia e foi até a cozinha. Tinha de haver algo para comer no armário. Tinha de ter. Ao abrir e procurar por um momento, só encontrou um monte de vazio entre as prateleiras. Qual supermercado de fadas ele achava que existia? Pois só assim entregariam comida: como mágica.

A fome era tanta que poderia jogar um pouco de ketchup numa caixa de pizza e mastigá-la. Seria bom para ele comer um pouco de fibra.

Delícia.

A duas casas da residência do detetive DelVecchio, Reilly estava sentada atrás do volante, tampando parcialmente a própria visão.

– Por tudo que é mais sagrado... – esfregou os olhos. – Não é adepto a cortinas?

Enquanto rezava para que a imagem espetacular de seu colega nu desaparecesse de suas retinas, repensou seriamente a decisão de vigiá-lo sozinha. Estava exausta, isso era fato... Ou estava, antes de, simplesmente, ter visto tudo o que Veck tinha para oferecer. Desconsidere o *simplesmente.*

O bom disso era que agora estava realmente alerta, muito obrigada... Era o mesmo que ter umedecido dois dedos e os ter colocado na tomada: a visão foi suficiente para dar todo o ânimo que tinha aos treze anos.

Murmurando para si mesma, deixou cair as mãos sobre o colo outra vez. E, meu Deus, enquanto olhava para o painel do carro, tudo o que via era... era a cena que tinha visto antes. Sim, uau, em alguns homens, estar sem roupas era muito mais do que estar *nu*.

E pensar que ela quase perdera o show. Estacionou o carro e assumiu sua posição quando as luzes do andar de cima acenderam-se e pôde, assim, ter uma boa visão do que acontecia no quarto. Inclinando-se no banco, não se deu conta de que a posição expunha os dois... Não se ateve a nada além do que parecia ser uma lâmpada no teto do que deveria ser a suíte principal.

Geralmente, a decoração de um apartamento de solteiro tendia a ser muito cheia de detalhes ou minimalista. Era óbvio que Veck seguia a linha minimalista.

De repente, ela não pensava mais na decoração, pois seu suspeito tinha entrado no banheiro e ligado o interruptor.

*Oláááá, garotão.*

E o superlativo englobava várias coisas.

– Pare de pensar nisso... pare de pensar...

Fechar os olhos não ajudou: se já tinha notado como ele ficava bem dentro das roupas que vestia, agora sabia exatamente o porquê. Era muito musculoso e, considerando que não tinha qualquer pelo na parte superior do corpo, nada ocultava aquele peitoral, o abdômen e as saliências esculpidas que desciam até os quadris.

Aliás, por falar em depilação, tudo o que tinha era uma linha escura que percorria a distância entre o umbigo e o...

*Bem, talvez tamanho seja importante* – Reilly pensou.

– Oh, pelo amor de Deus.

Na tentativa de manter seu cérebro focado em alguma coisa, qualquer coisa mais apropriada, inclinou-se para frente e olhou pela janela oposta. Poderia dizer que a casa da frente tinha cortinas capazes de manter a privacidade. Muito bom, principalmente se concluísse que ele desfilava daquela maneira todas as noites. Talvez o marido tivesse instalado tudo aquilo para que sua mulher não começasse a ter desmaios.

Preparando-se, voltou a olhar a casa de Veck. As luzes tinham se apagado no andar de cima, e ela esperava que agora ele estivesse no primeiro andar, vestido... e permanecesse assim.

Deus, que noite.

Ainda esperava obter alguma prova concreta do que havia acontecido na cena do crime, mas não parava de pensar nos ferimentos de Kroner. Havia coiotes naquelas florestas. Ursos. Gatos selvagens. Havia grandes chances de o cara ter andado por ali com cheiro de sangue seco nas roupas e alguma coisa de quatro patas tê-lo visto como um Mc Lanche Feliz. Na tentativa de intervir, Veck foi jogado de lado. Afinal, estava esfregando a testa como se esta doesse muito, e Deus é testemunha de que traumatismos cranianos são conhecidos por causarem perda de memória em curto prazo. A falta de provas físicas nele apoiava a teoria, com certeza.

E, mesmo assim... Deus, o pai dele. Era impossível não relacioná-los, ao menos um pouco. Como todo aluno de especialização em justiça criminal, ela estudou o caso de Thomas DelVecchio pai como objeto de disciplina... mas também passou tempo considerável refletindo sobre ele em suas aulas de desvios psicológicos. O pai de Veck era considerado um *serial killer* clássico: inteligente, astuto, comprometido com seu "ofício", totalmente sem remorsos. E, ainda assim, ao assistir vídeos de entrevistas dele com a polícia, deparou-se com um homem bonito, atraente e agradável. Sem qualquer ligação aparente com um monstro.

Contudo, como muitos psicopatas, cultivava uma imagem e sustentava-a com cuidado. Foi muito bem-sucedido como comerciante de antiguidades. Porém, estabelecer-se naquele mundo arrogante, cheio de dinheiro e privilégios, foi apenas um refúgio inventado por ele. Tinha vindo do nada, mas possuía talento para encantar pessoas ricas – bem como para viajar a diversas partes do mundo e voltar com artefatos antigos e estátuas extremamente bem recebidas no mercado. Seus negócios nunca tinham passado por qualquer investigação até os assassinatos virem à tona, e, até hoje, ninguém fazia ideia de onde encontrava tudo o que tinha... Era como se tivesse um tesouro guardado em algum lugar do Oriente Médio. Com certeza não ajudou as autoridades a entender isso, mas o que poderiam fazer com ele agora? Já estava no corredor da morte. Logicamente, não por muito tempo.

Como teria sido a mãe de Veck...?

A batida na janela do carro, ao lado de sua cabeça, foi como um tiro, e Reilly empunhou sua arma em direção ao som menos de um segundo depois.

Veck estava parado na rua ao lado do carro, mãos para cima, o cabelo molhado brilhava sob a luz do poste.

Reilly baixou a arma e abriu a janela com uma maldição.

– Reflexos rápidos, oficial – ele murmurou.

– Quer levar um tiro, detetive?

– Eu disse seu nome. Duas vezes. Mas estava mergulhada em pensamentos.

Graças ao que tinha visto naquele banheiro, a camiseta de flanela e a calça de moletom pareciam muito fáceis de serem removidas, eram coisas que não resistiriam a um puxão. Mas, vamos lá, como se já não conhecesse cada brinquedo daquele parque de diversões.

– Já quer levar minhas roupas? – ele disse ao erguer um saco de lixo.

– Sim, obrigada – ela aceitou o pacote pesado pela janela e apoiou as coisas no chão do carro. – Os sapatos também?

Ao assentir, disse:

– Quer que lhe traga um pouco de café? Não tenho muita coisa na minha cozinha, mas acho que consigo encontrar uma caneca limpa e café solúvel.

– Obrigada. Estou bem.

Houve uma pausa.

– Há alguma razão para não olhar nos meus olhos, oficial?

*Acabei de vê-lo nu, detetive.*

– Nenhuma – ela o encarou furtivamente.

– Deveria entrar. Está frio.

– O frio não me incomoda. Ficará aqui a noite inteira?

– Depende.

– Depende do clima, certo?

– Sim.

Ele assentiu e, então, olhou ao redor, casualmente, como se fossem vizinhos conversando sobre o tempo. Tão calmo. Tão confiante. Assim como o pai.

– Posso ser sincero com você? – ele disse de repente.

– É bom que seja, detetive.

– Ainda estou surpreso por me liberar.

Reilly passou as mãos sobre o volante.

– Posso ser sincera com você?

– Sim.

– Te liberei porque não acredito que tenha feito aquilo.

– Eu estava na cena do crime e havia sangue em mim.

– Você chamou a emergência e não fugiu. Aquele tipo de assassinato é muito difícil de ser cometido.

– Talvez eu tenha limpado tudo.

– Até onde vi, não havia qualquer chuveiro entre aquelas árvores.

*Não. Pense. Nele. Nu.*

Quando ele começou a balançar a cabeça como se fosse argumentar, Reilly interrompeu-o.

– Por que está tentando me convencer de que estou errada?

Aquilo calou-o. Ao menos por um momento. Então, disse em voz baixa:

– Vai se sentir mais segura me seguindo?

– Por que não?

Pela primeira vez, alguma emoção percorreu a expressão fria de Veck, e o coração dela parou: havia medo em seus olhos, como se não confiasse em si mesmo.

– Veck – ela disse em tom suave –, se existir alguma coisa que eu não saiba...

Ele cruzou os braços sobre o grande peitoral e seu peso oscilava sobre os quadris, como se estivesse pensando. Em seguida, sussurrou e começou a esfregar a testa.

– Não sei de nada – murmurou. – Ouça, faça um favor a nós dois, oficial. Mantenha aquela arma por perto.

Não olhou para trás ao se virar e atravessar a rua.

Reilly percebeu que ele não usava qualquer calçado. Ao erguer o vidro da janela, observou Veck entrar na casa e fechar a porta. Em seguida, as luzes da casa apagaram-se, exceto uma no corredor do segundo andar.

Recompondo-se, ela acomodou-se sobre o banco e olhou para todas as janelas. Pouco depois, uma grande sombra entrou na sala de estar – ou melhor, parecia se arrastar até um móvel? Seria um sofá? Então, Veck sentou-se e sua cabeça desapareceu como se estivesse estendido sobre o móvel.

Era quase como se estivessem dormindo lado a lado. Bem, aquilo que os separava eram apenas as paredes da casa, o gramado mal aparado, a calçada, o asfalto e a estrutura que envolvia o carro.

As pálpebras de Reilly começaram a cair, mas era porque tinha abaixado a cabeça. Não estava cansada e nem preocupada em cair no sono. Estava bem alerta no interior escuro do carro. Mesmo assim, estendeu a mão e apertou o botão para travar as portas. Só para garantir.

# Capítulo 4

Vagando ao longo do corredor de concreto frio, o demônio Devina não seguia um caminho reto, mas sinuoso. Percorria várias salas de escritório, o *tic-tac* de vários relógios abafava o barulho que seus saltos produziam.

Tudo foi acomodado ali, sua coleção tinha se mudado com segurança para o porão do prédio de escritórios de dois andares. O local era perfeito, afastado do centro da cidade de Caldwell e, para parecer verdadeiro e não suscitar polêmicas, projetou a ilusão de que uma empresa de recursos humanos havia se instalado no local que agora ela percorria: os humanos só conseguiriam enxergar um próspero empreendimento que havia alugado o imóvel para se expandir dentro do mercado.

Seres humanos estúpidos. Como se, na atual circunstância da economia, alguém pudesse contratar ou pagar mão de obra especializada para preencher as vagas de trabalho que disponibilizavam.

Parou em frente a uma cômoda clássica produzida em Rhode Island, em 1801, e passou a mão sobre o mogno. O acabamento original ainda estava ali. Claro, ela evitou que o objeto ficasse exposto ao sol ou à umidade desde que o havia comprado há duzentos anos. Havia divisões nas gavetas cheias de botões, filas e mais filas de óculos e amontoados de pequenas caixas com anéis dentro delas. Possuía objetos similares nos outros gabinetes, todos objetos pessoais, feitos de diversos metais.

Além de seu espelho, aquela coleção era a coisa mais preciosa que tinha. Era a sua ligação com as almas, a segurança que precisava quando sentia-se insegura ou estressada na Terra, como agora.

No entanto, o problema daquela noite era que, pela primeira vez, tudo aquilo que vinha acumulando há séculos não a acalmava, não a deixava mais segura, nem diminuía sua ansiedade. Vagando por entre os objetos, estava longe da ajuda do vício que, há tanto tempo, provara-se muito útil.

E o que parecia ainda pior? Aquela noite deveria ser um "momento de recompensa", como sua terapeuta definia. Um tempo para concentrar-se e saborear suas realizações: tinha vencido a última rodada contra Jim Heron e, mesmo sabendo que ele, Adrian e Eddie tinham se infiltrado em seu covil anterior, tinha conseguido reinstalar todas as suas coisas naquele novo e seguro local.

Deveria estar em êxtase. Mesmo assim, mesmo o cheiro de morte à deriva vindo do banheiro não lhe deu prazer: para proteger o espelho, precisava de muito mais que um sistema de monitoramento comum, e o novo sacrifício virginal que tinha pendurado sobre a banheira sangrava muito bem... quase pronto para ser usado, não era apenas decorativo.

Tudo estava a seu favor, ao menos superficialmente falando, e, ainda assim, ela sentia-se tão... Tédio, parece que era assim chamado... E que nome adorável para um péssimo estado de desmotivação.

Talvez só estivesse exausta por ter organizado tudo após a mudança. Tinha mais ou menos quarenta gabinetes cheios de aquisições de todas as eras da humanidade. Sempre que era forçada a se restabelecer em outro lugar, era obrigada a tocar cada objeto para se reconectar com a essência da vítima que permanecia no metal. E ainda precisava iniciar o ritual de contato, porém estava um pouco surpresa consigo mesma. Normalmente, não conseguia concentrar-se em mais nada até que houvesse aquela fissura no tempo, até que vagasse pelo local por alguns minutos e completasse o longo processo.

Acreditava que sua terapeuta veria aquilo como um progresso, considerando a compulsão que lhe era tão comum e inegável: aqueles objetos preciosos, que remontavam desde os tempos do Egito antigo até a França gótica, da Guerra Civil Americana aos Estados Unidos de hoje, eram o que a ligava à sua casa quando estava longe.

Ainda assim, não havia pânico para se refugiar naquilo que era seu pela eternidade. Parecia que seu maior desejo era lamentar-se e andar sem direção. Tudo culpa de Jim Heron.

Ele era tão desafiador. Dominante. Extraordinário. Tinha sido escolhido por ela e por Nigel – aquele filho da mãe arrogante – por ter o bem e mal equilibrados dentro de si... E, conforme ela tinha aprendido ao longo dos tempos, quando tratava-se da humanidade, o mal sempre vencia. Achava que atraí-lo para o lado dela não seria nada além de uma tarefa tediosa, o tipo de coisa que sempre fez com homens e mulheres desde o primeiro momento de sua existência. Em vez disso... era ela quem estava sendo sugada e seduzida.

Heron era tão... incontrolável. Mesmo quando o dominou e brincou com ele, quando seus subordinados torturaram-no, quando a verdadeira natureza dela foi revelada... ele permaneceu firme, inflexível, intransigente. E aquela força deixava-o inatingível.

Nunca tinha visto aquilo antes. Em ninguém. A questão era: controlar fazia parte de sua natureza, pois era uma perfeita parasita. Procurava uma maneira de replicar sua essência até que o local no qual havia se infiltrado se tornasse dela para sempre.

O desafio que Heron representava era inebriante, um tapa no rosto, uma rajada de ar fresco. Mas também parecia esvaziar a importância de toda a existência das coisas.

Abrindo uma gaveta, tirou uma fina pulseira de ouro com uma pequena pomba como pingente. A inscrição no interior do objeto apresentava-se em letra cursiva e delicada. Era um presente de dois pais para uma filha. Com uma data do ano anterior. Blá-blá-blá.

Ela odiava o nome Cecília. Muito. Aquela virgem sem importância... Que espinho em sua vida. O propósito daquela garota de sobrenome Barten era apenas o de proteger o espelho. Mas, agora, aquele pequeno lixo tinha algum tipo de ligação com Jim...

Quando estava prestes a esmagar o frágil objeto, um calor percorreu seu corpo, como se o toque de um amante tivesse passado não apenas sobre sua carne, mas sobre seus ossos.

Jim. Era *Jim*. Ele chamava-a.

Descartando a pulseira, verificou se a gaveta estava mesmo fechada e foi até o espelho que usava apenas para checar sua aparência. Em frente a ele, mudou sua forma, assumindo o corpo de uma linda morena, com seios que desafiavam a gravidade e um traseiro com mais volume do que uma estante de livros.

Ajeitou o cabelo, alisou a saia preta e achou que a barra estava longa demais. Erguendo-a com a força, virou-se e viu que suas coxas lisas e perfeitas estavam à mostra. De repente, estava *viva*. Bem, tecnicamente, *viva* não era o termo correto. Mas era assim que parecia: em apenas um momento, seu humor mudou de sepulcral para sublime. Só que não seria idiota com relação a isso. Confiante em sua saia curta, no decote e nos belos cabelos, entrou no banheiro.

– Como estou?

Deu um pequeno giro em frente ao jovem pendurado de cabeça para baixo sobre a banheira. Só que ele não disse nada, mesmo de olhos abertos.

– Ah, o que é que você sabe?

Ela abaixou-se e mergulhou a ponta dos dedos no sangue que escorria continuamente da carótida do rapaz. Impaciente com a demora, traçou alguns riscos em volta dos batentes da porta e no chão, indo e voltando da banheira para umedecer os dedos novamente com a "tinta". A pureza da essência do jovem formava um selo mais eficaz que qualquer alarme de segurança já criado por um humano... Além disso, o processo permitia que ela livrasse o mundo de mais uma criatura mortal.

Seu trabalho ficava mais fácil assim.

Terminou o assunto com o senhor Tagarela e virou-se para o antigo espelho envolto por uma moldura um tanto apodrecida pelos séculos. A superfície gasta exibia um reflexo em constante mudança, ondas de cinza-escuro e preto rodavam em torno de um fundo cuja cor parecia a mancha de um tapete velho. Aquilo era um horrível portal e a única maneira de se aproximar das almas que possuía.

– Fique aí – disse a ele. – Volto já.

Aproximando-se da superfície do espelho, foi puxada por uma força cruel e entregou-se livremente àquilo. O corpo que havia assumido tornou-se caramelo ao passar por aquele local. Do outro lado, emergiu sem muita firmeza, jogada pela tempestade, mas não precisou de tempo algum para se recuperar.

Ao ajeitar o cabelo e alisar a saia apertada, pensou ser uma falha não ter um espelho ali. No entanto, não precisava preocupar-se com a opinião de seus subordinados ou de suas almas... Oh, suas adoráveis almas... bem, tinham outras coisas em mente.

Inclinando a cabeça para trás, olhou as paredes que se estendiam por quilômetros num negro brilhante visível desde o chão de pedra. O contorcionismo dos condenados torturados desafiavam os limites de sua viscosa prisão; rostos, quadris, joelhos e cotovelos esticavam-se tentando alcançar uma liberdade impossível, as múltiplas vozes erguiam-se num lamento miserável e abafado.

– Como estou? – ela gritou para cima.

O volume do coro de gemidos aumentou como resposta, mas não lhe disseram absolutamente nada. Pelo amor de Deus, será que não conseguiria uma opinião? Qualquer uma?

Depois de olhar para si mesma mais uma vez, concedeu acesso a Jim, convocando sua forma física no local. Enquanto esperava, seu coração batia três vezes mais rápido, uma corrente percorria cada centímetro de sua pele com um chiado elétrico. Mas não demonstraria isso. Calma. Fique calma.

Jim chegou num redemoinho de névoa, e ela prendeu a respiração.

O salvador escolhido era o melhor exemplar que havia do sexo masculino. De uma constituição grande e letal, seu corpo era um instrumento de guerra e sedução. Era primitivo, intenso...

– Você me deseja – disse ela em voz baixa.

Os olhos dele estreitaram-se, e o ódio que havia neles fez mais pela libido de Devina do que um prato cheio de ostras poderia fazer.

– Não dessa maneira, querida.

Oh, como ele mentia.

Devina foi até a mesa de trabalho rebolando e passou as pontas dos dedos sobre a superfície esburacada e sem cor. As memórias dele amarrado nu, de pernas bem abertas e com seu sexo brilhando por ter sido usado há pouco, fizeram-na respirar fundo.

– Não? – ela disse. – Você me chamou. Não o contrário.

– Quero que me diga quem é a próxima alma.

Interessante.

– Então, Nigel mandou você até aqui quando fez a mesma pergunta a ele, não foi?

– Não disse isso.

– Bem, acho difícil acreditar que me procurou primeiro – murmurou em tom amargo. – E acha que vou te contar?

– Sim, acho.

Soltou uma risada violenta.

– Já deveria saber como sou.

– E vai me dizer.

– Por que eu haveria de...

Uma das mãos ergueu-se e Jim começou a passá-la pelo peitoral de maneira intensa e lentamente, oh, bem lentamente, descendo pelo seu estômago...

Devina engoliu em seco. E, então, sua boca ficou realmente seca quando ele segurou o próprio órgão entre as pernas.

– Tenho algo que deseja – ele disse asperamente. – E vice-versa.

Bem, bem, bem... Desejava ficar com ele, sim, mas era muito melhor quando a ligação era voluntária. Ele teria que se esforçar para fazer sexo com ela, sacrificar sua carne para obter informação... na frente de sua doce e estimada Sissy.

Devina olhou para a parede e encontrou a alma com a qual ele tanto se preocupava. Ao descer a garota, inclinou-se contra a mesa.

– O que, exatamente, você está me propondo?

– Diga quem é e eu fodo você.

– Faça amor comigo.

– Vai ser uma foda. Pode acreditar.

– Chame da maneira que quiser... mas não tenho certeza – que mentira. – É uma informação muito valiosa.

– Bem, sabe como *eu* sou.

Ah, ela sabia e desejava-o outra vez. Desejava sempre.

– Tudo bem – ela disse. – Vou te dizer quem é e, em troca, vai se entregar para mim sempre que eu quiser. Tem que estar à minha disposição.

Os olhos dele estreitaram-se outra vez, como fendas que o faziam parecer um predador.

E, então, houve apenas silêncio. Enquanto o silêncio estendia-se, ela permaneceu firme. Ele tinha voltado, isso era muito estranho, mas precisava agradecer a Nigel – o idiota que sempre seguia as regras – por isso. Se o arcanjo tivesse deixado escapar o nome da alma, aquele maravilhoso sacrifício não estaria acontecendo.

– Certo.

Devina começou a sorrir...

– Com uma ressalva – quando a expressão dela congelou, ele disse:

– Ficarei com você agora em troca do nome. Então, veremos se é o correto. No final da rodada, se não tiver mentido... você terá o que deseja. Sempre que quiser.

Devina rosnou. Maldito livre arbítrio. Se ao menos pudesse dominar tal atributo de maneira mais apropriada, ele não imporia qualquer condição. Mas não era assim que funcionava.

*Ainda há algumas brechas* – pensou. Algumas maneiras de distorcer o acordo para que não falasse demais e ainda conseguisse possuí-lo.

– Temos um acordo? – ele perguntou.

Olhou sobre o ombro dele, enquanto se aproximava, em direção à pequena forma na parede que havia convocado para assistir de camarote o que aconteceria.

Quando Devina tocou o corpo forte e ergueu-se na ponta dos pés, ficou encantada com a carne rígida que acariciava. No ouvido de Heron, sussurrou:

– Tire as calças.

– Feito ou não, demônio?

Estava inabalável diante dela, perfeitamente capaz de negá-la, tanto agora como no futuro. Mesmo estando bem na frente dela, era completamente intocável.

Só que era como ele mesmo havia dito, os dois tinham algo que o outro desejava.

– Tire as calças – afastou-se pronta para aproveitar o espetáculo. – Faça isso devagar... e teremos um acordo.

– Que *maldição* ele está fazendo lá?

Quando Adrian expressou toda sua retórica, indignado, não esperava uma reação de seu colega de quarto. Poderia passar com um carro sobre os pés de Eddie e, talvez, conseguisse obter um *ai*. Era mais provável que o anjo apenas piscasse os olhos e chutasse o veículo com força.

Sinceramente, aquela coisa toda de forte e silencioso podia ser bem irritante.

– Já faz duas horas – parou no pé da cama em que Eddie estava esparramado. – Ei? Está acompanhando a situação? Ou planeja dormir durante a rodada?

As pálpebras ergueram-se exibindo olhos vermelhos.

– Não estava dormindo.

– Meditando. Que seja.

– Não estava meditando.

– Tudo bem. Manipulando psiquicamente campos de energia...

– Você me deixa atordoado quando fica andando de um lado para o outro sem parar. Só estou evitando uma vertigem.

Não acreditou naquilo nem por um segundo.

– Preocupar-se um pouco com a situação o mataria?

– Quem disse que não estou preocupado?

– Eu disse – Adrian correu os olhos ao longo do corpo grande e imóvel de seu colega. – Estou prestes a pegar um desfibrilador e dar uma descarga na sua bunda.

– O que posso fazer, Ad? Ele voltará quando for a hora.

Imagens de Nigel, o afeminado, aproximando-se todo elegante de Jim fez Adrian pensar se não precisariam de um serviço funerário. Aquele arcanjo poderia passar o tempo jogando críquete e polo, mas não significava que não daria um jeito no cara... E Jim tinha deixado o local com vontade de acabar com alguém. Talvez o bastardo tivesse conseguido aquilo que procurava.

Adrian começou a andar novamente, mas o quarto de hotel não oferecia muito em termos de espaço. Pensou em descer ao bar...

Houve um rangido no quarto ao lado. Como se alguém tivesse sentado na cama. Ou aberto e fechado alguma coisa.

Ad estendeu a mão para a parte traseira da cintura e pegou a adaga de cristal. Se fosse apenas um humano tentando roubar um notebook, não precisaria daquilo. Mas, se Devina tivesse enviado mais um de seus subordinados para distraí-los, a arma seria bastante útil.

Empurrando a porta do quarto conjugado apenas um centímetro ou dois, inclinou-se. Uma camiseta preta foi arremessada para fora do banheiro. Em seguida, uma calça jeans.

Bota.

Bota.

O chuveiro foi acionado e, na sequência, houve um silvo, como se Jim não tivesse esperado a água aquecer primeiro.

Droga. Não tinha visitado apenas Nigel, tinha?

Adrian guardou a adaga outra vez, empurrou a porta com força, atravessou o quarto e sentou-se na cama do outro anjo. Deus sabia que não havia razão para arrancar a roupa e correr para uma ducha de água quente após um encontro com o arcanjo. O pobre coitado deve ter ido até Devina... E ninguém precisava pensar duas vezes para descobrir o que havia acontecido.

Ouvindo o som de Jim lavando o fedor do demônio, Adrian sentiu-se cansado ao ponto de perceber a visão turva de tanta exaustão. O que significava aquele caminho que o salvador decidiu seguir? Ir até lá. Fazer aquilo. Perder a cabeça.

Era este o negócio de Devina. Ela penetrava em você. No começo, você ainda achava que estava no controle. Depois, aquilo que fazia com ela, por razões que pareciam ser muito sensatas, devorava-o, e Devina entrava em sua pele e assumia a direção. Era assim que trabalhava e era muito bem-sucedida.

Quando Jim finalmente saiu do banheiro, parou com uma toalha nas costas, um braço erguido e outro abaixado. Havia marcas de arranhões nas coxas e no abdômen e seu sexo pendia desanimado, como se tivesse sido muito usado e deixado para morrer.

– Ela vai comê-lo vivo – Adrian disse.

O anjo responsável por salvar a tudo e a todos balançou a cabeça.

– De jeito nenhum.

– Jim...

– Ela vai nos dizer quem é a alma – Jim envolveu a toalha em torno de seus quadris. – Vamos encontrá-la amanhã cedo.

Caramba.

– Espere, ela não lhe deu a informação agora?

– Amanhã cedo.

Ad apenas balançou a cabeça.

– Ela está brincando com você...

– Ela vai mostrar. E vai dizer. Confie em mim.

– Ela não é uma fonte confiável. E esse não é o caminho da vitória.

– Então, você acha melhor obter o resultado da última rodada?

Bem... droga.

Jim foi até a mochila e pegou um uniforme militar. Quando virou--se e começou a se vestir, aquela tatuagem enorme em suas costas, com o Ceifeiro da Morte num cemitério, contorceu-se e voltou a assumir a forma original.

Talvez Jim fosse mais durão. Aquilo seria um golpe baixo e dolorido, algo que Ad admitiria apenas diante de sua carcaça fumegante. Mas, se o cara conseguisse suportar tudo aquilo... se pudesse, de alguma maneira, manter-se em pé... então, tinham a melhor arma naquela luta, pois o demônio tinha uma atração pelo cara. Uma grande atração.

Jim foi até o jeans que atirara pela porta do banheiro e vasculhou os bolsos. Quando ergueu-se novamente, havia um quadrado de papel dobrado em suas mãos.

As mãos tremiam, ainda que levemente. Quando ele abriu cuidadosamente o papel, Adrian, mesmo sem ver o que havia ali, esfregou o rosto e desejou que um carro tivesse caído sobre sua cabeça. Sabia muito bem que era o objeto pessoal daquela garota que encontraram sobre a banheira de Devina – a virgem pela qual Jim estava obcecado.

*Idiota* – Ad pensou. Estavam ferrados. Estavam *muito* ferrados.

# CAPÍTULO 5

Veck acordou no sofá de sua sala de estar. O que foi uma surpresa, pois não tinha um.

Esfregando os olhos por causa da bela luz do sol, ficou surpreso por ter controlado o desejo de dormir mais perto da oficial Reilly, tanto que conseguiu se arrastar apenas até ali.

Sentou-se e olhou para a rua. O carro sem marcas de identificação havia partido, e ficou pensando em quando ela se fora. Da última vez que olhou, ainda estava lá, às quatro horas. Gemendo, esticou o corpo, seus ombros estalaram. Detalhes da noite anterior voltaram à memória, mas Veck, instintivamente, quis ficar longe do Monroe Motel & Suítes. Já sentia-se péssimo, não precisava adicionar uma dor terrível à fumaça que saía de sua cabeça.

Quando ficou em pé, ainda teve de lidar com uma ereção matinal obscena – outra coisa para se ignorar. Tinha a impressão de que se envolvera num sonho ousado e espetacular entre ele e a oficial do Departamento de Assuntos Internos. Alguma coisa sobre ela cavalgando em cima dele... O corpo de Veck estava quase todo vestido, ela estava completamente nua... não, espere, estava com o distintivo e a arma no cinto sobre o quadril.

– Droga... – quando seu pênis começou a ficar rígido, rezou para perder outra remessa de memórias de curto prazo e amaldiçoou o pornô clichê. Mas, agora, poderia entender por que os caras de outros departamentos achavam Reilly atraente.

Considerando a direção que seu cérebro estava tomando, não tinha certeza se adicionar cafeína à mistura era uma boa ideia, mas seu corpo precisava se reerguer. Foi chato quando descobriu que havia mentido para a oficial Reilly. Depois de ter conversado com ela e entrado, percebeu que estava sem pó de café.

No andar de cima, tomou banho, barbeou-se e vestiu o uniforme de trabalho: calça e camisa. Nada de gravata para ele, apesar de muitos detetives usarem. Nada de terno. Não usava nada desse tipo, a não ser jaqueta de couro, ou de motociclista, ou algo assim, bem informal.

No andar de baixo, pegou o casaco-reserva no armário, a chave da moto e trancou tudo. Ao se aproximar da BMW, lembrou que levaram várias coisas dele na noite anterior, por isso sentia-se tão leve. Nada de celular para checar as mensagens de voz. Nada de distintivo no bolso da frente. Nada de arma no coldre. Nada de carteira no bolso de trás da calça. A oficial Reilly ficou com tudo. Até com suas roupas de baixo.

Colocou o capacete e subiu na moto, a manhã estava clara e brilhante demais para ele... E nem tinha amanhecido completamente. Cara, considerando a pequena fresta que seus olhos conseguiam abrir, era bom saber que a moto já conhecia o caminho.

De la Cruz tinha levado Veck ao restaurante Riverside há alguns dias, e ele já se perguntava como tinha conseguido sobreviver, até então, sem uma boa dose daquela comida gordurosa. Seguindo o caminho do local, pegou as marginais pavimentadas, pois, mesmo às 7h45, a estrada principal estaria lotada.

O restaurante ficava às margens do rio Hudson, a apenas uns quatro quarteirões da delegacia... E, quando parou no estacionamento cheio de veículos sem identificação, entendeu que tinha chegado ao seu destino. Havia uma grande possibilidade de que metade da força policial também estivesse ali para tomar sua caneca de café de sempre, mas era tarde demais para ir a outro lugar.

Pouco antes de entrar, depositou 75 centavos numa máquina que distribuía o *Correio de Caldwell* e pegou um exemplar do jornal. Não havia nada sobre a noite passada na primeira página, então virou a página procurando um artigo que...

E lá estava seu nome. Em negrito.

A reportagem, no entanto, não era sobre ele ou Kroner. Era sobre seu pai, e ele rapidamente pulou o texto. Não queria acompanhar as acusações, o julgamento, a sentença de morte, nada que tivesse relação com seu pai. E, meu Deus, quando finalmente foi pego pela justiça criminal, ficou doente no dia em que cobriram o caso.

Não havia nada demais no resto da primeira sessão, nada nas notícias locais, nada nas seções de esportes, quadrinhos ou classificados. Porém, a falta de cobertura sobre o caso não duraria muito. Os repórteres tinham algum acesso aos relatórios policiais e, provavelmente, a história já estava na televisão e nos rádios. Um detetive do Departamento de Homicídios ligado tão diretamente aos atos de um psicopata? Era esse tipo de porcaria que vendia jornais e justificava os preços dos anúncios.

Ao empurrar a porta de vidro, entrou no ambiente ruidoso do Riverside com sua face enterrada nos artigos esportivos. O local estava cheio, quente e com um barulho tão alto como num bar. Teve o cuidado de não fazer contato visual com ninguém enquanto olhava ao redor procurando uma cadeira livre ou uma mesa vazia.

Não havia nada vago. Maldição. E não queria muito juntar-se a uma mesa cheia de oficiais da polícia. A última coisa que precisava era o monte de perguntas que seus colegas fariam. Talvez ele devesse ter ido direto à delegacia e recorrido a uma máquina de bebidas.

– Bom dia, detetive.

Veck olhou à direita. A bela oficial Reilly, que estava sentada na mesa mais próxima que havia da porta, de costas para ele, virou a cabeça a fim de olhar para ele por sobre o ombro. Tinha uma xícara de café à sua frente, um celular na mão e uma expressão de que nada fazia sentido.

– Quer me acompanhar? – disse, apontando para a mesa.

Ela devia estar brincando. Havia mais ou menos uma dúzia de membros da força policial olhando para eles... Alguns de uma maneira mais sorrateira que outros.

– Tem certeza de que quer ser vista comigo?

– Por quê? Não sabe se comportar à mesa?

– Sabe o que quero dizer.

Ela deu de ombros e tomou um gole do café em sua xícara.

– Nossa reunião com o sargento é daqui a vinte minutos. Vai ter muita sorte se conseguir um lugar para sentar até lá.

Veck deslizou na frente dela.

– Pensei que no Departamento de Assuntos Internos vocês sempre se preocupassem com o decoro.

– São apenas dois ovos, detetive, nada demais.

Veck colocou o jornal de lado.

– Está certo.

A garçonete veio com o bloco de notas e o lápis a postos.

– O que vai ser?

Não havia razão alguma para olhar o cardápio. O Riverside tinha todo tipo de omelete, ovos e torradas conhecidos pelo ser humano. Estava com vontade de comer uma torta no café da manhã? Um sanduíche com bacon e tomate? Cereais, aveia e panquecas? Muito bem, que seja... Mas faça logo seu pedido e coma rápido antes que outra pessoa sente no seu lugar.

– Três ovos mexidos. Gema dura. Torradas com manteiga. Café. Obrigado.

A garçonete sorriu como se tivesse aprovado a eficiência.

– Já vai sair.

Eeeee lá estava ele sozinho com Reilly. Ela tinha tomado banho e vestido um conjunto bem profissional de saia e camisa de botões. O tailleur, combinando com a roupa, estava dobrado com cuidado ao lado dela em cima do casaco. Seus cabelos vermelho-escuros estavam amarrados para trás outra vez e toda a maquiagem que ostentava era constituída apenas de um pequeno traço de batom.

De fato, quando ela apoiou a xícara de café na mesa, havia uma meia-lua rosa onde havia tocado com a boca. Não que ele estivesse observando os detalhes de seus lábios. Não mesmo.

– Estou com um relatório preliminar sobre o caso – ela disse.

Hum... aqueles olhos não eram apenas verdes, como ele havia concluído antes. Havia traços de avelã, produzindo uma combinação única de cores que parecia verde apenas a distância.

– Desculpe, o que você disse?

– Tenho um relatório preliminar de ontem à noite.

– E?

– Não foram encontradas outras armas no local.

Manteve-se tranquilo por força do hábito.

E antes que pudesse dizer qualquer coisa, a garçonete entregou o café dele e o pedido de Reilly: uma tigela de mingau de aveia com uma torrada. Sem manteiga.

– É só trigo? – ele perguntou.

– Sim.

Claro que era. Provavelmente ela comia uma salada leve no almoço com alguma fonte de proteína e uma taça de vinho, quando muito, e, no jantar, deveria ser apenas legumes e frango grelhado e alguma coisa com baixo índice glicêmico.

Ficou pensando o que ela teria achado do ataque cardíaco caprichado que ele pedira.

– Por favor, não espere por mim – ele disse.

Ela pegou a colher e adicionou uma pequena quantidade de açúcar mascavo e creme.

– Quer saber o que acho que aconteceu?

– Sim, quero.

– Um animal selvagem te atacou, e, em meio à confusão, você bateu a cabeça.

Ele esfregou o rosto.

– Não tenho marcas.

– Pode ter caído de costas.

Na verdade, não é que ele havia pensado nisso?

– Mas não há qualquer inchaço. E meu casaco ficaria todo sujo.

– Está sujo.

– Apenas por eu ter colocado sobre o Kroner.

Ela baixou a colher.

– Pode provar? Como sabe se foi só isso se não consegue se lembrar de nada? Além disso, sua cabeça estava te matando ontem à noite e, a propósito, você está fazendo isso outra vez.

– Fazendo o quê?

– Discutindo comigo sobre o que aconteceu. E também está esfregando a testa.

Quando ele amaldiçoou e voltou a colocar as mãos sobre a caneca de café, ela sorriu um pouco.

– Adivinhe só, detetive? Você vai ser examinado na delegacia assim que terminarmos nossa reunião.

– Estou bem – Deus, podia ouvir o tom dissimulado em sua voz.

– Lembra-se do que eu disse ontem à noite, detetive? É uma ordem.

Ao se ajeitar na cadeira e beber um pouco do seu estimulante, viu-se observando o dedo anelar de Reilly. Não havia nada. Nem mesmo uma marca mais clara, como se alguma já *tivesse* passado por lá.

Desejou que estivesse usando um anel de compromisso simples: ele não se metia com mulheres casadas. Nunca. Claro que já atrapalhou alguns casais em sua história de encontros casuais, mas apenas por não saber que eram comprometidas. Era um vadio com valores, sabe?

– Por que você não me suspende?

– Outra vez com uma negativa.

– Não quero que arruíne sua carreira comigo – murmurou.

– E não tenho qualquer intenção de permitir que isso aconteça. Mas não há evidência de que tenha sido você o responsável pelo ataque, detetive, portanto, é o suficiente... só não sei por que você continua a me pressionar.

Quando encarou os olhos dela, ouviu-se dizer:

– Sabe quem é meu pai, não sabe?

Aquilo conteve-a por um momento, sua porção de fibras sem gordura voltou para o prato no meio do caminho. Até parou de mastigar.

Então, a bela oficial Reilly recuperou-se com um encolher de ombros.

– Claro que isso é ruim, mas não significa que você tenha dilacerado alguém – inclinou-se. – Mas é o que você teme, não? E por isso continua a bancar o advogado do diabo.

A garçonete escolheu aquele momento para aparecer com o prato fumegante cheio de colesterol, e sua chegada foi um salva-vidas conversacional, se é que existia este tipo de coisa.

Salgou o prato. Colocou pimenta. Espetou com o garfo e comeu.

– Ajudaria se conversasse com alguém? – Reilly disse, quase inaudível.

– Um psiquiatra?

– Terapeuta. Eles podem ser bastante úteis.

– Diz isso por experiência pessoal, oficial?

– Na verdade, sim.

Ele soltou uma risada alta:

– Por algum motivo, não acredito que eu seja o tipo de pessoa que precise de algo assim.

– Todos têm problemas.

Sabia que seria um tanto inconveniente, mas sentiu-se nu – e no mal sentido.

– Então, conte-me um dos seus.

– Não estamos falando de mim.

– Bem, estou cansado de estar no palco sozinho – quebrou um pedaço de torrada em duas. – Vamos lá, oficial. Conte alguma coisa sobre você.

– Sou um livro aberto.

– Que precisa de terapia? – quando ela não respondeu, ergueu o olhar para encará-la. – Covarde.

Os olhos da mulher estreitaram-se, ela inclinou o corpo para trás e empurrou a vasilha, ainda metade cheia, para frente. Ele esperava alguma réplica espirituosa. Ou, mais ainda, um tapa. Em vez disso, ela enfiou a mão no bolso, pegou uma nota de dez dólares e a colocou entre eles sobre a mesa.

– Vejo você na sala do sargento.

Com uma graça sutil, distanciou-se, pegou o casaco, a bolsa e o celular.

Antes de sair, Veck agarrou seu pulso.

– Desculpe. Passei do limite.

Ela desprendeu-se e colocou o celular na bolsa.

– Até logo.

Depois que Reilly saiu, Veck empurrou o próprio prato, mesmo ainda tendo um ovo e meio nele. Ainda não eram nove horas... e já tinha ganho o prêmio de idiota do dia. Fantástico...

Uma corrente de ar passou por suas costas, eriçando os cabelos da nuca, e aquilo o fez virar em direção à porta. Uma mulher havia entrado e não pertencia ao local, assim como uma porcelana chinesa fina sendo vendida numa loja de departamentos qualquer. Quando seu perfume pairou no ar e ela tirou o casaco de pele, houve uma pausa audível nas conversas do local. Ela tinha acabado de expor seios enormes para metade do Departamento de Polícia de Caldwell.

Quando Veck observou-a, achou que deveria ter sentido alguma atração por ela, mas, em vez disso, aquele ar frio fazendo cócegas em sua coluna despertou nele o desejo de pegar uma arma e apontar em direção àquela mulher como um mecanismo de autodefesa. E como o desejo era forte.

Deixando uma nota de vinte, interou o valor do resto do café da manhã e dirigiu-se à porta. Ao sair, parou. Olhou ao redor. Sua nuca ainda estava alerta, seus instintos gritavam, principalmente quando olhou através das janelas redondas do restaurante. Alguém o observava. Talvez fosse aquela mulher com corpo de modelo de revista erótica, talvez outra pessoa. Mas seus instintos nunca mentiam.

A boa notícia era que talvez recebesse suas armas de volta naquela manhã. Então, pelo menos, poderia novamente se proteger.

Quando Jim estacionou no Riverside com sua Harley, um cara aproximou-se com uma bela moto BMW rugindo. Adrian e Eddie estavam bem atrás dele com suas motos, e os três estacionaram juntos do outro lado, próximo ao rio Hudson. Quando Jim desmontou e olhou para o lugar, concluiu que Devina havia lhe chamado para um encontro. Bem, tinha algo de especial ali. Esteve com sua primeira alma naquele mesmo restaurante.

Talvez Caldwell fosse um imã para almas condenadas. Ou talvez ela apenas gostava do café servido ali e lhe diria que a alma em questão estava em outro lugar.

Aproximando-se da entrada, viu que seus colegas não estavam para conversa... o que não era novidade da parte de Eddie, mas um milagre, no caso do outro anjo. Aquilo não duraria muito da parte de Ad.

O restaurante estava lotado, barulhento e cheirava a café e a manteiga derretida. Que maldito lugar para Devina escolher...

E lá estava ela, à esquerda, sentada numa mesa, observando a porta enquanto um raio de sol se derramava pela janela ao seu lado. Os raios cálidos e amarelos iluminavam perfeitamente seu rosto, como se estivesse prestes a ser fotografada, e Jim pensou na primeira vez que a viu naquele clube, parada sob uma luminária no teto. Ela, por si só, também brilhava.

O mal nunca pareceu tão atraente, mas, ao contrário dos outros homens, que olhavam sobre suas canecas e babavam como cães, Jim sabia quem aquela mulher realmente era... Não se distraía mais com aquele disfarce a ponto de deixar de perceber que ela não projetava sombra. Por mais brilhante que fosse a luz que a atingisse, não havia qualquer contorno de sombra sobre a mesa ou sobre o encosto do banco ao lado dela.

Por uma fração de segundo, visualizou a imagem deles dois juntos na noite anterior. Tentou penetrá-la por trás sobre a mesa, mas ela insistiu em transar face a face. Sinceramente, ficou surpreso por conseguir uma ereção, mas a fúria também deixava-o rígido, por algum motivo. Ao menos com ela.

Quando desvencilhou-se daquela cena grosseira, suada, olhou ao redor, em direção às paredes, imaginando Sissy presa naquele emaranhado de condenados. Rezou para que sua garota não tivesse visto aquilo. Deus, pensar que ela poderia ter...

Mas chega disso. Aproximando-se de Devina, bloqueou todos os pensamentos em relação a Sissy, ao sexo que teve com o inimigo ou até mesmo em relação ao jogo em si.

– Então, quem é? – ele disse.

O demônio olhou por cima do *Correio de Caldwell*, seus olhos negros percorreram rapidamente o corpo de Jim e fizeram com que ele sentisse vontade de tomar outro banho... dessa vez, com uma lixadeira.

– Bem, bom dia, Jim. Gostaria de sentar ao meu lado?

– De jeito nenhum.

O cara na mesa em frente à dela olhou por cima do ombro. Como se não tivesse aprovado o tom ou o linguajar de Jim com a moça.

É só aparência, cara – Jim pensou.

Devina abaixou o jornal e voltou-se para suas panquecas de leite e manteiga e para seu café.

– Tem uma caneta?

– Não brinque comigo.

– Um pouco tarde para isso. Caneta?

Como algumas pessoas tentavam passar, Jim e seus colegas tiveram que virar de lado. Eddie tirou uma caneta do bolso e entregou-lhe.

Devina destampou a coisa com suas mãos longas e tratadas. Em seguida, dobrou o jornal na parte de palavras cruzadas.

– Uma palavra com sete letras para...

– Droga, Devina, pare...

– ... antagonista.

– ... com essa merda.

– Na verdade, Jim, "merda" tem cinco letras. Mas eu não estou fazendo isso, estou? – Devina começou a escrever a palavra com cuidado. – Acredito que "inimigo" seja a palavra que procuro. E terá de se sentar comigo, sozinho, ou vai cair no corredor por suas pernas adormecerem de tanto ficar de pé.

Fez mais um registro cuidadoso sobre o jornal. Imaginou se ela não estaria trabalhando numa palavra equivalente a "dor no traseiro".

Jim olhou para seus amigos.

– Já vou sair.

– Adeus, Adrian – disse Devina com um aceno – Mas vejo você em breve... tenho certeza.

O demônio não disse nada a Eddie. Afinal, ela gostava de provocar as pessoas, mas Eddie era tão calmo e impassível que simplesmente não valia a pena. O que colocava ele e Adrian no departamento de opostos que se completam.

Quando os dois anjos saíram, Jim sentou-se.

– E então?

– Não gostaria de tomar café?

– Quem é, Devina?

– Odeio comer sozinha.

– Você poderia prender a respiração até eu decidir acompanhá-la... O que acha disso?

Os olhos negros de Devina assumiram um tom objetivo.

– Vamos brigar?

Com isso, Jim soltou uma risada sincera.

– É a razão pela qual estamos aqui, querida.

Ela sorriu um pouco.

– Acho que é a primeira vez que ouço algo assim vindo de você.

Jim foi interrompido quando a garçonete chegou com um bule de café.

– Nada para mim, obrigado.

– Ele vai querer café e waflles.

Quando a garçonete olhou para Jim como se dissesse "vamos lá, decida-se", ele deu de ombros e deixou por isso mesmo.

Ao ficarem sozinhos outra vez, Devina olhou novamente para suas palavras cruzadas.

– Não terá outra chance comigo a menos que comece a falar.

Houve uma pausa, como se o demônio pensasse em alguma maneira de prolongar o encontro. Finalmente, começou a bater no jornal com a ponta da caneta de Eddie.

– Você lê o *Correio de Caldwell*?

– Às vezes.

– É um verdadeiro tesouro de informações – ela fez um espetáculo para exibir a primeira parte do jornal. – Nunca se sabe o que pode encontrar nele.

Achatou o papel, virou-o em direção a Jim e passou a encará-lo do outro lado da mesa.

Jim olhou para baixo. Três grandes artigos. Um sobre o projeto de uma nova escola no bairro. Outro sobre o aumento do número de pequenas empresas. E um terceiro sobre... A ponta da caneta de Eddie apontou o último artigo.

– Acho que cumpri minha parte do acordo – disse lentamente.

A manchete dizia: "Agendada a execução de DelVecchio".

Jim percorreu o artigo rapidamente e pensou:

*Droga, esta é a alma?*

Quando Devina já ia recolher a caneta, ele estendeu a mão e fechou-a sobre o pulso dela, mantendo-o no lugar.

Na verdade, a ponta da caneta apontava um nome escrito ao longo do artigo... E não era o nome do *serial killer* DelVecchio. Era o filho do cara... Thomas DelVecchio Jr. Um detetive da força policial de Caldwell.

Jim encarou o inimigo do outro lado da mesa e sorriu.

– Pegadinha?

Seus cílios baixaram numa atitude tímida.

– Sempre.

Chega de Devina e de perder tempo, Jim levantou-se e levou a caneta com ele.

– Aproveite meus waffles, querida.

– Ei, como vou terminar minhas palavras cruzadas?

– Tenho certeza de que dará um jeito. Até mais.

Jim saiu do restaurante e seguiu direto para seus amigos. Quando aproximou-se das motos, estendeu a caneta a Eddie.

– Sua caneta – quando o anjo foi pegá-la, Jim segurou-a. – Há metal em volta do bico. Da próxima vez, ofereça uma canetinha hidrográfica.

Quando Jim começou a estender a perna sobre o banco da moto, Adrian perguntou.

– O que ela disse?

– Parece que vamos ter que entrar no mundo dos policiais e dos ladrões.

– Ah. Bom – Ad montou sobre sua moto. – Pelo menos eu falo a mesma língua deles.

# Capítulo 6

Reilly entrou na delegacia pela porta dos fundos e passou pelo corredor de concreto que daria na mais nova, renovada, inspiradora e motivadora recepção. Infelizmente, a estátua de bronze da Dama da Justiça, com sua balança e espada, era uma interpretação moderna do clássico greco-romano, e mais parecia queijo derretido. Queijo derretido velho e marrom.

Andar ao redor da deusa de olhos vendados e dos pequenos holofotes que a iluminavam de baixo para cima dava uma ideia exata da confusão que havia no lugar. Entretanto, a maioria da força policial, dos advogados e dos promotores que passavam por ali eram ocupados demais para se preocupar com a decoração: o pessoal tinha muita coisa a fazer. O Departamento de Segurança e a Central de Detenções estavam à direita, além da cadeia em si. Os registros eram feitos no setor à esquerda. No andar de cima, estavam as salas dos departamentos de Homicídios e de Assuntos Internos, bem como a sala de reuniões e o vestiário. No terceiro andar, havia o novo laboratório e o local de armazenamento de evidências.

Reilly subiu as escadas de dois em dois degraus, ultrapassando dois colegas que iam mais devagar que ela. Mas, quando chegou ao segundo andar, perdeu o ímpeto. A grande área aberta à sua frente tinha uma série de mesas onde o pessoal do suporte administrativo trabalhava. E, bem no centro do local, em meio ao pessoal, estava Britnae, a gostosa da delegacia.

A loira tinha um espelho nas mãos e passou com os dedos uma sombra de alguma marca famosa nos olhos. O próximo passo foi arrumar os cachos. Por último, pressionar os lábios e fazer beicinho.

O tempo todo inclinava-se para frente e exibia o par de silicones para si mesma... Era evidente que estava satisfeita com a maquiagem e com aquela maravilhosa paisagem.

Britnae virou o pulso e checou um daqueles relógios femininos minúsculos que algumas mulheres usam, do tipo que têm pulseiras delicadas e os ponteiros sobre um fundo perolado. Provavelmente, ela tinha um monte de pulseiras e brincos em alguma prateleira ou armário cheio de coisas cor-de-rosa.

O guarda-roupa de Reilly parecia o do Marilyn Manson e dispensava joias. Seu relógio? Era simples. Preto e à prova de choque.

Três chances para adivinhar como Britnae ficaria quando... só precisou de uma: a garota ficava ofegante na frente de Veck desde o dia em que o cara entrara ali há duas semanas. Não que fosse da conta de Reilly.

Antes que alguém a acusasse de xereta, apressou-se para o Departamento de Assuntos Internos e entrou em seu cubículo. Fingindo estar alerta, acessou o computador, mas, quando entrou no e-mail, tudo tinha sido traduzido para uma língua estrangeira. Ou isso, ou seu cérebro tinha esquecido o inglês.

Maldito DelVecchio.

Chamá-la de *covarde*? Só por querer manter o profissionalismo? Não sabia metade do inferno pelo qual tinha passado. Além disso, estava tentando ajudá-lo...

Aquilo deu vontade de descarregar no cara sua nove milímetros como café da manhã.

Seguindo o programa, acessou o relatório que havia enviado a si mesma por e-mail mais cedo e verificou, outra vez, o trabalho, revisando todo o documento do início ao fim. Quando o telefone tocou, ela atendeu sem olhar.

– Reilly.

– Thomason – ah, o cara do laboratório. – Só queria avisar que acho que os ferimentos de Kroner foram resultado de dentes.

– Como...

– Presas, especificamente. Encontrei os paramédicos ontem à noite no pronto-socorro e estava lá quando Kroner foi entubado, costurado e até quando recebeu uma transfusão. Observei bem as feridas do rosto e do pescoço. Quando uma faca é usada num ataque como aquele, tende a deixar contornos bem claros nas lacerações. A carne dele foi rasgada... algo parecido com o que eu vi quando aquele tigre comeu o treinador de animais no ano passado.

Aquilo confirmava suas conclusões, não é mesmo? E fez com que se perguntasse o que poderia estar perambulando por aquela floresta.

– Que tipo de animal acha que foi?

– Não tenho certeza. Peguei algumas amostras do tecido... Só Deus sabe quantas espécies existem... Vamos descobrir que tipo de saliva foi deixada. Porém, posso adiantar uma coisa: seja lá o que for... estamos falando de algo grande, poderoso e... furioso.

– Muito obrigada por me ligar tão rápido.

– Sem problema. Vou tirar um cochilo e voltar ao trabalho em seguida. Entro em contato.

Depois que desligou, Reilly digitou um adendo ao seu relatório, pressionou Ctrl+P e, em seguida, enviou o documento por e-mail ao sargento. Pegou uma pasta, o celular e esperou a impressora terminar de liberar as páginas do relatório.

Ao menos tinha uma evidência para confirmar o que havia dito ao sargento antes do café da manhã. Com isso, começou a pensar no restaurante. Não deveria ter convidado Veck para se juntar a ela. Ele estava certo... parecia ruim, mas, mais que isso, poderiam ter evitado aquela conversa desagradável. Na verdade, aquilo a chateou. Não deveria. Um comentário inapropriado no café da manhã? Não deveria incomodá-la. Não mesmo. Ou teria sido uma reação alérgica à palavra *covarde*? Sim, era isso.

Veck atravessou o saguão da delegacia como um jato, passava rápido pelas pessoas, quase corria. Chegou à escada e subiu os degraus de pedra de dois em dois. Quando chegou ao segundo andar, dirigiu-se à esquerda, mas não ia ao seu escritório. O lugar ao qual precisava ir era o Departamento de Assuntos Internos... do nada, uma coisa rosa e loira entrou em seu caminho.

– Oi!

Quando olhou a garota, entendeu o que os tornados deveriam achar de um trailer quando atingiam algum pelo caminho: absolutamente nada. Ele quase passou por cima dela para chegar a Reilly, por assim dizer.

– Oi. Desculpe... estou atrasado.

Infelizmente, Britnae decidiu dançar uma valsa com ele no corredor, indo para a direita e para a esquerda. Quando ele parou, ela respirou fundo, ou arqueou as costas, ou esbarrou em algum compressor de ar, pois, de repente, parecia Jessica Rabbit, a personagem sensual que vivia exibindo o decote. Se ela mostrasse mais um pouco dos seios, estaria pronta para uma mamografia.

– Então... – ela balbuciou – eu estava pensando se você não gostaria de um pouco de café...

*Chá... ou, quem sabe, eu mesma?* – ela terminou a sentença mentalmente.

– Obrigado, mas estou atrasado para uma reunião – driblou-a.

Nova barreira.

– Bem, eu poderia trazer para você!

– Não, obrigado...

Ela colocou uma das mãos sobre o braço de Veck.

– Sério, eu não me importo...

A oficial Reilly visualizou o momento ao sair da sua sala nos Assuntos Internos. E, como pode imaginar, não hesitou ou mostrou qualquer mudança em sua expressão facial... Por que vê-lo dar o fora em alguém a incomodaria?

Quando passou, assentiu para ele dizendo oi para aquele atraso de vida.

– Tenho que ir – disse Veck, já mais que atrasado.

– Vejo você mais tarde – Britnae disse em voz alta.

– Reilly – sussurrou – *Reilly*.

A mulher que realmente interessava parou em frente à sala do sargento.

– Sim?

– Sinto muito pelo que disse. Passei dos limites.

Reilly colocou a pasta sobre o braço e passou a mão pelos cabelos.

– Está tudo bem. É um momento de estresse. Entendo.

– Não acontecerá de novo.

– Não faria diferença para mim se acontecesse.

Com isso, ela virou-se com seus sapatos de salto baixo e entrou na sala de espera. Certo... essa doeu. Mas não podia culpá-la.

Em vez de segui-la, ele ficou ali parado como uma árvore enquanto a porta fechava-se diante de seu rosto, com vontade de chutar o próprio traseiro. A próxima coisa que sentiu foi o cheiro de café fresco que indicava a proximidade de seu parceiro.

José De la Cruz parecia cansado, mas alerta; era assim que o cara costumava estar sempre.

– Como estamos?

– Péssimos.

– Não me diga – entregou um dos dois cafés que segurava. – Beba isto. Ou, se conseguir, injete um pouco na veia.

– Obrigado, cara.

– Está pronto?

*Não.*

– Sim.

Ao entrar na sala, Reilly olhou para trás e acenou para De la Cruz, em seguida, voltou a conversar com a assistente do sargento.

Veck acomodou-se numa das tradicionais cadeiras de madeira alinhadas contra a parede da sala de espera do escritório do sargento, revestida de painéis também de madeira. Enquanto bebia o café, observava cada detalhe em Reilly: a maneira como tocava o brinco direito, como se estivesse meio solto, como fazia ao dobrar a perna, como batia a ponta do sapato enquanto tentava argumentar, o fato de que, ao sorrir, exibia o ligeiro brilho de um preenchimento de ouro no molar superior. Era muito atraente. Atraente *mesmo.*

– Então, tentei ligar para você ontem à noite – De la Cruz disse em voz baixa.

– Meu celular está no laboratório.

– Você deveria ter um telefone fixo.

– Sim – olhou para seu parceiro. – Acho que não encontraram muita coisa na floresta.

– *Nada.*

Sentaram-se lado a lado, bebendo café em copos de papel com imagens de cartas de baralho. O café estava horrível, mas estava quente e deu-lhes algo a fazer.

– Você pensou em matar Kroner, não? – quando Veck encarou-o, o outro detetive deu de ombros. – Vi você com aquele paparazzo, lembra? Fui eu quem tirou você de cima dele. Quanta raiva.

Veck voltou a observar Reilly, contente por ela estar compenetrada na outra conversa. Assentindo na direção dela, disse em voz baixa:

– Ela acha que não fui eu. Porém, estou com a impressão de que você acha.

– Não disse isso.

– Não precisa.

– Não, eu vi como Kroner ficou. Você também. É uma equação sem lógica.

– Então, por que falou nisso?

– Porque está na sua mente.

Veck produziu um barulho evasivo.

– Se ela recomendar que eu continue na ativa, haverá algum problema para você?

– Não, mas acho que você não deveria sair nas ruas sozinho neste momento.

Engraçado, ele achava a mesma coisa. E era uma droga.

– Vamos ficar algemados um ao outro, então?

O sargento abriu a porta de seu escritório, mostrando a cabeça grisalha.

– Vamos lá?

Reilly despediu-se da assistente, e Veck e De la Cruz seguiram-na ao longo do grande escritório. A mesa de reunião, na outra extremidade da sala, era grande o suficiente para comportar a todos com conforto, e Reilly escolheu a cadeira mais distante de Veck para se sentar... ou seja, estava bem diante dele. Nada de contato visual. Isso não o surpreendeu.

Que inferno.

– Bem, li o relatório que me enviou por e-mail – o sargento disse a Reilly. – Mais alguma coisa?

– Apenas um adendo, o qual eu também enviei – ela passou algumas cópias ao sargento e, em seguida, entrelaçou os dedos e sentou-se. – Mantenho minhas conclusões.

O sargento olhou para De la Cruz.

– Alguma coisa a acrescentar?

– Não. Também li o relatório e isto diz tudo.

– Então, estou propenso a concordar com a oficial Reilly – o sargento olhou para Veck com firmeza. – Gosto de você. É o meu tipo de policial. Mas não vou permitir que alguém que represente perigo a outras pessoas carregue um distintivo. Reilly é sua nova parceira... Veck, não posso dispensar De la Cruz durante o seu período probatório, que será de um mês, no mínimo.

Reilly não mostrou qualquer reação diante da mudança, mas era uma profissional, não era?

– Ainda posso trabalhar no caso de Kroner? – Veck perguntou.

– Não nesta vida. A partir de hoje, você assumirá os casos antigos pelos próximos trinta dias e terá reuniões periódicas com o dr. Riccard.

Ah, sim, o psicólogo do departamento. E, no silêncio que se seguiu, Veck sabia que todos esperavam que soltasse algum protesto, mas, afinal, não poderiam considerá-lo uma *máquina mortífera* selvagem.

Não mesmo. Por exemplo, não conseguia deslocar o ombro, não morava na praia com um cachorro e não saía por aí tentando liberar seu instinto assassino. Logo...

– Certo.

O sargento pareceu um pouco surpreso, mas bateu na mesa com o nó dos dedos, algo que Veck concluiu ser um gesto de satisfação do cara.

– Ótimo. De la Cruz, quero falar com você. Quanto a vocês dois... terminamos.

Reilly saiu do escritório tão rápido quanto um tiro, mas Veck também conseguia correr daquele jeito. Saiu bem atrás dela e alcançou-a na saída do corredor.

– Então, como será? – ele falou.

Era tudo o que tinha a dizer. Desculpar-se não adiantou e, de alguma maneira, também não conseguia pensar em agradecê-la pelo relatório.

Reilly deu de ombros.

– Vou terminar o que estava fazendo esta manhã e, depois, poderemos nos ater aos casos antigos.

– Durante trinta dias.

– Trinta dias – ela não parecia entusiasmada, mas também não parecia temer o que estava por vir. Veck concluiu, com isso, que não seria fácil conversar com ela no tempo livre.

– Vejo você às treze horas em ponto no seu departamento, detetive.

– Entendido, oficial.

Mesmo andando, ela fez alguma anotação em seus papéis ao sair, a cabeça estava enterrada no trabalho. Dois rapazes passaram, olharam para ela e continuaram a olhar, como se esperassem alguma troca de contato visual. Mas ela não ergueu a cabeça. Nem notou-os. Contudo, Veck percebeu muito bem aquilo. E desejou fazer algum ajuste óptico naqueles bastardos.

– Você deixou isto no escritório do sargento.

Veck virou-se. De la Cruz tinha saído e levava o café de Veck.

Bem, aquilo não pareceu nada estranho. Não mesmo.

– Obrigado, cara – Veck pegou o copo de papel e tomou um gole. A única coisa que redimia a bebida tinha passado: a porcaria estava morna. – Bem, estava sendo bom trabalhar com você.

– Posso dizer o mesmo – José estendeu uma das mãos. – Mas, quem sabe? Talvez volte a ser designado meu parceiro daqui a um mês.

– Sim – porém, de alguma forma, Veck tinha a sensação de que seus dias no Departamento de Polícia de Caldwell estavam contados.

Voltaram ao Homicídios em silêncio e, quando abriram a porta do departamento, todos os detetives que ali estavam desviaram o olhar das paredes cinzentas que dividiam seus cubículos. Veck não viu razão alguma para suavizar as coisas.

– Na ativa. Nada de Kroner. Com Reilly.

Várias cabeças assentiram para ele e, cara, agradecia quando as pessoas eram legais. Na verdade, ali havia pessoas decentes trabalhando duro por pouco dinheiro e não tinham muito tempo para bobagens. Além disso, bem ou mal, depois de ter acertado aquele paparazzo, ganhou bastante respeito.

Quando todos voltaram ao trabalho, José bateu sobre o ombro de Veck e dirigiu-se à própria mesa. Veck não perdeu tempo. Sentou-se em sua cadeira, ligou o computador e checou seus e-mails.

Casos antigos, hum? Era uma categoria muito ampla. Acessando a base de dados do departamento, puxou todos os relatórios de pessoas desaparecidas. E aquilo fazia parte, tecnicamente, de casos antigos, não? Uma vez que ainda estavam abertos. Ao iniciar a pesquisa, esparramou-se e deixou o computador trabalhar. Engraçado como o resultado da pesquisa exibiu apenas dados de mulheres, entre 16 e 30 anos, registradas como desaparecidas nas últimas, digamos... três semanas? Quando foi mesmo que Kroner apareceu atuando naquela área?

Não era coincidência.

# Capítulo 7

Ao meio-dia, Reilly deixou a delegacia a pé e seguiu para o centro da cidade. O dia estava glorioso, com um sol de abril tão radiante e quente que afugentava aquela sensação dos doze graus exibidos nos termômetros. Mas a oficial não era a única que se beneficiava com o clima. Havia uma multidão nas calçadas e atravessando as faixas de pedestres, atrapalhando o trânsito, ao passarem com refrigerantes e sorvetes nas mãos; muitos comiam alguma coisa à beira de uma fonte ou sentados num banco do parque. Após seis meses de escuridão gelada, o Estado de Nova York ansiava por algum sinal de que o inverno realmente estivesse indo embora... E aquela bela hora do almoço não seria desperdiçada.

Aparentemente, Reilly estava no intervalo do trabalho, assim, poderia colocar a cabeça em ordem antes de ver Veck outra vez. Porém, seus passos tinham um propósito e uma direção aos quais ela recusava-se prestar atenção.

O Shopping Galeria era um dos projetos de revitalização do centro, mas, ao contrário de muitos outros, este realmente deu certo. Com uma grande loja de departamentos e uma grande livraria, os quatro quarteirões de prédios dos anos 1920 tinham sidos interditados, liberando apenas a passagem de pedestres. Era um atrativo que tinha revigorado o local e tornado-se o refúgio favorito de milhares de funcionários de escritório, assim como Reilly.

Contudo, diferentemente de suas colegas, era a primeira vez que andava pelas diversas lojas daquele centro comercial... quando parou em frente a uma delas, atraída pelo brilho rosa que irradiava do vidro. Oh, não. De jeito nenhum. Aquilo não era sua... Uma mulher saiu balançando duas grandes sacolas com as mãos e com um sorriso de orelha a orelha.

– Liquidação! – disse a Reilly. – Oba!

Sua voz saiu tão alta e estridente que parecia ter respirado hélio. Mas talvez fosse por usar um corpete embaixo do casaco – ao menos era o que parecia. Enfim, Reilly balançou a cabeça; liquidação ou não, não era o tipo de coisa que ela... Já tinha entrado na loja.

Maldição. Nunca tinha visto tanta roupa íntima num só lugar em toda sua vida.

*O estilo Victoria's Secret não é para quem tem problemas cardíacos... ou um traseiro grande* – ela pensou, perguntando-se há quanto tempo, exatamente, não aparecia na academia. Desde o ensino médio. Não... Talvez tenha sido desde o fundamental.

Cara, toda aquela renda intimidava. Assim como as imagens tratadas das modelos expostas em toda parte, de tamanhos bem maiores que o natural. E, para piorar as coisas, o lugar estava lotado de mulheres que não eram bem do tipo de Reilly. Eram garotinhas com seus vinte e poucos anos, pegando tangas, sutiãs de bojo, peças de tamanhos mínimos e outras coisas. Mesmo os pijamas ou moletons pareciam estar destinados a ser arrancados com os dentes por algum garanhão...

– Oi, posso ajudá-la?

Reilly estremeceu.

– Ah...

A vendedora era uma linda afro-americana que, provavelmente, ficava ótima em cada peça pendurada na loja ou dobrada sobre as mesas. Comparando-se a ela, Reilly sentiu-se uma coisa esquisita e sardenta do tipo que pede para fazer tudo no escuro.

– Estou bem, obrigada...

– Estamos em liquidação.

– Sim, vi uma moça saindo com algumas sacolas – o que, considerando a pequenez das roupas ali, significava que a garota tinha comprado quinhentas, talvez seiscentas, peças daquilo tudo.

– Está procurando por alguma coisa em particular?

Reilly estava prestes a balançar a cabeça recusando, quando sua boca abriu-se por conta própria.

– Quero sentir-me mulher, e não uma oficial de polícia. Eu apenas... estou cansada de mim e do meu trabalho neste momento. Entende o que quero dizer?

Oh, droga, o que ela estava dizendo?... Só uma observação: aquilo não tinha nada a ver com Brittany, que se escreve Britnae.

A vendedora sorriu.

– Entendo. Você veio ao lugar certo.

Reilly olhou para um maiô asa-delta com estampa de tigre e não teve tanta certeza disso.

– Acho que nunca comprei lingerie antes... Nada que escolhesse com cuidado, meus sutiãs são do tempo da Guerra Civil. Talvez de alguma guerra do século XVIII.

– Bom, meu nome é Ralonda – estendeu a mão – e posso cuidar de você.

– Reilly. Quero dizer... Sophia – quando apertaram as mãos, ela murmurou: – Você tem algum tipo de formação em psicologia, por acaso?

– Na verdade, é isso que eu vou estudar na Universidade de Nova York, no *campus* de Caldwell.

– Deus, você é perfeita.

– Imagine – Ralonda sorriu outra vez, exibindo seu sorriso. – Vamos tirar suas medidas e depois vou trazer algumas coisas.

Uma hora e US$ 673,43 depois, Reilly saiu com três sacolas cheias de coisas. Quando chegou à porta, de cabeça erguida, viu-se sorrindo para as duas garotas que espiavam as vitrines.

– Eles estão em liquidação – disse a elas. – Melhor entrar. E chame por Ralonda... Ela é a melhor.

Elas entraram correndo, e Reilly caminhou até a delegacia com uma curiosa sensação de leveza. Talvez o sutiã de bojo cereja com calcinha combinando que acabara de vestir tivesse propriedades antigravitacionais, erguendo não apenas seus seios mas também o corpo inteiro. Fazia com que se perguntasse o que os astronautas usavam por baixo de seus trajes. A horrível imagem de um astronauta velhaco veio-lhe à mente. O cara usava apenas um minúsculo conjunto cor-de-rosa.

Deu-se conta de que entrar na delegacia com aquelas sacolas da Victoria's Secret e um andar leve não passaria a mensagem certa... Especialmente agora que seria a parceira de Veck no próximo mês. Esquivando-se pela lateral da delegacia, aproximou-se de seu carro e escondeu as compras no porta-malas.

Desta vez, quando entrou pelos fundos e passou pelo guarda na recepção, estava um tanto constrangida, pensando se alguém poderia saber o que usava por baixo das roupas. Porém, como sempre, ninguém prestou nenhuma atenção nela. Apesar dos muitos talentos dos vários membros da polícia, parece que visão de raio X não era um deles.

A primeira parada foi seu escritório. Verificou rapidamente o correio de voz e os e-mails. Em seguida, pegou um bloco de notas e seguiu para o Departamento de Homicídios. E, como se pode imaginar, a confiança nas propriedades ocultas do algodão e da Lycra acertou em cheio a todos ali quando abriu a porta do departamento. Todos olharam para cima, inclusive Veck.

Certo. Agora entendia por que as pessoas odeiam aqueles sonhos em que andam nuas numa sala cheia de pessoas. Nunca tivera um pesadelo assim antes e, enquanto colocava o bloco de notas em frente aos seios, não estava com muita pressa de vivenciá-lo.

As pessoas apenas acenaram e cumprimentaram, e ela acenou e cumprimentou de volta enquanto dirigia-se até Veck. O cubículo ao lado dele estava praticamente vazio, havia apenas um computador e um telefone. Quando Reilly sentou-se, manteve o caderno contra o peito.

Veck encostou-se na cadeira fazendo com que seu peito parecesse enorme contra a camisa branca.

– Tudo certo na sua sala?

– Sim. No que vamos trabalhar hoje?

Ele fez um gesto com a cabeça indicando a tela do computador.

– Encontrei alguma coisa para passar o tempo. Estava esperando você chegar... Pensei em fazer um reconhecimento de campo e consultar outra vez algumas testemunhas.

– Ótimo. Qual é o caso?

– Digo no caminho. Importa-se se usarmos o seu carro? Só tenho moto.

– Ah... – com certeza não haveria motivo algum para ele olhar no porta-malas. – Claro. Sim. Tudo bem.

– Obrigado, oficial. Ou deveria chamá-la de detetive nas próximas semanas?

Quando se levantaram juntos e ela viu-se com o rosto na altura do peitoral de Veck, sabia que era hora de sufocar sua Britnae interior.

– Só Reilly está bom – respondeu.

Por um momento, os olhos de Veck baixaram, e ela poderia jurar que ele murmurou "com certeza está".

Sem dúvida a lingerie nova fazia-a ouvir coisas.

– Espere um minuto... esse *não* é um caso antigo de homicídio.

Ao pararem num sinal vermelho, Veck recebeu um olhar sério de sua nova parceira... o que foi muito excitante.

Endireitando-se no banco e rezando para que sua ereção não explodisse antes de chegarem ao local de destino, fez um esforço para manter a voz equilibrada e sem qualquer sinal de rouquidão. Porém, pelo amor de Deus, se aquilo fosse um indício de como seriam as próximas quatro semanas... estava com problemas.

– Tecnicamente, é uma desaparecida...

– Não existe "tecnicamente" nesse caso. Não há um corpo.

– Posso terminar?

– Desculpe – quando o farol ficou verde, ela pisou no acelerador. – Mas tenho um pressentimento de onde isso dará, e você não chegará nem perto do caso Kroner.

*Veremos* – ele pensou.

– Recebi um telefonema do FBI esta manhã. Estão trabalhando no caso dessa garota desaparecida e queriam saber se existe mais alguma novidade. Respondi que ficaria feliz em examinar o que já temos sobre...

– O FBI pode fazer isso sozinho...

– Não há motivo para não ser amigável. Ou para concluir que há alguma ligação com Kroner.

Ela franziu a testa.

– O que o FBI acha?

– Não perguntei. Talvez seja interestadual – pois, talveeez, aquilo fizesse parte do caso Kroner... e foi por isso que ele não perguntou nada.

– Só para que fique bem claro: se houver qualquer ligação com o caso Kroner, estamos fora.

– Certo – colocou a mão no bolso da frente do casaco e pegou um relatório de três páginas. – Cecília Barten, dezoito anos, desaparecida há apenas três semanas. Vista pela última vez saindo de casa para ir ao supermercado na avenida Union. Câmeras de segurança do estacionamento e da saída da loja não gravaram nada, graças a uma sobrecarga de energia.

– E por onde vamos começar?

– Pela casa dos pais. Quero verificar se deixaram passar alguma coisa. A mãe dela está esperando por nós... Vire à direita aqui.

Reilly seguiu as placas e virou, entrando num bairro não muito longe de onde Veck morava. Ali as casas eram um pouco maiores e mais bem conservadas. Não havia carros estacionados na rua, e Veck imaginou que não haveria grandes caminhonetes ou sedãs guardados naquelas garagens. Não tanto quanto minivans... Porém, naquela região, moravam vários casais com filhos, então, talvez estivesse errado.

– Certo – ele murmurou, olhando as casas – 491, 493, 495... aqui.

Reilly estacionou no meio-fio em frente ao número 497. Depois de desligar o motor, saíram do carro...

Logo atrás deles estacionou uma SUV dourada com insulfilme e três agentes federais desceram. Os homens estavam à paisana e, quando saíram, o motorista de cabelo loiro escuro exibiu suas credenciais.

– Jim Heron. Conversamos pelo telefone. Estes são meus parceiros, Blackhawk e Vogel.

– Thomas DelVecchio.

Quando apertaram as mãos, Veck sentiu uma energia estranha e recuou.

– Esta é a oficial Reilly. Quer entrar conosco?

O agente estreitou os olhos ao observar a casa.

– Sim. Obrigado. Meus parceiros vão esperar aqui.

Boa ideia. Seria difícil que todos coubessem naquele hall minúsculo. Enquanto passavam pela entrada de tijolos à vista, uma bandeira balançava casualmente com a brisa da primavera. Ela tinha um tom pastel e um desenho em formato de ovo estampado, metade cor de lavanda, metade cor-de-rosa e com uma faixa amarela ao meio.

A Páscoa ocorrera no fim de março, bem na época do desaparecimento da moça. Sem dúvida, a bandeira fora esquecida ali... ou talvez a família rezasse para que Cecília Barten ressuscitasse a partir daquilo. De qualquer maneira, a ruína tinha atingido aquela casa, mesmo que ainda restassem quatro paredes e um teto: a garota estava morta. Veck sentia em seus ossos, mesmo não sendo do tipo que sente coisas.

Campainha... espera... espera...

Veck olhou para Reilly. Parecia triste ao se inclinar para trás e observar as janelas do segundo andar... Será que a oficial estava tentando descobrir qual delas correspondia ao quarto da garota? Atrás dela, Heron passava uma excelente impressão de uma estátua: grande e imóvel. Seus olhos estavam focados na porta da frente, como se pudesse enxergar através das paredes.

Veck franziu a testa. Havia algo estranho no cara. Contudo, não era uma questão de competência. O agente irradiava uma precisão militar sobre tudo, desde a forma com que exibiu suas credenciais até o jeito que andava e como se mantinha imóvel. Ainda assim... o que será que...

A porta abriu com um rangido suave, e a mulher do outro lado parecia que não dormia nem comia direito há muito tempo.

– Bom dia, senhora. Sou o detetive DelVecchio. Estes são a oficial Reilly e o agente Heron.

Todos mostraram suas credenciais.

– Por favor, entrem – ela recuou e fez um gesto com o braço. – Posso servir alguma coisa?

– Não, obrigado, senhora. Agradecemos por dispor de seu tempo para conversar conosco.

A casa estava impecável, com cheirinho de desinfetante e lustra-móveis. O que sugeria que a senhora Barten limpava as coisas em momentos de tensão.

– Será que poderíamos conversar na sala de estar? – ela disse.

– Por favor.

A sala estava cheia de lembranças e bens de família, com papel de parede florido e dois sofás lisos. Quando a senhora Barten sentou-se numa poltrona e todos tomaram um lugar no sofá, Veck observou bem a mulher. Estava saindo da casa dos quarenta, com muitos cabelos loiros puxados para trás e enrolados num coque. Tinha um corpo magro e alongado... O peso que perdera recentemente realmente lhe fazia falta. Nada de maquiagem e, mesmo assim, era bonita. Porém, tinha um olhar vazio.

Droga, por onde começar?

– Senhora Barten – Reilly interrompeu –, pode nos contar sobre sua filha? Coisas que ela gostava de fazer ou nas quais era boa. Lembranças diversas.

Encarando sua nova parceira, Veck teve vontade de gesticular um "obrigado" com a boca. Especialmente quando a tensão deixou os ombros da mulher e o esboço de um sorriso surgiu.

– Sissy era... é... – ela se corrigiu. – Por favor, me desculpem. Isto é difícil.

Reilly aproximou-se da poltrona.

– Leve o tempo que precisar. Sei que pedi muito.

– Na verdade, ajuda quando falo dela. Faz com que me sinta melhor.

Numa voz hesitante, que gradualmente ganhou ímpeto, as histórias começaram a surgir, pintando o retrado de uma garota muito inteligente, boa e um pouco tímida, do tipo que nunca se envolveria em problemas se pudesse evitá-los.

*Cecília Barten foi assassinada* – Veck pensou. Não era um daqueles relatos de fuga motivados por drogas ou por causa do ciúmes de um namorado abusado e descontrolado. Era uma família estável. Uma jovem feliz. Futuro brilhante. Até que um carro bateu contra sua vida e levou tudo.

– Importa-se que eu olhe as fotos que estão ali? – Veck disse quando houve uma pausa na narrativa.

– Por favor.

Levantou-se e foi até uma das estantes embutidas ao lado de cada uma das janelas arqueadas que davam para a rua. Dois filhos. A outra era a irmã mais nova. Havia fotos de festas de formatura, aniversários, passeios no campo e jogos de hóquei... reuniões de família e casamentos... Natais.

Olhava com admiração tudo aquilo. Cara, aquilo era o melhor que a vida "normal" tinha para oferecer e, sem razão alguma, pensou em como, enquanto ele crescia, sua família não conseguiu ter nada daquilo... momentos felizes e fotografias para exibi-los. O tempo que passou com sua mãe não dava vontade de compartilhar com ninguém. Aliás, não era nada que quisesse lembrar.

Ele estendeu a mão e pegou uma das fotos 5x7. Cecília estava em pé ao lado de seu pai, braço estendido sobre o dele e com uma das mãos descansando sobre as dele. Era muito parecida com sua mãe, apenas um pouco com seu pai. Mas a linhagem era clara.

– ... ligou para casa? – Reilly disse.

Veck voltou à conversa.

– Isso – a senhora Barten disse. – Ela saiu por volta das nove horas. Eu tinha acabado de operar meu pé... Corrigi uma deformação no dedo... – por um momento, a mulher parecia ruminar alguma coisa em pensamento, e Veck apostava que era o quanto desejava voltar no tempo, quando suas maiores preocupações eram encontrar sapatos confortáveis. Mas, talvez, também estivesse se culpando. Ela balançou a cabeça e voltou a se concentrar.

– Eu estava imobilizada. Dei a Sissy uma lista de compras e... ela me ligou do mercado. Não sabia se eu queria pimenta verde ou vermelha. Eu queria as vermelhas. Estava fazendo um... – as lágrimas vieram e ela piscou com força para afastá-las. – De qualquer maneira, essa foi a última vez que alguém teve notícias dela.

Veck voltou a colocar a fotografia na prateleira. Quando foi sentar-se ao lado de Heron outra vez, franziu a testa. O cara olhava para a mãe da vítima como se ele fosse uma filmadora, como se estivesse lendo e registrando cada contração do olho ou da boca que ela fazia enquanto falava.

Quando o radar de Veck começou a soar feito louco, não ficou claro o motivo... Seria a garota desaparecida, ou sua mãe triste e adorável, ou aquele homem imenso que parecia ter a capacidade de incendiar alguma coisa com aquele olhar?

– Posso perguntar uma coisa? – Veck disse. – Ela teve algum namorado?

Com o canto do olho, pôde ver Heron apertando as coxas com força.

– Não. Tinha alguns amigos, claro, e um encontro em bailes de formatura aqui e ali... mas nada sério. Ao menos, não que ela tenha me contado... e costumava ser sincera sobre o que se passava em sua vida.

Aquelas mãos relaxaram de repente.

– Quer perguntar alguma coisa? – Veck disse ao agente.

Houve um longo silêncio. Pouco antes de tudo ficar realmente estranho, o cara disse com uma voz baixa e profunda:

– Senhora Barten, vou trazê-la de volta para casa. De uma maneira ou de outra, vou trazê-la de volta para a senhora.

Veck recuou, pensando:

*Droga, não faça assim, cara.*

– Ah, o que ele quer dizer é...

– Está tudo bem – a senhora Barten apertou a garganta com uma das mãos. – Não estou me enganando. Sei que ela está... que não está mais entre nós. Uma mãe sente o frio no coração. Só queremos saber o que aconteceu e... providenciar um descanso adequado para ela.

– Vai tê-la de volta. Juro.

Agora, a senhora Barten soluçava... e por que não choraria? O cara parecia um guerreiro acostumado com a rotina da vingança, era mais um vingador do que um agente.

– Obrigada... Agradeço a todos vocês.

Veck olhou discretamente o relógio.

– Se me der licença, eu e minha parceira vamos nos dirigir ao supermercado. O gerente disse que sairia mais cedo hoje.

– Oh, sim, claro.

O agente Heron ajudou a senhora Barten a se levantar dando-lhe a mão.

– Seria incômodo se eu desse uma olhada no quarto dela?

– Claro que não... Vou levá-lo até lá – voltou-se para Veck e Reilly. – Se precisam ir agora, voltem sempre que precisarem.

– Obrigada – Reilly disse. – Faremos isso.

– E vamos sair logo por aquela porta – Veck murmurou.

Quando o agente Heron e a mãe da vítima chegaram às escadas, Veck parou no hall e observou os dois subirem juntos. Uma janela no andar de cima iluminava-os, o raio de luz solar atingia os dois rostos e agia como um farol para...

Espere um minuto.

Veck olhou para a sala de estar... de onde os raios dourados vinham do lado oeste. Impossível. Não poderia estar vendo aquele efeito de luzes em direções opostas: vinha da frente e dos fundos da casa.

– O que é isto? – Reilly disse suavemente.

Veck voltou a olhar para a escada. Heron e a senhora Barten não podiam mais ser vistos, e a luz tinha ido embora também, a janela não mostrava nada além de galhos de árvores atrás da casa e o claro céu azul sobre ela.

– Vou subir – disse à sua nova parceira. – Só por um minuto.

# CAPÍTULO 8

Quando Jim seguiu a mãe de Sissy, sentiu-se muito oprimido. Num canto escuro de sua mente, sabia que precisava manter o controle diante de Veck, mas isso não aconteceria por muito tempo.

Virando-se no alto da escada, os sons da casa subiram a níveis de um heavy metal estridente. Tudo, desde o rangido sutil do chão acarpetado sob suas botas até a conversa suave que acontecia no saguão lá embaixo ou sua própria respiração soando forte atrás da garganta, tudo parecia gritar em seus ouvidos.

De repente, Veck apareceu atrás deles e fez um comentário rápido. Jim assentiu para o cara... e, imediatamente, esqueceu até mesmo que estava ali.

– O quarto de Sissy é por aqui.

Os três seguiram à direita e, quando a senhora Barten hesitou diante da porta fechada, Jim ergueu a mão para colocá-la em seu ombro... mas não conseguiu fazer contato.

– Prefere que entremos sozinhos? – ele perguntou.

A senhora Barten abriu a boca. Mas apenas assentiu com a cabeça.

– Não entro aqui desde... aquela noite. Está do jeito que ela deixou.

Naquele momento, o telefone tocou, e ficou evidente o alívio no rosto da mãe de Sissy.

– Vou atender. Fiquem à vontade para abrir as gavetas e o armário, mas se precisarem levar alguma coisa, poderiam me dizer o que é?

– Com certeza – Veck respondeu.

Assim que a mãe de Cecília apressou-se em descer as escadas e desapareceu no que Jim concluiu ser a suíte principal, ele abriu a porta... um cheiro maravilhoso. Entrando, fechou os olhos e tentou não se sentir um pervertido ao respirar fundo. Perfume. Loção corporal. Lençóis secos. Era... extraordinário. Mas ele não pertencia àquele quarto. Já tinha feito coisas que não deveriam sequer passar pela cabeça de alguém que entrasse num quarto como aquele... e a representação daquelas maldades estavam na tinta que cobria suas costas. Além disso, estava armado. E ainda havia aquela porcaria que fez com o demônio na noite anterior. Sentia-se sujo.

Enquanto Veck fazia o reconhecimento do quarto sozinho, Jim abriu os olhos e foi até uma estante modulada com escrivaninha embutida em frente à janela. A superfície plana e as prateleiras eram pintadas de branco, mas a cadeira era azul, combinando com as cortinas e o papel de parede listrado. Havia um tapete com franjas trançadas sobre a área acarpetada. Feito a mão. Tinha de ser.

Os livros enfileirados estavam em ordem e tinham uma temática bastante feminina. Gostava de Jane Austen, mas também havia uma prateleira inteira de *Gossip Girls*... provavelmente deixada ali desde que Sissy tinha treze anos. Algumas medalhas, vermelhas e azuis. Troféus. Sobre a mesa havia um notebook junto com dois livros, um sobre cálculo e outro sobre... trigonometria avançada? Hum. Sua garota era mais esperta que ele.

Havia também uma revista, *Cosmopolitan*, daquele mês. Tudo bem, a capa com título "ORGASMO" em fonte gigantesca e cor rosa-choque não combinava exatamente com o resto daquele ambiente inocente de trabalhos escolares... mas ela estava crescendo, não estava?

Virando-se, foi até o pé da cama de solteiro. Agora sabia por que a mãe da garota não entrava ali. A colcha azul estava puxada para trás e os travesseiros ainda amassados, como se Sissy tivesse acabado de tirar uma soneca.

– Estou indo – Veck disse. O que fez Jim se perguntar há quanto tempo estariam naquele quarto.

– Vejo você em breve – disse Jim distraído.

– Entendido.

Quando ficou sozinho, a mão de Jim estremeceu ao estender-se para tocar os lençóis. Ao acariciar os objetos que sua pele tinha tocado, pensou em Devina e no que aquele demônio tinha feito com a garota... e com a família dela.

Adrian e Eddie estavam errados. Se queriam Jim concentrado na guerra, ali era exatamente o lugar onde precisava estar. Aquilo era motivação para vencer: Sissy nunca mais deitaria em sua cama. Não terminaria o artigo que estava lendo. E não mais lidaria com números. Nunca mais. Mas, ao menos, Jim poderia providenciar um lugar melhor para Sissy ficar enquanto não pudesse se juntar a seus pais e sua irmã por toda eternidade. E, então, faria Devina pagar mil vezes por tudo o que fez.

Na mesa de cabeceira havia um despertador branco, outra revista – desta vez era a *In Touch* – e o controle remoto de sua pequena televisão branca. Teve a impressão de que, mesmo fazendo faculdade, Sissy voltava aos fins de semana, e uma espiada em seu armário confirmou isso. Considerando o número de blusas, calças, saias e vestidos, não parecia que tudo aquilo tinha sido excluído da lista dos favoritos, mas que estava pronto para usar. Havia também vários sapatos no chão.

Deixou as gavetas da cômoda de lado, pois não sabia em qual delas guardava as... roupas íntimas. Provavelmente, nas duas primeiras, mas não correria o risco de confiar no chute. Já tinha assumido o papel de um mero observador ali, pois não tinha mais esperança em encontrar alguma coisa que o ajudasse a salvá-la. Deus era testemunha de que não havia nada na Terra capaz disso. Já ele queria apenas... estar perto dela.

Certo. Muito bem. *Isto* era o tipo de coisa com a qual Ad e Eddie preocupavam-se. Assim, percebeu que era hora de ir. Mais uma vez, não tinha noção de quanto tempo estava ali. Seria dois minutos ou duas horas, mas a última coisa que desejava era a mãe de Sissy batendo na porta para saber se ele estava bem ou se já tinha ido embora.

Não pegaria nada, mesmo sentindo a tentação de ficar com algum objeto, algo para se fiar em momentos difíceis... alguma coisa de Sissy. Contudo, a família já havia perdido demais e não tiraria mais nada deles.

Jim passou um último momento olhando ao redor e, então, obrigou-se a sair. No corredor, fechou a porta e ouviu. A mãe de Sissy estava no quarto ao lado, falando em voz baixa e embargada.

Desceu as escadas e esperou discretamente no hall onde ficava a porta da frente. Inclinando-se para o lado, olhou a sala de estar em direção às fotos ao longo das grandes janelas. A que mais lhe chamou a atenção – tanto que se aproximou dela – foi uma foto de rosto de Sissy. Ela não olhava para a câmera, mas para o lado, e não sorria. Parecia mergulhada em seus pensamentos, e a expressão em seu rosto não era a de uma menina, mas de uma... sobrevivente. Parecia ter uma vontade de ferro.

– Ela não fazia ideia de que a câmera a focava.

Jim endireitou-se e olhou para a mãe dela.

– Não?

A senhora Barten aproximou-se e pegou o retrato.

– Sempre sorria quando havia uma câmera por perto. Quando seu pai tirou esta, estava assistindo suas colegas de time jogarem... Praticava hóquei de campo. Tinha torcido o tornozelo e estava no banco... mas queria estar com elas – a mulher ergueu o olhar. – Era mais forte do que aparentava ser.

Quando seus olhos encontraram os de Jim, ele respirou fundo e pensou:

*Graças a Deus... isto a manterá sã até o momento em que eu conseguir salvá-la.*

A senhora Barten inclinou a cabeça para o lado.

– Você é diferente dos outros.

Hora de ir.

– Sou como todos os outros.

– Não, não é. Nas últimas três semanas, vi mais oficiais, detetives e agentes do que em qualquer programa policial na TV que tenha assistido ao longo de toda minha vida – estreitou o olhar – Seus olhos...

Jim virou-se para a porta.

– O detetive DelVecchio entrará em contato...

– Quero te dar uma coisa.

Jim congelou com a mão na maçaneta e pensou – *Má ideia* – estava louco para aceitar qualquer coisa que ela oferecesse.

– Não precisa.

– Aqui.

Quando ele virou-se para dizer um "não, obrigado", percebeu o toque daquelas mãos em sua nuca. Havia colocado em seu pescoço uma delicada corrente de ouro.

– Ela usava todos os dias. Encontrei em cima da pia do banheiro dela... Tinha tomado banho e esqueceu de colocar de volta... De qualquer maneira, fique com isto.

Pendendo na corrente havia um delicado pássaro feito de ouro. Uma pomba.

– Foi presente do pai no aniversário de dezoito anos. Fazia parte de um conjunto.

Jim balançou a cabeça.

– Não posso. Eu...

– Fique. Fará com que seus olhos continuem assim, nossa família precisa disso.

Depois de um momento, ergueu as mãos e substituiu os dedos da senhora Barten pelos seus. O colar e o pingente não pesavam nada. E mal cabiam em volta de seu pescoço. Mas seu dedo passava por ele como um sonho, mesmo o fecho sendo pequeno e suas mãos, enormes.

Quando baixou os braços, olhou para ela.

– Como estão os meus olhos? – disse ele com voz rouca.

– Desolados.

# Capítulo 9

O supermercado ficava a pouco mais de oito quilômetros de distância da casa, mas Reilly levou um bom tempo para chegar lá. Entre o trânsito e os faróis vermelhos, estava começando a achar que os dois passariam uma eternidade naquele carro.

Ou talvez o zumbido em sua cabeça fizesse parecer assim.

– No que está pensando? – Veck disse.

Apertou as mãos no volante e endireitou-se no banco do motorista.

– Se o caso de Cecília Barten estiver relacionado às vítimas de Kroner, teremos que deixá-lo. Está preparado para isto?

– Sim, estou.

Ao olhar para ele, percebeu que o maxilar de seu novo parceiro estava rígido e o corpo, todo tenso.

– Tem certeza? – porque ela não tinha.

– Sim, tenho.

*Você é um filho da mãe teimoso que faz o que quer mesmo que isso contrarie uma ordem direta? Sim. Sou.*

Assim que entrou no estacionamento e começou a caça por uma vaga, seu telefone tocou.

– Oficial Reilly. Uh-hum, sim... não é surpresa. Mesmo? Certo, e obrigada por me contar. Sim, mantenha-me informada.

Desligou e estacionou entre um carro prata antigo e uma caminhonete azul. Virando-se para Veck, disse:

– Kroner está muito mal. Não há esperanças de que ele sobreviva.

O rosto rígido de Veck não expressou nada.

– Que pena. Talvez ele soubesse o que aconteceu.

– E saiu o resultado das análises feitas nas amostras que coletaram dele... Havia resíduos de saliva, mas as leituras não dão plena certeza quanto à fonte. Há semelhanças com pumas e lobos. Difícil dizer com certeza, mas a hipótese de ter sido um animal parece continuar ser a mais correta.

Ele assentiu e abriu a porta.

– Se importa se eu fumar antes de entrar?

Parece que estava tendo uma reação, afinal.

– Sem problema.

Saíram, e Veck foi até a parte traseira do carro, inclinando-se contra o porta-malas e tirando um Marlboro do maço... Um homem como ele poderia fumar outra marca? Quando ele acendeu o cigarro, Reilly esforçou-se para não pensar que suas calcinhas e seus sutiãs estavam separados de Veck apenas pela tampa do porta-malas.

Veck teve o cuidado de não exalar perto dela ou na direção em que o vento levasse a fumaça até a colega.

– Mau hábito – ele murmurou. – Mas ninguém vive para sempre.

– Verdade.

Encostando-se sobre o carro, ela cruzou os braços sobre o peito e olhou para o sol. O calor em seu rosto era uma bênção e fechou os olhos para apreciá-lo um pouco mais. Quando finalmente abriu os olhos outra vez, ficou chocada. Veck encarava-a e havia uma expressão em seu rosto... uma sugestão sexual. Ela tinha quase certeza de que estava deduzindo errado. Mas, em seguida, ele desviou rápido o olhar. Não era uma atitude comum quando se estava pensando em trabalho.

De repente, a temperatura primaveril aumentou e, agora, era *ela* quem *o* encarava. Bem, "flerte" parecia uma boa palavra para o que estava acontecendo.

Quando ele levou o cigarro aos lábios, sua boca se abriu e houve uma leve sucção, a ponta do objeto ficou alaranjada e os dedos indicador e médio aliviaram brevemente a pressão que faziam sobre o cigarro.

*Oh, malditos sinos* – ela pensou. Fumar era um hábito mortal e nojento, o qual ela não aprovava... Por isso, era perturbador perceber que todos os filmes ao estilo *Casablanca* faziam bem ao aproximar a câmera em longos *closes* em cenas como esta. Havia um toque erótico inegável em tudo aquilo. Especialmente quando a fumaça saía devagar de sua boca e projetava uma breve sombra em seus olhos azuis-marinhos e em seus cabelos escuros bem cortados.

Desviou o olhar rapidamente antes que ficasse presa ao...

– Então? – ele perguntou.

– Desculpe, então o quê?

– Perguntei o que achava.

Certo. Que tal responder assim: *acho que todo o vermelho cereja que estou usando embaixo das roupas deformou o meu cérebro. Porque estou achando a ideia de subir em cima de você e montar feito uma vaqueira de chapéu na cabeça muito interessante.*

– Preciso de mais informação antes de formar uma opinião – *Então, que tal acender outro cigarro desses, garoto malvado, e arrancar as calças depois?* – Oh, Deus.

– Você está bem? – ele disse, inclinando-se e colocando a mão livre sobre o braço dela. – Não comeu muito no café da manhã... Comeu alguma coisa no almoço?

*Você está apoiado sobre as três sacolas do que fiz na hora do almoço, garotão.*

– Sabe? – ela limpou a garganta. – Acho que devo comer alguma coisa.

E que Deus a ajudasse se seu cérebro cuspisse alguma coisa parecida com chantili sobre o corpo dele. Se isso acontecesse, pediria para ser transferida.

– Vamos entrar – ele disse, apagando o cigarro na sola do sapato.

Boa ideia. E já deixaria anotado: nada de tempo livre com seu parceiro. Nunca.

Aproximaram-se e passaram pelas portas automáticas, pela fila de carrinhos na recepção e entraram no supermercado propriamente dito.

Quando Veck parou e olhou ao redor, ela fez um gesto com a cabeça para a direita.

– O escritório do gerente é por aqui.

– Faz compras aqui?

– Esses estabelecimentos são praticamente todos iguais.

Enquanto caminhavam juntos, ele disse:

– Devia conhecer este aqui de cor. Minha casa não fica longe.

– Então, faz suas compras aqui?

– Café e cigarros... bem saudável, não?

Ele parecia estar em ótima forma.

– Sempre se pode mudar de hábitos.

– Sabe? Eu parei por um tempo. Cigarros e cafeína.

– O que o fez voltar a consumi-los?

– Acertar aquele fotógrafo.

Aaah, então ele tinha emoções.

– Tem muito estresse em seu trabalho.

– Já foi fumante?

– Não, nunca bebi muito também. Não tenho muita inclinação para esses vícios.

Por outro lado, fazer compras poderia acabar se tornando um.

E este foi o último pensamento que teve sobre questões que não diziam respeito ao trabalho. Quando entraram no setor de atendimento ao cliente, colocou todas as distrações de lado, sua cabeça voltou a funcionar ao imaginar a filha da senhora Barten indo até a loja para ajudar sua mãe... O que deveria ser uma simples comprinha para abastecer a dispensa acabou tornando-se um pesadelo. Talvez por causa de Kroner.

Enquanto ela preparava-se para mostrar o distintivo ao gerente, pensou ser muito perigoso imaginar Veck ou mesmo aquele agente durão, Heron, arrancando a cabeça do cara. Mas nem um *serial killer* merecia esse tipo de justiça. E não ia se iludir: não seria uma surpresa descobrir Sissy na lista de vítimas de Kroner, e essa era a razão exata pela qual Veck estava interessado no caso. Mas Reilly jogava de acordo com as regras. Sempre tinha jogado, sempre jogaria. Entregaria o caso a De la Cruz assim que percebesse alguma relação com Kroner e daria um jeito de direcionar a atenção de Veck para outra coisa. Nem que isso matasse-o.

Quando Veck checou seu relógio outra vez, eram 16h30. O gerente falava devagar, e a gravação digital das câmeras de segurança levou um tempo para ser revista. Ainda havia uma empacotadora e dois funcionários que organizavam os carrinhos para entrevistar. Nenhuma informação nova, mas, caramba, ele e Reilly trabalhavam muito bem juntos.

Ela sabia exatamente quando tomar a frente e, assim como com a senhora Barten, tinha jeito para deixar as pessoas à vontade... O que significava que acabavam falando mais. Enquanto isso, ele observava o ambiente e avaliava todas as coisas que as pessoas não diziam, mas que demonstravam no semblante.

Do lado de fora do balcão de atendimento ao cliente, apertou a mão do gerente e, em seguida, Reilly fez o mesmo.

– Obrigada por seu tempo – ela disse ao cara. – Agradecemos muito.

– Não acho que foi possível ajudá-los de verdade – o homem empurrou os óculos quadrados sobre o nariz. – Agora ou antes. Sinto-me horrível por toda a situação.

– Aqui está o meu cartão – ela entregou-o. – Pode me ligar a qualquer hora... Estou disponível 24 horas, 7 dias por semana. E, pode acreditar, você se abriu e foi honesto... Era tudo que podia fazer.

Veck entregou seu cartão também e, então, estavam indo para a saída.

– Jante comigo – Veck disse de repente. Afinal, uma segunda oportunidade de compartilharem uma refeição tinha que ser melhor do que a primeira. Desde que ele não se comportasse como um idiota, todo na defensiva, outra vez...

Tudo o que obteve como resposta foi uma desaceleração no andar e uma longa hesitação. E, em seguida, um "Ah..."

Não era um bom sinal, então, reforçou o convite com uma justificativa lógica:

– Temos que organizar as anotações das entrevistas que fizemos nas últimas quatro horas. Podemos muito bem comer ao mesmo tempo... E sei que deve estar faminta.

Cara, olha só isso. Tranquilo, casual. Perfeito.

Parou em frente a uma grande vitrine com prateleiras cheias de nachos, potes de salsa e um refrigerador cheio de queijos.

– Vou cozinhar para você. Comida mexicana... é minha especialidade.

Na verdade, aquilo poderia ser real se comparasse a outras coisas: não sabia nada sobre cozinha, mas, considerando o que pretendia fazer, tinha mais chances de acertar que com qualquer outro estilo culinário. Afinal, pedir coisas pelo telefone era sua única especialidade. Mas, vamos lá... não era tão difícil. Pegar uma caixa de tacos no corredor de salgadinhos? Como poderia errar?

– Deveríamos manter as coisas no âmbito profissional – ela argumentou.

– Não é um encontro, prometo. Você é boa demais para isso, e eu não sou tão sortudo.

Quando as sobrancelhas ergueram-se, deixou no ar o comentário que havia feito, pois era verdade e os dois sabiam disso.

– Então, o que me diz, oficial? O único tempero estará no molho.

Isso produziu nela um verdadeiro sorriso, seus lábios até curvaram-se para cima.

– Eu gosto de comida mexicana.

– Então, sou o cara certo.

Por um momento, apenas olharam um para o outro. Então, ela falou lenta e cuidadosamente:

– Tudo bem, mas onde?

– Na minha casa.

Passando à frente dela, Veck pegou um carrinho e encheu-o com itens da vitrine de nachos. Parecia uma dádiva vinda dos céus: todos os ingredientes estavam enfileirados, então, não tinha muito que escolher. Porém, era apenas o começo, e ele dirigiu-se ao local onde um cartaz indicava "COMIDA MEXICANA".

– Está olhando para mim, oficial? – disse ao perceber os olhos dela sobre ele.

– Só estou... surpresa. É isso.

– Com o quê?

Colocando o carrinho em frente a uma prateleira cheia de caixas de um amarelo brilhante, esperou uma resposta de Reilly.

– Tacos ou enchiladas? – quando não houve resposta a essa pergunta também, ele pegou uma caixa. – Tacos.

Pensou no que ainda faltava. Alface. Queijo... Observou o carrinho e decidiu que precisavam de mais. Tomates. Entendido.

– Onde é a parte de hortifrúti?

– Seguindo por ali, à esquerda. Mas precisamos de hambúrgueres.

– Sim, bem lembrado.

O balcão de carnes e congelados ficava mais ao fundo da loja e, ao passarem pelas bandejas de carne moída, pegou um pedaço magro com quarenta por cento orgânico... pois, provavelmente, ela seguia uma dieta mais natural. Quando chegaram à parte das frutas e verduras, precisavam pegar tomates e alface americana.

– Converse comigo, Reilly – disse em voz baixa.

– É que... você não me parece um homem que precise de sorte com as mulheres.

– Ficaria surpresa – ao continuarem em direção ao caixa, passaram pela parte de alimentos importados e por um self-service de saladas, e, por alguma razão, Veck sentiu que devia se explicar. – Veja bem, meu pai é muito conhecido por um motivo horrível e algumas pessoas se sentem atraídas por isso. As mulheres que me procuram não são como você. Ou têm tatuagens nos lugares mais ridículos do corpo e cabelos pintados, ou são Barbies que querem "salvar" alguém, ou desejam fazer loucuras sem correr muitos riscos. Depois, há as que parecem normais, mas costumam ter fotos do meu pai na bolsa ou cartas que pedem que eu entregue para ele... Para ser sincero, é uma confusão total. Aprendi que não posso confiar em ninguém, mas também nunca mais fui surpreendido.

Puxou o carrinho num dos caixas e começou a passar as coisas enquanto Reilly entregava-as.

– Mas, como disse, você não está em nenhuma dessas categorias – terminou.

– Com certeza, não – ela passou o saco de tomates. – Desculpe, não fazia ideia.

– Há coisas piores para se preocupar – como o laço sanguíneo que tinha com o pai maníaco, por exemplo. Droga, as tietes idiotas que queriam ficar com ele só por causa do sobrenome DelVecchio eram terríveis, mas o fato de ter o assassino ligado à sua medula era um pesadelo.

– Você vai... no meio da semana que vem? – ela perguntou.

– Como?

– À execução? – ela disse em tom gentil.

Veck congelou com a caixa amarela de tacos nas mãos.

– Vai mesmo acontecer?

– Se a Suprema Corte não emitir algum documento para adiá-la... Saiu um artigo no jornal de hoje.

Ah sim, as três colunas que ele tinha pulado no restaurante.

– Bem, espero que fritem o bastardo. E não, eu não vou. Tenho que ver aquele filho da mãe toda vez que me olho no espelho. Já é suficiente.

Pegou a carteira e tirou o cartão de crédito.

– Aqui, deixe-me ajudá-lo com a...

Veck lançou um olhar por cima do ombro.

– O homem deve pagar. Sou tradicional nesse ponto.

– E a mulher pode muito bem fazer uma contribuição. Sou realista assim.

Quando ela empurrou uma nota de vinte dólares na palma da mão dele e ergueu o olhar para encontrar o dele, soube que Veck queria beijá-la... E não apenas em suas fantasias: queria saber como era apertá-la em seus braços e sentir o sabor daquela boca da qual não saía besteira nenhuma.

Não iria acontecer.

Voltando a se concentrar nas coisas que não iriam comprometê-lo ou que evitariam um tapa, passou o cartão, digitou a senha e esperou a transação completar-se. Depois de jogar o cupom fiscal fora, dirigiu-se à saída, onde deixou o carrinho com os outros e recolheu as sacolas com as compras.

Enquanto caminhavam de volta para o carro, ele murmurou:

– Você está quieta. Falei demais?

Olhou para ele ao desativar o alarme do carro e destrancar todas as portas.

– Sobre seu pai? Deus, não... A hora que quiser falar sobre ele, ou sobre qualquer outra coisa, ficarei feliz em ouvir.

Veck acreditava nela. O que era um milagre em si.

– Obrigado, mas você acabou de ouvir tudo o que tenho a dizer sobre o assunto.

Assim que se aproximaram do porta-malas destravado, ela foi até a porta do passageiro de trás e disse:

– Espere, aqui, coloque as compras...

– Só vou jogá-las por aqui mesmo e...

Quando a porta ergueu-se sozinha, ele viu as três grandes sacolas da Victoria's Secret e não pôde evitar: seus olhos fixaram-se em Reilly e observaram seu corpo... De baixo para cima, até as bochechas avermelhadas. O que significava que não havia um monte de pijamas e roupões de banho macios naquelas malditas sacolas.

– Hum... banco de trás – ele murmurou. – Está certo...

– Estavam em liquidação – ela disse enquanto ele fechava o porta-malas.

Ele estava ficando excitado outra vez. Agora mesmo. Droga.

Depois que as compras foram acomodadas no carro, os dois sentaram-se em seus respectivos bancos e ela ligou o motor. O cinto de segurança pressionou sua ereção, mas achou que o aperto foi bem-vindo. Não precisava ficar fantasiando um desfile de moda. A bela oficial Reilly vestindo *aquelas* coisas? Cara, precisava de um cigarro.

– Merda – ele disse.

– O que foi?

– Temos que ir à sua casa para fazer isso – com um palavrão, emendou. – Quero dizer, o jantar. Fazer o *jantar* na sua casa... Não tenho panela nenhuma.

Quando pararam no sinal da saída do estacionamento, Reilly olhou para ele... e começou a rir. Antes que percebesse, ele estava sorrindo também.

– Você não sabe cozinhar coisa alguma, não é? – ela disse.

– Terei sorte se conseguir abrir a caixa de tacos – ergueu o dedo indicador. – Mas ainda gostaria de fazer o jantar, se não se importa.

Negando com a cabeça, ela sorriu.

– Certo, mas pode me fazer um favor?

– Pode dizer.

– Pode esquecer o que viu no meu porta-malas?

Seus olhos perderam-se na boca de Reilly e, em seguida, desceram para o pescoço pálido e...

– Sinto muito – disse em tom sombrio. – Isso eu não posso fazer.

Ela respirou fundo, como se todos os pensamentos dele estivessem expostos em seu rosto.

– Droga – disse, soltando o ar. – Quero dizer, sim, é claro. Considere feito. Totalmente esquecido.

Uma buzina soou alto atrás deles e ela teve um sobressalto antes de acelerar.

Que bela noite. Só faltava ele botar fogo na casa dela..

# Capítulo 10

Durante os anos em que atuou como soldado de Operações Extraoficiais, Jim aprendeu que uma boa informação é fundamental para a missão em qualquer tarefa. Claro, quando trabalhava para o maldito Matthias seu trabalho era matar pessoas e, agora, não era bem essa a situação com seu novo chefe ou com seus alvos atuais. Porém, muitos princípios eram os mesmos. E os riscos eram ainda maiores.

Sentado na cama de hotel, com o computador apoiado nas coxas, o site do *Correio de Caldwell* estava no centro da tela e a dor de cabeça que sentia não era pelo brilho da máquina. Seu trabalho já tinha sido iniciado. Considerando que Devina não havia mentido sobre a alma.

Na noite passada, Thomas DelVecchio Jr. adentrou na floresta com um cara a quem investigava... O que é normal para um detetive de homicídios, certo? Errado. O que deteve a ordem normal dos fatos foi que David Kroner, considerado um *serial killer*, fora levado numa ambulância até a cidade à beira da morte. Encharcado de molho de tomate. E isso era apenas o começo do jogo. Após passar quase duas horas vasculhando a internet, Jim teve acesso a informação suficiente para escrever um livro sobre DelVecchio... e sobre o pai do cara. Não eram boas notícias.

– Droga, Cachorro – murmurou.

Cachorro bufou baixinho e colocou a pata sobre o antebraço de Jim, como se estivesse oferecendo ajuda. A questão era: onde estava a encruzilhada de DelVecchio? Estaria naqueles bosques de ontem à noite?

Não, pois Jim teria perdido antes de ter começado e imaginou que isso estaria fora das regras. Entretanto, não significava que Devina não tivesse dado tal golpe.

E assim...

– Onde você está, vadia...?

O demônio estava em algum lugar naquilo tudo, trabalhando nos bastidores, tentando mexer os pauzinhos para que o jovem DelVecchio se envolvesse profundamente com ela.

A rota poderia ser traçada através do pai. Digitando outra vez o nome do cara no Google, Jim começou outra pesquisa. Os resultados fizeram-no questionar se valia a pena salvar a humanidade. Oh, veja só, quanta coisa baseada em seus assassinatos. Pinturas. Autógrafos.

O cara tinha sua indústria... Mas parece que não duraria muito. As luzes seriam apagadas para ele em Connecticut muito em breve. Mas talvez vivesse para sempre na infâmia: havia vigílias acontecendo fora da prisão. Sem dúvida aquela procissão de manifestantes não impediria a execução, mas era uma indicação de que o bastardo poderia tornar-se uma celebridade ainda mais famosa quando estivesse totalmente acabado.

De acordo com os arquivos do jornal, DelVecchio pai tinha cometido a maioria de seus assassinatos em Nova York e Massachusetts, e a primeira denúncia datava do meio dos anos 1990, quando o primeiro corpo fora encontrado... em Caldwell, Nova York. Passaram-se três anos para que as autoridades percebessem que estavam lidando com um *serial killer*, e não com chacinas aleatórias. Parte do atraso ocorreu pelo assassino ter deixado os corpos em situações muito diferentes e pelas investigações realizadas com diferentes graus de competência policial. Outro fator foi, ao menos no começo, que DelVecchio escondia bem os restos e de maneira muito criativa.

Os casos, porém, começaram a ser ligados e, então, iniciou-se uma corrida para capturar seja lá quem fosse o assassino. O tapa na cara foi saber que DelVecchio estava aos olhos do público o tempo todo, um negociante de antiguidades... e não apenas bugigangas e falsificações. Estava no topo daquele mercado, importando estátuas, artefatos e mosaicos do Egito e do Oriente Médio.

Maldito filho da mãe. Existia até mesmo um artigo sobre ele na *Vanity Fair*, que dava informações detalhadas sobre seus negócios. Aparentemente, entre as viagens ao exterior e as grandes festas que frequentava, DelVecchio pai conseguiu engravidar uma mulher. O filho tinha nascido no mesmo dia que o pai nascera há 29 anos, mas não havia vida familiar. Nem outras crianças.

Contudo, houve uma espécie de contato: o assassinato daquela mulher acabou sendo a chave para finalmente capturarem DelVecchio, a primeira ligação que trouxe à tona a cadeia de crimes que havia formado. O resto era história, por assim dizer.

– Entrandooo...

Jim olhou por cima do notebook. Parado na porta do conjugado, Adrian tinha uma caixa de pizza entre as mãos e um pacote com seis cervejas pendurado nos dentes.

– Aí sim! Obrigado, cara.

Eddie entrou atrás com uma segunda caixa.

– Ele providenciou tudo... até a isca.

Ad sentou-se sobre a cama e apoiou as cervejas.

– Se chamam anchovas, idiota.

O "que seja!" ficou subentendido entre os dois. Jim alimentou Cachorro primeiro, dando ao cão o item que Adrian não apreciava muito. Considerando o movimento do rabo curto e grosso, a gororoba estava mais que boa.

– Então, como podemos saber que Devina não mentiu para você? – Adrian disse, antes de se inclinar e colocar a ponta de uma fatia de pizza na boca.

– Essa confusão toda é bem a nossa cara – clicou no artigo sobre a execução e girou o computador. – Este é o pai do cara. E espere, tem mais.

Enquanto comiam, Jim mostrou- lhes alguns sites e finalizou com um artigo sobre a pequena viagem do Júnior à floresta com outro *serial killer*. Enquanto seus parceiros liam, houve uma quantidade razoável de "mas que inferno", o que era bom.

Terminou de comer a terceira fatia.

– Precisamos descobrir o que aconteceu naquela floresta ontem à noite.

– Os artigos dizem que DelVecchio não se lembra de nada.

Jim olhou para Eddie, mais conhecido como "o mestre dos truques".

– É aí que você entra. Quero entrar na mente do cara e você precisa me dizer como fazer isso.

Ad deu de ombros.

– Pessoalmente, eu costumo usar um serrote, mas...

– Pode haver várias consequências e efeitos colaterais – disse Eddie com cuidado.

– Por exemplo?

– Bem, na pior das hipóteses... ele pode acabar como Adrian.

– Ei...

Jim interrompeu o anjo em questão.

– Meio surdo. Com medo de agulhas.

– Viciado em sexo – Eddie acrescentou.

– Ou seja, um *deus* – Ad exclamou, abrindo uma cerveja. – E continuo dizendo, pessoal, não sou surdo.

– Já passamos por isso antes – Eddie enxugou a boca. – Se não consegue ouvir o quanto é desafinado, então, como pode saber?

– Não sou desafinado.

– É sim – Jim e Eddie disseram juntos.

Antes que a discussão saísse do controle, Jim ficou sério e dirigiu-se a Eddie.

– Então, me diga o que eu preciso saber.

– Precisa me explicar primeiro o que está procurando.

Jim tomou um longo gole de cerveja.

– Quero saber onde Devina está em tudo isso. Qual é o ângulo de ação dela e de que maneira está suscetível a falhar nessa porcaria toda. É isso que estou procurando.

E, considerando a situação do pai, já tinha suas suspeitas.

É claro que Veck precisava ter visto o que havia no porta-malas – Reilly pensou enquanto entrava na garagem. – *O universo não desperdiçaria uma oportunidade como essa para aprontar comigo.* Enquanto a porta da garagem subia, olhou para seu parceiro.

– Deixe-me adivinhar: gostaria de carregar as compras, da mesma maneira como pagou por elas.

– Sim, gostaria – olhou para os bancos de trás. – Como disse, sou antiquado. Mas se quiser assumir a tarefa, posso voltar atrás.

E era por isso que não tinha qualquer problema com ele. Além disso, ele poderia cuidar da comida enquanto ela tirava suas roupas do porta-malas: apesar de constrangida, não deixaria as sacolas para trás. Não havia como fingir que nada acontecera, mas, mais importante que isso, não havia motivo algum para esconder. Era uma mulher adulta que poderia comprar calcinhas e sutiãs para si.

Quando a voz na cabeça dela ficou ainda mais estridente e na defensiva, perguntou-se quem exatamente estava falando. Provavelmente seu pai. Interrompendo o discurso ridículo, terminou de estacionar o carro. Enquanto Veck saía e pegava as sacolas do supermercado, deu a volta no carro, abriu o porta-malas e manteve a cabeça erguida ao pegar todos os seus artigos cheios de lacinhos e renda e seguir para a cozinha.

– Nossa! – ele disse ao olhar para as paredes, cortinas e balcões.

– Eu deveria ter avisado.

Ter uma decoração cheia de galos na cozinha é um pesadelo, mas a boa notícia é que, geralmente, as pessoas param e olham ao redor, e, por isso, ela conseguiu enfiar as sacolas num canto qualquer, longe de olhares curiosos.

– Acho que nunca vi...

Quando Veck apenas assentiu com a cabeça, Reilly ficou feliz por ele não ter terminado a frase. Claro que nem precisaria: a parte do "... tantos galos num lugar só" costumava ficar no ar com certa frequência.

Oh, Deus, aquilo era horrível.

– Desde que me mudei há dois anos, tenho vontade de pegar um estilete e arrancar tudo a partir dos cantos. Mas sempre tem algum trabalho mais urgente que me mantém ocupada.

Porém, ao observar como Veck olhava tudo aquilo, pensou que deveria ter um pouco mais de determinação. O papel de parede tinha três galos diferentes em várias e exageradas poses, como se fossem fisiculturistas participando de um concurso. O esquema de cores era marrom, vermelho e creme com tufos verdes de grama sob as patas tripartidas. E, de alguma forma, mesmo o material estando ali há uns bons vinte anos, mantinha uma vivacidade impressionante.

– Sou eu ou os olhos deles seguem a gente? – Veck perguntou ao colocar as sacolas sobre o balcão da pia.

– Eles estão observando você. É uma maravilha para minhas dietas... sinto como se estivesse comendo em público e não consigo comprar frango desde maio do ano passado.

– É como estar no filme *Os pássaros*.

– Exceto por não ser uma fazenda. Eu sei – quando ela aproximou-se e abriu o armário sob o fogão, completou –, o fato de já estar um pouco acostumada com isso me assusta... será que me hipnotizaram? Aliás, as panelas estão aqui, as tigelas ali e as facas naquelas gavetas perto da lava-louças.

– Obrigado.

Quando ele tirou o casaco, os grandes ombros movimentaram-se naturalmente, mas, na mente dela, transformaram-se em algo nu e excitante – *Hora da distração* – Reilly pensou quando Veck começou a desembalar as coisas.

– Ei, acho que vou imprimir o arquivo do caso enquanto você começa a lidar com a comida.

– Ótimo.

– Pode levar um tempo. Minha impressora é antiga.

– Temos tempo.

Pela maneira como estava concentrado no pacote de salgadinhos, parecia que estava prestes a fazer uma cirurgia cerebral com o micro-ondas. E nossa... Aquele jeitão impassível, seguro e lindo era muito sexy, sem falar que aquela preocupação toda o deixava mais acessível. Isso e a maneira como se abriu a respeito das mulheres. Ela nunca pensara nas tietes... porém, mesmo pessoas de boa aparência podiam ser perseguidas pelos motivos errados, não?

No escritório que tinha no final do corredor, entrou no banco de dados da polícia de Caldwell, acessou o relatório e ficou parada ao lado da impressora, pronta para salvar a impressão quando as folhas ficassem presas... o que aconteceu. Duas vezes.

O primeiro indício de que as coisas não iam bem na cozinha foi o aroma inconfundível de carne queimada. O segundo foi uma explosão de palavrões. Que não parou até ela aparecer com as impressões.

Foram muitas bombas verbais. Em seguida, o detector de fumaça disparou. Seja lá o que estava na panela sobre o fogão – o mais provável era que fosse o hambúrguer, mas, como era Veck na cozinha, poderia até ser os nachos – precisava de uma mangueira de incêndio. Ele tentava lidar com a situação, levou a panela para a pia, colocou dentro da cuba, mas não ligou a água. Aproximou-se rapidamente do detector e começou a abaná-lo com um pano de prato sem nem sequer ficar na ponta dos pés.

– Acho que um dos galos aumentou o fogo – ele gritou.

– Isso não me surpreenderia.

Ela escondeu um sorriso quando colocou os papéis sobre a mesa e foi dar uma olhada no que ele tinha colocado no prato: os pedaços de queijo laranja tinham se unido à camada de tortilhas ao ponto de formarem uma nova composição molecular.

*Só há uma coisa a fazer agora* – ela pensou. Pegou o telefone e disse:

– Qual sabor de pizza você gosta, oh, poderoso fazendeiro?

– Calabresa com salame.

– Boa.

Enquanto discava, olhou para cima. A parte de baixo da camisa de Veck tinha se soltado, e ela teve uma clara visão do cós preto da cueca, bem como dos pelos que desciam em linha a partir do umbigo sobre a pele firme. Imediatamente seu cérebro voltou à cena do banheiro na noite anterior. Apenas um instante e lá estava ela, observando o corpo nu...

– Oh, sim, oi – afastou-se rapidamente. – É um pedido. Sim, sou eu. Pizza grande de calabresa com salame. Sim. Não, sem bebidas... Não, não quero uma segunda pizza de graça... Não, sem acompanhamentos... Não, obrigada, não precisa... Não, também não quero sobremesa de maçã com canela – pelo amor de Deus, levavam mais tempo fechando o pedido do que fazendo, embalando e despachando a pizza para entrega! – Ótimo, obrigada.

Desligou, endireitou os ombros e virou-se em direção a Veck outra vez – estava parado bem atrás dela, olhos semicerrados, o corpo muito maior do que aparentava ser a dois metros de distância.

Ela não se moveu. Nem ele.

– Acredita que a confissão seja boa para a alma? – disse ele de maneira misteriosa.

– Sim...

– Então, preciso dizer uma coisa.

Oh, Deus, era por isso que diziam que não se deve misturar negócios com prazer: quando seus olhos se encontraram, Reilly não pensava sobre o caso em que estavam trabalhando. Pensava que deveria admitir algumas coisas a si mesma.

*Vi você nu ontem à noite e te achei lindo.*

– O quê? – ela disse ofegante.

*Eu te desejo mesmo sabendo que não deveria.*

Engolindo em seco, ela disse:

– Diga...

# Capítulo 11

Veck sabia que não deveria responder à sua parceira e com certeza não deveria ter se aproximado tanto dela. A atitude correta seria começar a limpar a bagunça que tinha feito com os alimentos em vez de criar mais confusão.

Mas viu-a olhando o corpo dele e a expressão em seu rosto indicava um desejo forte e intenso. Surpreso? Sim. Satisfeito? Poderia, se ficassem juntos.

Mas não poderiam se desvencilhar das consequências daquilo com um banho de água quente, este era o problema.

– O quê? – ela sussurrou.

– Eu quero... – a palavra era tão rude que ele guardou-a para si mesmo.

– Diga.

Ele inclinou-se e colocou os lábios sobre o ouvido dela.

– Você sabe exatamente o que eu quero.

– E eu quero que você diga.

– Tem certeza? Não é nada agradável.

Antes que ele pudesse recuar, ela estendeu as mãos e colocou as dele sobre seus quadris. O toque foi leve como uma sombra caindo sobre o corpo de Veck, mas sentiu que tudo queimava por dentro. E uma coisa era certa, se ela instigou aquele contato é porque sabia *exatamente* o que ele tinha em mente.

O toque ficou mais intenso.

– Diga.

Sua voz era quase um rosnado.

– Quero *foder* você.

Reilly gemeu um pouco e ele continuou.

– Quero você nua. Embaixo de mim. E quero entrar em você – abaixou um pouco e passou a boca sobre o pescoço dela. – Mas sei que é especialista em conflito de interesses, então sabe muito bem os motivos pelos quais essa é uma má ideia.

Era a deixa para ela se afastar. Ou para ele pular fora. Nenhum deles se moveu.

Droga, o corpo dele começou a ficar fora de controle, sua ereção latejava por mais espaço para fazer o que sabia de melhor. O que significava que, se fosse para fazerem a coisa certa, a iniciativa partiria dela.

– Dê um tapa na minha cara – ele gemeu. – Me empurre... pelo amor de Deus, se tranque no banheiro ou algo assim. Pois se não fizer isso, eu vou...

– Me beije.

Deus, o tom que ela usou: aquilo era uma ordem. E quem era ele para desobedecer a uma ordem? Especialmente vinda de uma superior?

Veck estendeu a mão e passou o braço em volta da cintura de Reilly. Com um puxão forte e impaciente, aproximou-a de seu corpo. O próximo passo foi arrancar o elástico que amarrava os cabelos dela e jogá-lo no chão.

Cara, ela instigava tanto desejo com aquela coisa de não se afastar, e os cabelos vermelhos sobre os ombros diziam que estavam prontos para ter a mão de um homem sobre eles.

Quando agarrou a nuca e aproximou a cabeça ainda mais, sabia muito bem que iria dominá-la, assumiria o controle de seu corpo, iria segurá-la com força ao empurrá-la até a mesa da cozinha e ajoelharia entre suas pernas para sugar seu sexo. Era o que desejava fazer.

– Desculpe – ele disse, ciente de que não estava desculpando-se apenas pelo que estava prestes a fazer, mas por tudo que passava em sua mente, toda a vulgaridade que desejava impor aos dois.

Então, o destino foi selado quando ela deu um beijo nos lábios de Veck.

A boca dela era macia... e também seus seios contra o peitoral de Veck e seus quadris contra seu pênis... Era macia e quente, o tipo de coisa que se quer penetrar e permanecer ali por um bom tempo. Mas, mesmo com sua pélvis contorcendo-se e sua ereção pulsando, no fundo Veck sabia que o conflito de interesses não era o maior problema que tinham. Por mais que fingisse estar tudo normal com ele, estava em carne viva por dentro por causa daquela porcaria que tinha acontecido na floresta e pela novidade sobre seu pai. Tinha medo de que Reilly fosse exatamente o tipo de curativo que precisava... Esse foi o último pensamento lógico e decente que teve.

Quando penetrou a boca dela com a língua, seus braços apertaram-na e a parte inferior do corpo arqueou-se outra vez, a tensão e o movimento em seu pênis estimulou-o ainda mais. E isso foi antes de sentir o arrepio que passou pelo corpo de Reilly. Estava claro que ela acompanhava-o, especialmente quando o apertou em seus ombros com as unhas e suas pernas abriram-se o suficiente para que ele pudesse se encaixar com uma das pernas ali.

Pensando num palavrão, ele virou-a e colocou-a sobre a mesa, em cima da papelada que ela tinha acabado de imprimir. Imagens dela com as pernas sobre os ombros dele enquanto lambia seu sexo fizeram-no imaginar que deveria repensar a falsa propaganda sobre comê-la.

Bem, não era tão falsa assim. Só adicionaria uma atração turística muito importante na viagem para o *grand finale*. Passou a palma da mão sobre as coxas e levantou a perna dela, esfregando ainda mais o local onde ele desejava finalmente estar. Interrompendo o contato com a boca, mergulhou no pescoço de Reilly com mordidas e lambidas.

– Me deixe ver você – ele gemeu em sua garganta. – Me deixe...

– *Entrar* – outra voz disse.

Ele interrompeu o ritmo de repente, desvencilhando-se do abraço e olhando para cima. Agora seu coração batia por um motivo diferente.

– O que foi? – ela disse.

Seus olhos percorreram o local. Mas não havia quaisquer sombras esquivando-se em movimentos velozes pela cozinha com decoração de galos. Nenhum ruído de tábuas ou dobradiças rangendo. Ninguém observando pelas janelas.

Depois de um momento, a adrenalina diminuiu e percebeu onde estava e o que estava fazendo com ela. Talvez tivesse sido um pensamento que assumiu uma voz muito alta. E não poderia sentir-se melhor com isso se considerasse o que tinha acontecido com Kroner na noite passada.

Uma das mãos de Reilly ergueu-se e acariciou a bochecha dele.

– Você está bem?

– Não – olhou outra vez para o rosto dela. Sentiu o corpo dela sob o seu. Ouviu suas respirações profundas. – Mas não quero parar. Você é real... E preciso muito disso agora. Preciso... de você agora.

Reilly não era como as outras mulheres com quem já tinha ficado: os olhos inteligentes viam demais e sabiam coisas demais. Cara, ele ficara nu na frente dela no primeiro momento em que a conheceu – e isso deveria tê-lo guiado na direção oposta do que estava acontecendo. Em vez disso? Só desejava-a ainda mais.

– Então, me possua – disse, puxando a camisa para fora da saia.

Veck não deu um segundo sequer para ela mudar de ideia: enquanto a beijava, mergulhou uma das mãos sob a abertura que ela havia feito na camisa, tocando toda aquela pele quente. Em seguida, os botões soltaram-se como se tivessem o mesmo objetivo que ele: acesso total.

Ergueu-se quando o último se abriu... caramba. Renda vermelha. Havia uma complexa renda vermelha sobre um par de seios perfeitamente proporcionais. Ele conseguia ver os mamilos tensos e firmes através da pequena extensão do tecido.

– Gostou do que eu comprei hoje? – ela perguntou com voz rouca.

– Nada mal – limpou a garganta quando falou. – Nada mal mesmo. Mas o que está por baixo é ainda mais quente.

Com uma graça harmoniosa, as mãos dela ergueram-se e acariciaram o sutiã de alças finas e brilhantes... Em seguida, passou a mão sobre os mamilos rígidos e, com isso, Reilly arqueou o corpo, implorando por ele.

Com um rosnado, ele empurrou a saia para cima e adentrou entre as pernas dela, separando-as ainda mais com seus quadris ao se aproximar do que havia chamado sua atenção. Ao colocar a boca sobre o sutiã incrível, além de sentir a renda em sua língua, também percebeu a carne rosada e firme por baixo do tecido.

Não levou muito tempo para aquilo não ser mais suficiente. Com a mão áspera e impaciente, puxou o bojo para baixo, revelando o mamilo.

– Porra... – ele exclamou. – Você...

Ela não quis nem saber de conversa: com pressa, seus dedos agarraram a nuca dele e, com isso, aproximou a cabeça de Veck de seus seios. Enquanto ele sugava-a, ela ergueu-se sobre a mesa, e aquele movimento, aquele puxão, fez com que ele deixasse de lado qualquer constrangimento. De repente, Veck assumiu o controle, ergueu-a ao colocar um dos braços embaixo dela, a outra mão foi direto entre as coxas, em direção ao desejo que emanava daquela calcinha.

Acariciou o sexo dela, a palma da mão envolveu o local, bem onde ela desejava...

– Veck!

O som do nome dele foi um pedido de mais, mais, mais. E daria isso a ela. Trocando de lado, mordeu a outra metade do sutiã e puxou com os dentes, antes de sugar o outro mamilo. Contudo, ainda não era suficiente. Precisava de contato total com a pele nua. Aqui, agora...

O gemido que saiu dela foi exatamente o som de consentimento que precisava ouvir.

*Deus, vai acontecer* – pensou. – *Vai acontecer.*

Veck era um dominador total. Reilly não esperava menos que isso, mas a excitação foi surpreendente. Em parte por saber que, se dissesse não estar à vontade em ir tão longe, ele recuaria no mesmo segundo. Mas o resto devia-se à maneira como ele lidava com ela, a confiança, o poder, a possibilidade erótica que emanava de sua boca, de suas mãos e de seu olhar sedutor e intenso.

Sem dúvida, Veck tinha um talento natural para o sexo... E desenvolveu isso ao longo dos anos. De repente, como se tivesse lido a mente daquela mulher, seu olhar ergueu-se com um brilho e fixou-se no dela enquanto estimulava o mamilo da mulher com a língua... E, quando as pálpebras baixaram, sabia que desejava que ela o observasse.

Que visão. Ele puxou o outro lado do sutiã e acariciava-a, lambendo e chupando enquanto uma das mãos espalmadas pressionava sua pele. Deus, ele era grande – por inteiro. Seu pênis era longo e grosso e acariciava a parte interna das coxas dela, seus ombros eram tão grandes que não conseguia ver nada além deles, e a parte inferior do corpo daquele homem ocupava todo o espaço que havia entre suas pernas abertas.

Veck terminou de puxar o sutiã que pressionava os seios para cima, a camisa estava totalmente aberta, e a saia estava toda amontoada na cintura. O próximo passo era tirar o tecido de nylon que cobria as pernas de Reilly e, para isso, ela saiu um pouco de cima da mesa, sentindo aquela mão pressionar com mais força ainda em movimentos circulares. Mergulhou os polegares na cintura da meia-calça e baixou os quadris, escorregando a peça ao longo das coxas.

– Eu assumo daqui em diante – Veck recuou um pouco, os olhos em chamas observando o corpo de Reilly. – Hummm... bem onde eu queria estar.

Quando ele sorriu como um predador, ela ergueu os joelhos para ajudá-lo a tirar as meias, lentamente. E só depois que o fino tecido estava livre de seus pés, ela perguntou-se até onde aquilo tudo chegaria. Iriam terminar de fazer aquilo que não deveriam nem ter começado?

Se aquilo fosse um "sim", teriam que lidar com alguns aspectos práticos. Mas, caramba, que coisa chata falar de camisinha – e, sim, agora entendia por que as pessoas faziam escolhas idiotas quando se tratava de sexo. Coisas realmente importantes não tinham a menor relevância ali, todo o sofrimento que poderia vir depois daqueles minutos intensos, coisas com as quais teria que conviver, talvez para sempre... Passavam a ser ecos distantes, que ela mal conseguia ouvir, pronunciados num idioma que não queria traduzir.

Cinquenta mil anos de evolução poderiam dizer o que estava acontecendo.

Com um impulso, Veck voltou à boca dela, beijando-a profundamente enquanto as mãos desciam...

A maldição que disparou da garganta dela era mais uma vibração que um sim. A mão dele estava de volta entre as pernas, acariciando suas coxas, indo em direção à peça que completava o conjunto com o sutiã que já tinha visto e dominado.

– Veck! – ela exclamou outra vez quando o toque deslizou sobre o centro da faixa de cetim.

Foi cuidadoso, colocando apenas a pressão suficiente sobre o local tão sensível, acariciando-a em movimentos circulares que fizeram seu corpo ficar ao mesmo tempo relaxado e tenso.

Dane-se a calcinha, ela não queria nada entre eles... Mesmo assim, a barreira de seda não era de todo ruim, a costura adicionava outra dimensão ao ritmo que ele tinha imposto. E não parou de beijar sua boca, de envolvê-la, de aproximá-la ainda mais, mesmo já estando bem juntos.

Com um movimento rápido, ele levantou o tronco de Reilly e empurrou seus quadris contra o sexo dela, entrelaçando os corpos. Em seguida, curvou a coluna e encaixou-se sobre ela, acariciando-a com seu pênis enquanto observava-a com atenção.

Deus, o rosto dele estava cheio de desejo, aquela frieza tinha desaparecido, aquela máscara impassível havia explodido com a intensidade que apertava o maxilar.

Eles *iam* mesmo fazer aquilo, Reilly concluiu.

Surpreendente. As escolhas na vida de Reilly eram baseadas em dados precisos do que *deveria*, *teria que* ou do que era *melhor não* fazer. Com certeza, fazer sexo daquela maneira estava na última categoria... e, mesmo assim, não pretendia deter nada.

Porém, fariam aquilo com segurança – embora não sobre uma cama. Aquela mesa estava servindo muito bem. Mas havia coisas que ela precisava fazer primeiro. Descendo o corpo, deslizou as mãos até... a cabeça de Veck caiu para trás.

– Caaara...

Perfeito: o pênis rijo era ainda maior do que imaginava e latejava contra a palma de sua mão...

O som da campainha ecoou, alto como um tiro. E, mesmo assim, por um momento, ela não conseguiu compreender o que era aquele barulho ou por que deveria importar-se com ele. Veck recuperou os sentidos primeiro.

– Pizza.

– Que p...?

Com o pensamento rápido e lógico, ele estendeu a mão e apagou as luzes para que o entregador da pizza de calabresa com salame não assistisse ao show na cozinha. Então, com mãos eficientes, colocou a camisa dela de volta, puxou a saia para baixo e começou a arrumar as próprias calças, para que não ficasse uma tenda de circo.

– Vou cuidar disso – disse ele com uma voz equilibrada. Como se nada tivesse acontecido. Nada.

Enquanto ele foi até a porta da frente, Reilly sentou-se lentamente, a cabeça não parava e o corpo tremia. Segurando a blusa, percebeu que a volta ao normal repentina fê-la sentir-se totalmente fora de controle. Em seguida, ela saiu da mesa e os papéis do caso Barten caíram no chão.

A chuva de folhas soltas formou uma espécie de tapete aos seus pés e foi o espelho exato que precisava para ver tudo com clareza: do outro lado da cidade havia uma família de luto pela filha que sabiam ter perdido, e, em vez de concentrar-se na dor deles e em seu trabalho... estava esfregando-se num homem que não tinha nada a ver com ela.

Não poderia existir um conflito de interesses maior. Serviria de exemplo num livro didático. Mexendo nos botões da camisa, fechou-os rapidamente e, então, inclinou-se para pegar as cópias do relatório. Quando o cabelo caiu sobre o rosto, perguntou-se onde estaria seu elástico.

Quem poderia saber?

Colocando os fios atrás das orelhas, juntou as impressões com cuidado, reordenou as páginas e separou tudo em duas pilhas – a dela e a de Veck. Separado era melhor.

Ela tinha enlouquecido?

Vindo da porta da frente, ouviu um burburinho de palavras de agradecimento, a porta fechou-se em seguida e passos pesados trouxeram Veck de volta à cozinha.

Levantando-se rapidamente, colocou as duas pilhas de papéis sobre a mesa e manteve os olhos sobre elas. Não conseguia olhar para Veck. Simplesmente não tinha forças para aquilo no momento.

– Acho melhor você ir – sua voz não soou bem, mas ela não se sentia bem mesmo.

– Certo. Vou chamar um táxi.

Droga. A moto dele estava na delegacia, não?

Após soltar um palavrão em voz baixa, murmurou:

– Está tudo bem. Posso levá-lo...

– Não, um táxi é melhor.

Ela assentiu e acariciou a primeira página do relatório... onde indicava os principais dados de Sissy e a data de seu desaparecimento.

– Vamos verificar tudo isso amanhã no escritório.

– Sim – quando ele vestiu o casaco, o som macio do tecido foi mais alto que a campainha. – Sinto muito.

Ela cruzou os braços sobre o peito e assentiu outra vez.

– Sim, eu também. Não sei o que deu em mim.

Mas sabia muito bem o que aconteceria se o jantar não tivesse chegado bem na hora. Momentos depois, ele foi embora e fechou a porta tão silenciosamente que não se fez som algum. Quando finalmente olhou por cima do ombro, tudo o que viu foi a pizza no balcão. Certo, como se fosse comer alguma coisa. A caixa foi direto para a geladeira.

Saindo da cozinha, passou pela mesa e encontrou sua meia-calça atrás de uma cadeira. Seu elástico de cabelo estava no chão perto do arco que dividia os ambientes, já dentro da pequena sala de jantar. Ao inclinar-se para pegá-lo, ficou frente a frente com as compras da Victoria's Secret e percebeu que seu sutiã ainda estava beeem fora do lugar. Deixou as sacolas ali e resolveu aquele pequeno problema com alguns puxões e vários palavrões. Enquanto aproximava-se das escadas, decidiu que usaria sua velha lingerie de algodão de sempre para ir trabalhar no outro dia. Era isso, muito obrigada.

# Capítulo 12

– Pergunta. Mesmo se não quebrar nada para entrar, ainda é considerado invasão de domicílio?

Adrian soltou essa pequena pérola assim que assumiram forma em frente à porta de entrada da casa de Thomas DelVecchio Jr. – e, se considerassem tudo o que ele havia dito até hoje, sabiam que o anjo poderia ter soltado um comentário muito pior.

Jim nunca passou tanto tempo em sua vida desejando protetores e fones de ouvido. Mas pelo menos o bastardo não tentou o rap.

– E aí? – Ad disse.

– Olha só, nós nem sequer existimos – Jim murmurou. – Então, você pode alegar que nem estamos aqui de verdade.

– Ótimo argumento. Acho que é legal.

– Como se o contrário o incomodasse.

A casa era decorada ao estilo de Jim: funcional, nada de especial, muito espaço vazio. O problema? Poucos itens pessoais, e precisavam de algum objeto feito com um pouco de metal. De preferência ouro, prata ou platina. Se conseguissem algum objeto com impressões suficientes de Veck, poderiam usá-lo como ponte para entrar no cérebro do cara remotamente: de acordo com Eddie, era arriscado demais fazer isso pessoalmente. Não com Devina por perto.

– Vamos nos separar – disse Jim. – Vou examinar o andar de cima.

Quando Ad e Eddie espalharam-se, Jim subiu as escadas de dois em dois degraus. O quarto principal ocupava metade do andar. Claro que essa afirmação soa mais impressionante do que a realidade, pois a metragem total não passava de setenta metros.

– Meu Deus, quanta coisa, hein amigo? – murmurou.

Não havia nada no quarto além de uma cama grande e uma porcaria de mesa de cabeceira com um abajur sobre ela. Nada de despertador – provavelmente o cara usava o celular para isso. Nada de telefone fixo, mas para que se precisava de um? Havia uma TV de tela plana fixada na parede, cujo controle remoto encontrava-se entrelaçado nos lençóis.

Havia algumas roupas sujas num cesto de plástico no canto, meias e cuecas transbordavam pelos lados como se a coisa babasse algodão preto. Abriu o armário... e havia camisas penduradas nos cabides, que era bem melhor do que a mala que Jim usava há anos para guardar suas roupas. Atrás da porta, havia alguns cintos com fechos de metal, mas tinha de haver algo melhor para que Jim pudesse usar.

Foi até o banheiro. Todas as luzes apagadas, mas o cara não usava cortinas, então havia bastante iluminação vinda da rua. Assim que entrou no cômodo pequeno e azulejado, sentiu algo forte em sua nuca, como se formigas rastejassem sobre a pele.

*Devina.*

– Onde você está? – disse, dando uma pequena volta ao redor de si. – Onde diabos você está?

O demônio esteve ali, podia sentir sua presença no ar, como o mau cheiro que exala de uma grande lixeira, mesmo depois de ter sido esvaziada. Aquilo dava alguma credibilidade à revelação de Devina no restaurante.

Quando se voltou para a pia, franziu a testa. O espelho estava coberto com uma toalha e o formigamento em sua nuca aumentou quando estendeu a mão e puxou o tecido felpudo.

Nada, a não ser um armário de remédios dos anos 1980 embutido na parede. Mas o vidro frontal estava totalmente contaminado. *Será que ela passou pelo objeto de alguma maneira?* – perguntou-se. Recuou no mesmo instante em que as pontas do dedo fizeram contato com a superfície espelhada. O armário de remédios estava gelado.

Droga, Veck sabia que alguma coisa estava atrás dele, não? Por que cobriria a coisa? A questão era: até onde o demônio havia chegado dentro dele?

– O que fez com ele, vadia?

Recolocando a toalha, Jim abriu as gavetas, verificou o desodorante, o tubo de pasta de dente extra e o cortador de unhas. Ei! Talvez aquilo funcionasse. Só que dificilmente o objeto teria uma conexão emocional com... Uma luz estendeu-se pela frente da casa, atingindo a janela onde Jim estava e lembrando-lhe que não se preocupara em ficar invisível. Fazendo o corpo desaparecer, olhou pela janela. Na calçada em frente à garagem, Veck saiu do táxi amarelo.

Jim atravessou o quarto principal e desceu as escadas, só seria percebido se alguém sentisse a brisa que seus movimentos produziam. Na cozinha, viu que Ad e Eddie também tinham ficado invisíveis, e os três esperaram juntos, formando uma pequena fonte de calor no canto do cômodo.

*Ela ainda está nele* – disse em pensamento aos seus amigos.

*Posso senti-la daqui* – Eddie respondeu.

Na entrada da casa, a porta foi aberta, fechada e trancada. Em seguida, passos pesados aproximaram-se de onde eles estavam.

– Mas que... droga...

As maldições continuaram enquanto Veck entrava na cozinha, jogava as chaves e arrancava a jaqueta. Em seguida, foi até a geladeira e pegou uma cerveja. Tirou a tampa e bebeu com vontade, era evidente que tivera uma noite difícil no trabalho.

De repente, o cara ergueu a cabeça, apoiou a cerveja e olhou diretamente para onde os três estavam. Ele não deveria ser capaz de senti-los, muito menos de vê-los. Nenhum deles moveu-se. Nem mesmo Veck. E foi nesse momento que Jim olhou para o chão de linóleo atrás do detetive... e notou que o cara projetava duas sombras.

Única fonte de luz? Duas projeções em sentidos opostos sob seus pés?

Em silêncio, Jim apontou para o chão e seus colegas assentiram.

Veck estendeu o braço e tocou um interruptor, iluminando melhor o ambiente. Em seguida, ele olhou ao redor.

– Puta... que... pariu.

Obviamente, esse era o mote da vida daquele cara e, se Ad não se encorajasse a soltar a voz, Jim consideraria cantarolar um pouco daquela música também.

Veck balançou a cabeça e voltou para sua cerveja, tomando o que restava de uma vez só. Deixou a garrafa vazia sobre o balcão, pegou mais duas na geladeira e andou até a sala. Destino: sofá.

Jim e seus amigos foram atrás dele, mas mantiveram distância. Veck era intuitivo ao extremo ou contaminado o suficiente para ter um radar que percebesse a presença dos anjos. Conhecendo a sorte que tinha, tratava-se da última opção.

O detetive retirou as armas para se sentar: removeu uma bela automática e uma faca. Em seguida, retirou o distintivo brilhante da polícia, prata e dourado. O homem segurou a coisa sobre a palma da mão em formato de concha por um tempo. Olhava como se fosse uma bola de cristal... ou talvez um espelho onde tentasse ver a si mesmo.

*Deixe isso de lado, cara* – Jim pensou. – *Termine as cervejas, deite um pouco e tire uma soneca. Prometo que devolvo quando terminar.*

Veck seguiu as instruções e colocou o distintivo com seu nome e número de registro na polícia junto às armas, bebeu as cervejas uma seguida da outra e recostou-se nas almofadas. Seus olhos fecharam-se um momento depois. Levou um tempo para que as mãos relaxassem e caíssem para os lados, mas, em seguida, a respiração lenta e profunda confirmou o descanso – e a deixa para que eles pegassem o que precisavam e saíssem.

Jim estendeu a mão à altura da cintura e deu uma de cavaleiro Jedi com o distintivo, fazendo o objeto levitar e trazendo-o até ele ao longo da escuridão. No instante em que a palma de sua mão fez contato, sentiu o mesmo frio que sentira no andar de cima, a crueldade de Devina habitava no espaço entre as moléculas do metal.

O cuidado de Eddie parecia exagerado... até agora. Considerando a forte mensagem que o distintivo transmitia, não dava para ser pego de calças curtas ao atuar naquela tarefa.

Jim indicou a janela com a cabeça e, como uma névoa, os três desapareceram.

Do outro lado da cidade, no centro urbano de Caldwell, o Hospital São Francisco era um complexo que brilhava como uma das ruas de Las Vegas. Sob seus telhados de vinte estilos diferentes, vidas começavam e terminavam aos milhares a cada ano, a luta contra o Ceifeiro da Morte era travada por todos os médicos, cirurgiões e enfermeiras que ali trabalhavam.

Devina estava bem familiarizada com o local: algumas vezes, aqueles humanos de jalecos brancos e uniformes cirúrgicos precisavam de uma pequena ajuda para garantir que o trabalho fosse feito corretamente. E, geralmente, isso significava a morte, mas nem sempre.

O demônio entrou na ala de emergência pela porta frontal automática. Vestindo sua bela pele feminina, capturou todos os tipos de olhares vindos de pais e irmãos sentados na sala de espera. Era por isso que não pegava atalhos. Passar através de vidros, metais ou tijolos era eficiente, mas chato: adorava ser admirada. Cobiçada. Desejada. E os olhares ardentes das outras mulheres, todos aqueles olhares cheios de ódio e inveja? Melhor ainda.

Encontrar Kroner no labirinto de corredores, andares e unidades foi muito fácil. Estava há anos dentro dele, ajudando-o a aprimorar suas habilidades e dando suporte à sua obsessão. Já nasceu doentio, mas lhe faltava coragem para seguir os impulsos – e a impotência agiu a favor dela. Nada instigava mais a violência contra mulheres atraentes num louco como ele do que o próprio pênis murcho e fino.

A UTI que procurava estava sete andares acima, e ela gastou um pouco de tempo nos elevadores, caminhando, observando os uniformes das enfermeiras. Nada demais. Tecidos de algodão com péssimo corte que não realçavam nada na parte de cima e evidenciavam a flacidez da parte de baixo. Que diabos achavam que estavam fazendo com aquele visual?

Quando finalmente aproximou-se das várias portas duplas de metal, pegou uma carona com uma servente e um idoso sobre uma maca. O velhote estava apagado, mas a mulher não deu apenas uma olhada, foram várias. Sem dúvida, continuaria a observar se as portas não tivessem sido abertas no andar que precisava ficar. Lançou um sorriso sobre o ombro, saiu e não conseguiu deixar de rir um pouco.

Enfim, era hora de começar a trabalhar. Tinha a opção de assumir a forma de uma névoa e serpentear sobre o chão lustrado, mas isso causaria pânico demais. Ou poderia continuar invisível, o que era considerado uma falha de originalidade em sua cartilha: tinha passado séculos desfrutando da interação com os humanos, disfarçando-se entre eles, beliscando seus calcanhares e esfregando-se contra seus corpos

– ou indo até mais além. Não havia motivo para desperdiçar a oportunidade de divertir-se um pouco naquela noite, mesmo trabalhando. Afinal, sua terapeuta estimulava-a a encontrar um equilíbrio na vida.

Ao chegar à unidade, atravessou um corredor cheio de fotografias de vários diretores de departamentos. Muito útil, como perceberia logo em seguida. Ela parou diante de várias, observando as características, os acessórios, os nomes e títulos, os jalecos brancos e as gravatas listradas ou roupas mais formais. Era como comprar uma roupa nova. E tinha seu serviço próprio de alfaiataria.

Virando numa esquina do corredor, olhou para os dois lados para certificar-se de que estava sozinha e, então, cuidou da câmera de segurança acima dela, enviando uma carga elétrica suficiente para desativá-la sem explodir.

Em seguida, assumiu a aparência e o jaleco branco do chefe da neurologia, um tal de dr. Denton Phillips. O disfarce foi um pouco decepcionante e flácido se comparado ao traje exuberante da bela morena. O homem tinha mais ou menos sessenta anos e, embora fosse um homem branco, arrogante, bem conservado, sentiu-se mal e feia. Ao menos era melhor do que realmente parecia, e era temporário.

Quando voltou ao corredor principal, caminhou como um homem e era ótimo ver o respeito e o medo nos olhos dos funcionários pelos quais ela passava. Não tão divertido quanto a luxúria e a inveja, mas agradável mesmo assim.

Não precisava perguntar onde Kroner estava. Era muito fácil de encontrá-lo – e não ficou surpresa ao se deparar com um policial uniformizado sentado do lado de fora do quarto. O homem levantou-se.

– Doutor.

– Só vou levar um minuto.

– Fique o tempo que precisar.

Não era bem assim... Ela tinha que trabalhar rápido. Não fazia ideia de como o dr. Denton Phillips realmente era e não havia como ter certeza se a altura estava correta. Isso acontecia quando tudo o que se tinha era uma foto para servir de molde: aquele não era um bom momento para encontrar quaisquer colegas que o conhecesse bem – ou pior, o homem em si.

A UTI onde Kroner estava tinha paredes de vidro com cortinas, era possível ouvir o silvo do equipamento médico que o mantinha vivo. Deslizou a porta, empurrou o tecido verde de um biombo e entrou.

– Você está péssimo – ela disse com voz masculina.

Ao caminhar até a cama, deixou de lado a aparência do bom doutor e mostrou-se como a bela mulher que Kroner tinha conhecido há dez anos.

Havia tubos entrando e saindo pela boca e pelo nariz, e os fios emaranhados que saíam de seu peito davam-lhe a aparência de uma central telefônica. Muitos esparadrapos de gaze branca sobre a pele cinza. Muitos hematomas. E seu rosto parecia bexiga de festa, todo vermelho e brilhante, esticado pelo inchaço.

Aquele não era o fim que ela tinha planejado e no qual havia trabalhado. Era para DelVecchio ter cedido e matado o desgraçado antes mesmo de Heron ficar sabendo qual era a próxima alma. Infelizmente, seu cordeiro sacrificial louco e pegajoso tinha sido abatido por outra pessoa.

Pelo amor de Deus, era óbvio que não sobreviveria. Ela não era um médico – apenas interpretava um de vez em quando –, mas só aquela palidez já a fez pensar em funerais.

No entanto, ainda não era tarde demais para o bastardo. E, após esse deslize, não correria mais nenhum risco de perder essa rodada. Hora de tornar-se um pouco mais agressiva, especialmente se pensasse no acordo que tinha selado com Heron.

– Ainda não é sua hora – ela inclinou-se sobre a cama. – Preciso de você.

Fechando os olhos, acomodou-se sobre o corpo do homem, cobrindo-o por completo e, em seguida, infiltrou-se dentro dele através de cada poro que havia. O poder inato nela preencheu o vazio, reenergizou Kroner. Ao puxá-lo da espiral da morte, ela curou-o e deu-lhe forças ao mesmo tempo. E pensar que humanos confiavam em aparatos médicos. Tão rudimentar.

Os olhos de Kroner abriram-se conforme ela se retirava e reassumia sua forma. Então, ele encarou-a. Um brilho amoroso surgiu em seu olhar. Patético, mas útil.

– Viva – ela ordenou –, e nos veremos em breve.

Ele tentou acenar com a cabeça, mas havia muitos acessórios de entubação em sua garganta. Contudo, cumpriria a ordem. Quando ela olhou para o dispositivo de monitoramento, a frequência cardíaca já tinha alcançado estabilidade e sua pressão arterial estava regulada. O nível de oxigênio saiu de setenta e foi para noventa.

– Bom menino – ela disse. – Agora, descanse.

Erguendo a mão, colocou-o em um sono profundo e restaurador e, em seguida, reassumiu a imagem do bom e velho dr. Denton.

Entrar, sair, partir.

Saiu da sala envidraçada, acenou para o guarda e caminhou pelo corredor, passando por bajuladores e puxa-sacos que quase se ajoelhavam enquanto passava. O que era agradável. Ao ponto de ficar tentada a desfilar pelo hospital por um tempo, apenas para sentir melhor a experiência de ser aquele homem.

Mas não podia, a última coisa que precisava era encontrar alguém que realmente o conhecesse. E, mais importante, tinha um compromisso com a terapeuta bem cedo no outro dia e ainda tinha que escolher o que vestiria – isso poderia levar horas. Motivo pelo qual precisava de uma maldita terapia. Hora de ir.

# Capítulo 13

As Linhas Aéreas Angelicais, ou seja, aquelas asas coloridas com as quais Jim ainda estava se acostumando, levaram-no, junto com seus amigos, de volta ao hotel num piscar de olhos. No quarto conjugado, foram todos para a parte de Jim, e Cachorro fez uma pequena festa quando os três chegaram.

– Então, o que devo fazer? – ao dizer isso, Jim ficou pensando quantos anos levaria para não precisar mais fazer essa pergunta a Eddie. Alguns, provavelmente. Aquele trabalho apareceu sem treinamento, mas com vários apuros e implicações terríveis.

Não é exatamente o que se vê em sites de empregos.

– Fique em silêncio – disse Eddie – e segure o distintivo. Imagine que DelVecchio está sentado à sua frente, olhando para você com as mãos sobre os joelhos e os olhos fixos nos seus. Como sempre, quanto mais específica for a visão, melhor será o resultado. Veja a si mesmo erguendo a mão e colocando o dedo na testa dele. Saiba que essa conexão te dará poder para acessar as memórias dele mesmo sem tocá-lo de verdade. Está tudo na mente.

– Tchan-tchan-tchan-tchaaan! – Adrian completou.

Ajeitando-se sobre a cama, Jim segurou o distintivo no centro de suas mãos e sentiu-se péssimo. Quando era um soldado de Operações Extraoficiais, isto é, até bem pouco tempo, quando atuava como um civil qualquer, nunca se envolvera nessa porcaria transcendental, de concentração total, ioga indiana e sabe-se lá mais o quê. Já tinha viajado bastante nessa história para acostumar-se um pouco, mas sempre seria um cara objetivo, longe de ser alguém que segue ordens como um cachorrinho.

Mas que seja.

Ao concentrar-se no distintivo, sentiu que a coisa estava fria como um cubo de gelo na sua pele, mas passava apenas o frio, nenhuma gota de água. E seria bom se conhecesse DelVecchio um pouco melhor, mas fez o que pôde para visualizar o cara: os cabelos escuros, o rosto bonito, os olhos azuis inteligentes...

Em apenas um momento, o que imaginara tornou-se uma imagem tridimensional, como se estivesse assistindo TV e um ator tivesse passado pela tela e sentado à sua frente. Só que a porcaria estava toda errada. O homem tinha dois rostos.

Jim balançou a cabeça, como se isso ajudasse a resolver o problema. Não ajudou. Primeiro visualizava o rosto de DelVecchio... Em seguida, vinha outro, como uma fotografia de imagem duplicada.

Algo lhe disse para não continuar. Mas ele continuou mesmo assim. Estendeu a mão, colocou o dedo sobre a testa imaginária do primeiro DelVecchio...

No momento em que o contato foi feito, um choque invadiu-o, parando seu coração e sacudindo seu corpo. Então, como se fosse um diapasão, algo ressoou forte dentro dele – e assumiu o controle. Começou com a ponta do dedo e vibrou ao longo da mão, do pulso e do braço, o que parecia um tremor sutil, no início, tornou-se violento, sentiu que algo literalmente dividia-se... até que havia duas pontas de dedos, duas mãos, dois punhos, dois braços, mas ele ainda unia os dois extremos, como o mastro de uma bandeira que se rasga com a força do vento.

Tinha a vaga impressão de alguém estar gritando seu nome, mas não tinha como responder. Estava numa luta pela vida eterna, a distração ameaçava destruí-lo – e esteve prestes a perder o controle de si mesmo por completo quando os DelVecchios separaram-se em entidades tão distintas que só se uniam pelos quadris e pelas pernas.

O da direita estava sorrindo e não era o detetive. Era o DelVecchio mais velho, aquele do jornal, o que possuía uma alma manchada e que havia praticado atos terríveis. O filho da mãe amava a destruição.

Inferno... Jim teve a terrível impressão de que o velho não iria embora.

Adrian sabia que as coisas estavam dando errado no instante em que as mãos de Jim começaram a tremer segurando o distintivo. Não era normal.

Em seguida, uma nuvem de fumaça preta surgiu dentre as mãos de Jim, unindo-as cada vez mais sobre o distintivo de DelVecchio. O tremor começou com um movimento lento para frente e para trás, mas, rapidamente, evoluiu de tal maneira que o distintivo soltou-se das mãos e foi atirado no tapete fino.

Por uma fração de segundo, acharam que aquilo iria parar, mas a fumaça não precisava mais de uma fonte externa: as mãos e os braços de Jim tornaram-se o local de onde a terrível infecção brotava.

– Se chegar ao coração, vamos perdê-lo! – Eddie exclamou.

E essa foi a deixa para começarem a se mexer. Adrian e seu melhor amigo saltaram ao mesmo tempo em direções opostas. Enquanto Eddie corria para a porta de seu quarto, Ad pulou sobre a cama atrás de Jim. Preparando-se, ajoelhou-se e fechou os braços ao redor do grande peito, posicionando o punho o mais alto possível, para formar uma barreira física contra o ataque.

Soube bem qual era a situação no momento em que o apertou – um frio gélido soprou em sua pele, tão frio que parecia queimar. Erguendo-se, induziu aquela força a contaminar uma área diferente, oferecendo outro alvo... mesmo que isso significasse sacrificar a si mesmo. Mas a porcaria não estava interessada nele. Era apenas uma barreira enquanto os tremores continuavam em direção ao peito de Jim.

A salvação que eles precisavam era uma mistura de limão, vinagre branco, água oxigenada e erva de hamamélis – ainda bem que Eddie sempre estava preparado para tudo. Ele veio voando do outro quarto com um balde da coisa, movendo-se tão rápido que os respingos atingiram suas roupas de couro e sua camiseta da WWF.

O anjo afastou-se e jogou o líquido, ensopando Ad e a parte superior do corpo de Jim em cima da cama. Era o momento de sair: com um grito ensurdecedor, o mal saiu correndo, deixando apenas um fedor ardente flutuando sobre a cabeça e o peito molhados de Jim. Assim que a coisa partiu, o salvador caiu para frente, tão fraco que só não despencou da cama porque seguravam seu tronco.

– Calminha aí – Ad murmurou, enquanto deitava o cara.

Jim abriu os olhos e piscou como se não tivesse certeza do que viu.

– É o teto – Ad anunciou. – Como foi?

– Não consegui... nenhuma informação... sobre Veck.

– E adivinhe só? Não vamos tentar de novo.

– Que porcaria... foi aquilo? Sinto como se tivesse acabado de sair de uma turbina.

Eddie sentou-se ao lado dele e colocou Cachorro sobre o colo.

– Devina já está em DelVecchio num nível muito profundo.

– Maldição... será que ela consegue não trapacear? Pelo menos uma vez? – Jim pegou a frente da camiseta molhada e puxou o tecido sobre seu peito. – Droga, me sinto poluído.

Adrian foi até o banheiro e pegou algumas toalhas. Quando voltou, lançou uma para Jim e começou a enxugar a própria cabeça.

Jim não se importava com uma luta difícil, desde que fosse justa – e esse negócio de Devina quebrar as regras o tempo todo estava ficando ridículo. Enquanto isso, ele tinha se vendido ao diabo para obter informação. E, como se não bastasse, Nigel, seu treinador, não parecia ter muita pressa em protestar sobre isso lá no andar de cima. A coisa toda acabava com ele.

Então, Adrian abaixou-se, pegou o distintivo e enfiou no bolso. Quando pareceu que Jim iria protestar, fez só um gesto de insatisfação.

– Desculpe. Vai levar um tempo antes de o fedor sair completamente. Se tocar nisso agora terá o mesmo problema outra vez, só que pior – em seguida, apontou um dedo na face de Eddie e emendou: – E dane-se você.

Resolveu dizer aquilo pois sabia que haveria várias recriminações de "não, você não deve fazer isso" vindas do anjo.

– Só vou levar o distintivo de volta – nada demais – DelVecchio vai acordar sem o objeto e vai sentir que perdeu mais ainda a memória. Querem isso? Bom. Fico feliz que concordam.

Antes que qualquer um deles pudesse se pronunciar outra vez, entrou na parte do quarto que dividia com Eddie e tirou a roupa – com esforço. Roupas de couro já eram difíceis de tirar, mas com aquele banho de limão? Parecia cola.

– Jure – disse Eddie da porta – que não vai tocá-lo. De jeito nenhum.

Adrian vestiu roupas secas e tirou o distintivo de sua outra calça.

– Juro por Deus.

O som de alguém tossindo como se estivesse vomitando o fígado foi exatamente o ponto final da conversa que precisava. Jim passaria por momentos bem difíceis agora e, apesar de Eddie não se parecer em nada com uma babá, o filho da mãe era ótimo nisso – algo que Ad aprendeu por experiência própria.

– Estarei de volta antes que percebam que saí – Adrian sorriu. – Confiem em mim.

Eddie apenas revirou os olhos e voltou para a outra parte do quarto conjugado, sem dúvida para segurar uma cesta de lixo na frente de Jim.

Num piscar de olhos, Adrian estava no gramado da frente do pequeno lar de DelVecchio. O vento soprava do norte, e o ar frio e cristalino que vinha da fronteira canadense fazia seu nariz formigar.

Não tinha motivos para bater. Apenas moveu-se até a sala onde DelVecchio ainda estava dormindo no sofá. Colocando o distintivo no chão ao lado da arma e do coldre, Adrian ajoelhou-se e estendeu a mão. Ao passá-la sobre o rosto de DelVecchio, acalmou o cara para que tivesse um sono ainda mais profundo, embalando o pobre bastardo.

O transe revelou a verdade: sem a restrição da consciência, a extensão da posse de Devina era óbvia: estava em cada centímetro dele. *Estamos atrasados demais* – Ad pensou enquanto movia uma das mãos em círculos sobre a cabeça do cara.

– Ei, cara – sussurrou. – Quero que volte à noite passada. À floresta. Volte àquela floresta. À floresta perto do hotel. Entre os pinheiros. Você estacionou a moto... que, aliás, seria muito difícil escolher uma mais tradicional? Uma BMW? Sério? Você poderia muito bem dirigir uma mobilete – quando as sobrancelhas de DelVecchio contraíram-se, Ad concluiu que a conversa sobre motos poderia esperar. – Você estacionou aquele lixo europeu e está andando pela floresta. Está procurando Kroner. Me diga o que está fazendo – Ad continuou com os movimentos circulares.

– Diga-me. O que está fazendo...

– Eu vou... matá-lo.

As palavras soaram suaves e foram ditas por lábios que mal se moviam.

– Com o quê? – Ad perguntou. – Me conte tudo, cara.

– Minha... faca. Tenho... minha faca comigo e estou... esperando... – DelVecchio franziu a testa outra vez, mas agora parecia que estava observando algo a distância, mesmo de olhos fechados. – Sei que ele vai aparecer.

– E quando ele aparece... o que você faz?

Enquanto Ad esperava uma resposta, rezava por um milagre. Tinha visto a notícia na TV, então sabia que alguém fizera coisas muito graves com aquele Kroner. Se por acaso tivesse sido outra pessoa além de Veck, ao menos estariam em melhor situação.

– Pego a lâmina... e começo a me aproximar. Vou... matá-lo. Com minha faca – a mão direita do cara contraiu-se sobre a coxa, em seguida, fechou os dedos como se segurasse um punhal. – Eu vou... tem outra pessoa aqui.

DelVecchio prendeu a respiração e não se mexeu, assim como fez na floresta.

– Quem? – quando não houve resposta, Adrian quis sacudir os neurônios do cara para clarear a confusão cognitiva, mas, em vez disso, continuou circulando uma das mãos. – Quem é?

DelVecchio pareceu se esforçar muito naquele momento, balançando a cabeça de um lado a outro e estremecendo. Sua mão se arrastou ao passar pelo peito e ergueu-se para esfregar as têmporas.

– Não consigo... me lembrar...

*Alguém já entrou nesse cérebro* – Adrian pensou, corrigindo as lacunas da memória.

Que inferno. Existia apenas uma espécie no planeta que poderia fazer aquilo... e que também era capaz de estraçalhar um homem humano com os dentes.

– Vampiro.

Quando a palavra saiu da boca de DelVecchio, Adrian soltou um palavrão. Sim, ótimo. Era tudo o que precisavam naquela festa já superlotada. Do jeito que as coisas estavam indo, quem seria o próximo? O Coelhinho da Páscoa? A Fada do Dente? Não, não tinham tanta sorte. Seria um lobisomem ou a múmia.

# Capítulo 14

Quando amanheceu o dia seguinte, Reilly acordou antes mesmo de o alarme despertar, só não sabia se isso era bom ou ruim... Estava no meio de um sonho erótico, que colocou ela e Veck de volta à mesa da cozinha. Só que não houve *interrupções pizzaoiolas* desta vez. Acabou ficando totalmente nua, com Veck em cima dela, os dois numa corrida selvagem que...

O alarme do relógio começou a ganir como um *pincher* irritante.

– Cala. A. *Boca.*

Quando silenciou a maldita coisa, decidiu: sim, foi bom ter acordado mais cedo. Mesmo que seu corpo se sentisse enganado, não eram imagens que gostaria de ter em mente ao entrar na delegacia.

Chuveiro. Secador. Roupas... algodão branco sob as roupas, muito obrigada.

Pegou sua caneca de viagem e, num minuto, estava no carro, indo trabalhar, bem a tempo de pegar o trânsito da estrada. E, claro, dispensava a introspecção a que levava o fato de ficar presa em engarrafamentos, com centenas de outros trabalhadores, pela manhã.

Deus, as mães tinham razão em tantas coisas: escove os dentes e use o fio dental antes de dormir, mesmo que esteja exausta, use uma touca no frio, mesmo que se sinta uma idiota, coma vegetais, mesmo que não sejam muito gostosos, pois precisa das fibras e vitaminas. E não se envolva com colegas de trabalho, mesmo que sejam bonitões e tenham mãos e lábios mágicos.

Enquanto avançava em ritmo de lesma, sua mente era uma gangorra que oscilava entre aquilo que se lembrava do sonho ao acordar e o pesadelo que tinha sido a noite passada, quando a transa fora interrompida e a sanidade retornara.

Por falar em opostos...

Quando o telefone tocou, a primeira coisa que pensou foi: *por favor, que não seja minha mãe* – as duas eram próximas, mas nunca tiveram uma conexão telepática e não era a manhã mais adequada para começar com isso.

Mas a tela não mostrava "casa".

– Detetive De la Cruz? – disse ao atender.

– Bom dia, oficial. Como vai?

Frustrada. De muitas maneiras.

– Presa no trânsito. E o senhor?

– A mesma coisa, mas seguindo em outra direção.

– Tem café aí?

– Com certeza. E você?

– Sim. Então, é quase como já estar no escritório.

Houve o som de um gole.

– Tenho novidades.

– Pensei que tivesse ligado apenas para dizer bom dia.

– Kroner está de volta.

Apertou as mãos com mais força sobre o volante.

– Defina "estar de volta".

– Os médicos acabaram de me ligar e estão impressionados. Na noite passada, em algum momento, tudo mudou. Seus sinais vitais ficaram fortes e estáveis, e, veja só: está muito consciente.

– Caramba... tenho que falar com ele.

– Não estão preparados para acomodar muitos visitantes, mas permitem que mandemos um representante. E recomendo que não seja você a fazer isso.

– Por que não?

– Você é um alvo para ele. Mulher branca, na casa dos vinte...

– Já passei dos vinte.

– E por isso acho que poderíamos ir mais longe com um homem...

– Posso lidar com ele.

– Quero que ele fale, não que fique distraído ao imaginar todas as coisas que pode fazer com você.

Cara, era um pensamento horrível.

– Não estou dizendo que você não deva fazer isso. É que essa pode ser a nossa primeira e única chance de ouvir a versão dele. Não confio em coisas que não possam ser explicadas, e o médico não faz ideia de como o bastardo ainda está vivo, muito menos, acordado.

Reilly amaldiçoou, mas entendia o ponto de vista dele. Além disso, o detetive não era machista. Por outro lado, poderiam enxergar as coisas de outro ângulo... e sentiu-se péssima ao expô-lo.

– Tem alguma chance de você não querer que eu ouça o que ele tem a dizer sobre DelVecchio?

– Não estou protegendo Veck. Se ele cometeu um crime, será tratado como qualquer pessoa. Confie em mim. E entrarei em contato imediatamente quando o representante terminar a conversa com Kroner, para que acompanhe as novidades. Certo?

Era difícil duvidar da lógica e daquele homem.

– Quero saber de tudo.

– Saberá, oficial. Juro pela minha mãe.

– Ligue.

– Assim que puder.

Quando Reilly desligou, jogou o telefone sobre o banco vazio ao lado dela. Acreditava que, finalmente, descobririam o que tinha acontecido naquela floresta – teoricamente era isso. *Serial killers* não eram reconhecidos pela sinceridade ao serem capturados.

Preparou-se para sair da estrada ao mudar de faixa e acionar a seta. E, quando conseguiu, pôde acelerar mais. Contudo, o atraso no trânsito acabou sendo algo bom. Quando o prédio sem graça da delegacia finalmente apareceu, estava pronta para trabalhar – e também para ver Veck.

Cometeram um deslize. Tudo bem. Mas aquilo não precisava se repetir, e não deixaria nada afetar seu trabalho. Havia muita coisa em jogo. Não estava disposta a se distrair ou a relaxar e ser pouco profissional só porque se sentia atraída pelo parceiro. Sissy Barten e as outras vítimas mereciam algo muito melhor que isso. E tipos como Kroner requeriam atitudes firmes.

– Você está péssimo.

Veck ergueu o olhar da tela do computador. Bails estava em pé na frente da mesa com uma expressão de satisfação no rosto e uma jaqueta nas mãos.

– Obrigado – Veck recostou-se na cadeira e desejou um cigarro. – E você parece um cara que acabou de...

– Dar uns amassos em alguém, certo?

– Eu diria "ganhar na loteria". O que aconteceu?

– Adivinha quem acordou?

– Considerando a referência que você fez sobre "amassos", não quero saber.

– Kroner.

Veck estendeu o corpo para frente.

– Impossível.

– Bem, então De la Cruz está dizendo um monte de bobagens, pois acabou de me pedir para sair e ver o que o bastardo tem a dizer. Acho que teve alguma reação na noite passada.

Veck saiu da cadeira, sem nem sequer perceber o movimento. Mas foi um desperdício de energia: não iria a lugar algum. Ao menos, não em caráter oficial.

Veck sentou-se outra vez.

– Droga.

Bails inclinou-se com o rosto muito sério.

– Vou cuidar disso. Vou te contar tudo. Pelo que sei... não vai nem acreditar nas evidências apreendidas da caminhonete de Kroner. A catalogação vai demorar mais um dia, no mínimo; tem muito material. Cruzar as informações das vítimas? Levará um ano, provavelmente. Pelo menos o FBI está sendo legal e trabalhando conosco, e não contra nós.

Droga, Veck precisava confirmar a informação com o agente. Tomou um gole de café em sua caneca.

– Não consigo acreditar que Kroner está vivo.

– Milagres acontecem.

– Acho que pode chamar assim.

– Mas é. Ele vai libertá-lo, amigo. Confie em mim.

Veck não tinha muita certeza disso, mas não tinha importância. Estendeu a mão fechada para bater na de Bails e disse:

– Vá com tudo, cara.

– É isso aí. Ligo quando terminar.

Quando o cara virou-se para sair, Reilly apareceu na porta. Parecia bem, profissional, séria... tudo o que alguém deve ser num ambiente de trabalho. Porém, num piscar de olhos, começou a vê-la desarrumada em cima da mesa da cozinha, cabeça para trás, seios expostos, sem meia-calça e com a saia em volta da cintura.

Veck passou a mão sobre a cabeça que doía. Tinha acordado com um martelo sobre a testa, havia vagos tentáculos de um sonho terrível e persistente em sua mente – e isso não era nada. Tinha a estranha convicção de que alguém estivera na sua casa durante a noite. Porém, verificou todas as portas e janelas e nada, nenhum arrombamento. Nada fora do lugar também.

Depois que Bails acenou para Reilly e saiu, ela aproximou-se.

– Bom dia.

– Bom dia – Veck olhou em volta. Ninguém estava prestando atenção neles e aquilo parecia um milagre... Sentia como se os dois tivessem um letreiro de neon sobre o peito onde se lia: "NOS AGARRAMOS ONTEM À NOITE". Mas parecia que apenas ele e Reilly sabiam o que tinha acontecido, pois ela também olhava discretamente para os outros colegas de trabalho.

– Pronto para examinar o arquivo Barten? – ela disse, ao colocar as coisas sobre a mesa ao lado dele e entregar uma cópia impressa.

As páginas estavam organizadas, bem empilhadas e grampeadas. Estava claro que ela imprimira o relatório outra vez.

Girando a cadeira em direção a ela, pensou no que tinha acontecido com os dois relatórios da noite passada. Sem dúvida, ela teve que jogá-los fora depois de serem amassados embaixo de dois corpos pesados e, em seguida, lançados ao chão.

Ele esfregou a cabeça outra vez.

– Soube do Kroner?

– De la Cruz me ligou.

– Estou surpreso de que você ainda não tenha ido até lá para entrevistar o cara.

– Ah, eu vou. Pode apostar sua vida nisso – tirou o clipe da sua pilha de papéis e espalhou as várias seções grampeadas. – Então, ao ler tudo isso, uma coisa me incomodou.

Ele viu-se olhando a boca dela e desejou dar um soco em si mesmo: não era apenas inapropriado, mas soava como falta de respeito.

– O que seria? – *desculpe por ontem à noite.* – Em que ponto você está no relatório?

– A parte da denúncia anônima. Página dois. Alguém ligou dizendo ter visto Sissy entrar num carro preto no estacionamento do mercado.

– Achei – *não deveria tê-la colocado nesta situação.* – Sim, mas não há mais nada. O cara não deixou o nome.

– Estive pensando no que a mãe disse sobre ela. Sissy não me parece o tipo de garota que faria algo assim. Não era uma pessoa que entraria no carro de um estranho.

– Talvez a denúncia esteja errada ou seja mentira – *gostaria de dizer que não te desejo, mas não posso.* – Não seria a primeira vez, e como saber sem qualquer informação adicional?

Naquele momento, seus olhos encontraram os dele.

– Mas esse é o ponto. Por que não haveria outras pessoas observando a garota quando ela saiu para o estacionamento? Ela deixou o carro ali, certo? Por que ninguém mais veria o que aconteceu quando ela saiu? Especialmente se houve resistência? Havia funcionários recolhendo carrinhos, clientes entrando e saindo. Se concluirmos que Sissy foi forçada a entrar no veículo, alguém deve ter visto a luta, ou alguma coisa fora do comum.

Pensando nas indicações, assentiu.

– Sim, e os arredores do supermercado... Não há nada do outro lado da rua ou dos lados. Fica meio distante da estrada, então não há sentido em sair caminhando como se fosse a outro lugar.

– Alguém viu alguma coisa.

Deus, era quase o que tinha acontecido com ele em relação a Kroner: nada além do resultado final... Cercado por várias lacunas de esquecimento. Talvez a água de Caldwell tivesse alguma coisa que fizesse as pessoas perderem a memória.

– Vamos começar do começo – ele disse, reordenando sua pilha. – E dar um passo de cada vez.

Quando pensou sobre Bails conversando com Kroner, pegou o celular e colocou-o em cima da mesa no caso de o cara ligar.

Com certeza, Sissy Barten encaixava-se no perfil das vítimas do assassino e era uma das duas pessoas denunciadas como desaparecidas na cidade. Kroner nunca abordava homens, crianças ou alguém acima dos trinta, e a outra garota da lista tinha sido registrada há quase um mês, então poderia estar fora do alcance do tempo condizente com os ataques. Sissy tinha sido sua vítima, Veck sentia isso. Ela era o seu caminho de volta para o caso Kroner.

# Capítulo 15

– Mas eu *não* toquei nele.

Jim estava nu e barbeava-se no banheiro enquanto a discussão entre Ad e Eddie, que tinha começado há horas, continuava no quarto ao lado. Era como ter o som de uma TV ao fundo – com a única diferença de que a interrupção dos comerciais era o barulho de tomar banho, vestir-se, comer etc.

Tinha a impressão de que os dois discutiriam para sempre. Eram muito bons nisso... muito criativos. E pensar que Jim admirava o próprio repertório de palavrões.

– Da próxima vez, seja mais específico – Adrian comentou. – Não pode beijar o meu traseiro por conta disso.

– Parou para pensar que o que aconteceu com Jim poderia ter acontecido com você? Não havia ninguém para ajudá-lo ali.

– Eu não toquei nele!

Cachorro estava na primeira fila do show, sentado no acesso entre os quartos conjugados, com a cabeça de pelos desgrenhados indo da direita para a esquerda enquanto um dos homens falava e o outro respondia. O carinha parecia bastante satisfeito em ficar ali sentado acompanhando a briga. Quem sabe aquilo não seria sua versão de um *Animal Planet*.

Balançando a cabeça, Jim apoiou as mãos sobre o balcão da pia e inclinou-se para o espelho. A aventura da noite passada com o distintivo foi um aviso para acordar. Devina tinha truques e campos minados que ele ainda precisava compreeder... E, sem dúvida, Veck fora sugado por todo aquele...

– ...vampiro.

Jim franziu a testa e inclinou-se para trás, colocando a cabeça para fora. Ele tinha ouvido direito? Nenhum de seus colegas parecia muito fã da saga *Crepúsculo*. Porém, era difícil definir as preferências de Adrian. E, geralmente, não daria importância ao comentário. Mas também não acreditava em anjos... até se tornar um.

– Está dizendo que preciso investir em alho? – ele gritou.

Cachorro reposicionou-se para conseguir enxergar a todos.

Antes que pudesse obter uma resposta, o celular de Jim tocou sobre o criado-mudo ao lado da cama. Aproximou-se e pegou-o, a tela anunciava o número 518 como código de área da ligação.

*Bom dia, detetive DelVecchio.*

– Heron.

– Aqui é o Veck. Tudo bem com você e seus colegas?

*Se pensarmos em toda a diversão e brincadeiras que tivemos com você na noite passada...*

– Bem. E você?

– Estamos examinando o caso de Cecília Barten. Têm alguma informação que não temos?

Jim estava preparado para a pergunta – era sempre assim, seria capaz de prever isto também se estivesse trabalhando de fato para o FBI.

– Não tenho certeza. Posso me reunir com você e dar uma olhada no que tem?

– Boa.

– Não temos muita coisa – Devina não deixaria fios soltos e, pensando em tudo o que era capaz de manipular, a limpeza que fez no ato do sequestro tinha sido espetacular.

– Sim, eu sei. Não há testemunhas... Como é possível não ter nenhuma testemunha?

Porque sua Sissy tinha sido capturada por um demônio, por isso. Não que ela fosse dele.

– Ouça – o detetive continuou, baixando a voz. – Acho que ela está ligada com o caso Kroner. Pode verificar outra vez seus arquivos relacionados a ele?

– Com certeza – Jim não era especialista em mentir, mas não tinha qualquer problema com isso quando a situação pedia. – Vou ver o que consigo desenterrar. Almoço?

– Sim. Restaurante Riverside?

– Vejo você lá ao meio-dia.

Deixando de lado toda a questão sobre vampiros, Jim andou ao redor da cama e colocou a cabeça na porta que separava os quartos.

– Temos um encontro com o detetive.

Eddie e Adrian olharam para ele e, imediatamente, franziram a testa.

– O que é isso no seu pescoço? – Ad perguntou.

– Ao meio-dia – Jim disse. – O que significa que têm mais algumas horas para discutir enquanto volto a fazer algumas pesquisas na internet.

Quando recuou e pegou as calças que tinha deixado sobre a cadeira, eles seguiram-no.

– Qual é o lance do colar? – Ad exclamou.

Mesmo com o traseiro de fora, Jim decidiu que vestir uma camiseta era prioridade. Não queria que vissem a pequena corrente de ouro de Sissy.

– Estamos ferrados – Adrian murmurou. – Muito ferrados.

Jim puxou a camisa para baixo.

– Obrigado por seu voto de confiança...

– Ela não é problema seu! É apenas uma garota, supere isso.

Era a coisa errada a se dizer, no tom errado e na manhã errada. Jim aproximou-se do cara e ficou face a face com os anjos.

– Passei parte da tarde de ontem olhando nos olhos da mãe daquela *garota*. Então, antes de defini-la como não sendo nada especial, sugiro que vá até lá e veja o quanto ela é importante.

Adrian não recuou.

– E eu sugiro que comece a estabelecer suas prioridades. Já existiram milhares de belas e inocentes vítimas nesse conflito e, sim, é trágico, mas é a realidade. Ela é apenas a mais recente delas... Vai fazer isso com cada garota que encontrar? Isto é uma guerra, não uma maldita agência de namoro.

Jim mostrou os dentes num rosnado.

– Seu maldito filho da puta. Você *sequer* pode fingir que me conhece.

– Então, faça-nos um favor e conheça a si mesmo!

Jim recuou e olhou para Eddie.

– Quero esse cara longe de mim. E cuide para que continue assim. Já chega.

Adrian soltou um "tanto faz" por cima do ombro e voltou para seu quarto. Um momento depois, uma porta fechou-se.

Jim puxou as roupas de couro que costumava usar e, em silêncio, desejou gritar.

– Ele está certo – disse Eddie.

Olhando sobre o ombro, Jim gritou:

– E você pode ir também. Não preciso de nenhum dos dois.

Houve um momento de silêncio e, a seguir, as sobrancelhas de Eddie abaixaram lentamente, fechando-se sobre aqueles olhos vermelhos... que começaram a brilhar de repente.

Jim recuou, mas não por medo de bater no cara. E sim por ter percebido que jogara um palito de fósforo aceso sobre um galão de gasolina. Não era muito interessante ficar perto de Eddie Blackhawk nervoso.

Com uma voz distorcida, como se fosse um rádio entrando e saindo da frequência, o anjo rosnou:

– Quer ser uma ilha? Boa sorte... Salvei sua vida ontem à noite e não foi a primeira vez. Acha que Adrian é o problema aqui? Dê uma olhada no espelho, vai encontrar uma resposta melhor.

Com isso, Eddie virou-se e fechou a porta, trancando-a. Um breve clarão incandescente sugeriu que o anjo havia decolado como sempre fazia.

Jim pegou uma cadeira, ergueu-a acima do ombro e preparou-se para jogá-la pela porta. Mas parou ao vislumbrar a si mesmo no espelho sobre a cômoda.

Seu rosto estava vermelho de raiva, os olhos brilhavam num azul gélido da mesma maneira que os de Eddie quando se transformaram em luzes de árvore de Natal vermelhas. Sua camiseta estava esticada sobre o peito ressaltado e sobre os músculos dos ombros, a delicada corrente de Sissy pressionava as veias do pescoço.

Desceu a cadeira devagar, inclinou-se sobre o vidro e observou os pequenos elos dourados. Mais um pouco daquele acesso de raiva e quebraria a coisa, simplesmente romperia ao meio.

– Cachorro, vou sair um pouco.

Quando não houve nenhuma reação, nenhuma pata mexendo para chamar a atenção, nada de orelhas com pelos bagunçados erguendo-se do outro lado da cama, Jim virou-se.

– Cachorro? – e assoviou. – Cachorro?

Talvez o cão tivesse ficado no quarto de Eddie e Ad. Aproximando-se da porta, Jim abriu a fechadura com a força do pensamento.

Nada.

Nada de Cachorro também.

Ele estava sozinho.

Ficou em dúvida por um momento, pensando *que diabos aconteceu aqui?*, mas fechou a porta outra vez e trancou-a. Levando tudo em conta, a separação era inevitável. Ele e Adrian tinham se agredido em menos de 48 horas trabalhando juntos, e toda aquela diferença de opiniões continuou a ferver dentro deles. E, sim, Eddie era legal, mas Jim tinha a sensação de que poderia sobressair-se em termos de mágica... Portanto, não poderia dizer que se sentia comprometido.

Seria mais organizado assim. Mais limpo. Além disso, quando trabalhou sob o comando do maldito Matthias nas Operações Extraoficiais, esteve sempre sozinho, então era o mesmo negócio de sempre. Estava acostumado. Ter parceiros, pessoais ou profissionais, era confusão demais para o gosto dele.

# Capítulo 16

– *Como*?

No gramado do castelo celeste, Nigel olhou ao longo da mesa coberta com uma toalha de linho e fez um gesto com a cabeça indicando um prato de porcelana fina.

– Poderia me passar os bolinhos, por favor?

– *Não* foi isso o que você disse – Colin recostou-se na cadeira delicada, as sobrancelhas negras abaixaram sobre os olhos quc, por sua vez, expressavam vários palavrões.

Os dois anjos que os acompanhavam no jantar – bem, eram três se contassem o cão de caça irlandês – pararam no meio de um dos goles de suas bebidas... Ou em meio a uma fungada, no caso de Tarquin. Mesmo assim, Bertie entregou o prato em questão, o belo rosto estava cheio de compaixão, como sempre. Não é preciso dizer que o chá estava arruinado, mesmo o quitute sendo glorioso.

– Nigel, que diabos você fez?

– Agradeço se não se dirigir a mim neste tom, Colin.

– Pode ir para o inferno com a sua etiqueta. O que está dizendo? Teve um encontro com o Criador?

Nigel abriu o bolinho ao meio e inalou o aroma doce que exalou com a fumaça. Na realidade, não precisavam de alimento, mas privar-se daquele prazer por um detalhe técnico era absurdo.

Byron empurrou seus óculos cor-de-rosa sobre o nariz.

– Tenho certeza de que ele tem os seus motivos, não é mesmo?

Ao contrário de Colin, que era um touro teimoso, os outros dois simplesmente esperariam para ouvir o que Nigel tinha a dizer. Bertie, de coração mole, e Byron, com seu eterno otimismo, eram criaturas mais delicadas que Colin, capazes de demonstrar as virtudes da moderação e grande paciência. Colin, porém, perguntaria apenas mais uma vez e já começaria a dar socos sobre a mesa.

Calmamente, Nigel levou o tempo que quis usando o passador de manteiga. E, naturalmente, era possível sentir o calor vindo do outro lado da mesa como chamas ardendo sobre a madeira.

– Nigel. O que aconteceu?

Respondeu apenas depois de terminar de mastigar completamente a primeira mordida.

– Acredito que discutimos a predileção do outro lado por... como posso dizer... por fazer um reajuste criativo da realidade...

– Ela é trapaceira e uma mentirosa vadia – Colin exclamou.

– Precisa ser tão direto? – Nigel apoiou o bolinho, seu apetite havia desaparecido. – E preciso lembrá-lo de que nós também quebramos as regras? Nossas mãos também estão sujas, velho amigo, e...

– Isso é apenas um remendo para o que ela tem feito...

– Precisa parar com as interrupções. *Agora.*

Os dois se entreolharam num silêncio contínuo e inabalável... ao ponto de Nigel saber que dormiria sozinho naquela noite... mas não tinha problema algum com isso.

– Terminamos com a discussão? – Nigel pronunciou.

Colin abriu a boca, mas fechou-a em seguida com um gesto brusco.

– Ótimo. Bem, como eu estava dizendo, o Criador está ciente das transgressões... dos dois lados. – Nigel testou a temperatura de seu chá Earl Gray. Esperava que estivesse perfeito, e estava. – Mas reconheci nossas negligências e o fato de não ser justo exigir atitudes de Devina que nós mesmos não estamos preparados para honrar.

– A natureza dela é como sempre foi – Bertie disse em voz baixa. – Não pode mudar quem e o que ela é. Com certeza, o Criador sabia disso desde o início.

– Sim, eu também acho – Nigel tomou um pouco mais de chá. – Não há surpresa alguma em nada disso. Na verdade, tive a impressão... – Nigel escolheu as palavras com cuidado, pois não se deve falar nada, para o bem ou para o mal, em nome do Criador: – Quase acredito que tudo isso já fosse esperado. As violações dela. Nossas tentativas de ajudar Jim com Adrian e Edward. Tudo isso.

– E qual é o resultado da conversa? – Colin vociferou.

– Uma incógnita. Porém, o Criador deu notícias muito infelizes. Já de saída, fui informado de que houve uma ruptura entre Jim, Edward e Adrian.

– Oh, devem ter brigado – Bertie murmurou.

– Desde quando? – Colin perguntou.

Nigel colocou a xícara de porcelana de maneira precisa sobre o pires.

– É evidente que deve ter acabado de acontecer.

As sobrancelhas de Colin estreitaram-se mais uma vez, o que significava que estava pensando. E isso nunca era bom.

– O que aconteceu?

– O Criador não disse e não era correto perguntar – e desejou, naquele momento, inserir a mesma resignação no coração do arcanjo. – Mas ficou claro que Jim está sozinho.

Era desastroso. O salvador era forte, mas não tinha nenhuma experiência nos caminhos daquela antiga guerra. Agora, era apenas um belo faisão sentado distraidamente sob a mira da arma daquele notório demônio.

– Mas acredito que o Criador tomará uma atitude – Nigel concluiu.

– Contra nós? – Colin perguntou.

– Vamos esperar e então saberemos.

Não havia nada para prometer aos seus colegas, nenhum motivo para terem fé em virtude da conversa que teve. Depois que alguém apresenta um assunto ao Criador para que ele considere, transfere o problema de suas mãos, e não há uma maneira de prever como os dominós enfileirados cairão.

– Vou descer – Colin anunciou. – Heron não pode ficar sozinho.

*Por que ninguém adere às regras?* – Nigel pensou. – *Ao menos uma vez.*

Ao pegar a xícara e segurá-la com o dedo mínimo estendido, percebeu mais uma vez. Se existia alguma coisa na qual se podia confiar era na paixão de Colin: a natureza dele era impetuosa, portanto seu controle cognitivo era tão somente um grande esforço para encobrir sua verdadeira constituição. Por isso, pode-se dizer que era o verdadeiro intelectual entre eles.

– Nada a dizer, Nigel? – Colin cobrou em tom amargo. – Nenhum "oh, não, você não pode?"

Nigel focou o castelo que estava a uma curta distância e, quando finalmente falou, foi em voz baixa. Se viesse de outra pessoa, poderia se dizer que soava entristecido.

– Temos uma oportunidade de assumir o controle desse jogo. Gostaria de pedir que leve em consideração o que acabei de fazer... Seria tolice seguir tudo à risca... de imediato... Esse é exatamente o tipo de violação que apresentei para que o Criador corrigisse.

– Conservadorismo é o primo da covardia. Ou seja, se o Criador sempre teve ciência das infrações de Devina, então poderia ter tomado alguma atitude contra ela na primeira rodada. A omissão revela uma postura permissiva e, portanto, devemos ser proativos neste caso – o arcanjo jogou o guardanapo sobre a mesa. – Não é tão poderoso quanto pensa, Nigel. Ou acredita ser tão importante a ponto de todas as suas ações encontrarem as reações que você quer?

No silêncio que se seguiu, Nigel sentiu-se cansado com tudo e com todos: Jim havia feito um acordo com Devina. Colin estava prestes a ser desonesto. O demônio estava fora de controle. Tinham perdido a última rodada e havia pouca esperança com relação a atual.

– Por gentileza, peço que me deem licença – com cuidado, pressionou o guardanapo de linho sobre a boca e dobrou-o com precisão. Colocando o tecido com o mesmo cuidado ao lado do prato, levantou-se. – Acho que já supliquei o suficiente por um pouco de lógica e, agora, faça o que quiser, Colin. Peço apenas que esteja ciente das grandes implicações existentes – fez um gesto de negação com a cabeça para seu velho amigo. – Eu esperava lutar com o demônio. Nunca pensei em travar conflitos com o salvador ou com tipos como você ao mesmo tempo.

Não esperou por uma resposta, apenas seguiu para seus aposentos em forma de vapor. Ali, em sua privacidade e em meio a tecidos de cetim coloridos e seda, sentiu como se tivesse sido lançado na fria galáxia e estivesse flutuando no espaço, seguindo sem controle... sozinho e sem direção.

Havia uma grande possibilidade de perderem a guerra. Com as coisas ruindo na Terra e nos céus, não havia nada para oferecer contra as conspirações de Devina, e ela adorava expor e explorar tais fraquezas.

Quando entrou na arena pela primeira vez com o demônio, estava absolutamente confiante da vitória. Agora, tudo o que conseguia enxergar era a derrota. Iriam perder. Especialmente se pensasse que deveria ter sido firme com Colin, mas acabara sucumbindo pelo cansaço.

Por um bom tempo, permaneceu onde seus pés tinham parado. Seus pulmões esforçavam-se para sustentar uma respiração da qual ele não necessitava, mesmo assim, estava em pânico com a ideia de perder o ar. Finalmente, aproximou-se de seu espelho ornamentado e sentou-se diante do reflexo. Com uma maldição em voz baixa, deixou sua imagem desvanecer-se em fumaça, restando a verdadeira essência: uma fonte de luz que brilhava com todas as cores da Criação.

Percebeu que tinha mentido a si mesmo. Desde o início, acreditava que aquela guerra fora travada para salvar as almas no castelo – e, apesar de ser aquele o principal motivo, havia outra verdade escondida por trás de sua determinação e de seu manto heroico.

Aquele era seu lar. Aqueles aposentos, o tempo que passava com Colin, as refeições, praticar esportes com Bertie e Byron e até mesmo os olhos marrons de Tarquin e seus membros esguios. Tudo aquilo nutria e sustentava Nigel.

Era sua vida, e amava-a daquele jeitinho, com as pegadas deixadas por Colin sobre os tapetes depois do banho, o vinho que tomavam juntos quando tudo estava calmo e silencioso e aquela sensação de imaginar os momentos em que suas peles tocavam-se uma na outra. Era um imortal que, naquele momento, entendia o terror mortal da perda.

Como os humanos conseguiam? Passar por suas vidas tão curtas, sem saber ao certo quando as pessoas que amam seriam levadas... Ou se havia de fato um lugar para todos do outro lado. Talvez esse fosse o ponto-chave. Na verdade, tinha passado tempo demais vivendo alegremente seus "dias" e "noites" tendo como certo que tudo o que amava seria eterno. Só agora, quando confrontado com a imensa e obscura morte, percebeu como eram belas as cores brilhantes de sua existência.

*O Criador é um gênio* – pensou. A infinitude resultava em insolência. Mas a transitoriedade era a única maneira de alguém valorizar o que possui.

– Nigel.

Não era Colin, mas Byron, que havia entrado no ambiente pleno de tecidos roxos e vermelhos. O arcanjo estava hesitante ao interromper, e foi uma surpresa não ter anunciado sua presença.

– Estou chamando há um tempo – disse.

Ah, isso explicava tudo.

Nigel reassumiu sua forma, remodelando sobre si a carne e os ossos, vestindo o corpo com o terno branco vespertino que usava para o chá.

Na verdade, quando encontrou os olhos por trás daqueles óculos cor-de-rosa, preferiu ser observado pela raiva de Colin. Ou até mesmo pela duplicidade de Devina. A última coisa que interessava era a eterna fé e o otimismo de Byron.

– Meu querido – Nigel disse –, talvez possamos fazer isso outra hora.

– Não vou demorar. Só vim para dizer que Colin decidiu não descer.

Nigel levantou-se e foi até a espreguiçadeira ao lado da cama. Estendendo-se, fez um esforço para manter a forma corpórea. Estava cansado, oh, tão cansado, mesmo em face do que deveria ter lhe dado alívio.

– Vamos ver quanto tempo vai durar essa hesitação – murmurou.

– Colin se dirigiu aos aposentos dele.

Ficou subentendido que, se Nigel quisesse conversar com o arcanjo, poderia encontrá-lo lá. O fato de Byron dar-lhe um relatório do que tinha acontecido, por assim dizer, era uma de suas características. Então, sua presença ali não o surpreendia. Era impossível que Byron e Bertie não soubessem do grau de proximidade que Nigel tinha com seu imediato, mas tudo era tratado com discrição. No entanto, aparecer ali era a maneira de Byron dizer que estava preocupado com os dois.

O otimista. Preocupado.

De fato, as coisas estavam indo muito mal.

– Colin está nos aposentos dele – o arcanjo repetiu.

– Onde deveria estar – afinal, tinham passado um bom tempo juntos ali, mas, "oficialmente", viviam separados.

Após a suave resposta, Byron removeu os óculos e, quando ergueu os olhos, Nigel mal conseguia se lembrar da última vez que o viu sem aquelas lentes róseas.

– Perdoe a minha franqueza, mas acho que deveria falar com ele.

– Ele pode vir até mim.

– Sabia que diria isso.

– Alguma chance de você ter falado com ele primeiro? – o silêncio respondeu. – Ah, você é muito gentil, querido amigo.

– Não, esse é o Bertie.

– E você. Sempre vê o melhor nas pessoas.

– Não, estou cercado de boas pessoas que fazem o melhor que podem. Na verdade, sou um realista, não um otimista – de repente, o rosto do anjo brilhou com o poder do conhecimento. – Sua natureza e a de Colin são a mesma. Minha esperança é que você perceba isso para que possam se unir outra vez.

– Então, é um romântico também. Um pouco contraditório para um realista.

– Ao contrário, quero vencer, e nossas chances aumentam sem as distrações de um coração partido.

– Meu coração não está partido.

Byron recolocou os óculos sobre o nariz reto e empinado.

– E eu te pergunto... a quem você está mentindo? – com uma reverência, saiu do local.

No silêncio que se seguiu, Nigel ficou totalmente frustrado por haver tão pouco a ser feito em relação às decisões do Criador. E como era irritante pensar que também esperava Colin chegar ali com um pedido de desculpas. Talvez não devesse perder a respiração – desnecessária, aliás – por causa dele.

# Capítulo 17

– Não, obrigada. Acho que deixarei que almoce com aquele agente sozinho.

Quando Reilly respondeu à pergunta, Veck parou de vestir sua jaqueta de couro. Os dois trabalharam bem a manhã toda, examinando linha por linha dos relatórios do caso Barten. Estava surpreso em ver como se davam bem nos negócios.

Parecia que a confusão toda da noite passada tinha sido lançada a um segundo plano – ao menos para ela. No caso dele? Que inferno, claro, ainda estava tudo em sua mente, e teria amado se houvesse uma brecha na conversa, pois queria muito se desculpar. Mas não foi o que aconteceu, pois a desejava. Ainda. Na verdade, ainda mais.

Meu Deus, ele precisava de um cigarro.

– Vejo você aqui de novo em uma hora, então.

– É um bom encontro... Ah, quero dizer, um bom plano.

Com isso, ela mordeu os lábios com aqueles dentes brancos, como se estivesse se punindo por ter feito referência a um "encontro".

Havia coisas muito melhores para se fazer com aquela parte do corpo dela.

Praguejando baixinho, Veck deixou o Departamento de Homicídios antes que aquela brilhante ideia criasse asas e, em vez de usar a escadaria principal, desceu pelos fundos: não estava interessado em ficar preso na trincheira chamada Britnae ou em cruzar com outros colegas. Assim que saiu da delegacia, parou, acendeu um cigarro e olhou para o céu. Aquele sol do dia anterior estava oculto atrás de uma espessa camada de nuvens, e o vento estava frio e úmido.

Ainda bem que estava pronto para um passeio a pé. Cinco minutos de caminhada depois, estava no restaurante. O agente Heron estava do lado de fora, na porta da frente, apoiado contra o prédio, fumando. Usava muitas peças de roupa de couro, parecia mais um motoqueiro que um agente federal. Mas talvez estivesse de folga e dirigisse uma moto.

Veck franziu a testa. Deus, por alguma razão tinha uma lembrança estranha de um daqueles agentes fazendo piada com a sua BMW. Mas quando isso tinha acontecido? Talvez tivesse sonhado.

– Um cigarro no momento certo é melhor que comida – Veck murmurou, quando apertaram as mãos.

– Amém.

– Dia ruim?

– Pode apostar.

– Quer andar um pouco? – Veck indicou a calçada com a cabeça. – Fumar está me parecendo mais interessante que comer o sanduíche que eu estava pensando em pedir.

– Boa ideia.

Chegaram ao caminho de concreto juntos e mantiveram a velocidade. Ao lado deles, o rio Hudson tinha a mesma cor escura do céu, a superfície era entrecortada com a força do vento.

– Trouxe uma cópia do nosso relatório – Veck disse, colocando o cigarro entre os dentes e pegando os papéis que tinha dobrado no meio. – Mas provavelmente você já viu a maior parte disto.

– Nunca é demais examinar uma segunda vez – os documentos foram colocados no bolso frontal do casaco de Heron. – Quero ajudar.

– E eu poderia usar qualquer coisa que tivessem. Esse caso é muito frustrante.

– Entendo.

E isso foi tudo o que disseram por um BOM tempo. Carros passavam à direita deles, buzinando uns para os outros de vez em quando. Uma ambulância passou numa corrida mortal com sirenes estridentes. Um aglomerado de ciclistas usando roupas coladas e capacetes aerodinâmicos passou também, pedalando como se estivessem sendo perseguidos.

Ao contrário do resto do mundo, ele e Heron continuavam em câmera lenta.

– É fácil conversar com você – Veck disse exalando; a fumaça do cigarro pairou sobre sua cabeça.

Heron riu.

– Não tenho muito a dizer.

– Eu sei. Gosto disso. Droga, esse caso Barten está me matando. Sinceramente, nada disso faz sentido.

– É.

Veck olhou ao redor.

– Aliás, onde está sua equipe?

– Não está aqui.

Era óbvio. E ficou claro que era um assunto encerrado.

Naquele momento, o telefone de Veck tocou.

– DelVecchio. Sim? Mesmo? Droga... Não brinca?

Sentiu Jim dar uma olhada nele... e, quando isso aconteceu, um estranho aviso formigou em sua nuca... A noite passada... na sua cozinha...

Os pés de Veck pararam e ele terminou de ouvir o relatório de Bails sobre Kroner no piloto automático, seus olhos fixaram-se nos de Heron. Sempre teve bons palpites sobre as coisas, mas aquilo era mais profundo que intuição ou pressentimentos. Era fato, mesmo sem entender os comos e os porquês.

Depois que desligou, apenas continuou a encarar o agente do FBI.

– Sabe? Acho que alguém esteve na minha casa ontem à noite.

Heron nem piscou – não havia reação naquele rosto rígido. Já era uma resposta em si, não?

– Não sei, talvez estivesse sonhando.

Bobagem. Tinha sido Heron. Quando Veck andou pela cozinha, teve a mesma sensação de estar sendo observado pelos olhos que o encaravam agora. A questão era: por que o FBI o perseguia?

Mas a resposta era tão óbvia que merecia um *dããã*: seu pai seria executado em Connecticut em alguns dias. Talvez temessem ser o filho uma cópia do pai ou algo assim, e, sim, o incidente com Kroner ajudou muuuito a chegarem a tal conclusão. E, embora a lei não permitisse que se discriminasse ou punisse as pessoas por conta da aparência ou com quem tinham parentesco, com certeza tiravam suas conclusões mesmo assim.

Contudo, talvez estivessem protegendo-o. De seu pai ou dos seguidores de seu pai. Nesse caso, porém, teriam se aproximado e dito o que pretendiam, não?

– Então, o que achou de Bob Greenway? – Veck murmurou. – O gerente do mercado onde Cecília Barten foi vista pela última vez.

– Como você disse, nada demais.

– Não está aqui pelo caso Barten, está?

Heron deu uma tragada em seu cigarro.

– É claro que estou.

– O nome do gerente é George Strauss. Você nem leu os arquivos?

O agente não hesitou. Não pareceu dar a mínima por ter sido pego no que, na melhor das hipóteses, poderia ser um lapso de memória. Na pior, estava mentindo. Permaneceu completamente seguro, como se já tivesse visto e feito coisas muito piores do que uma mera distorção da verdade, não se importava nem um pouco.

– Poderia me contar por que esteve na minha casa ontem à noite? – Veck disse, batendo o cigarro de leve no ar.

– Não seria errado dizer que tenho um interesse especial por você. E seria bastante correto dizer que o desaparecimento de Sissy Barten é muito importante para mim.

Veck franziu a testa.

– Então, o que diabos está acontecendo? Tem alguma coisa relacionada com meu pai? Pois, caso não saiba, eu não conheço de verdade o cara e espero que façam um favor ao mundo apagando-o.

Heron inclinou-se, levantou uma das botas de combate e apagou o cigarro na grossa sola. Depois de colocar a bituca no bolso de trás, pegou outro do maço e acendeu-o com a eficiência de um fumante de longa data.

– Me deixe perguntar uma coisa.

– Poderia tentar responder uma das minhas perguntas primeiro, seria muito legal.

– Não. Estou mais interessado em você – o cara deu um trago e exalou. – Já sentiu que existe outra parte sua? Algo que te segue por aí, escondido sob a superfície? Talvez saia de vez em quando, levando você numa direção que não deseja.

Veck estreitou os olhos; seu coração deu um grande salto dentro do peito e parou em seguida.

– Por que diabos perguntou isso?

– Só curiosidade. Seria o tipo de coisa que não gostaria de ver num espelho, por exemplo.

Veck deu um passo para trás e apontou para o cara com o cigarro.

– Não se aproxime da minha casa e fique longe de mim.

Heron permaneceu onde estava, pés plantados sobre a calçada.

– É algo que faz você se perguntar o que é capar de fazer. Tal coisa lembra muito o seu pai, e você não gosta de pensar nisso.

– Você está louco.

– Nem um pouco. E nem você.

– Saiba que sou bom com uma arma. E não me importo que seja um agente federal. Se é que não mentiu sobre isso também.

Veck virou-se e começou a andar rápido.

– Olhe para os seus pés, Thomas DelVecchio – Heron gritou. – Dê uma boa olhada no que está acontecendo. E ligue para mim quando estiver assustado o suficiente. Sou o único que pode te ajudar.

Filho da puta, lunático da porra.

Lunático filho da puta.

Veck levou pouco tempo para chegar à delegacia e subiu com tudo a escadaria da frente, queria chegar logo ao seu computador. Ao entrar no Departamento de Homicídios, "quem" o cumprimentou foram apenas os vários telefones tocando – estavam todos fora para o almoço ou trabalhando em algum caso pela cidade. Seus colegas gostavam disso.

Sentando-se à mesa, pegou o número da unidade local do FBI e discou.

– Alô. Aqui é o detetive DelVecchio do Departamento de Homicídios da Polícia de Caldwell. Quero falar com o Departamento de Recursos Humanos. Sim. Obrigado – pegou uma caneta e começou a rodopiá-la com os dedos. – Sim, DelVecchio, do Departamento de Homicídios de Caldwell, quero saber se vocês têm algum agente Jim Heron registrado no sistema, incluindo fora do Estado. Tenho o número do meu distintivo se precisar – recitou os números. – Uh-hum, isso mesmo. O cara que estou procurando é o agente Jim Heron. Sim, é assim que soletra, termina do mesmo jeito que "elétron". Um homem se aproximou de mim ontem com credenciais que me pareceram confiáveis, se identificou como agente em casos de pessoas desaparecidas e foi comigo entrevistar a família de uma delas. Acabei de me encontrar com ele outra vez e gostaria de verificar quem é. Sim. Pode me ligar, estou na minha mesa.

Desligou.

Um, dois, três, quatro, cinco, seis...

O telefone tocou.

– DelVecchio. Ah, obrigado... Mesmo? Quem poderia imaginar? Ninguém com esse nome. Sim, tem 1,9 metro de altura, talvez 1,95. Cabelo claro. Olhos azuis. Parece um soldado. Tem dois outros homens que andam com ele, um com uma trança e outro cheio de piercings no rosto. Contudo, as credenciais eram legítimas, até o holograma. Obrigado... Sim, por favor, gostaria de saber se encontrarem alguma coisa... E vou informar se o cara aparecer de novo.

Quando desligou o telefone, pensou que já deveria saber. Já deveria saber mesmo... Por que não prendeu o cara bem ali às margens do rio? Aquela jogada sobre sombras, porém...

– Você está bem?

Olhou para cima. Reilly estava parada ao lado de sua mesa, com uma pequena sacola do McDonald's numa das mãos e um refrigerante pequeno na outra.

– Não, nem um pouco – afastou seu olhar para a tela do computador, pois sabia que seus olhos o denunciavam. – Se lembra daquele agente do FBI de ontem?

– Heron?

– É uma farsa.

– Uma farsa? – sentou-se ao lado dele. – O que quer dizer com...

– Alguém entrou na minha casa ontem à noite – quando ela engasgou, ele continuou. – Foi ele. Provavelmente junto com os dois colegas...

– Por que não me disse? E por que não fez uma denúncia?

Começou a esfregar os olhos e pensou:

*Bem, pelo menos a dor de cabeça era apenas estresse. Nada além de tensão...*

De repente, virou-se com tudo.

Mas não havia nada atrás dele, ninguém encarando sua cabeça por trás ou apontando o cano de uma arma para seu crânio. Era apenas uma sala vazia, dividida em cubículos preenchidos com computadores, telefones e cadeiras de escritório vazias.

Infelizmente, seus instintos diziam-lhe que havia uma estranha camada sobre tudo aquilo, algo que, embora seus olhos não conseguissem enxergar, era tão real quanto qualquer outra coisa visível ou tangível. Assim como na cozinha dele na noite passada. Assim como tinha acontecido há dez minutos perto do rio. Assim como havia sido sua vida inteira.

– O que foi? – Reilly perguntou.

– Nada.

– Sua cabeça está doendo?

– Não, está tudo bem.

Veck levantou-se casualmente e caminhou ao longo do departamento até às janelas que davam para a rua. Fingindo olhar ao acaso para o céu lá fora, focou os olhos no vidro e preparou-se.

Nada de sombras.

Graças a Deus. Geralmente, os espelhos eram a maneira mais segura de ver o que estava à espreita, mas as vidraças também serviam para o truque.

Maldição, estava enlouquecendo.

Virando-se, voltou rapidamente para sua cadeira. Reilly colocou uma das mãos sobre o braço dele.

– Converse comigo. Posso ajudar.

Esfregou o cabelo e não se incomodou em arrumá-lo de volta.

– Ontem à noite, quando eu cheguei em casa, sabia que tinha alguém lá. Não havia um sinal óbvio de arrombamento, mas simplesmente... – certo, agora, ao ouvir a própria voz, estava começando a se sentir louco. – Não tive certeza até que me encontrei com Heron. Algo sobre o jeito com que olhava para mim... Soube que tinha sido ele, e o cara não negou. Inferno, eu deveria ter esperado algo assim nas vésperas da execução do meu pai.

– O quê...? Desculpe, mas o que seu pai tem...

– Como disse antes, ele tem fãs – esfregou mais ainda o cabelo. – E fazem coisas assustadoras. Não podem se aproximar dele, mas eu estou livre... E eles acabam me encontrando. Não pode imaginar como é descobrir que seu novo colega de quarto é um adorador do diabo ou que aquela garota que conheceu no bar está coberta de tatuagens com o rosto do seu pai. Especialmente *meu* pai – soltou um palavrão em voz baixa e com força. – E, acredite, esses são só os exemplos menos criativos. Eu deveria saber que alguma coisa assim iria acontecer nestes dias, mas não acredito em paranoia. Mas, talvez, eu devesse.

– Você não pode se culpar sobre Heron. Eu vi a identidade dele. Parecia totalmente legítima.

Seus olhos fuzilaram os dela.

– Coloquei aquele homem dentro da casa de uma *vítima*. Para conhecer a maldita *mãe*. Oh, pelo amor de Deus...

Veck empurrou a cadeira num forte impulso e levantou-se. Enquanto andava pela fileira de cubículos vazios, desejou socar a parede. Nesse momento, seu celular tocou.

Reilly continuou na cadeira enquanto Veck atendia a ligação. A aparência dele era péssima. Estressado. Exausto. Lembrou que ele não tinha comido nada em sua casa na noite passada e, pensando em como o "almoço" tinha acabado, provavelmente não comera nada na casa dele também.

– Mesmo? Sim, ela está comigo. Sim...

Quando uma dúzia de frases evasivas pairou no ar, ele começou a andar em círculos, com a mão livre no quadril, cabeça baixa, sobrancelhas tensas. Ele usava seu uniforme de calças pretas e uma camisa sem gravata e, no bolso, podia-se ver a faixa vermelha de seu maço de cigarros.

Os cubículos do Departamento de Homicídios e do Departamento de Assuntos Internos não ultrapassavam a altura do peito e, assim como o pessoal de lá, os detetives decoravam seus espaços de trabalho com fotos dos filhos, esposas e maridos. Algumas mulheres tinham pequenas plantas. Quase todos tinham canecas especiais que usavam para tomar café, tirinhas de jornal pregadas na parede e anúncios com erros estúpidos.

O espaço de DelVecchio estava completamente vazio, seu mural estava repleto de buracos deixados pelo último que ocupou a mesa. Reilly teve a sensação de que aquilo não tinha nada a ver com o fato de Veck ter acabado de começar a trabalhar ali. Normalmente, quando alguém novo começa, a primeira coisa que faz é acomodar suas coisas.

Veck desligou e ergueu o olhar.

– Era De la Cruz. Falei também com Bails.

– Eu também.

– Então, sabe que Kroner acha que um animal o atacou. E que me identificou como o homem que o socorreu ligando para a emergência.

– Sim, sei. E acho que você deveria acreditar nisso.

– Acreditar no quê?

– Que não o machucou – quando Veck fez um gesto de desprezo, ela balançou a cabeça. – É sério, Veck. Não entendo por que insiste tanto nisso, mesmo em face de evidências que provam o contrário.

– As pessoas podem estar erradas.

– Não com tantas evidências. Ou você acha que as feridas foram criadas do nada naquele estacionamento? – quando ele não disse mais nada, ela soube que o assunto estava encerrado. – Heron precisa ser denunciado.

– Por se passar por um agente federal? Sim. Mas duvido que possa provar que ele esteve na minha casa – ele sentou-se e pegou o celular. – Ao menos tenho o número dele aqui.

– Vou preencher o relatório – ela disse. – Você precisa tirar folga o resto da tarde.

– Não. Estou bem.

– Não foi um pedido.

– Achei que fosse minha parceira, não minha superior.

– Na verdade, se pensarmos na hierarquia, estou em cima de você – com uma careta, ela desejou reformular a frase. – E também posso cuidar da papelada do que fizemos ontem à tarde.

– Obrigado, mas eu vou cuidar disso.

Ela voltou-se para checar os e-mails.

– Você vai tirar a tarde de folga, lembra?

Quando não houve resposta, ela pensou que talvez Veck estivesse arrumando suas coisas para sair. Deveria ter pensado melhor.

Ele simplesmente inclinou-se na cadeira e começou a olhar a tela do computador. Sem dúvida, não via nada.

– Não vou sair. Quero trabalhar.

E foi então que ela percebeu que Veck não tinha nada. Ninguém para encontrá-lo em casa. Ninguém na vida – havia deixado o campo "parente próximo" em branco na sua ficha no RH e seu contato de emergência era o tal de Bails.

*Onde a mãe dele estaria?* – Reilly pensou.

– Aqui, coma isso – ela disse, colocando a embalagem do McDonald's na frente dele. – É só um hambúrguer, mas você já vai aproveitar algumas calorias.

As mãos dele foram muito gentis ao pegar o presente.

– Não quero ficar com seu almoço.

– Tomei um bom café da manhã.

Esfregou o centro das sobrancelhas franzidas.

– Obrigado. De verdade.

Quando ele pegou a embalagem amarela e tirou o sanduíche e as batatas grandes, ela sentiu que estava acertando o passo com ele. Mas parceiros eram assim. Às vezes as engrenagens funcionavam suavemente. Outras? Trituravam tudo e faziam muito barulho. E nem sempre ficava claro como ou quando as coisas voltariam a fluir. Contudo, quanto à noite passada, estava muito óbvio o que os desviou.

Limpando a garganta, ela disse:

– Que tal tentarmos jantar outra vez?

Considerando como a cabeça dele se virou, parecia que tinha lhe jogado uma bomba no colo em vez do pacote com arcos amarelos.

– Está falando sério?

Ela deu de ombros, como se fosse indiferente.

– Minha mãe fica louca por eu almoçar fast-food e está insistindo que eu vá até lá hoje à noite. Na verdade, acho que teria que fazer uma visita, mesmo se eu me enchesse de verduras e tofu... Ela sente muita vontade de cozinhar de vez em quando e, sendo filha única, bocas extras me ajudam nessas situações. Minha mãe cozinha muito, se é que me entende.

Ele pegou três batatas, mastigou e limpou a boca com um guardanapo.

– Tem certeza de que quer fazer isso?

– Fiz o convite, não foi?

Ele concentrou-se na caixa vermelha.

– Bem... então, sim. Gostaria muito. Muito mesmo.

Enquanto Reilly ocupava-se mandando uma mensagem de celular para sua mãe, ele disse:

– Prometo me comportar bem.

O tom baixo na voz de Veck sugeriu que não estava referindo-se às boas maneiras à mesa, e Reilly sabia que deveria fazer a mesma promessa. Era preciso duas pessoas para dançar tango, e Deus era testemunha de que ela acompanhara os movimentos dele naquela cozinha. Mas não estava usando nenhuma peça da Victoria's Secret para aumentar os ânimos. Então, provavelmente, estavam seguros. Provavelmente.

– Certo, como se escreve "Heron"? – ela murmurou ao abrir uma ficha em branco na tela.

Houve uma pausa muito breve. Então, ele disse em voz baixa:

– H, e, r... e termina com "o, n", como "elétron".

# Capítulo 18

Quando a noite caiu, Adrian estava bêbado... mas não excitado. As duas coisas nem sempre andavam juntas. Era possível ficar excitado são – por exemplo, sempre que acordava, geralmente estava pronto para a ação, mesmo estando sóbrio. Contudo, era muito raro beber algumas cervejas sem sentir aquela comichão que precisava ser tocada. Não que chegasse a ficar totalmente embriagado – não tinha certeza se isso era possível. Mas anjos podiam ficar tontos e, de modo geral, isso levava-o a fazer todos os tipos de abordagens a diversas pessoas.

Quando apoiou mais uma garrafa *longneck* vazia, fez uma conta com os dedos.

– Espere, foram seis? Ou sete?

Pela primeira vez, o outro anjo acompanhava-o. Desde que entraram pela porta dianteira da boate Iron Mask há uma hora, o cara tomava as garrafas, uma a uma, no ritmo de Ad.

– Oito – Eddie murmurou, enquanto erguia uma das mãos para a garçonete.

A mulher assentiu imediatamente e dirigiu-se ao bar. Era eficiente, movia-se com rapidez, mantinha os olhos abertos e não parecia interessada em interrompê-los.

Enquanto Adrian esperava pela próxima rodada, recostou-se no banco de veludo e examinou a multidão obscura e mal-humorada. Mais por hábito que por necessidade, decidiu que era hora de mudar da bebida para o sexo. Era um romântico, não?

Ao menos sabia que encontraria alguma coisa. Aquele clube gótico era o tipo de lugar em que ficava muito à vontade – os personagens, desde os atendentes do bar até as garçonetes ou as pessoas que passavam ao redor, eram como ele: nada de rosa, estampas coloridas ou malditas panelinhas à vista.

Geralmente não levava mais de um minuto e meio para encontrar uma candidata que valesse a pena. Naquela noite? Mesmo com a mais fácil das moças – com seus cabelos pretos e tão compridos que passam a cintura, estilo sedutor da Marilyn Monroe, vestindo corpete de cetim – não foi capaz de sair do sofá para que ele se divertisse um pouco.

Na verdade, não estava nem ereto. Maldito Jim Heron.

A garçonete apareceu com a segunda rodada de *longnecks*, e Eddie inclinou-se para colocar mais vinte dólares na bandeja. Passou uma das garrafas para Ad e acomodou-se.

– Acho que precisamos nos ocupar – disse Eddie.

– Em...?

Naquele momento, a Rapunzel da noite desfilou na frente deles, rebolando, e os olhos de Eddie seguiram o espetáculo queimando num vermelho profundo. Uma inversão de papéis. Geralmente, Ad era quem reconhecia os talentos.

– Por que não se ocupa com alguma coisa? – Adrian tomou metade da garrafa de uma vez só. – Eu cuido da sua cerveja.

A mulher de cabelos compridos passou por onde estavam e lançou um olhar por cima do ombro. Considerando a expressão, não seria uma surpresa se ela se deitasse nua sobre a mesa deles.

– Tem certeza? – Eddie perguntou.

– Sim, vou ficar aqui esperando.

– Não vou demorar.

– Leve o tempo que precisar – caramba, a noite era longa. Talvez, tomando mais algumas, ficaria mais disposto. Deus era testemunha de que Eddie poderia passar dias seguidos fora e, ainda assim, seriam uma dupla.

Quando Eddie levantou-se, sua ereção era evidente – e constrangia qualquer garoto-propaganda de estimulante erétil. A mulher que tinha secado o anjo antes observou-o direito e, praticamente, levitou da cadeira, colocando uma das mãos na garganta... e descendo para os seios.

*Pode cortar o jogo de sedução, querida* – Adrian pensou. – *Você já fisgou ele.*

E ele seria espetacular com ela. Eddie sempre era.

– Divirta-se – Ad murmurou.

– Sabe onde nos encontrar se mudar de ideia.

Quando Eddie saiu, Ad terminou sua cerveja... E, enquanto o tempo se arrastava, começou a beber a do seu amigo.

– Não achou a moça atraente?

A fala pausada e baixa fez sua pele arrepiar, e recusou-se a olhar para a esquerda.

– Boa noite, Devina.

O demônio entrou em seu campo de visão e sentou-se no lugar de Eddie. Pelo canto do olho, viu que ela usava um vestido preto estonteante, um traje que faria mais sentido num coquetel chique... A peça deixava as pernas tão expostas que as pontas da cinta-liga fizeram uma breve aparição.

– Você não combina com o ambiente, Devina.

– Eu sei. Sou boa demais para este lugar... Acontece comigo o tempo todo – quando a garçonete aproximou-se, o demônio sorriu. – Uma taça de vinho branco, se tiver. E coloque na conta dele.

– Não tenho uma conta – Ad acrescentou logo.

– Então, ele vai pagar em dinheiro.

Adrian sentiu a primeira pontada em seu pênis, mas não era algo erótico. Era raiva contra o inimigo. Cara, ele nunca ficava excitado com ela da maneira tradicional, mas Devina sabia provocar uma ereção. Será que acontecia a mesma coisa com Jim?

– Então, onde está a terceira engrenagem? – perguntou o demônio. – Acho que está faltando uma parte do tripé.

Achava bom Devina não ter a habilidade de estar em dois lugares ao mesmo tempo. Pensando assim, a garota no banheiro com Eddie definitivamente não era o demônio. E, onde quer que Jim estivesse, o inimigo não estava lá também.

– O que te traz aqui? – perguntou.

– Nenhum comentário sobre a minha pergunta?

– Não.

– Ah, bem... na verdade, estava procurando por você. Lisonjeado?

– Nem um pouco.

– Achei que poderia precisar de companhia.

Ele abriu a boca para dizer que estava bem e que ela podia ir se foder, mas, então, pensou em Jim sozinho. Sem dúvida, o filho da mãe continuava trabalhando por DelVecchio, seguindo em frente sem eles.

Com aquele maldito colar ao redor da garganta. E eles estavam ali, refestelados, como duas vadias.

Adrian esforçou-se para girar a cabeça em direção a Devina. Quando ela sorriu para ele, os dentes brancos e perfeitos brilharam mesmo no escuro, e ele não pôde deixar de lembrar todas as coisas divertidas que fizeram juntos. Muito hilário.

Suas entranhas agitaram-se, e a coisa piorou quando ela aproximou-se ainda mais dele.

– Senti sua falta.

– Duvido. Sei que anda ocupada.

– Com Jim, é isso? – inclinou-se, os seios perfeitos já pressionavam seu antebraço. – Está com ciúmes?

– Sim. Estou fervilhando de ciúmes.

Seus lábios vermelho-rubi acariciaram a orelha dele.

– Você não mente muito bem, mas é bom de cama.

– Ao contrário de você.

Ao menos aquilo a ofendeu o suficiente para que recuasse.

– Isso *não* é verdade. Sou fantástica na cama.

Exalou uma risada breve. Normal: ela não dava a mínima ao ser provocada.

A garçonete entregou o vinho e, embora Ad pudesse obrigar o demônio a pagar, ficou com medo de envolver a pobre mulher com a bandeja na confusão. Entregou uma nota de vinte e ficou aliviado ao ver a mulher afastar-se entre as outras pessoas.

Devina recostou-se no banco e passou um dos dedos delicadamente na base da taça de vinho.

*Que diabos ela está fazendo aqui?* – ele pensou. Era uma biscate maldita, mas não brincava em serviço. E tinha acabado de ficar com Jim, pelo amor de Deus, então, não estava desesperada por sexo.

– Então, onde está Jim? – disse Devina já quase encostando a borda da taça na boca. – Lá nos fundos com seu amigo fazendo alguma coisa obscena?

Adrian franziu a testa. A frase soou retórica, mas pôde ver algo através da habitual casualidade falsa: ela não sabia onde o salvador estava, sabia? Jim estava bloqueando-a. De alguma maneira, o bastardo descobriu um jeito de ficar invisível de verdade, digamos assim. Caramba.

Adrian sorriu.

– Pode descobrir sozinha.

Seu olhar afastou-se.

– Prefiro estar com você.

*Mentirosa* – pensou.

– Estou emocionado. Mas acho que não é verdade, é?

– Escolhi estar sentada com você agora.

– É, parece mesmo, não?

Deslizou um dos pés sobre o salto alto, movimentando a perna com impaciência.

– Sabe, Adrian, sei que está cansado de ser todo certinho, poderia vir para o meu lado.

– Porque cozinha quitutes muito bem, certo?

Aqueles olhos negros voltaram a observá-lo.

– E muito mais.

– Bem, estou de dieta. Desculpe. Mas obrigado pelo convite.

Devina lambeu os lábios.

– A tentação é boa para a alma.

– Só se for sob o seu ponto de vista – Adrian terminou a cerveja de Eddie e levantou-se. – Agora, se me der licença, acho que vou dar uma volta, andar um pouco.

– Fugindo de mim, Adrian?

– Sim, isso mesmo. Estou morrendo de medo de você.

– Muito inteligente de sua parte, meu anjo.

– Não sou seu, vadia.

– Ah, errada, resposta errada – seus olhos brilharam por todas as torturas do inferno. – Estou dentro de você, Adrian. Estou bem lá no fundo, envolvida em seu coração.

– Vou dizer a Jim que você mandou lembranças.

– Estou dentro de você, meu anjo, e você sabe disso. É por isso que se levantou e está indo embora.

– Não. Só quero estar com uma mulher de verdade, não com uma farsa.

Quando o rosto dela empalideceu, Adrian virou as costas e saiu, mas, de alguma forma, não sentia como se a tivesse deixado de verdade. Parecia que jamais a tinha deixado. E isso significava... que provavelmente ela estava certa.

Quando se aproximou do banheiro, não estava preocupado em proteger-se da ira de Devina. Ela não faria nada com aqueles humanos por perto. Bagunça demais para limpar depois. Além disso, era óbvio demais. Se o queria de volta, teria que ser mais criativa.

*Estou dentro de você, meu anjo, e você sabe disso.*

Expulsando aquela voz da cabeça, encontrou com facilidade o banheiro onde Ed estava – e não só porque havia gemidos femininos saindo dali. Podia sentir seu melhor amigo de maneira tão clara quanto o dia – com isso percebeu que Devina não era a única que não conseguia encontrar Jim: ele também não captava qualquer sinal do salvador, e isso foi um choque. Ficou tão irritado com o cara ao deixá-lo pela manhã que só queria distância dele. Mas agora... ao tentar alcançá-lo, não havia nada.

*Então, onde diabos Jim estava?*

Quando o pensamento ocorreu-lhe, deu-se conta de que não importava saber. Aquele demônio era quase um radar meteorológico quando se tratava de sentir as coisas. Então, a melhor coisa a fazer era continuar o que já estavam fazendo como se não houvesse nada de errado. Nada de brechas. Nada de disputas internas. Apenas Adrian e Eddie queimando algumas calorias enquanto Jim se camuflava e continuava a trabalhar naquela guerra. Devina perceberia que não havia nada que valesse a pena ali e iria embora cuidar da sua vida.

Adrian não bateu na porta. Não havia razão para isso. Inclinou-se contra o batente, Eddie abriu e, então, Adrian deslizou o corpo para entrar e voltou a trancar a porta.

A mulher estava sem o corpete e havia seios por toda parte. Assim como Ad, tinha dois piercings nos mamilos e uma corrente ligando as pontas.

Impressionante. E os seios não eram nada mal.

A saia estava erguida ao redor da cintura e o traseiro encaixava-se bem nos quadris de Eddie, as costas dela e os longos cabelos estavam contra o peitoral dele. Eddie ainda estava com suas roupas de couro, mas, observando a maneira como estava arqueado, era óbvio que as calças tinham sido baixadas e a penetração acontecia.

Adrian sentou-se sobre a tampa do vaso sanitário na frente deles, aproximou-se e uniu os seios da moça. Devido à proximidade, a pequena corrente assumiu uma extensão mais comprida. Antes de baixar a cabeça e começar a sugar aqueles mamilos, encarou os olhos de seu melhor amigo e confiou que os séculos que tinham passado juntos preencheriam as lacunas da comunicação.

Tinham que ficar ali e fingir que estava tudo bem. E era um pouco mais que preocupante que Eddie, o cara que tinha o melhor radar de todos, não tivesse percebido a chegada do demônio.

Houve uma breve hesitação – indicando que a mensagem tinha sido recebida. Em seguida, Eddie retomou a transa, movimentando o corpo para trás e penetrando a mulher. Porém, sua expressão era rígida, mas não por estar prestes a gozar.

Contudo, a mulher não percebeu que a vibração tinha mudado. Ela apenas gemia e deixava a cabeça cair para trás, oferecendo a boca para Eddie enquanto olhava as grandes mãos emoldurando seus seios. Quando Eddie selou os lábios dela, Ad espremeu os seios que acariciava, começou a lambê-los e a mexer num dos aros de aço inoxidável. Passou a sugá-lo e envolveu também a corrente em sua boca. Enquanto trabalhava nos mamilos, mergulhou uma das mãos sob a saia de couro e foi subindo, subindo até o centro da vagina. Quando encontrou o clitóris da moça, não ficou surpreso ao ver que ela tinha uma argola ali no meio – na verdade, era quase um clichê.

Claro que ela tinha um ali. E devia ter um no umbigo também. E talvez tivesse alguns nas costelas ou ao longo da coluna. Que tédio.

O coração dele não estava nem um pouco envolvido naquilo. Era apenas mais uma transa em outro banheiro com outra garota sem nada de especial.

Quando Eddie assumiu um ritmo, suas bolas começaram a se movimentar para frente e para trás, tocando a mão de Adrian. Este, já que não conseguia dar a mínima para a garota, agarrou o saco do amigo e fez uma bela pressão – garantindo que outra pessoa ali, além da moça, tivesse um orgasmo.

Eddie vociferou um palavrão e agarrou-se com força ao corpo da mulher, seus quadris pressionavam-na, as bolas ficavam cada vez mais rígidas. A mulher gritou, como se tivesse ido às alturas com o violento espasmo dentro dela. Em seguida, fizeram caretas e relaxaram a expressão e, então, mais caretas outra vez. Quando Eddie finalmente retirou-se, seu pênis escorregadio deslizou sobre a palma da mão de Adrian. Sabendo que seu amigo ainda tinha mais umas três ou quatro rodadas daquelas dentro dele, Ad agarrou a extensão do pênis e começou a tocá-lo com força enquanto voltava a sugar os seios da mulher, deixando parte do braço acariciar o clitóris.

Foi preciso com os movimentos, fazendo os dois gozarem outra vez, e assumiu o controle de tudo ao sentar no vaso sanitário.

Girando a mulher, Ad a fez ajoelhar em frente de Eddie e abriu a boca dela com uma pressão sutil sobre o maxilar. Agarrando a parte de trás da cabeça dela, guiou o pênis brilhante de seu amigo e começou a direcionar a moça enquanto apertava o traseiro de Eddie.

Viu que os dois estavam envolvidos, então, aumentou o ritmo, fazendo Eddie entrar e sair ainda mais rápido e forçando a moça a sugar mais e mais aquilo que a fazia ofegar.

Sabia que Eddie gostava mais daqueles momentos se ele estivesse junto. Aquele anjo não confiava em ninguém, e sexo fica melhor quando a pessoa se sente segura. Claro, Ed nunca desligava completamente, mas conseguia relaxar um pouco mais se Ad estivesse por perto. Olhando para o banheiro sobre a pia, observou seu amigo. Eddie tinha mordido o lábio inferior e fechado os olhos, a cabeça caiu para trás, a pesada trança balançava enquanto se apoiava no batente e na parede do outro lado para manter o equilíbrio.

Estava chegando a hora de outro orgasmo. Ad conhecia o corpo do amigo tão bem quanto o dele, então, interrompeu o sexo oral e agarrou o pênis de Eddie, bombeando a coisa enquanto a mulher esperava pela carga como uma estrela pornô: boca aberta e lábios inchados, os quais umedeceu antecipadamente.

Em algum momento entre masturbar Eddie e ver o rosto da mulher coberto de sêmen, sentiu Devina deixar o clube. Não era uma miragem. Não tinha como disfarçar sua presença física. Mas sua essência ainda pairava.

Quando Eddie ofegou para se recuperar, a mulher ajoelhada passou os dedos sobre a bochecha e levou-os até a boca. Ao sugá-los, deixou as pálpebras semicerradas e olhou para Adrian, toda "não gostaria de fazer isso comigo também?".

Olhando para ela, tentou respirar, mas havia um peso em seu peito que o impedia de se mover e, por alguma razão, a única coisa que conseguia enxergar eram as pontas emboladas daquele cabelo preto tingido, pendendo sobre o piso sujo do banheiro.

Os olhos frenéticos da moça, sedentos por sexo, desmentiam sua fragilidade: havia uma alma perdida por trás daquele olhar desesperado, um vazio que fez Ad lembrar-se de si mesmo. A toalha de papel pendurada no suporte preso à parede parecia uma língua saindo de uma cabeça prateada e fosca. Tomando o queixo dela com uma das mãos, segurou o rosto com cuidado e pegou uma toalha de papel. Com movimentos cuidadosos, limpou a pele clara e delicada.

– Não nesta noite – disse ele com voz rouca. – Não nesta noite, garotinha.

Ela piscou confusa e, depois, triste. Mas é o que uma autorreflexão crítica e forçada faz com a pessoa: nem todos os espelhos são feitos de vidro e nem sempre é um reflexo que possibilita uma boa olhada em si mesmo. A verdade é algo que se usa, assim como o traje de carne que envolvia Adrian e amordaçava sua alma. Até que fosse liberto, isso ele não poderia ignorar.

Inclinando-se para frente, pegou o corpete dela sobre o balcão da pia, e, inocentemente, ela levantou os braços para que ele pudesse cobrir os seios nus. Ao cuidar dela, Ad sentiu como se estivesse cuidando da sua parte mais frágil... Enquanto isso, Eddie testemunhava a situação com olhos marejados.

– Agora vá – Adrian disse quando terminou de abotoar o último fecho. – Vá para casa... Seja lá onde for.

Ela saiu cambaleante, mas não por causa do sexo ou da bebida. Quando a porta fechou-se, Adrian recostou-se na parede, colocou as mãos sobre as coxas e olhou para o chão.

*Estou dentro de você, Adrian. Bem lá no fundo, envolvida em seu coração.*

Era uma noite estranha para perceber sua doença. Mas é assim mesmo: quando se convive com alguma coisa por muito tempo, acostuma-se com os sintomas fatais.

Tinha um câncer, ali, dentro dele. Havia começado a crescer há muito tempo, um tumor que ninguém conseguia detectar. Ad deixou Devina entrar na primeira vez em que negociou algo de si por aquilo que precisava na guerra. Desde então, ela vinha assumindo o controle, cada vez mais, centímetro por centímetro.

Não havia nada que o livrasse de seu destino, nem mesmo Eddie. E, maldição, ela estava fazendo a mesma coisa com Jim.

Olhando para seu melhor amigo, ouviu-se dizer:

– Estou morrendo, Eddie.

A pele bronzeada de Eddie assumiu um tom cinzento, mas não disse nada. Que inferno, sem dúvida, a única coisa que surpreendeu o cara foi Ad ter trazido isso à tona.

– Não vou sobreviver para ver o fim desta guerra – Ad pigarreou. – Eu simplesmente... não vou conseguir.

# Capítulo 19

Quando Reilly estacionou seu carro sem identificação na calçada de uma bela casa de madeira ao estilo colonial, Veck passou a mão sobre o queixo e desejou ter tido tempo de se barbear antes de sair da delegacia. Mas uma barba por fazer era o menor de seus problemas. Sabia muito bem que estava com olheiras e não se lembrava de muitos acontecimentos daquela semana.

Olhou para sua parceira.

– Obrigado por isso.

Ela sorriu de uma maneira tão expansiva e honesta que, por um momento, Veck ficou imobilizado. Reilly, com certeza, não era uma daquelas mulheres que precisavam de um monte de cosméticos no rosto para brilhar – o que havia dentro dela definia tudo, não o que tinha passado nas bochechas ou nos cílios. E aquela expressão? Enfraqueceu seus joelhos.

Ele sabia o motivo do brilho. Tinha a sensação de que era porque ela amava o local onde estavam e a pessoa com quem iam jantar: quanto mais se distanciavam do trabalho e mais se aproximavam daquela casa, mais ela parecia radiante e feliz.

– Seus pais moram aqui há muito tempo? – ele perguntou quando saíram.

– A minha vida toda – ela olhou em volta e observou o grande carvalho no quintal, a pequena cerca branca na calçada e a caixa de correio vermelho-cereja. – É um ótimo lugar para crescer. Eu ia andando para a escola cortando caminho pelo quintal dos fundos e havia mais uns seis amigos na mesma classe que moravam num raio de seis quarteirões. E, sabe, meu pai era diretor da escola – ainda é –, então sentia como se ele estivesse comigo todos os dias, ao longo de toda a minha vida escolar, até a faculdade. Foi legal, acredite ou não.

Pensando nisso, a rua não era como a dos Barten. Era bem classe média: quem vivia ali eram pessoas que trabalhavam duro, adoravam as travessuras dos filhos e, sem dúvida, reuniam o bairro em festas e organizavam pequenos desfiles para as crianças no Dia da Independência. Caramba, até mesmo o latido de um cão ao acaso soou nostálgico para Veck, apesar de não ter vivido nada assim.

– Pronto para entrar? – ela perguntou.

– Sim, desculpe – Veck contornou o carro. – O que sua mãe faz?

– É contadora. Eles estão juntos desde sempre: se conheceram no colégio, depois foram para a Universidade de Nova York, em Caldwell, ao mesmo tempo. Ele fazia doutorado em educação e ela estava tentando decidir entre os números e o ensino. Escolheu os números, pois se ganhava mais dinheiro com isso. E descobriu que amava o mundo empresarial. Conseguiu uma aposentadoria antecipada no ano passado e fez vários trabalhos voluntários relacionados a planejamento financeiro. Bem, dedicou-se a isso e a cozinhar.

À medida que passavam pelo caminho de ardósia e aproximavam-se da porta da frente, de um preto brilhante, Veck percebeu que era a primeira vez que conhecia os pais de uma mulher. Certo, tudo bem, não estava enquadrado no contexto de um "encontro", mas, cara, agora entendia por que não se aproximava de ninguém. Reilly diria o nome dele e os pais adoráveis fariam aquela expressão de temor em seus rostos quando ligassem os pontos.

Droga, aquilo era uma má ideia...

A porta foi aberta, antes que chegassem até lá, por uma mulher afro-americana alta, magra, com um avental sobre a calça jeans e a blusa de gola alta.

Reilly adiantou-se, e as duas abraçaram-se com tanta força que o cabelo vermelho misturou-se com os *dreads* muito bem-feitos.

Então, Reilly afastou-se e disse:

– Mãe, este é meu novo parceiro... Bem, ao menos neste mês. Detetive DelVecchio.

Os olhos de Veck oscilaram, mas, em seguida, recompondo-se, avançou rapidamente e ofereceu a mão direita.

– Por favor, senhora, pode me chamar de... Tom.

O aperto de mão foi rápido, mas caloroso e...

– Onde está minha garota?

A voz profunda que trovejou de dentro da casa era algo que Veck associaria mais com um sargento do que com um diretor de escola.

– Entrem, entrem – a senhora Reilly disse. – Seu pai está tão animado por terem vindo jantar conosco.

Quando Veck passou pela porta, visualizou um corredor que dava para a cozinha, mas foi coisa rápida. Um homem de 1,90 metros de altura entrou em seu campo de visão e encobriu o que havia atrás dele, seus ombros pareciam montanhas, o passo era longo como uma das pontes de Caldie. Sua pele era escura como a noite e seus olhos eram negros... e não deixavam passar absolutamente nada.

Quando Veck pensou no incidente da cozinha na noitc passada, quase urinou nas calças.

Reilly correu e atirou-se em seu pai, com uma confiança óbvia de que ele a seguraria com facilidade. E quando colocou seus braços em volta dele, não o envolveu por completo – o cara devia pesar 110 quilos, talvez 120.

Quando o homem abraçou-a, o olhar de raio laser fixou-se em Veck. Como se soubesse tudo o que seu convidado para o jantar queria com sua filha.

Oh, droga...

Encaixando Reilly embaixo de um dos braços, o pai aproximou-se e estendeu uma de suas mãos, que eram tão grandes quanto uma calota.

– Tom Reilly.

– Vocês dois tem o mesmo nome – a mãe de Reilly disse. – Interessante.

Veck ficou confuso por um instante.

Reilly sorriu.

– Não mencionei que fui adotada?

Dane-se a adoção. Não dava a mínima para a cor dos pais dela, ou como a adoção aconteceu. Só rezava para que o pai dela nunca, jamais, descobrisse o que tinha acontecido na mesa da cozinha da sua garotinha na noite anterior.

– Detetive DelVecchio – disse, inclinando-se para apertar a mão do pai de Reilly. – Senhor.

– Prazer em conhecê-lo. Quer uma bebida?

– Sim, isso seria ótimo – talvez pudessem injetar um pouco de uísque no braço.

– Está passando um jogo.

– Ah é?

Enquanto a mãe de Reilly fechava a porta da frente, Veck lançou um olhar sobre o gramado. O sentimento de ser observado ainda perseguia-o – ao ponto de se perguntar se era possível ficar paranoico da mesma maneira que ficava resfriado. Talvez alguém com síndrome de perseguição tivesse tossido perto dele.

– Por aqui – o pai dela disse, como se estivesse acostumado a guiar pessoas.

Retomando o foco, Veck entrou em fila com Reilly, e os quatro caminharam para um ambiente amplo e moderno, onde a cozinha e a sala de estar constituíam um único espaço. A tela de plasma estava sintonizada no canal de esportes, e Veck soube imediatamente qual era a poltrona do chefe da casa: o caderno de esportes do *The New York Times* e os controles remotos estavam sobre uma mesa ao lado dela. Na poltrona ao lado? *The Economist*, *The Joy of Cooking* e o telefone.

– Que tal uma cerveja? – o senhor Reilly perguntou do bar.

– Perfeito.

– Copo?

– Gosto mais na garrafa.

– Eu também.

Quando Reilly e sua mãe iniciaram uma coversa sem fim, Veck sentou-se com o outro Tom na sala e agradeceu ao bom Deus que a televisão estivesse ligada. Dava a opção de o pai olhar para outra coisa além dele.

Veck aceitou a cerveja que lhe foi estendida, levou-a até a boca e deu um gole...

– Então, você e minha filha já definiram uma data para o casamento?

O engasgo veio rápido e furioso quando o ar e a cerveja disputaram o mesmo espaço na sua garganta.

– Papai!

Quando Reilly começou a explicar que não era o caso e que não devia ter feito aquilo, seu pai lançou a cabeça para trás e riu. Batendo sobre o ombro de Veck, disse:

– Desculpe, meu caro, você estava tão tenso, precisava se soltar um pouco.

Veck fez o melhor que pôde para recuperar o oxigênio.

– Asfixia... boa estratégia.

– Também acho – o cara virou para a esposa e filha. – Ele vai ficar bem. Não se preocupem.

– Não perturbe o convidado, querido – disse a mãe de perto do fogão. Como se o senhor Reilly fosse um leão brincando com um pedaço de carne.

– Tudo bem, mas se ele não começar a respirar normalmente de novo, vou fazer respiração boca a boca – o senhor Reilly inclinou-se. – Também sei como fazer aquele procedimento para desengasgar. Então, pode ficar tranquilo na hora de comer também.

– Que alívio – Veck disse com indiferença.

Jim posicionou-se fora do alcance da luz da casa, observando Veck e Reilly com quem deveriam ser os pais da moça. O grupo acabou sentando-se numa mesa quadrada, para se servir do que parecia ser comida italiana. Muita conversa. Muita risada.

Veck estava um pouco reservado, mas aquele deveria ser o jeito do cara – especialmente por estar claro seu interesse pela parceira: lançava vários olhares furtivos quando as pessoas à mesa distraíam-se dele.

*Isso é o que há de melhor no mundo* – Jim pensou. Era a casa dos Barten sem a tragédia, uma família feliz cuidando de suas tarefas na vida. Era exatamente aquela existência simples e bem-aventurada que Devina adorava destruir. Tudo que as pessoas têm, de fato, a perder.

Jim amaldiçoou e esfregou a nuca. Droga, talvez seus colegas tivessem razão, talvez estivesse distraído demais com a questão Sissy. Não parecia ser o caso, mas era o argumento de Eddie e Adrian: concentrar totalmente seus pensamentos em algo faz com que perca a razão.

Mas vamos lá, estava *sim* concentrado em Veck. Aquele era o cara: Devina guiou-o em direção àquele detetive. Se não fosse verdade, Jim iria atacá-la como a uma praga. Então, como não estava trabalhando nisso? Como estava comprometendo as coisas?

Pegou o maço de cigarros, tirou um de dentro e acendeu. Estava totalmente camuflado, então, ninguém veria a luz alaranjada.

Cara, pense no dano que poderia ter feito nas Operações Extraoficiais se tivesse todos aqueles truques na manga – e agora sabia por que Deus não dava superpoderes às pessoas. Humanos já são perigosos o suficiente...

Ao olhar para o relógio, via que o tempo passava, pois não havia estrelas ou lua no céu para dar uma dica. A camada de nuvens era espessa e alguns trovões ao longe fizeram-no pensar se ele poderia ficar não apenas invisível, mas também à prova d'água...

Com o canto dos olhos, viu uma sombra esquivando-se de árvore em árvore. Ela andava abaixada junto ao chão e movia-se com rapidez, exatamente como faziam os subordinados de Devina numa luta.

Assumindo uma posição defensiva, Jim procurou suas armas... e não encontrou *nada*. Maldição, era perfeito. Lá estava ele nos subúrbios, sem reforços, com nada além da estrutura de uma casa e algumas janelas de vidro para manter o alvo fora do alcance do demônio: pois, com a cabeça quente, saiu sem sua arma. Ao menos se Eddie e Adrian estivessem ali, poderiam dividir o que tinham e vencer.

Que idiota, não estava comprometido mesmo. Envolveu-se tanto no drama de Sissy que acabou não cuidando de si mesmo ou de Veck.

*Droga.*

A sombra moveu-se para outra árvore... e saiu para o gramado.

Jim franziu a testa e relaxou.

– Cachorro?

Quando um latido feliz saiu dele, ficou claro que não era uma miragem: e mais do que a informação que os olhos forneciam, sabia dentro do peito que era o seu animal.

– Que diabos você está fazendo aqui?

Quando os pelos desgrenhados aproximaram-se, a perna manca dificultava um pouco seu andar, e Jim lembrou-se de repente do primeiro dia que viu o cão naquele local de trabalho. Quando tinha morrido pela primeira vez. Foi o início de tudo, não? E não fazia ideia de onde tudo aquilo o levaria.

Agachando-se, fez um bom carinho em seu amigo.

– Eddie e Adrian estão aqui?

O bufar que exalou soou como um "não".

– Bem, estou contente por você estar aqui.

Cachorro sentou-se no chão aos pés de Jim. Mesmo a criatura tendo oitenta quilos e 1,8 metros a menos que ele, Jim teve a sensação de que estava sendo protegido, e não o contrário.

– Você não é um cachorro de verdade, é?

Houve um momento de silêncio. Em seguida, outro bufar – que pareceu bastante evasivo.

– Não acho que seja. Onde esteve? – o animal espirrou e balançou a cabeça. – Certo, respeito sua privacidade.

Com isso, Jim sentiu uma das patas do cão sobre a perna. Acomodou-se melhor na grama e acariciou o pelo áspero e emaranhado de Cachorro. Voltando a se concentrar naquele jantar que estava espiando, mas do qual não estava participando, naquela conversa que conseguia testemunhar, mas que não conseguia ouvir e naquele calor humano que podia perceber, mas que não podia sentir. Apesar de tudo, concluiu que não estava sozinho. Quando a chuva começou a cair, surpreendeu-se ao sentir o quanto isso era importante.

# Capítulo 20

Gary Peters sempre achara que seu nome soava como ele: nada de especial. Havia milhares de Garys no país – a mesma coisa para Peters – e sua aparência física também não o diferenciava muito. De alguma maneira, conseguiu evitar uma barriga de cerveja, mas seu cabelo era fino e, agora que tinha chegado aos quarenta, passava pela crise de perdê-los. O rosto era branco como um purê de batatas, os olhos eram de um castanho-terra e a existência de um queixo era discutível: talvez pescoço, bochechas e clavícula estivessem todos unidos.

Moral da história? Era um homem invisível, daqueles que as mulheres nem percebem a existência entre tantos metrossexuais musculosos, atletas e caras ricos e famosos.

Razão pela qual a visão de Britnae avançando até sua mesa e lançando um olhar... digamos, *daqueles*... foi uma grande surpresa.

– Desculpe – ele balançou a cabeça. – O que você disse?

Ela inclinou-se e... bom Deus, aqueles seios...

Quando ela ergueu-se outra vez, ele teve a sensação de que a mulher falara alguma coisa, mas não fazia ideia do que tinha sido...

– Desculpe, telefone – esticando o corpo, pegou o fone. – Departamento de Polícia de Caldwell, pois não. Sim. Uh-hum. Sim, está sob custódia e intimado. Sim, claro... Darei o recado de que estará lá pela manhã.

Fez algumas anotações no caderno e voltou sua atenção para Britnae. Que tinha decidido sentar-se à mesa em que se apoiou antes.

No começo achava que a saia era pequena. Agora, parecia micromíni.

– Ah... o quê? – ele disse.

– Perguntei quando será seu intervalo.

– Ah, desculpe – pelo amor de Deus, tinha alguma coisa errada naquela abordagem. – Não tão cedo. Ei, você não costuma sair às cinco da tarde?

– Estou presa aqui examinando uma folha de pagamento – quando ela fez beicinho, o lábio inferior, já volumoso, pareceu um travesseiro. – É tão injusto... e ainda tenho mais uma hora pela frente, pelo menos, e está tão tarde.

Ele olhou o relógio: 20h. Tinha acabado de iniciar seu turno de dez horas, aquele em que vigiava provas e prisioneiros, então, era cedo para ele. Costumava ir para casa às 6h, e o departamento dela chegava ali às 8h30.

Ela inclinou-se outra vez.

– É verdade que todas as coisas de Kroner estão aqui?

– Na sala de provas? Sim, estão.

– Você chegou a vê-las?

– Algumas delas.

– Mesmo?

Foi muito curioso como os olhos dela arregalaram-se um pouco enquanto colocava a mão sobre a garganta.

– São horríveis – ele acrescentou, sentindo o peito inflar.

– Como assim... o que são?

A hesitação dela mostrava que estava em dúvida se desejava mesmo saber mais.

– Partes e pedaços... Se é que me entende.

A voz dela tornou-se quase um sussurro.

– Você pode me levar lá?

– À sala de evidências? Ah, sim, não, não posso. Apenas pessoal autorizado.

– Mas você é autorizado, não é?

– E gostaria de manter o meu emprego também.

– Quem ficaria sabendo? – ela inclinou-se ainda mais. Gary pensou que, caso ela se endireitasse um pouco mais, poderiam se beijar.

Temendo passar por tonto, afastou-se e empurrou a cadeira para trás.

– Eu não diria a ninguém – ela sussurrou.

– Não é tão simples. Precisa se identificar na entrada e na saída e tem as câmeras de segurança. Não é uma sala de descanso.

Ele podia ouvir a petulância em sua voz e, de repente, desprezou sua calvície e sua meia-idade. Talvez aquele tom fosse a razão pela qual ainda era virgem.

– Mas você poderia me deixar entrar... se quisesse – os lábios dela eram absolutamente hipnotizantes, moviam-se devagar à medida que enunciavam as palavras. – Certo? Sei que poderia, se quisesse. E eu não vou tocar em nada.

Deus, como aquilo era estranho. Esperava entrar no trabalho e cumprir suas tarefas como sempre fazia todas as noites. Mas lá estava ele, com aquela... encruzilhada.

Será que Gary Peters não faria nada, como de costume? Ou será que tomaria uma atitude *de verdade* com a gostosa do departamento?

– Sabe de uma coisa? Vamos lá.

Ele levantou-se e verificou outra vez se as chaves estavam no cinto – onde, é claro, elas estavam. E, como era de se esperar, havia uma equipe reduzida na delegacia, então, era o único responsável por levar qualquer coisa ao andar de cima – e os detetives Hicks e Rodriguez tinham acabado de trazer dois gramas de maconha embalados e assinados.

– Oh, meu Deus – ela disse, saltando da mesa. – De verdade?

O peito dele voltou a se encher, em vez da sensação de vazio de sempre.

– Sim. Vamos.

Colocou o sinal de que estava em intervalo, para que as pessoas ligassem em seu celular – alguém poderia aparecer para registrar ou cadastrar alguma prova – e, então, abriu a porta para ela.

Quando ela passou e Gary sentiu o perfume, pensou ser mais alto do que era quando começara a trabalhar, a sensação era ótima. Sabia que havia uma grande possibilidade de sair impune daquilo. A equipe de evidências trabalhara muito, há dias, nas evidências de Kroner, mas, finalmente, decidiram que também precisavam dormir; então, não havia ninguém ali. E, com certeza, Britnae não tocaria em nada mesmo – ele iria se certificar disso. Assim, não haveria necessidade de verificar as gravações das câmeras de segurança.

Arriscado? Um pouco. Mas, na pior das hipóteses, receberia uma advertência. Tinha o registro mais irrepreensível em termos de assiduidade e desempenho no departamento de recepção e segurança – ele não tinha vida. E Britnae nunca iria abordá-lo novamente.

Algumas vezes, você precisa ser algo mais que um mero Gary Peters atrás de uma mesa...

Britnae pulou e abraçou-o.

– Você é tão legal!

– Ah... imagina.

Droga, como Gary era imbecil. Graças a Deus ela não ficou agarrada por muito tempo, pois ele quase desmaiou.

O engraçado foi que se sentiu calmo ao mostrar o caminho, levando-a para o elevador até o segundo andar. Dali em diante, insistiu, como se fosse um agente secreto, que seguissem pelas escadas. Lá em cima, abriu a saída de incêndio e ouviu. Nada. Nem mesmo alguém da limpeza. E, no final do corredor, as luzes do laboratório forense estavam apagadas.

– Nunca estive aqui antes – Britnae sussurrou perto da manga da camisa ao agarrar o braço dele.

– Vou cuidar de você. Vamos.

Andaram na ponta dos pés pelo corredor até uma porta de aço pesada na qual se lia "EVIDÊNCIAS – APENAS PESSOAL AUTORIZADO". Com suas chaves, abriu-a e seguiu até uma antessala de identificação. Sentiu seus nervos exaltados quando aproximou-se da mesa em que a recepcionista ficava durante o horário comercial, mas, quando identificou-se e entrou, sabia que não tinha mais volta.

– Oh, meu Deus, estou tão animada! – quando Britnae colocou as mãos sobre o antebraço de Gary e inclinou-se, como se ele fosse seu protetor, o homem não se incomodou mais em esconder o sorriso, pois ela não conseguia visualizar seu rosto.

*Isso é... muito legal* – ele pensou ao registrar no sistema a maconha apreendida.

Quando Devina esfregou-se contra o corpo do oficial, fez um favor àquele triste humano, um tal de Gary Peters. Era engraçado fingir ser a bonitona do escritório, e o idiota da recepção engolia a mentira. Seu plano só precisava ter um início e um fim. Ele não se lembraria de nada na manhã seguinte: para que aquilo tudo funcionasse, o statu quo tinha que ser preservado.

– Certo, vamos entrar – o cara disse ao sair da frente do computador.

Usando o tom de voz alto de Britnae e aquela pronúncia ao estilo de modelos famosas californianas, disse:

– Oh, meu Deus, estou tãããão empolgada. Isso é muito real!

Blá-blá-blá... mas usou o tom certo, pois já estava usando a carcaça há algum tempo. E a garota não tinha um vocabulário muito extenso – era só acrescentar "oh, meu Deus" a cada substantivo ou verbo e pronto.

Na segunda porta de aço, Gary Peters passou seu cartão pelo leitor magnético na parede e a fechadura soltou-se em seguida com uma batida.

– Está pronta? – ele disse, todo protetor.

– Não sei... Quero dizer, sim!

Ela saltitou um pouco e, então, voltou a ofegar sobre o braço dele enquanto segurava uma de suas mãos. E, ao vê-lo todo encantado com o show, ela pensou: *que idiota.*

No instante em que entrou no interior das instalações de armazenamento de provas, a habitual cena de gato e rato assumiu seu lugar na missão. De alguma maneira, estava entediada daquele tipo de diversão, porém, tinha que fazer algo de qualquer jeito. O desaparecimento de Jim Heron obrigou-a a antecipar algumas coisas, o que ela odiava.

Não conseguia acreditar que não havia qualquer sinal dele. Era a primeira vez que acontecia com um anjo e tinha certeza de apenas uma coisa: ele não tinha recuado ou desistido. Não estava em sua natureza. A guerra continuava e havia uma alma para tomar... Além disso, havia maneiras de conseguir que Jim aparecesse outra vez.

O guarda conduziu-a ao longo dos corredores cheios de prateleiras que se estendiam do chão ao teto, cheias de caixas de uma variedade incalculável de formatos e tamanhos. Tudo estava bem catalogado e indexado, havia pequenas etiquetas penduradas e muitos sinais alfanuméricos indicando algum tipo de sistema.

Que coleção. Que organização...

Devina teve que parar e desabafou:

– Isso é *incrível*.

O oficial idiota ficou todo orgulhoso, mesmo sendo apenas uma pequena engrenagem de uma máquina maior.

– Sempre há dezenas de milhares de provas aqui. Tudo está identificado pelo número do caso e registrado no computador para que possamos encontrar tudo de maneira eficiente – começou a andar outra vez, dirigindo-se a alguns recantos do local. – No entanto, existem algumas exceções, como o caso Kroner, pois há muita coisa envolvida no processo.

Enquanto ele seguia, Devina olhava para cima e observava todos os objetos ao redor. Que demais!

Ao longo de todo o caminho, havia algumas mesas com cadeiras, como se fosse uma cafeteria em que se serve objetos inanimados para consumo.

– Os detetives e oficiais têm autorização para entrar, tirar fotos, reexaminar coisas ou pegar alguma evidência para julgamentos. O laboratório também retira os objetos do lugar de tempos em tempos, mas tudo precisa retornar ao departamento. As coisas de Kroner estão bem aqui. *Não* toque em nada.

Atrás de uma divisória de 1,8 metros de altura, havia uma estação temporária de trabalho constituída de mesas, cadeiras, computadores e um equipamento fotográfico, assim como caixas de sacos plásticos vazias e rolos de etiquetas adesivas. Mas isso não importava. Em prateleiras rebaixadas, que tinham 2,5 metros ou mais de comprimento, havia vários saquinhos enfileirados, todos com códigos de barras, contendo frascos, joias e outros itens.

Seu pequeno servo tinha sido um menino muito, muito ocupado, não?

– Geralmente, a evidência é registrada lá embaixo, na entrada, ou no laboratório, se for restos humanos, mas havia tantas coisas naquela caminhonete apreendida que tiveram que criar uma unidade temporária de processamento de dados aqui. Todas as amostras de tecido foram examinadas primeiro, pois havia uma preocupação com a preservação dos elementos... Entretanto, parece que Kroner já sabia exatamente como manter tudo. Claro que sabia. Queria ter sempre parte de suas vítimas junto dele.

– Há muitos outros objetos aqui – o policial levantou um lençol branco que cobria uma caixa enorme e rasa.

Ah, sim, exatamente o que ela esperava encontrar: um amontoado de camisetas, joias, bolsas, laços de cabelo e outros objetos pessoais.

Vendo tudo aquilo, ela sentiu-se profunda e verdadeiramente triste por Kroner, pois sabia muito bem de onde vinha a obsessão dele. Ninguém quer perder as conquistas do trabalho duro, as pessoas passam a valorizar seus objetos. No caso de Kroner, era mais difícil, pois, ao contrário dela, ele não tinha como manter suas vítimas para sempre... E, agora, também tinha perdido sua coleção.

De repente, Devina sentiu dificuldade para respirar.

Ela tinha *perdido* seus preciosos objetos, e lá estavam eles, sob a tutela de seres humanos, que tocaram e recatalogaram tudo. Eles poderiam, muito bem, um dia, num futuro distante, jogá-los fora.

– Britnae? Você está bem?

O oficial apareceu bem ao lado dela, mostrando uma cadeira de escritório.

– Sente-se – ouviu-o dizer ao longe.

Quando a sala começou a girar, Devina fez o que ele havia sugerido e colocou a cabeça entre os joelhos que não eram dela. Estendendo uma das mãos, pegou na borda da mesa, como se assim pudesse manter a consciência.

– Merda, merda... certo, vou pegar um pouco de água para você.

Quando o oficial saiu, seus pés iniciaram uma corrida mortal em direção às pilhas de evidências, pois sabia que não tinha muito tempo. Com a mão trêmula e suada, pegou o brinco de ouro que tinha trazido de sua coleção. As lágrimas vieram à tona quando percebeu que tinha de abrir mão novamente daquilo se quisesse progredir naquela rodada com Heron... e DelVecchio.

Há pouco, quando estava em seus aposentos privados, parecia haver uma perspectiva tão razoável, tão fácil, mas ali, cercada por centenas de milhares de troféus, o que era o brinco de uma virgem morta? Ficaria com a outra peça do par... além do mais, tinha outros objetos para se lembrar daquela maldita Sissy Barten.

Agora, porém, sentada ao lado da carnificina que eram as lembranças de Kroner, sentia como se estivesse enviando uma de suas muitas almas às profundezas de um mar de perda e esquecimento permanentes. Mas que escolha tinha? Tinha que eliminar as forças de Heron e, mais importante, tinha que configurar o final do jogo...

De repente, a imagem da secretária gostosa começou a se desintegrar, a verdadeira forma de Devina passou a emergir da camada de pele humana jovem e rosada, sua carne morta e enrugada e suas garras cinzas e retorcidas embalavam o brinco barato em formato de pássaro.

Por um momento, não se importou. Estava abalada demais por sua possessividade, não conseguia lidar com o fato de que o oficial voltaria em breve e que, então, teria de infectá-lo ou matá-lo – e não tinha energia para nada disso. Ela tinha, porém, de se recompor.

Obrigando-se a pensar um pouco, convocou a visão de sua terapeuta, imaginando aquelas formas arredondadas, aquela pessoa realizada, acolhedora, que já tinha passado da menopausa e que não só parecia ter resposta para tudo... Mas parecia saber exatamente do que ela estava falando.

*Devina, a ansiedade não é sobre as coisas. É sobre seu lugar no mundo... Você deve se lembrar de que não necessita de objetos para justificar sua existência ou para se sentir bem ou segura.*

Ou seja, se não conseguisse se recompor e colocar aquele brinco ali, comprometeria mais ainda seus objetivos.

*Você já perdeu uma vez* – lembrou a si mesma.

Duas respirações profundas... mais outra. Então, olhou para sua mão e desejou a imagem da jovem e a bela carne de volta. A concentração que aquilo exigia deu-lhe uma dor de cabeça permanente, mesmo depois que voltou a ser Britnae, mas não havia tempo para desperdiçar com as têmporas que latejavam. Ao colocar-se em pé sobre pernas tão fortes quanto canudos de refrigerante, saiu tropeçando em direção à caixa de objetos. Agarrando-se a uma cortina, colocou ali o brinco em formato de pomba e, em seguida, patinou de volta ao assento que o oficial havia providenciado para ela. Bem a tempo.

– Aqui, beba isso.

Olhou para o cara. Considerando a expressão em seu rosto, parecia que o disfarce Britnae ainda estava funcionando. Uma coisa era certa sobre humanos: ficavam totalmente chocados quando a viam como era de fato.

– Obrigada – disse com voz rouca ao estender uma das mãos... com uma camada de esmalte rosa nas unhas. Mas quanto tempo aquilo duraria?

Bebeu a água, amassou o copo de papel e jogou-o numa lata de lixo embaixo da mesa.

– Por favor, pode me tirar daqui? Agora?

– Claro.

Ele tirou-a da cadeira, jogando um braço surpreendentemente forte em volta da cintura e sustentando a maior parte de seu peso. Passaram pelos longos corredores. Saíram pela porta desbloqueada graças àquele cartão magnético. Enfim, o corredor que daria para a saída. O elevador foi uma bênção, mesmo ficando ainda mais tonta com a descida.

*O plano*, disse a si mesma. *Trabalhar no plano*. Era o sacrifício necessário para trazer as coisas de volta ao lugar.

Quando chegaram ao escritório, ele sentou-a numa das cadeiras de plástico de sua mesa e trouxe um segundo copo de água. O que ajudou um pouco a clarear a mente de Devina. Ela concentrou-se no oficial e decidiu não só deixá-lo viver, daria também um pequeno presente.

– Obrigada – disse-lhe, com sinceridade.

– Por nada. Quer uma carona para casa?

Ela não respondeu e inclinou-se para frente. Estendendo-se mentalmente pelo ar, infiltrou-se pelos olhos de Gary e adulou-o dentro do cérebro, passeando pelos corredores metafóricos de sua mente, visualizando ao acaso as provas que havia em suas estantes particulares.

Da mesma maneira que colocou o brinco na caixa, inseriu a convicção no cérebro do homem de que ele era um *Casanova*, um cara que, apesar de sua modesta aparência, era desejado pelas mulheres e, portanto, confiante e viril.

Era o tipo de coisa que o faria conseguir uma transa. Pois, ao contrário dos homens, criaturas visuais, as mulheres tendiam a valorizar mais o conteúdo que havia entre as orelhas de alguém. E autoconfiança era muito sensual.

Devina partiu em seguida, levando com ela as memórias do que tinham feito e onde tinham estado. Seu ato de caridade enojou-a, e ela desejou fazer um gesto obsceno àquele Nigel insuportável.

Mesmo uma freira com o coração mais puro que se possa imaginar teria vontade de soltar um palavrão naquela ocasião. Eram raros os casos em que um demônio motivava-se a mostrar compaixão. Ela sentiu vontade de tomar um banho para tirar o fedor.

# Capítulo 21

– Acho que estou no céu.

Reilly escondeu um sorriso quando Veck olhou com admiração o pedaço de torta que sua mãe havia colocado à frente dele.

– A senhora fez mesmo isso? – disse ao olhar para cima.

– Do zero, incluindo a massa – o pai dela anunciou. – E não só isso, ela pode calcular seus impostos de olhos fechados com um dos braços amarrado nas costas.

– Acho que estou apaixonado.

– Desculpe, ela já é comprometida – o pai de Reilly puxou sua esposa para um rápido beijo ao pegar seu pedaço de sobremesa. – Certo?

– Certo – a resposta foi pronunciada de boca cheia.

Reilly ofereceu um pouco de sorvete de baunilha a Veck.

– Sorvete?

– Com certeza.

O detetive DelVecchio acabou se mostrando muito bom de garfo. Levou segundos para comer a carne de vitela e o espaguete ao molho pomodoro. Não era muito fã de saladas, o que não era muito surpreendente. E poderiam ter servido a sobremesa em dose dupla.

Contudo, não foi a capacidade de apreciar a comida de sua mãe que impressionou Reilly: ele inteirou-se bem com o pai. Brincava e, com respeito, mostrou que não era alguém influenciável, mesmo Tom Reilly sendo conhecido por assustar até à morte seus subordinados. Resultado disso?

– E, sim, Veck, concordo com você – o pai dela anunciou. – Há muita coisa que precisa ser modificada no sistema. É muito difícil obter um equilíbrio entre acusação e perseguição, especialmente com relação a alguns grupos étnicos e raciais. Socioeconômicos também.

Sim, seu parceiro tinha sido agraciado com a plena aprovação.

Quando a conversa encaminhou-se para o assunto da aplicação da lei, ela sentou-se e observou Veck. Ele parecia mais relaxado que nunca. E, cara, como estava lindo.

Meia hora e mais um pedaço de torta depois, Veck ajudou a levar os pratos até a pia e ajudou a secar a louça. Então, chegou o momento de colocarem os casacos e dirigirem-se à saída.

– Obrigada, mãe – ela disse, abraçando a mulher que sempre estaria ali por ela. – E pai.

Ao aproximar-se do pai, teve que ficar na ponta dos pés para colocar os braços ao redor dele, esticou-se bem e não chegou nem à metade do caminho dos ombros.

– Eu te amo – ele disse, segurando-a com firmeza. E, então, sussurrou em sua orelha:

– Tem um bom rapaz aí.

Antes que pudesse retornar ao discurso "não, eu não tenho ninguém", passaram aos apertos de mãos e saíram pela porta.

Na rua, os dois acenaram e, enfim, tudo acabou.

– Seus pais são incríveis – Veck disse, enquanto se afastavam de carro.

Um rubor de orgulho da família a fez sorrir.

– São mesmo.

– Se não se importa, queria perguntar...

Quando percebeu que ele não a olhava e que não terminaria a frase, Reilly sabia qual era a pergunta que tinha ficado no ar. Era importante, mas isso não significava que ele iria forçá-la a responder.

– Fico muito feliz em conversar sobre isso – quando a chuva começou a cair, aguardou num sinal vermelho e ligou os limpadores de para-brisa. – Meus pais sempre trabalharam com jovens de risco e centros de recuperação... Começaram antes mesmo de se conhecerem. Existe um centro assim na igreja católica do centro da cidade e, depois que se casaram, costumavam passar os sábados lá, organizando livros, solicitando doações, ajudando famílias desabrigadas. A mulher que meu deu à luz chegou ali comigo depois de ter brigado com um dos três namorados. Com isso, ela acabou perdendo a visão do olho esquerdo – Reilly lançou um rápido olhar para ele. – Eu vi acontecer. Na verdade, é a primeira memória que tenho.

– Quantos anos você tinha? – ele perguntou um pouco tenso.

– Três anos e meio. Ela brigava com ele por qualquer coisa, até aí nenhuma novidade, mas, daquela vez, ela agarrou uma faca e foi atrás dele. Ele a empurrou para se defender, mas ela continuou atacando até que ele começou a bater nela. Com força. Eu disse aos policiais que ele a espancou e, então, o colocaram na cadeia. E foi assim que terminamos no abrigo, pois o apartamento em que estávamos hospedadas era dele – Reilly acionou a seta e entrou numa via principal, pouco depois de um colégio. – De qualquer forma, ficamos no local onde meus pais trabalhavam como voluntários, mas a mulher que me deu à luz roubou algumas coisas de outra família, e, então, foi o fim da estadia. Tivemos que ficar com seus outros dois namorados por mais ou menos uma semana e, então... ela me levou de volta ao abrigo e me deixou lá. Simplesmente me abandonou.

Veck encontrou seus olhos.

– Onde ela está agora?

– Não faço ideia. Nunca mais a vi de novo e, sei que soará amargo, mas não dou a mínima para o que aconteceu com ela – aproximou-se de um semáforo e pisou no freio. – Era uma mentirosa e uma viciada, e a única coisa boa que fez por mim foi ter me deixado. Mas tenho certeza de que ela não tinha a intenção de me proporcionar algum benefício com isso. Provavelmente, eu estava atrapalhando seu estilo de vida, e ela devia saber que matar uma criança era o tipo de crime que garantiria toda uma vida atrás das grades.

Nesse ponto, era o momento de entrar na pista expressa... que veio em boa hora, pois essa era a parte mais difícil da história

Fez uma pequena pausa e respirou um pouco ao se posicionar no trânsito.

– Nossa, a chuva está ficando forte mesmo – ela disse, aumentando a velocidade dos limpadores.

– Não precisa terminar a história.

– Não, está tudo bem. O verdadeiro pesadelo teria acontecido se meus pais não tivessem se interessado por mim. Isso me assusta ainda hoje – verificou o espelho retrovisor, mudou para a faixa da esquerda e afundou o acelerador. – Aconteceu de meus pais estarem trabalhando naquele dia... E eu simplesmente grudei neles feito cola. Eu adorei meu pai desde a primeira vez que o vi, pois ele era tão grande e forte, com aquela voz profunda... sabia que me protegeria. E minha mãe sempre me deu bolachas e leite... e brincava comigo. Quase que de imediato eu já estava determinada a ir para a casa com eles, mas eles estavam tentando engravidar na época e, meu Deus, não estavam necessariamente interessados em bebês com histórico de pais viciados em drogas.

– Naquela noite e durante a semana seguinte, tentaram encontrar a mulher e instigar um pouco de sentimento nela, pois sabiam que, quando uma criança entrava no sistema, era difícil sair dele. Quando finalmente a encontraram, ela não me quis... e disse que renunciaria seus direitos. Voltaram mais tarde e sentaram-se comigo. Eu não poderia ficar no abrigo, pois era preciso estar acompanhada de um responsável. Então minha mãe decidiu dormir lá comigo para que eu pudesse ter direito a um beliche. Me lembro de ter tido certeza de que me diriam para ir embora, mas um dia transformou-se em dois... e depois em mais outra semana. Eu era muito bem comportada, e tinha a impressão de que meu pai estava trabalhando em alguma coisa. Finalmente, voltaram e me perguntaram se eu queria ficar com eles por um tempo. Ele conseguiu ajeitar as coisas para que se encaixassem no sistema como candidatos a meus pais adotivos. Só ele mesmo – ela olhou e sorriu. – Um tempo que se transformou em vinte e tantos anos. Conseguiram me adotar oficialmente um ano depois que me mudei.

– Isso é incrível – Veck devolveu um sorriso e, em seguida, ficou sério outra vez. – E seu pai biológico?

– Ninguém sabe quem é, inclusive a mulher que me deu à luz, de acordo com o que os meus pais dizem. Me disseram, bem depois, quando eu já estava crescida, que ela acreditava ser um dos dois ex-namorados. E os dois estavam na cadeia por tráfico de drogas – acelerou ainda mais os limpadores. – E, veja bem, sei que pareço... estar com raiva em alguns momentos da história. Mas acho que é apenas uma tentativa de lutar com a teoria de que o vício é uma doença genética. Com dois viciados na minha base genética, há uma probabilidade estatística de que eu termine como eles, mas não vou seguir por esse caminho. Sabia que era uma porta que eu não deveria abrir e, de fato, nunca fiz isso. E, sim, você pode argumentar que meus pais me deram oportunidades que meus pais biológicos nunca teriam dado, e é verdade. Mas você faz o próprio destino. Você escolhe seu caminho.

Durante algum tempo, ouviu-se apenas o ruído dos limpadores e da água chicoteando a parte inferior do carro.

– Desculpe, acho que falei demais.

– Não, nem um pouco.

Reilly olhou para Veck e teve a impressão de que ele estava voltando ao próprio passado.

Em silêncio, esperou que ele se abrisse, mas o homem continuou calado, cotovelo apoiado na porta, uma das mãos massageando o queixo.

Do nada, um carro enorme rugiu na faixa do meio. O SUV espirrou litros e litros de água sobre o capô de Reilly e obscureceu a visão.

– Deus – ela disse, diminuindo a velocidade. – Devem estar a mais de 150 quilômetros por hora.

– Nada como um desejo de morte para diminuir o tempo na viagem.

O veículo desviou para a direita, em seguida para a esquerda, e depois para a direita outra vez, movimentando-se dentre os outros carros num zigue-zague atordoante.

Reilly franziu a testa ao imaginar Veck em sua moto naquele aguaceiro tendo de lidar com um maníaco na estrada como aquele.

– Ei, consegue voltar para casa nessa chuva? Está ficando perigoso.

– Não, não tem problema – ele respondeu.

Pensando num palavrão, não teve certeza se ele estava entendendo direito a situação. E o fato de ser estúpido o suficiente para pegar aquele foguete que dizia ser uma moto e sair naquelas condições não a alegrou muito.

Enquanto Veck permanecia sentado ao lado de Reilly, viu-se pensando sobre seu pai... e sobre sua mãe também. Embora não conseguisse se preocupar muito com ela. Que irônico. DelVecchio pai estava sempre em sua mente, mas sua mãe...

– Acho melhor eu levar você para a sua casa – Reilly disse. – Não é nada interessante enfrentar esse tempo na sua moto.

– Eu não fazia ideia do seu passado – ele murmurou. – E nunca teria imaginado. Você é tão segura.

Houve uma pausa, como se tivesse que trocar a faixa do assunto na sua cabeça.

– Bem, devo muito disso aos meus pais. Foram um exemplo e uma realidade, são tudo o que desejo ser e quem me tornei. Porém, nem sempre foi fácil. Por um longo tempo, achava que, se eu não fosse perfeita, eles me devolveriam como se fosse uma torradeira com defeito. Mas destruí o carro do meu pai nas minhas aulas de direção... Um bom teste para essa teoria, não? E, adivinhe só? Eles continuaram comigo.

Olhou o perfil do rosto dela e disse:

– Acho que você não dá crédito suficiente a si mesma.

– A única coisa que fiz foi aproveitar o bom exemplo que tinha diante de mim.

– E isso é muito.

Quando ela entrou no bairro dele, cinco minutos depois, ele percebeu que ela tinha seguido o próprio conselho sobre ele, sua moto e o clima.

Os freios rangeram ligeiramente quando ela parou na calçada e, de repente, a chuva sobre o teto do carro começou a soar como bolas de pingue-pongue.

– Acho que está caindo um pouco de granizo – ele disse.

– Sim – ela olhou pelo para-brisa dianteiro. – Que tempestade.

– Nenhum trovão.

– Não.

Os limpadores continuaram o movimento, clareando a visão por alguns momentos.

Em dado momento, olhou para ela.

– Quero te beijar de novo.

– Eu sei.

Ele riu um pouco.

– Sou tão óbvio assim?

– Não... eu quero também.

*Então, vire a cabeça para mim*, ele pensou. *Tudo o que tem a fazer é virar a cabeça que eu beijo você.*

A chuva caiu. Os limpadores continuaram. Motor parado.

Ela virou a cabeça. E fixou os olhos na boca dele.

– Quero *muito* isso.

Veck inclinou-se em direção a ela e aproximou-a de seus lábios. O beijo foi bastante lento e profundo. E quando a língua de Reilly encontrou a sua, teve consciência de que desejava algo mais dela que apenas sexo. Em última análise, no entanto, a definição daquilo não importava. Não dentro daquele carro sem marcas de identificação, estacionado na sua calçada, com a tempestade que caía lá fora.

O que os dois precisavam não tinha como resolver conversando.

Deus, ela ainda era tão macia embaixo dele, pele macia, cabelo macio, perfume suave, mas foi sua essência firme, sua solidez e obstinação que realmente excitaram-no. A ideia de que era uma sobrevivente, que era tão forte e esclarecida com quem era e de onde vinha fez com que a respeitasse ainda mais.

E, como pode imaginar... aquilo era mais sensual do que qualquer coisa naquela sacola da Victoria's Secret.

Com um movimento do tronco, tentou chegar ainda mais perto, mas a lateral do corpo atingiu o volante, que o bloqueou. O homem das cavernas nele de fato rosnou quando tentou aproximar-se outra vez, mas não conseguiu chegar nem perto de onde queria. Ou seja, nu em cima dela.

Com um palavrão, recuou. Sob as luzes dos faróis refletidas dentro do carro, o belo rosto de Reilly iluminou-se, a sombra da chuva sobre o para-brisa tocava suas feições, manchando-as um pouco, até que os limpadores dissipassem o que parecia ser lágrimas.

Pensou nela com sua família, tão feliz e em paz.

Simplesmente pensou nela, ponto final.

– Vou entrar sozinho – disse abruptamente.

Veck não esperou uma resposta. Saiu do carro uma fração de segundo depois e correu até a porta da frente de sua casa, não por causa da tempestade, mas porque conseguia observar seu interior com muita clareza.

– Espere! – ela gritou quando ele pegou as chaves.

– Volte para o carro – ele murmurou com a voz áspera.

Correndo até ele, balançou a cabeça e disse:

– Não quero.

Com isso, ergueu a mão e apontou para o carro. Quando acionou o alarme, as portas foram trancadas e os faróis piscaram.

Veck fechou os olhos e deixou a cabeça cair para trás, a chuva atingiu sua testa e bochechas.

– Se você entrar, eu não vou conseguir parar.

A resposta de Reilly foi tirar as chaves das mãos dele, destrancar a porta e, sutil e implacavelmente, empurrá-lo para dentro da casa.

Desejava outro beijo como aquele dado no carro.

Fechando a porta com um chute, Veck desvencilhou-se do casaco, agarrou-a e puxou-a contra ele, segurando-a com força, tomando sua boca outra vez. E ela atacou de volta, envolvendo com força os braços ao redor dos ombros e pressionando seu corpo contra o dele.

O sofá.

Tinha mudado o sofá de lugar.

Ainda bem.

Houve um emaranhado de movimentos para chegar até lá, e tirar o casaco molhado dela e os coldres com as armas dos dois não facilitou as coisas. Mas logo ele moveu-a, estendendo-a sobre as almofadas... e montou sobre ela, pulando em cima de seu corpo.

O beijo foi desesperado, do tipo em que os dentes se encontram de vez em quando, e ele não queria nem sequer parar para respirar, mesmo com os pulmões queimando por falta de oxigênio. Especialmente quando ela começou a arranhar seus ombros.

Com isso, resolveu não ser bonzinho com a camisa dela. Sem romper o vínculo formado pelo beijo, pegou as lapelas e separou a maldita coisa da gola à bainha, liberando todos os botões perolados que navegaram pelo ar e caíram sobre o tapete.

O sutiã por baixo da roupa era de um tom pastel bem claro e a simples peça de algodão ficou espetacular sobre os seios. E que alívio não ter que se preocupar em rasgar rendas delicadas.

Enquanto ele abria o fecho frontal, ela respirava rápido e com força e o movimento sinuoso de suas costelas sob a pele era muito excitante, mas nada comparado ao momento em que afastou os modestos bojos para os lados.

– Você é incrível – ele gemeu ao dar uma boa olhada nela... Algo que evitou fazer na noite anterior.

Oh, cara, os seios eram mais pesados que aparentavam ser com roupas, mais cheios e redondos também... Com isso, ele até se perguntou se ela não usaria sutiãs mais apertados intencionalmente para disfarçá-los. Que desperdício seria. Mas pensar que outro homem poderia olhá-la com cobiça instigou-lhe a vontade de recorrer à sua arma.

Apalpando o que havia sido revelado, teve outra surpresa que deixou passar na pressa da noite passada. Era toda natural, tudo presente de Deus, nenhuma intervenção por insegurança ou vaidade. E o peso maleável de seus seios fez seu pau pulsar... lembrando-lhe quanto tempo havia se passado desde a última vez que ficara com uma mulher sem a rigidez dos implantes.

Pressionando os seios, sentiu os mamilos rígidos e eretos e abaixou-se para sugar um, depois o outro. Em seguida, aninhou-se ali.

Bem, parecia ser um homem que adorava seios, ele pensou, quando seus quadris foram impulsionados contra as pernas dela. Quem diria?

Ou... talvez fosse um homem que adorasse Sophia Reilly.

– Você é linda demais – rosnou quando voltou a trabalhar sobre os mamilos cor-de-rosa.

Estava desesperado para entrar nela, e encantado com a parte de cima, explorando, lambendo, tocando e observando suas reações. De alguma maneira, as coxas dela separaram-se – talvez tenha sido o joelho dele, talvez a necessidade dela, quem se importa? –, e os dois uniram-se onde mais desejavam.

Erguendo-se com os braços, começou a pressioná-la, seu pênis rijo acariciando o núcleo dela. Em resposta, ela arqueou o corpo de uma forma muito erótica, os seios subiram quando a coluna movimentou-se e ela cravou as unhas nos antebraços de Veck.

Quando ergueu-se contra ela, os seios balançaram com o movimento e ele ficou entorpecido, com o corpo dormente e hipersensível ao mesmo tempo – mas percebeu que tinha perdido o contato com os lábios. Voltando a beijá-la, soube que estava prestes a não conseguir mais se controlar... E, então, sentiu as mãos dela puxando sua camisa.

Parece que não era o único desejando algo.

De repente, perdeu a paciência com suas roupas e o que cobria seu peito desapareceu um momento depois, arrancando tudo como fez com Reilly.

– Sinta minha pele – ele exclamou, ao colocar-se sobre ela.

Ele beijou-a com força enquanto as mãos dela passavam por todo o seu corpo, passeando sobre seus músculos, agarrando os ombros, riscando as unhas ao longo de suas costelas.

Mais.

– Posso te deixar nua? – disse.

– Sim...

Veck ergueu-se e ela levantou os quadris e começou a tirar o cinto. Fez um trabalho tão bom com as calças, que ele simplesmente sentou-se e observou quando uma calcinha de algodão apareceu em sua frente.

Quando ela mostrou estar com dificuldade para continuar, pois, ora, tinha um homem de noventa quilos em cima dela, ele ajudou a mulher a tirar as calças descendo-as sobre suas pernas longas e lisas.

*Oh, cara...* – pensou, passando as mãos sobre as coxas. Era esguia e levemente musculosa, e imaginou-se separando aquelas coxas e mergulhando sua cabeça...

Agarrando-a, investiu contra ela, esticando-se por cima dela mais uma vez. O plano? Facilitar o caminho ao sul e tomar a calcinha com os dentes. Então, passaria um tempo ali certificando-se de que o corpo dela estava pronto para ele. Com seus lábios, língua e dedos.

Parece que havia um pequeno cavalheiro dentro dele, afinal. Sim. Havia. Não era por estar morrendo de desejo de possuí-la... só que, em seguida, ela tocou o cinto dele. Veck congelou e colocou as mãos sobre as dela, acalmando-a.

– Se isso acontecer – disse em tom rude –, não serei capaz de esperar mais um segundo.

Com o corpo absolutamente sólido de Veck posicionado sobre o dela, o cérebro de Reilly estava focado em apenas uma coisa: tirar as calças dele.

– Não quero esperar.

– Tem certeza? – a voz dele era tão gutural que se aproximava do inaudível.

Como resposta, ela passou a mão entre as coxas dele e envolveu seu sexo. No instante em que a conexão foi feita, ele amaldiçoou numa respiração explosiva e seu corpo foi investido contra o dela, o material macio das calças dele não fizeram nada para ocultar aquela extensão rígida.

– Quero ver você – ela exigiu com voz rouca.

Não precisaria pedir duas vezes: com mãos violentas e rápidas, abriu a braguilha e foi ela quem puxou a cintura. Em seguida, trabalharam juntos com a cueca para libertar a...

O pau duro de Veck projetou-se dos quadris e as pálpebras dele abaixaram-se para vê-la observar o que havia ali.

Santo...

Bem, ela poderia usar um dicionário de sinônimos para definir aquilo como "magnífico", não? E, se era correto afirmar que tinha ficado impressionada com o que viu naquela noite no banheiro ou quando o sentiu por cima das roupas na cozinha dela, podia-se dizer que agora explodia ao vê-lo totalmente revelado e pronto para rugir. E o sexo dele não era a única bela visão: seu peito era tão macio e musculoso quanto se lembrava e seu abdômen era incrível, havia linhas firmes e bem definidas que iam até sua pélvis e seu...

– *Me f...*

Ao agarrá-lo, com as palmas das mãos sobre a coisa, ele estremeceu violentamente, e Reilly adorou a sensação de poder por ter abalado sua estrutura. E, oh, Deus, era firme e longo, pulsava e latejava reagindo à carícia.

*Nunca vou esquecer isso* – ela pensou, vendo-o sobre si, dentes expostos, cabeça para trás, o peitoral enorme esticado enquanto se esforçava para assumir o controle. Era a coisa mais quente que já tinha visto. E explorar primeiro era uma virtude, com certeza... Mas desejava possuí-lo de maneira mais profunda antes de aprender suas particularidades.

Pensando assim...

– Sua carteira? – ela tinha visto o que ele guardava ali quando manipulou a carteira na floresta... e a visão das camisinhas constrangeu-a naquele momento. Agora, estava agradecida, pois Deus sabia que ela não tinha nada disso. E não havia necessidade de se culpar por isso, um homem tinha que estar preparado sempre. Além disso, tinha alguma noção de como ele era. Testemunhou o efeito daquilo sobre Britnae.

– Agora – ela exclamou.

Outra coisa que não precisou pedir duas vezes. Quando encontrou as calças e tirou a carteira, ela levantou-se e tirou a calcinha – assim, estava pronta quando ele ergueu umas das mãos e trouxe a camisinha entre os dedos.

Ele fez uma pausa, como se quisesse que ela desse mais uma boa olhada.

Ela não hesitou. Sentou-se, pegou o pacote, mordeu e rasgou para abri-lo.

Ele gemeu e disse:

– Eu posso colocar...

– Não, me deixe fazer.

Detalhes práticos nunca foram tão eróticos. Ela lidou bem com o objeto, acariciando a grande extensão de seu pênis ao cobri-lo, até Veck arquear-se e segurar o peso do corpo sobre os braços. Quando Reilly começou a tocá-lo, os olhos dele começaram a queimar, e, quando ela puxou-o, Veck rosnou... E beijou-a da maneira de sempre: com um domínio que vinha de um homem que sabia exatamente o que poderia fazer com uma mulher.

Ela posicionou-o sobre seu núcleo e, apesar de estar desesperada e de estar evidente que ele a desejava, Veck foi lento e cuidadoso ao pressioná-la por dentro. Muito bom. O corpo dela estava pronto – mas "pronto" era um termo relativo, considerando o tamanho dele.

Gloriosamente relativo: o toque de toda aquela extensão foi eletrizante, e ela abriu as pernas ainda mais, inclinando os quadris para cima, facilitando o caminho.

E, finalmente, estavam juntos.

Ao contrário da fúria que tinha tomado conta deles até ali, agora tudo desacelerava. Enquanto ele a esperava se adaptar ao seu órgão, lambeu seus lábios com a língua escorregadia; os movimentos preguiçosos atordoaram-na. Então, moveu os quadris, curvando a coluna, criando um arrepio insano.

O assovio que ele soltou foi seguido por outro gemido. Em seguida, Reilly fundiu sua boca com a dele e continuou, mantendo o ritmo equilibrado e sem pressa. Seguindo o exemplo dele, começou a golpear também. Com isso, o sexo ganhou um impulso que a levou, ao mesmo tempo, para fora de seu corpo e para os locais mais profundos de seu íntimo.

A casa estava em silêncio. Tudo o que faziam era muito alto. Desde o ranger do sofá, até o atrito sutil das almofadas, a respiração e... Tudo estava amplificado até ela imaginar que não ficaria surpresa se pessoas no centro da cidade pudessem ouvir.

Mais rápido. Mais forte. Mais profundo.

O corpo dele transformou-se numa máquina, e ela segurou-o, deixando ser levada pelo turbilhão, agarrando suas costas primeiro com as mãos, depois com as unhas.

Reilly gozou com uma explosão selvagem tão poderosa que ficou surpresa por não ter se partido ao meio. E ele seguiu-a de imediato, os quadris dele começaram a pulsar violentamente quando houve a pressão dentro de seu órgão.

Passou-se um bom tempo antes do rugido em seus ouvidos diminuir e, quando aconteceu, o silêncio na casa aumentou.

Depois do momento de paixão, a realidade retornou: tomou consciência de que estava nua e Veck estava dentro dela... e tinham acabado de fazer sexo.

Com o homem que era seu parceiro. Com o detetive que deveria fiscalizar. Com uma pessoa com quem tinha passado apenas algumas horas... que não era nada além de um estranho, afinal.

Um estranho que levou para a casa de sua família.

Um estranho que ela deveria adicionar à sua lista das poucas pessoas com quem ela havia estado.

O que eles tinham acabado de fazer?

# Capítulo 22

Adrian e Eddie ficaram mais um tempo ao longo da noite sentados naquela mesa do Iron Mask, bebendo cervejas nas garrafas *longneck* e paquerando as mulheres que passavam por eles. Nenhum dos dois falou muito. Era como se o que acontecera no banheiro tivesse sugado suas cordas vocais. E outra rodada de sexo estava fora de questão.

Ao sentar-se ao lado do seu parceiro, Ad esperava que algo dentro dele protestasse e trouxesse-o de volta ao normal. Maaas... nada aconteceu. A questão era: poderia lutar com seu inimigo com facas e punhos, mas a alma não tinha armas para lutar naquela guerra, pois não tinha como vencer. Também não conseguia lutar contra a realidade no ringue – não havia alvo para atingir. A não ser um obstáculo intransponível. Então, apenas sentou-se naquele clube, observando a multidão beber, mas sem ficar embriagado.

– Vamos voltar ao hotel? – perguntou finalmente.

Enquanto esperava por uma resposta, tinha plena consciência do quanto confiava no outro anjo como sendo a voz da razão; era aquele que tomava as decisões certas, que os guiava na direção correta.

E o que ele dava em troca?

Além do sexo – e, naquela noite, Eddie tinha provado que não precisava dos seus serviços nesse sentido também.

*Ai, ai, ai* – Ad pensou. Se continuasse assim ganharia o prêmio de covarde do ano.

– O que eu quero mesmo é uma audiência com Nigel – Eddie murmurou. – Mas ele está me afastando.

Ad olhou para ele.

– Será que ele foi demitido outra vez? Porque não deve se preocupar, não é nossa culpa. Jim é quem está com problemas, não nós. Ele nos dispensou.

E tudo por causa daquela maldita virgem.

Cara, se ele pudesse voltar atrás em alguma coisa desde que conheceu o salvador, seria manter o cara longe da toca de Devina. Sim, com certeza, a questão Sissy foi uma tragédia. Mas o que isso estava causando a Jim era pior. Uma garota, uma família, versus a totalidade das almas existentes? Matemática cruel para os Bartens, mas era a realidade.

Ad passou uma das mãos pelos cabelos e sentiu vontade de gritar.

– Olha, não consigo mais ficar aqui.

O grunhido que saiu de Eddie poderia ser um gesto de acordo, fome, ou a cerveja que não tinha caído bem.

– Vamos – Ad declarou, levantando-se.

Pela primeira vez, Eddie seguiu-o e, juntos, desviaram-se da multidão e afastaram-se do tumulto, chegando à porta de saída. Do outro lado? Chuva. Frio. Era o período noturno numa cidade que não era diferente de nenhuma outra no planeta e uma noite que não destoava de tantas outras pelas quais já tinham passado juntos.

Droga, talvez precisassem se acertar com Jim... relaxar. Nada de bom poderia vir com o salvador lutando sozinho.

Saindo do clube, não seguiram para uma direção específica. Mais cedo ou mais tarde, encontrariam um lugar para ficar – a menos que fossem acolhidos no território de Nigel, mas parece que isso não aconteceria tão cedo. Precisavam descansar. Imortais eram imortais só até certo ponto quando estavam na Terra. Não, não envelheciam, mas eram vulneráveis de algumas maneiras e precisavam comer, dormir, seguir as regras de higiene...

O ataque aconteceu tão rápido que Adrian não conseguiu ver nada. Nem Eddie. Seu parceiro apenas soltou um palavrão, agarrou a lateral de seu corpo e caiu como uma árvore, de lado, sobre o pavimento molhado do beco.

– Eddie? O que aconteceu?

O outro anjo gemeu e curvou-se todo... deixando atrás de si uma mancha brilhante de sangue fresco sobre o asfalto sujo.

– Eddie! – gritou.

Antes que pudesse se ajoelhar, um riso maníaco ecoou na escuridão fria e úmida. Levou apenas um segundo para Adrian reagir. Virou-se e desembainhou a faca, esperando enfrentar Devina. Acompanhada de um de seus subordinados. Ou doze deles.

Mas tudo o que viu... foi um humano. Um maldito pedaço de carne humana. Com um canivete na mão e um olhar selvagem de viciado no rosto encolhido.

Mais risos saíram da boca escancarada do homem.

– O diabo me obrigou a fazer isso! O diabo me obrigou a fazer isso!

O mendigo ergueu a faca por cima do ombro e saltou à frente, atirando-se contra Adrian com uma força sobre-humana, que só os loucos possuem.

Ad firmou-se sobre as coxas. Seu movimento normal seria sair correndo e olhar para trás bem depois, mas não com Eddie no chão: precisava manter contato visual com seu amigo... porque o cara não estava se movendo, nem para pegar uma arma, nem... ah, droga, não estava se *movendo*...

– Vamos lá, Eddie. Mexa-se! – passou a adaga de cristal para a mão esquerda e observou o antebraço do maluco possuído, esperando o momento certo...

O cara vacilou um pouco e foi o momento perfeito para Ad pegar o braço dele, mudar a trajetória do canivete e redirecioná-lo contra o bastardo. E a correção de percurso deveria ter sido muito fácil, a arma faria um arco evitando o contato com os órgãos vitais de Ad e terminaria no intestino do agressor.

Não foi bem assim. O corpo magro controlado pela mente caótica desvencilhou-se de Ad como se fosse uma rajada de vento, e ele, então, percebeu que Eddie não se levantaria.

Como se o maluco pudesse ler sua mente, um riso borbulhou de sua alma perdida, soando como um piano sendo tocado aleatoriamente por uma mão pesada, nada além de ruídos e sons dissonantes.

O filho da mãe quase voava sobre o chão ao investir contra Eddie outra vez, a faca por cima do ombro, a pele descamada sobre o rosto em que se via mais ossos que carne.

Ad não teve escolha. Precisava se concentrar no agressor e se proteger. Eddie morreria naquela calçada se ele não sobrevivesse e tirasse-o dali em segurança. Não podia perder aquela luta.

Agachando-se no último momento, investiu contra o bastardo e fazendo-o colidir contra uma construção. Quando o impacto aconteceu, uma dor ardente acima de seus rins disse-lhe que a faca havia ultrapassado a pele e mergulhado bem fundo, mas não houve tempo de se preocupar com o sangramento. Estendeu a mão, pegou aquele braço enlouquecido e acertou-o em cheio com um tijolo molhado. Fixando o membro no chão, fez um longo ferimento nele com sua adaga.

A risada maníaca foi substituída por um grito agudo de dor.

Esfaqueou outra vez. E uma terceira vez... uma quarta, uma quinta. Era claro que estava tão enlouquecido quanto o agressor, mas não parou. Com um poder preciso e cruel, golpeou a lâmina de cristal por cima do tronco várias vezes até quebrar todas as costelas, como se a lâmina penetrasse numa esponja molhada. Mesmo assim, continuou, só não precisava mais controlar o cara, apenas mudou-o de lugar para terminar de esfaqueá-lo.

A diversão e as brincadeiras finalmente pararam quando sua lâmina de cristal atingiu a parede de tijolos, esculpindo-a nos locais onde Ad havia golpeado.

Ele estava ofegante quando deixou a arma cair ao seu lado. Havia sangue por toda parte, e o maluco estava com muitos problemas no trato intestinal – na verdade, o cara quase tinha sido partido em dois, a coluna era a única coisa que ligava os quadris à parte superior do corpo.

Com lábios frouxos e flácidos, os engasgos interromperam o fluxo constante de plasma que bloqueava o ar que o homem ainda tentava fazer passar pela garganta. Mas aquilo terminaria em breve.

– O demônio... me obrigou... a fazer...

– E ela pode ficar com você – Ad rosnou, antes de lançar uma facada entre os olhos do maluco.

Houve um barulho terrível quando a essência de Devina explodiu daqueles olhos que uma vez tinham pertencido a um viciado de rua perdido. A fumaça negra fundiu-se e preparava um ataque por conta própria.

– Droga! – com um grande salto, Adrian ergueu o corpo e saiu correndo. Eddie ferido no chão era seu principal objetivo e cobriu o corpo do anjo com o seu, tornando-se o único escudo que manteria Devina longe da carne de seu parceiro.

Preparando-se para o impacto, pensou: *Bem, não esperava ser assim, tão rápido.*

Estava pensando na morte.

Ao menos Eddie sairia dessa. Era preciso mais que um grande golpe para derrubá-lo de vez. Afinal, feridas poderiam ser consertadas... tinha de ser assim.

Enquanto Jim estava parado com Cachorro na calçada da casa de Veck, entendeu que tinha assumido uma posição observadora com a alma em questão, apenas seguindo o cara em todos os lugares, deixando o tempo passar até Devina fazer a próxima jogada. Isso era extremamente chato.

Ficava muito mais à vontade assumindo uma postura agressiva, mas, às vezes, esperar e observar eram o X do problema. Contudo, caramba, o clima poderia estar melhor. A chuva continuava a cair e ele poderia muito bem continuar o seu trabalho sem o frio. Poderia muito bem ignorar o que acontecia dentro da casa também. Claro que aqueles dois estavam fazendo sexo. Dã.

Visualizou o início da diversão quando entraram e, então, ficou óbvio qual seria o próximo passo: a química deles estava explodindo e, em geral, não era o tipo de coisa da qual se fugia.

Jim cruzou os braços sobre o peito e agachou-se, todo aquele movimento sensual o fez pensar nas mulheres com quem estivera. Hum... Devina contava? Apenas se estivesse com o disfarce da bela morena, concluiu. Sem isso, teria que iniciar uma categoria "animal" na sua lista.

Tanto faz. Independentemente da espécie, nunca ficou com alguém a quem dava a mínima importância. Transar era como uma masturbação interativa para ele – e, pensando assim, prostitutas baratas pareciam um bom negócio. Gostava de ficar com elas, a sensação de controle era melhor que qualquer outra coisa que fizessem.

Contudo, sua vida sexual tinha acabado, não? Não poderia considerar o que teve com aquele demônio – foi uma luta em meio à guerra, apenas com punhos e cotovelos movimentando-se de forma diferente. E seu estilo de vida não incentivava muito um namoro. Porém...

De repente, uma imagem de Adrian e Eddie transando com aquela ruiva no quarto de hotel em Massachusetts escorreu em sua mente como chuva sobre a cabeça. Viu Eddie estendido em cima dela e Adrian juntando-se a eles com um olhar de quem já estava morto por dentro.

Devina havia feito aquilo com o anjo. Colocou aquele vazio em seu olhar.

Vadia da porra.

Pegou um cigarro, acendeu e inalou.

Veck era um homem de sorte por estar com a mulher que desejava. Jim nunca teria aquilo. Mesmo se libertasse Sissy...

– Idiota – murmurou ao exalar.

Será que a importância que dava àquela garota em alguma parte ridícula de seu cérebro tinha ido tão longe que ultrapassara os limites do termo "sua" ao referir-se a ela como alguém por quem era responsável? Pensava nela como sendo "sua" de fato? Será que tinha enlouquecido? Ela estava mais ou menos com seus dezenove anos e ele devia ter 140 mil naquele momento.

Certo, talvez Adrian e Eddie estivessem certos. O que estava fazendo com relação àquela garota *era* distração. Sim, tentou disfarçar com o discurso de que estava tudo bem, mas mentiu o tempo todo. E, naturalmente, quando seus parceiros forçaram-no a olhar a realidade, voltou-se contra eles e bufou como uma biscatinha.

Um arranhão na perna o fez baixar a cabeça. Cachorro tinha se sentado próximo aos seus pés e dava patadas na panturrilha. Parecia preocupado.

– O que foi?

O telefone de Jim tocou e, antes de atender, verificou a tela e teve a premonição de uma tragédia.

Aceitou a ligação e tudo o que ouviu foi uma respiração difícil. Em seguida, a voz de Eddie, fraca e entrecortada.

– Rua do Comércio... com a 13. Ajuda...

O riso entrecortado ao fundo significava más notícias, e Jim não perdeu tempo. Deixou Cachorro na calçada e foi para o centro da cidade, rezando para que um piscar de olhos fosse o suficiente para chegar a tempo.

O endereço era irrelevante, tudo o que tinha a fazer era seguir a essência de seus amigos. Chegou lá no momento em que Adrian pegou sua adaga de cristal e investiu entre os olhos de um bastardo louco e ensanguentado.

*Devina.*

Jim não precisava ouvir o barulho estridente para saber que algo maligno surgiria daquele saco de carne, e não havia nada para impedi-lo de investir contra Eddie: o anjo estava caído, todo contorcido, com o celular numa das mãos, agora totalmente rendido.

Sem pensar, Jim jogou-se em direção ao anjo sem defesa, arremessando o corpo no ar – Adrian fez a mesma coisa, ao mesmo tempo.

Ad aterrissou primeiro. E Jim cobriu os dois, sem muita esperança de proteger alguém...

Mas a coisa mais estranha aconteceu: seu corpo dissolveu-se em luz, da mesma maneira que aconteceu quando ficou furioso com Devina na última rodada. Num momento estava em sua forma corpórea... no outro, era pura energia.

Cobriu os anjos embaixo dele. Conseguiu mantê-los em segurança.

O servo, demônio, seja lá o que fosse aquilo, atingiu-o com o impacto de uma bola de golfe sobre o capô de um carro, ricocheteando, sem fazer qualquer estrago. Tentou outra vez imediatamente e obteve o mesmo resultado. Eeeee uma terceira vez.

Houve uma longa pausa em que Jim não vacilou. Podia sentir a presença em volta deles, procurando uma maneira de entrar.

Ficou claro que Eddie sangrava. O cheiro pungente era muito forte para estar vindo do corpo que jazia próximo à parede de tijolos. Inferno, talvez os dois anjos estivessem feridos. Hora de acabar com aquela bobagem.

Jim retraiu-se, levantou-se numa coluna de luz brilhante que iluminou cada centímetro nas proximidades e dissipou todas as sombras daquele local sujo. Colocando-se em posição de defesa frente ao ser maligno, condensou tudo o que havia no ar... E lançou tudo contra o filho da mãe.

A explosão não produziu luz, mas o grito foi tão alto quanto dois carros freando com força ao mesmo tempo em asfalto seco, e, em seguida, houve um ruído estranho como se areia estivesse sendo despejada.

Jim retomou sua forma corpórea e ajoelhou-se sobre os rapazes.

– Quem está ferido?

Adrian gemeu e saiu de cima de seu melhor amigo, uma das mãos pressionava a lateral do corpo.

– Ele. Levou uma facada no estômago.

Estava claro que Ad tinha sido ferido também, mas Eddie não se movia. Ao menos até Jim tocar o ombro do anjo. Com isso, o cara encolheu-se.

– Como você está?

Quando não houve resposta alguma, Jim olhou ao redor. Precisavam sair da rua. Era uma área movimentada da cidade durante a noite, e a última coisa que precisava era de alguém bem intencionado chamando a emergência. Ou pior, de um assaltante passando por ali. Ou de um policial em patrulha.

– E você? – perguntou a Adrian ao examinar o outro lado do beco.

– Estou bem.

– Mesmo? – edifícios de escritório, comércios ao redor. – Então por que está tremendo assim?

– Estou resfriado.

– Ah. Certo.

Não havia como voltar ao hotel. Precisavam de mais privacidade e, de qualquer maneira, era impossível carregar Eddie pela recepção: mesmo que conseguisse camuflar os dois, o cara ainda deixaria um rastro de sangue.

Além disso, as alternativas eram discutíveis, pois não poderia voar com aquele peso. Precisava encontrar abrigo para eles perto dali.

– E a sua mobilidade? – perguntou a Adrian.

– Depende. Se for para andar? Tudo bem. Voar? Nem pensar.

Jim mergulhou os braços sob o corpo de Eddie.

– Prepare-se, garotão. Isto vai doer.

Com um impulso, Jim estendeu os músculos da coxa como apoio e ergueu o peso do anjo do pavimento úmido. Em resposta, Eddie gemeu e ficou mais tenso, o que foi bom, pois facilitou segurar o cara.

Também significava que o bastardo ainda estava com eles.

Antes que Jim começasse a andar, o celular de Eddie atingiu o chão e deslizou para longe, batendo na bota de combate de Adrian.

O anjo curvou-se e pegou. A tela brilhava, e o sangue projetou uma luz vermelha.

Passando a mão pelos cabelos molhados, Ad disse:

– Então, ele te ligou.

– Sim – já na saída do beco, Jim indicou com a cabeça um banco do outro lado da rua. – Vamos entrar lá.

– Como?

– Pela porta da frente – quando Jim começou a caminhar, murmurou para Eddie: – Caramba, garoto, você pesa tanto quanto um carro.

O passo arrastado atrás dele indicava que Ad acompanhava-os. O comentário em seguida apenas confirmou tal fato:

– Um banco? Aquele lugar deve estar todo trancado. Tão perto de...

Quando chegaram à entrada com portas de vidro da recepção, as luzes internas apagaram-se, o sistema de segurança foi desativado e a porta da frente... abriu-se, completamente.

Quando entraram, tudo voltou ao normal, exceto as luzes e os sensores de movimento.

– Como fez isso? – Adrian sussurrou.

Jim olhou por cima do ombro. O anjo atrás dele parecia ter sofrido um acidente de trem: rosto muito pálido, olhos muito arregalados, sangue nas mãos e escorrendo pela camiseta.

– Não sei – disse Jim com voz suave. – Apenas fiz. E você precisa se sentar. Agora.

– Dane-se... Precisamos cuidar de Eddie.

Verdade. O problema era que numa situação como aquela... Eddie era o cara a quem Jim perguntaria o que fazer.

*Hora de começar a rezar por um milagre* – Jim pensou.

# Capítulo 23

Veck sentiu a mudança em Reilly imediatamente: mesmo ainda dentro dela, percebeu que, em sua mente, ela havia colocado suas roupas, aberto a porta e ido embora.

Droga.

Movendo uma das mãos entre seus corpos, apoiou-se e recuou.

– Sei o que está pensando.

Ela esfregou os olhos.

– Sabe?

– Sim. E provavelmente eu deveria dizer algo como "foi um erro". Assim, você poderia dar logo um fim nisto.

Antes que se ajeitasse sobre as almofadas do sofá ao lado dela, abaixou-se e pegou a camisa dele para cobrir o corpo nu de Reilly.

Enquanto ele puxava a gola até o queixo, ela examinava seu rosto.

– Foi um erro, para todos os efeitos. É um erro.

Certo, esta doeu.

– Mas eu não consegui me conter – ela disse com voz suave.

– A tentação é assim – e ele tinha que manter isto em mente: tentação foi tudo o que a moveu.

Os olhos dela moveram-se para o chão próximo ao sofá... Onde a carteira dele estava aberta e havia outro preservativo guardado numa das divisórias.

– Acho melhor eu ir – disse ela um tanto rude.

Deus, por que sempre tinha que manter duas ali?

A última coisa que desejava era que ela fosse embora – e a última coisa que poderia impedir.

– Vai ter que ficar com a minha camisa. Eu rasguei a sua.

Fechando os olhos, ela amaldiçoou em voz baixa.

– Desculpe.

– Meu Deus, pelo quê?

– Não sei.

Acreditava que não sabia mesmo. Mas tinha certeza de que descobriria muito em breve exatamente o que e o quanto lamentava.

Quando Reilly levantou-se do sofá, ele escondeu o pênis com uma das mãos: ela não tinha motivos para ver aquilo agora. E não tinha motivos para pensar que a noite não tinha sido como ela mesma descrevera: um erro.

Para ele? Graças a Reilly, teve a sua primeira refeição caseira do século XXI, uma carona em meio à tempestade e uma relação sexual que se aproximava bastante do conceito piegas de "fazer amor".

Irônico como duas pessoas poderiam cumprir a mesma lista de tarefas com uma perspectiva totalmente diferente. Infelizmente, o ponto de vista dela era o que contava.

Em silêncio, reuniu as roupas dela uma a uma e entregou-as. Ouviu quando ela vestiu as calças, as meias e os sapatos. Concluiu que tinha vestido o sutiã também, mesmo que a peça não fizesse muito barulho. O coldre foi a última coisa que entregou e, enquanto ela lidava com o cinto de couro, Veck subiu a própria calça e prendeu-a sobre os quadris.

– Vou te acompanhar até a porta – disse, quando ela terminou de vestir-se.

Não havia razão para prolongar aquela situação constrangedora. Além disso, iria embora de qualquer maneira.

*Deus, isto tudo é como tomar um tiro* – pensou ao aproximar-se da porta.

Quando Reilly aproximou-se, procurou olhar por sobre o ombro dela, o que, infelizmente, levou seus olhos para o sofá.

– Não quero que isso termine assim – ela disse.

– As coisas são como são. Sei de onde você veio, seus valores.

– Não é o que você pensa.

– Posso imaginar.

– Não quero... Eu queria muito isso. Mas é difícil ser apenas outra mulher em sua cama.

Ao abrir a porta, foi atingido por uma rajada de vento frio e úmido.

– Eu nunca te levaria lá para cima. Confie em mim.

Ela piscou confusa. Limpou a garganta e disse:

– Certo. Ah... vejo você amanhã.

– Sim, às nove.

Assim que saiu, fechou a porta e foi até a cozinha para vê-la entrar no carro e afastar-se sob a chuva.

– Filho da puta.

Apoiando a palma das mãos sobre o balcão, deixou a cabeça pender por um momento. Então, enojado de si mesmo, virou-se e subiu as escadas rapidamente. Em seu quarto, passou pela cama e pensou:

*Não, de jeito nenhum, nunca traria Reilly até aqui.*

Naquele colchão, trazido de Manhattan, deitaram-se as várias mulheres com quem tinha se relacionado ao acaso em bares e locais assim – nem sequer sabia o nome de algumas delas, muito menos o telefone. Pedia para que todas fossem embora antes mesmo do suor secar.

A mulher com quem teve a sorte de ficar naquela noite não era uma qualquer, e, mesmo que não sentisse o mesmo que ele, nunca a desvalorizaria deitando-a sobre aquele lugar sujo. Lençóis limpos não escondiam as manchas do modo como ele vivia.

No banheiro, tirou o preservativo e jogou-o na cesta de lixo. Ao olhar para o chuveiro, pensou em tomar uma ducha. Mas acabou vestindo uma calça de moletom e depois desceu para ficar no sofá, o perfume delicado de Reilly ainda estava sobre ele.

Patético.

O bom de ter passado três anos fazendo patrulha em vários pontos da cidade de Caldwell era que Reilly conseguia chegar em casa saindo de qualquer lugar sem nem sequer pensar no que estava fazendo. Muito útil numa noite como aquela.

*Nunca a levaria lá para cima. Confie em mim.*

É, aquela pequena frase ficaria em sua mente para o resto da vida. E, claro, ficou imaginando que tipo raro de mulher seria bem-vinda naquele local tão especial. Deus, com quantas mulheres deve ter ficado naquele sofá? E como seria a seleção para chegar até o quarto?

Mas não o culpava pelo que sentia agora. Desejava exatamente o que tinha acontecido e lidaria com as consequências – as quais, por ter sido sexo seguro, seriam apenas emocionais: escolhera aquele resultado... Seguiu Veck até a porta, empurrou o cara para dentro da casa, pediu para que pegasse a carteira. Então, seria adulta o suficiente naquele momento e passaria as próximas dez horas recompondo-se para voltar ao escritório às nove da manhã do outro dia. Era o que profissionais faziam. E o motivo pelo qual profissionais não deixavam as coisas chegarem àquele ponto.

Depois de dez minutos de estrada embaixo de uma tempestade, parou na calçada de sua casa e acionou o controle do portão da garagem. Enquanto esperava os painéis subirem, pensou: *Ah, que droga.* Entre o jantar e o que tinha feito depois, já fazia horas que não checava o celular.

Quando o pegou, verificou que havia três chamadas perdidas. Havia apenas uma mensagem de voz, mas, considerando quem tentara ligar, não perdeu tempo com isso. Simplesmente ligou de volta para De la Cruz.

Um toque. Dois toques. Três toques. Caramba, talvez ele estivesse dormindo. Era tarde... A voz dele interrompeu um dos toques.

– Esperava que fosse você.

– Desculpe, eu estava ocupada – fez uma careta. – O que aconteceu?

– Sei que gostaria de falar com Kroner e acho que pode e deve fazer isso agora. Os médicos dizem que ele está melhor do que pela manhã, mas a maré pode virar, e acho que se fizer uma entrevista como parte neutra no caso, pode ajudar Veck e também pode influenciar a opinião pública.

– Quando posso vê-lo? – inferno, iria naquela noite mesmo se pudesse.

– Provavelmente amanhã de manhã seja o melhor horário. Tive notícias há uma hora de que ele está descansando tranquilamente. Não está mais encubado, não tomou mais sedativos e até comeu alguma coisa. Mas, agora está dormindo profundamente.

Lembrando-se da condição do cara naquela floresta, era loucura ele ainda estar respirando, quanto mais comendo as refeições do hospital – e pensou em Sissy Barten. Tão injusto. Aquele tal de Kroner estava vivo e a garota... bem, provavelmente não.

– Estarei lá amanhã às nove horas.

– Tem segurança 24 horas. Vou me certificar de que sejam comunicados da sua visita. Ei, como estão você e Veck juntos?

Fechou os olhos e conteve um palavrão.

– Bem. Perfeito.

– Ótimo. Não o leve com você.

– Não iria mesmo – por mais de um motivo.

– Depois me diga como foi, se não se importa.

– Detetive, será a primeira pessoa para quem vou telefonar.

Depois de desligar, esfregou a nuca, tentando aliviar a tensão que pensava ter sido causada pelos exercícios que fizera com o parceiro naquele sofá.

Soltando o freio, deixou o motor levá-la devagar para dentro da garagem. Desligou o carro, saiu e... parou enquanto fechava a porta do motorista.

– Quem está aí? – ela gritou, colocando uma das mãos sob o casaco para pegar a arma.

A luz automática do teto deu-lhe uma visão clara das vassouras, da lata de lixo e do saco de sal que jogava na calçada durante o inverno para que os carteiros conseguissem entregar a correspondência. Mas também fez dela um alvo fácil para quem a observava.

E havia mesmo alguém.

Num movimento rápido, deu a volta pelo capô, e não pelo porta-malas, e já estava com a chave a postos antes de chegar à porta. Com movimentos rápidos e certeiros, abriu a fechadura, entrou na casa e acionou o portão da garagem ao mesmo tempo. E a fechadura foi trancada assim que entrou.

O sistema de alarme começou a apitar no canto da cozinha. Ou seja, estava ativado e fora ela mesma quem o tinha disparado. Com a mão esquerda, digitou a senha e silenciou o barulho. A arma estava na mão direita.

Com as luzes apagadas, passeou pela casa, olhando pelas janelas. Não viu nada. Não ouviu nada. Mas seus instintos gritavam que estava sendo vigiada.

Reilly pensou naqueles "agentes do FBI" e no fato de que alguém tinha entrado ou andado em volta da casa de Veck na noite anterior. Oficiais de polícia também são perseguidos. Isso já havia acontecido com muitos. E, embora há muitos anos não atuasse num caso com apelo público, hoje estava envolvida com Veck.

E ele estava longe de ser um cara sem controvérsias.

No escritório, pegou o telefone e verificou se havia linha. Sim, havia. E, ironicamente, Veck foi a primeira pessoa que pensou em chamar. Mas não chamaria, era perfeitamente capaz de se defender.

Puxando a cadeira da escrivaninha, posicionou-a para que pudesse ver a porta da frente e a que dava acesso à garagem ao mesmo tempo. Em seguida, arrastou um criado-mudo. No armário, num cofre à prova de fogo, havia três outras armas e vários cartuchos de munição; ela pegou outra automática e preparou-a para atirar.

Sentando-se apoiada contra a parede, pegou o receptor do telefone sem fio e colocou-o sobre a mesa com a arma extra, mantendo o celular no bolso caso precisasse agir rápido.

Alguém queria atacá-la?

Tudo bem. Podiam entrar para ver a recepção que teriam.

# Capítulo 24

No centro da cidade, na recepção de mármore do banco que Jim havia arrombado, Adrian estava perdendo sangue e com vertigens, mas se recusou a desmaiar.

Sob um facho de luz externa, Jim colocou Eddie suavemente no chão duro e polido. O anjo ainda estava contorcido, o corpo enorme assumiu uma posição fetal ao lado dele, sua trança escura serpenteava como uma corda.

– Podemos estender você um pouco, amigão? Ver o que está acontecendo? – disse Jim. Não eram bem perguntas. Era mais um aviso a Eddie de que mais movimentação estava por vir. E quando o cara esticou-se um pouco, foi bom ouvir o palavrão que soltou. Sinal de que o grande bastardo ainda estava respirando.

Só que continuou curvado sobre a barriga. E seu rosto... não estava certo. A pele, que era sempre de um tom mais escuro, estava clara como a neve, e seus olhos estavam fechados com tanta força que os traços distorciam-se.

Havia sangue na boca, manchando os lábios de vermelho. Sangue... estava saindo da boca.

Adrian começou a arfar, os punhos fecharam-se, o suor escorria pelo corpo inteiro.

– Você vai ficar bem, Eddie. Vai ficar...

– Se estenda um pouco, por favor – disse Jim. – Sei que dói demais, mas temos que ver.

– ... tudo bem. Vai ficar tudo bem...

– Ai, merda – Jim sussurrou.

Ai... merda... era isso mesmo. O sangue não só manchava ou escorria de onde Eddie segurava... saía em fluxos.

Jim arrancou seu casaco de couro molhado, amassou-o e tirou do caminho as mãos de Eddie, escorregadias, brilhantes e vermelhas de sangue. Mas congelou em seguida.

De alguma maneira, a faca daquele maluco penetrou no intestino de Eddie e foi puxada para a lateral, produzindo um buraco longo e profundo o suficiente para que uma boa parte das vísceras fosse exposta. Mas essa não era a pior parte: considerando a quantidade de sangue que saía do ferimento, era evidente que uma veia importante ou uma artéria fora rompida. E isso iria matá-lo.

Jim estremeceu e colocou a jaqueta embolada sobre a ferida.

– Pode segurar isto para mim, Ed?

Eddie fez uma tentativa de erguer as mãos, mas conseguiu movê-las apenas um centímetro ou dois.

Jim olhou para cima.

– Ele pode morrer?

Adrian balançou a cabeça enquanto sentia as pernas ficarem dormentes.

– Eu não sei.

Mentira. Sabia a resposta. Só não conseguia dizer.

– Maldição – Jim inclinou-se em direção ao rosto de Eddie. – Cara, tem alguma coisa que pode me dizer?

Adrian caiu de joelhos. Em seguida, pegando a mão de seu melhor amigo, ficou horrorizado com o quanto estava fria. Fria e molhada por conta do sangue e da chuva.

– Eddie... Eddie, olhe para mim – Jim falava.

Aquilo não estava certo. O combatente heroico, o guerreiro que percorrera séculos, não poderia ser abatido por um louco com uma faca. Eddie era forte e destacava-se em tudo, glorioso, era alguém que poderia enfrentar um exército de escravos demoníacos sozinho. Não poderia ser assim... Não naquela noite.

Eddie soltou um suspiro ao apertar a mão de Adrian, seu corpo enorme tremia.

– Estou aqui... – disse Ad ao esfregar os olhos com as costas da mão livre. – Não vou a lugar algum. Não está sozinho...

*Puta merda. Estamos perdendo Eddie.*

E esse ponto era inexplicável. Como anjos, estavam e não estavam vivos, existiam e não eram constituídos de carne e osso ao mesmo tempo, eram imortais, mas capazes de perder a vida que lhes tinha sido concedida.

– Eddie, maldição... Não vá... Você consegue sair desta... – olhou para Jim. – Faça alguma coisa!

Jim soltou um palavrão e olhou em volta, caramba... Estavam na recepção de um banco e não num hospital. Além disso, o salvador não poderia pegar uma agulha e linha e começar a suturar, poderia?

Mas Jim fechou os olhos e acomodou-se no chão, cruzando as pernas no estilo indiano, conseguindo ficar completamente calmo. Quando Ad estava prestes a gritar dizendo que aquela não era hora de fazer meditação, o cara começou a brilhar: dos pés à cabeça, uma luz branca e pura começou a emanar de sua cabeça, corpo e mãos.

Um momento depois, o salvador estendeu-se... e colocou as mãos sobre o peito grande e volumoso de...

O tronco de Eddie arqueou-se para cima com força, como se tivesse recebido uma descarga elétrica daqueles desfibriladores cardíacos que os humanos usam e, em seguida, respirou fundo. Imediatamente, seus olhos vermelhos abriram-se... e voltaram-se para Adrian.

Sentindo-se uma menina por chorar, Ad limpou outra vez os olhos.

– Ei – teve que limpar a garganta. – Tem que ficar firme e enfrentar isto. Cure-se. Use o que Jim está lhe dando...

Eddie balançou a cabeça um pouco e abriu a boca. Tudo o que saiu foi um gemido.

– ... firme. Vamos lá, cara, apenas...

– Preste... atenção... – Ad ficou imóvel, a voz de Eddie estava muito fraca. – Precisa... ficar... com Jim...

– Não. De jeito nenhum. Você não vai partir...

– Fique... com Jim... não... – lutou para respirar mais uma vez. – Fique com Jim.

– Não pode acabar assim! Sou eu quem deve ir primeiro...

Eddie ergueu o braço com esforço e colocou o dedo indicador sobre os lábios de Ad, para silenciá-lo.

– Seja... inteligente... ao menos uma vez... certo? Prometa.

Adrian começou a se mover para frente e para trás, os olhos inundados de lágrimas ao ponto de a visão ficar completamente turva.

– Prometa... por sua honra...

– Não. Não prometo nada. Dane-se! Não vai me deixar!

As pálpebras do anjo começaram a se fechar devagar.

– *Eddie! Maldito! Não morra assim! Vai se foder!*

Quando os ecos daquelas palavras desapareceram no ar, a respiração de Eddie ficou mais difícil enquanto abria a boca ao máximo. E, nos momentos terríveis e silenciosos que se seguiram, o coração de Ad começou a pulsar cada vez mais rápido, com a certeza de que o do seu amigo fazia o contrário e desacelerava.

Edward Lucifer Blackhawk morreu depois de respirar mais duas vezes.

Não foi a abrupta falta de movimentos nas costelas, ou a maneira como o corpo relaxou, ou o fato de a mão dele ter perdido a pouca força que ainda restava que confirmaram a morte. Foi o perfume de flores da primavera que flutuou pelo ar.

Adrian agarrou a frente da camiseta de Jim.

– Pode trazê-lo de volta. Traga-o de volta, pelo amor de Deus, coloque suas... mãos... em cima dele...

Por alguma razão, Adrian não conseguiu mais falar depois disso. Em seguida, não conseguia mais enxergar. Ficou confuso por um momento, olhou em volta, os pensamentos estavam nublados, sentiu um pouco de asfixia.

Oh, espere.

Ele estava soluçando como uma menininha.

Nem sequer fingiu se importar com isso, agarrou Eddie ao redor do peito e embalou junto ao coração o anjo caído que sempre o acompanhara, séculos e séculos, em cada passo de seu caminho na terra e no purgatório. E, quando o segurou, parecia leve em seus braços, mesmo o tamanho do corpo sendo o mesmo de sempre.

A essência de Eddie havia partido.

Eddie enterrou o rosto no pescoço grosso e começou a balançar para trás e para frente, para trás e para frente... para trás e para frente...

– Não me deixe... não... oh, Deus, Eddie...

Adrian não estava certo de quantos minutos ou horas se passaram, mas percebeu, mesmo naquele estado de perturbação, que algo havia mudado.

Olhando sobre a cabeça de Eddie, viu o salvador... E teve que piscar algumas vezes para se certificar de que a imagem fazia sentido.

Jim Heron estava agachado, dentes expostos, o corpo enorme muito tenso. Os olhos estavam fixos em Adrian e Eddie, e um brilho negro profano emanava deles, a luz maligna irradiava pelo ar perfumado.

Eram vingança, ira e raiva subindo e espalhando-se. Era a promessa do inferno na Terra. Era tudo o que dizia respeito a Devina... na forma e nas feições do salvador. Foi estranho, mas Adrian sentiu-se aliviado com a visão. Calmo. Centrado. Não estava sozinho ao sentir-se violado, roubado. Não estava sozinho ao olhar para o futuro.

O caminho que ele seguiria para abater aquele demônio teria dois pares de pegadas, não apenas um...

Naquele momento, Jim abriu a boca e soltou um rugido mais alto que o som de um avião decolando seguido por uma grande explosão:

As janelas de vidro da recepção do banco, em toda sua imensa extensão, explodiram de uma só vez, banhando a calçada como se fosse uma nevasca de pequenos cacos de vidro.

# Capítulo 25

No céu, Nigel deu um salto em seu leito de cetim e seda. Não estava em repouso – não conseguia fechar os olhos sem Colin ao seu lado –, mas, acordado ou dormindo, a visão que lhe sobreveio iria deixá-lo chocado e em estado de alerta seja lá quais fossem as circunstâncias.

Com mãos trêmulas, vestiu um roupão para cobrir sua nudez. Edward... Oh, caro e estoico Edward. Havia partido. Naquele exato momento, na Terra. Uma terrível reviravolta nos acontecimentos. Uma desestabilização horrível.

Como isso foi acontecer?

Na verdade, a ideia de que um dos dois guerreiros fosse abatido não fora contemplada em nenhum de seus planos: enviou os anjos caídos para ajudar Jim, pois eram fortes e flexíveis e muito capacitados a defenderem o bem que tantas vezes subestimaram. E, dentre os dois, Eddie deveria sobreviver: era o prudente, o inteligente, aquele que equilibrava seu parceiro elétrico, eclético e fora de controle.

Mas o destino havia surpreendido a todos.

– Maldição, maldição... maldição...

Não tinha como trazer Edward de volta – ao menos não de alguma maneira que Nigel pudesse atuar: ressurreição era algo que só cabia ao Criador, e a última vez que um anjo havia retornado fora... nunca.

Nigel secou o rosto com um lenço de linho. Havia apostado tanto em Edward e Adrian, jogando-os como dados e, agora, Adrian, o volátil, sofreria um naufrágio sem sua bússola, sua âncora, seu capitão. E Jim, que já estava distraído, estava pior que sozinho. Ele teria que cuidar do outro anjo. Era uma tragédia.

E uma grande manobra da parte do demônio – afinal, como aquilo havia acontecido? Edward estava sempre alerta. O que o teria distraído de seus instintos?

Aproximando-se do balcão de chá, Nigel começou a aquecer a chaleira. Suas mãos tremiam ao pensar sobre o que havia feito. Edward vivia seguro naquele local incomparável que ele supervisionava – estava esperando para ser útil em alguma situação, é verdade, e emocionado por ser perdoado por quebrar as regras e salvar Adrian há muitos anos. Mas ainda assim. Um bom homem. Agora, havia partido. Não era para ser assim.

*Não é tão poderoso quanto imagina, Nigel.*

Apoiando as mãos sobre a tampa de mármore da cômoda, não conseguia suportar o peso em seu coração. Se não tivesse tirado os dois de seus respectivos purgatórios, isso não teria acontecido. Tinha sido tão arrogante com a certeza de ter feito a escolha certa.

*O que foi que eu fiz...?*

Parado ali, sem ninguém diante ou atrás dele, sozinho com seus maus pensamentos e com o peso de seus atos dentro do peito, pensou em Adrian. Sozinho. Com dor. Na guerra.

Enquanto Nigel esforçava-se para respirar, mesmo sem precisar disso, havia apenas uma entidade a quem recorrer naquela solidão terrível. E o fato de Colin não estar lá e, mais triste ainda, o fato de que ele não podia se aproximar do arcanjo fizeram-no chorar pela situação de Adrian. Perder sua outra metade era pior que a morte. Era uma tortura, embora fosse um aprendizado...

Ao longo do que se poderia considerar seus dias e noites, na rotação interminável de suas refeições de faz de conta e de seus jogos de críquete falsos, dentro daquela estrutura tão bem construída que arquitetou para manter a si mesmo e seus arcanjos sãos ao longo da eternidade em que existiam, Nigel nunca influenciara a vontade de outra pessoa. Não era de sua natureza fazê-lo. Além disso, Colin fazia parte dele. Ao contrário de Adrian, poderia falar com sua outra metade, buscar socorro em meio àquele terror, solidão e tristeza.

Adrian nunca mais teria acesso àquilo de novo: a não ser por um milagre impossível de acontecer, estaria cada vez mais longe da outra metade de si.

*Não é tão poderoso quanto imagina, Nigel.*

Quando o apito estridente da chaleira irrompeu ao longo do local, Nigel deixou que a água continuasse fervendo, seus pés moveram-se em direção à saída de seus aposentos particulares e ele cruzou o chão com passos rápidos, vestindo um roupão.

Influenciando os ciclos que comandava, a noite caiu como uma capa de veludo sobre a paisagem. Mais à frente, as chamas das tochas começaram a queimar ao longo das muralhas e das torres do castelo produzindo um brilho cintilante que se estendeu pelo gramado.

Edward estava perdido. Colin estava ali. Só havia muito gramado entre eles.

Seguindo pelas paredes da mansão, aproximou-se do canto mais a oeste da fortaleza e virou à direita. Ao longe, a tenda de Colin surgia construída contra a linha de árvores, a estrutura do local era feita de lonas pesadas sustentadas por grandes hastes. Ao contrário do santuário privado de Nigel, era pequeno e modesto. Nada de sedas. Nada de cetins. Nada de apetrechos de luxo: o arcanjo banhava-se no rio que corria atrás do local e não dormia sobre uma cama, mas sobre um leito rústico e pobre. Nada de cobertores. Nada de travesseiros. Apenas livros para se divertir.

Por tudo isso, Nigel insistia que dividissem seus aposentos; o outro arcanjo praticamente havia se mudado para lá há muitos séculos.

Na verdade, quando chegou à tenda, Nigel percebeu que nunca havia passado uma "noite" ali. Sempre era Colin quem se locomovia.

*Quando foi a última vez que estive aqui?* – Nigel pensou.

Não havia batentes de porta para bater.

– Colin? – disse calmamente.

Quando não houve resposta, repetiu o nome. E fez isso mais uma vez.

Parecia que todas as luzes estavam apagadas; então, convocou uma lanterna na palma de uma de suas mãos, produzindo um pouco de iluminação diante de seus olhos. Estendendo um dos braços, empurrou a lona para um dos lados e afastou-a, a iluminação penetrou no interior escuro.

Vazio.

De fato, se algum ser desavisado entrasse ali, poderia achar que havia acontecido um assalto. Havia tão pouca coisa ali dentro. Sim, sim... apenas um leito simples com um baú posicionado aos pés do objeto. Alguns livros encadernados em couro. Uma lamparina a óleo. No chão, não havia sequer um mero tapete, apenas a mesma grama do pátio externo.

Os quartos de Bertie e Byron, constituídos na outra extremidade da muralha, eram tão luxuosos quanto o de Nigel, apenas decorados de acordo com as preferências de cada um. E Colin poderia ter mais do que aquilo. Colin poderia ter o mundo.

Virando-se, Nigel saiu da tenda e seguiu até o riacho. Havia toalhas penduradas em galhos de árvores e marcas de um par de pegadas sobre a areia.

– Colin... – sussurrou.

O som triste da própria voz foi o que o alertou para a realidade.

De repente, o desespero atingiu-o e fez com que repensasse sobre a decisão de ter ido até ali mesmo em meio à realidade da guerra: pensou em Jim, em Adrian e em suas fraquezas. Fraquezas que estavam sendo expostas e exploradas pelo outro lado.

Ele mesmo era fraco em relação a Colin. O que significava que também possuía uma brecha desprotegida. Com rapidez, Nigel virou-se e começou a correr, seus passos levando-o na noite enquanto puxava o roupão para se cobrir melhor. Não se desviaria do caminho de seus aposentos outra vez.

Não era Adrian. Não se perderia... como Adrian perdera-se. E não se comprometeria com o que sentia como aconteceu com Jim. O dever exigia dele um grande isolamento e muita força. O céu não merecia um esforço menor.

# Capítulo 26

Na manhã seguinte, Veck sentou-se em sua mesa e olhou para Bails sobre a caneca da cafeteria. O cara mastigava em ritmo acelerado, o rosto animado, as mãos movendo-se em círculos.

– ... toda a maldita coisa explodiu – Bails parou e acenou na frente do rosto de Veck. – Oi! Está me ouvindo?

– Desculpe, o quê?

– O primeiro andar inteiro do Banco de Caldwell, na rua do Comércio com a 13, está no meio da rua.

Veck balançou a cabeça para voltar a se concentrar.

– O que quer dizer, no meio da rua?

– Todos os vidros das janelas da recepção explodiram. Não restou nada além das estruturas metálicas. Aconteceu um pouco antes da meia-noite.

– Foi uma bomba?

– A bomba mais estranha que já se viu. Não há danos na recepção... bem, algumas cadeiras da sala de espera foram removidas, mas não há evidências de detonação. Não há um raio de impacto. Há uma mancha estranha no piso do saguão formada pelo que parece ser esmalte, e o local cheirava a uma floricultura. Mas, além disso, nada.

– Os policiais que investigaram a cena assistiram às fitas de segurança?

– Sim, e adivinhe só? O sistema apagou por volta das 23h e continuou assim.

Veck franziu a testa.

– Simplesmente apagou?

– Apagou. Mesmo sem nenhuma avaria no fornecimento de energia elétrica ter sido relatada no bairro. Parece que as luzes da recepção foram apagadas também. Mas nenhum outro dispositivo ou sistema foi afetado no local, incluindo o alarme e a rede de computadores. É muito estranho. Como apenas os registros de vídeo são perdidos e nada mais?

A nuca de Veck formigou. Pelo amor de Deus, onde foi que ouvira aquilo antes...?

– Sim, é estranho.

– É a única palavra para definir isso.

Bails inclinou a cabeça, os olhos estreitaram-se.

– Ei, você está bem?

Veck voltou-se para seu computador e acessou seu e-mail.

– Nunca estive melhor.

– Se você diz – houve uma pausa. – Acho que sua parceira está entrevistando Kroner.

Veck virou-se bruscamente.

– Está?

– Não sabia? – Bails encolheu os ombros. – De la Cruz me mandou uma mensagem ontem à noite. Eu queria voltar lá hoje, mas é a vez do Departamento de Assuntos Internos lidar com ele... Sem dúvida para envolver você com um belo laço dizendo "inocente".

Maldição. A ideia de Reilly perto daquele monstro fez seu sangue congelar.

– Quando?

– Agora, eu acho.

E, como pode imaginar, o primeiro instinto dele seria sair correndo até o Hospital São Francisco. Claro, esta deve ter sido a razão pela qual ela nem sequer passou ali para comentar onde estava indo.

– Bem, te vejo depois. Preciso voltar ao trabalho.

Por instinto, Veck pegou o celular e verificou as mensagens. Havia uma mensagem de texto de Reilly que não ouvira chegar: "Vou me atrasar hoje. R."

– Que foda.

Olhou ao redor, como se o gesto pudesse ajudá-lo de alguma maneira. Em seguida, tentou se concentrar na tela do computador à frente dele.

Maldição... sem chance de conseguir continuar sentado naquela cadeira enquanto ela entrevistava um louco.

E, no entanto... era uma oportunidade, não?

Pegou o café e atravessou o Departamento de Homicídios, virou à esquerda e dirigiu-se à saída de emergência. Subiu dois degraus de cada vez na escada de concreto, passou pela porta de aço e seguiu até a sala de provas.

Ali, identificou-se à recepcionista, conversou um pouco – como se tudo o que precisasse lá dentro fosse questão rotineira – e, depois de mais um pouco de conversa jogada fora, estava em meio às estantes.

Como policial de patrulhas em Manhattan, passou um bom tempo manipulando evidências como embalagens com drogas, celulares e dinheiro apreendido – coisas usadas em crimes diversos. Agora que estava no Departamento de Homicídios, lidava mais com roupas ensanguentadas, armas e objetos pessoais – coisas que foram deixadas para trás.

Passando pelas longas fileiras de estantes, concentrou sua atenção na parte de trás da instalação, onde estavam as mesas.

– Oi, Joe – disse, ao aproximar-se da parede de 1,8 metros de altura.

O investigador de cenas criminais veterano ergueu o olhar de um microscópio.

– Oi.

– Como vai?

– Trabalhando muito.

Quando o cara levantou os braços sobre a cabeça e espreguiçou-se, Veck encostou-se contra a estação de trabalho, todo casual.

– Como você aguenta?

– O turno da noite é mais fácil que o diurno. Claro, nesta última semana, os dois estão uma droga.

– Ainda falta muito para examinarem tudo?

– Talvez umas 48 horas. Estamos em três. E não paramos em momento algum, com exceção da noite passada.

Veck olhou a coleção de coisas que haviam sido catalogadas e seladas, bem como a bandeja enorme com itens já registrados, mas que ainda precisavam ser examinados e devidamente embalados.

O investigador usou uma pinça para colocar uma amarra de cabelo debaixo da lente de aumento. Depois de colocar o elástico preto numa embalagem plástica, pegou um adesivo amarelo fosforescente longo e fino e colou sobre a abertura. Em seguida, fez uma anotação com uma caneta azul, colocando suas iniciais logo abaixo e digitou algo no teclado do notebook. O passo final foi passar o código de barras da embalagem sobre um leitor. O sinal sonoro produzido significava que agora o objeto estava oficialmente no sistema.

Veck tomou um gole de seu café.

– Bem, estou trabalhando num caso de pessoa desaparecida. Uma jovem.

– Quer dar uma olhada no que temos?

– Tem problema?

– Não. Apenas não leve nada daqui.

Veck começou pelo final das estantes que foram instaladas ali em caráter temporário. Nenhum objeto daquela coleção tinha um local exato para ficar ainda, pois todos, desde os oficiais de polícia até o FBI, examinariam tudo.

Pulou os frascos de amostra de pele, pois Cecília não tinha nenhuma tatuagem, e concentrou-se na variedade de anéis, pulseiras, presilhas, colares...

*Onde você está, Sissy?* – pensou.

Abaixando-se, pegou um saco plástico transparente selado com a assinatura de um dos investigadores. Dentro, havia uma pulseira de couro manchada e com um pingente em forma de crânio. Não era o estilo de Cecília.

Continuou e pegou uma argola prateada já registrada. Em todas as fotos na casa dos Barten, a garota usava acessórios dourados.

*Onde você está, Sissy... onde diabos você está?*

No Hospital São Francisco, Reilly estava concentrada ao caminhar ao longo de um dos milhares de corredores. Enquanto andava, passou por médicos com jalecos brancos, atendentes de uniformes azuis, enfermeiras de verde e pacientes e familiares vestidos com roupas casuais.

A unidade que procurava ficava à direita, e separou o distintivo enquanto aproximava-se do balcão das enfermeiras. Depois de uma rápida conversa, foi orientada para seguir em frente e virar à esquerda. Quando virou na última esquina, o guarda próximo à cela de vidro levantou-se.

– Oficial Reilly? – disse.

– Sou eu – mostrou o distintivo. – Como ele está?

O homem balançou a cabeça.

– Acabou de tomar café da manhã – havia um evidente tom de desaprovação na resposta, como se o guarda desejasse que o suspeito fizesse uma greve de fome. Ou talvez que morresse de fome. – Acho que vão tirá-lo daqui logo, pois ele está indo muito bem. Quer que eu entre com a senhora?

Reilly sorriu enquanto guardava o distintivo e tirava um pequeno bloco de notas.

– Posso lidar com ele.

O oficial de segurança pareceu medi-la, mas assentiu com a cabeça em seguida.

– Sim, parece que sim.

– Não se trata apenas de aparências. Confie em mim.

Ela abriu a porta de vidro, empurrou a cortina verde-clara... Congelou com a visão de uma enfermeira inclinando-se sobre Kroner.

– Oh, desculpe...

A morena olhou para ela e sorriu.

– Por favor, entre, oficial Reilly.

Quando Reilly olhou aqueles olhos de um negro tão intenso que pareciam não possuir íris, sentiu uma onda de terror irracional: cada instinto em seu corpo dizia para correr. O mais rápido e para o local mais distante possível.

Só que Kroner era o único com quem precisava ser cautelosa – não uma mulher que estava apenas fazendo seu trabalho.

– Ah... acho melhor voltar depois – Reilly disse.

– Não – a enfermeira sorriu outra vez, revelando dentes brancos perfeitos. – Ele está pronto para você.

– Ainda assim, vou esperar até que você...

– Fique. Estou feliz em deixar os dois juntos.

Reilly franziu a testa, pensando:

*Como assim?* – como se os dois estivessem namorando?

A enfermeira voltou-se para Kroner, proferiu algo em voz baixa e acariciou a mão dele de uma maneira que deixou Reilly ligeiramente enjoada. Em seguida, a mulher aproximou-se, ficando mais e mais bonita – ficou tão resplandecente que era de se perguntar por que não seguia a carreira de modelo.

Ainda assim, Reilly só queria ficar bem longe dela. Não fazia sentido.

A enfermeira parou na porta e sorriu mais uma vez.

– Fique o tempo que quiser. Ele é tudo o que você precisa.

Então, ela se foi.

Reilly piscou um pouco para entender. Mais um pouco. Então, inclinou o corpo para fora da porta e olhou ao redor.

O guarda ergueu o olhar de seu assento.

– Você está bem?

Com exceção de um carrinho, uma caixa com rodinhas cheia de roupa suja e uma maca, o corredor estava vazio, nada, nem ninguém. Será que a enfermeira teria entrado em outro quarto? Tinha de ser. Havia outras unidades ao redor do local em que Kroner estava.

– Sim, tudo bem.

Voltando para dentro, Reilly recompôs-se e concentrou-se no paciente, encarando um homem que havia matado pelo menos uma dúzia de jovens mulheres em todo o país.

*Que olhos brilhantes* – foi seu primeiro pensamento. Olhos brilhantes e espertos, como os que se vê em ratos esfomeados.

Segundo pensamento?

*Mas você é* tão *pequeno. Difícil de acreditar que consegue carregar uma sacola cheia de compras, quanto mais dominar mulheres jovens e saudáveis. Provavelmente, usa drogas para ajudar a incapacitar as vítimas, impedindo fuga e barulho. Ao menos num primeiro momento.*

Seu pensamento final foi...

*Cara, quanto curativo.*

Estava quase mumificado, com tiras de gaze em volta do crânio e do pescoço e bandagens acolchoadas nas bochechas e no queixo.

Ainda assim, embora parecesse um trabalho do doutor Frankenstein, estava alerta e a cor de sua pele estava radiante.

Na verdade, nem parecia normal. Será que estava com febre?

Quando aproximou-se da cama, ergueu o distintivo.

– Sou a oficial Reilly, do Departamento de Polícia de Caldwell. Gostaria de fazer algumas perguntas. Soube que renunciou ao seu direito de ter a presença de um advogado.

– Gostaria de se sentar? – a voz de Kroner era suave, o tom, respeitoso. – Tenho uma cadeira no quarto – como se estivesse em sua sala de estar ou algo assim.

– Obrigada – ela puxou a cadeira de plástico perto da cabeceira, aproximando-se dele, mas não muito. – Quero conversar com você sobre aquela noite, quando foi atacado.

– Um detetive já fez isso. Ontem.

– Sei. Mas estou dando seguimento.

– Disse-lhe o que me lembrava.

– Bem, importa-se de repetir para mim?

– Nem um pouco – ergueu-se na cama com fraqueza e, em seguida, olhou para Reilly como se estivesse esperando uma oferta de ajuda. Quando não houve nada da parte dela, pigarreou. – Eu estava na floresta. Caminhando lentamente. Através dos bosques...

Reilly não acreditou no consentimento e na receptividade dele em contar tudo aquilo nem por um instante. Alguém como Kroner? Sem dúvida, poderia transformar o discurso para que acreditassem que ele fosse a vítima. É assim que psicopatas agem. Poderia convencer a todos, por um tempo, e até a si mesmo de que era uma pessoa normal, como todas as outras: com características boas e más – nas quais o "mau" seria apenas sonegar impostos ou ultrapassar os limites de velocidade numa estrada ou talvez falar mal da sogra pelas costas. Mas assassinar moças? Nunca. No entanto, não se conseguia vestir máscaras para sempre.

– E para onde estava indo? – ela perguntou.

As pálpebras de Kroner abaixaram.

– Você sabe.

– Por que não diz você?

– Para o Monroe Motel & Suítes – houve uma pausa, os lábios ficaram tensos. – Eu queria ir até lá. Fui roubado, entende?

– Sua coleção?

Houve uma longa pausa.

– Sim – quando ele franziu a testa, disfarçou a expressão do olhar ao observar as mãos. – Eu estava na floresta e alguma coisa se aproximou de mim. Um animal. Veio do nada. Tentei lutar contra a coisa, mas era forte demais...

*Que tal a sensação, seu bastardo?* – ela pensou.

– Havia um homem lá... Ele viu o que aconteceu. Ele pode lhe dizer. Consegui distingui-lo em algumas fotos que me deram ontem.

– O que aconteceu com o homem?

– Ele tentou me ajudar – franziu a testa mais ainda. – Ligou para a emergência... não me lembro... de muita coisa... Além disso... espere um minuto – os olhos redondos ficaram astutos. – Você esteve lá, não foi?

– Tem alguma coisa que me possa dizer sobre o animal?

– Você esteve lá. Viu quando me colocaram na ambulância.

– Se pudesse continuar a descrever o animal...

– E você o observava também – o "senhor bonzinho e normal" sorriu e pareceu adormecer um pouco, um estranho esquema mental surgiu em seus olhos. – Você estava observando o homem que esteve comigo. Acha que foi ele quem fez isso?

– O animal, por favor. É o que me interessa.

– Não é sóóó isso que te interessa – o *só* foi pronunciado com uma cadência monótona. – Mas tudo bem. Não tem problema desejar coisas.

– Que tipo de animal acha que foi?

– Um leão, um tigre, um urso... oh, Deus.

– Isto não é brincadeira, senhor Kroner. Precisamos saber se temos um problema de segurança pública.

Pelo que havia estudado sobre técnicas de entrevista, imaginou ter dado uma abertura para que ele pensasse ser um herói. Às vezes, suspeitos como ele entravam no jogo na esperança de se insinuarem ou tentavam ganhar uma confiança da qual poderiam se aproveitar mais tarde.

Kroner deixou as pálpebras caírem.

– Oh, acho que você cuida muito bem da segurança pública. Não é mesmo?

Sim, isso se o cara não fugisse do hospital e se o sistema jogasse-o na prisão para o resto da vida.

– Devia ter presas – ela disse.

– Sim... – tocou o rosto arruinado. – Presas... e era grande. Seja lá o que for... era avassalador. Ainda não sei por que sobrevivi... mas o homem, ele me ajudou. É um velho amigo...

Reilly esforçou-se para que sua expressão não mudasse em nada.

– Velho amigo? Você o conhece?

– Os iguais se reconhecem.

Um arrepio passou pela coluna de Reilly, Kroner ergueu uma das mãos e impediu-a de voltar a falar.

– Espere... preciso te dizer algo.

– O que é?

As bandagens no rosto contorceram-se como se ele estivesse fazendo uma careta e a mão subiu até a cabeça.

– Preciso te dizer...

Considerando que ele não a conhecia, era impossível dizer algo importante.

– Senhor Kroner...

– Ela tinha cabelos longos e loiros. Lisos, cabelos longos... – ele respirou ofegante e apalpou as têmporas como se estivesse com dor. – Estava presa pelo cabelo... aqueles cabelos loiros cheios de sangue. Ela morreu na banheira... mas não é onde seu corpo está agora – a cabeça de Kroner erguia-se e voltava a cair no travesseiro. – Vá até a pedreira. Ela está lá. Na caverna... Você vai precisar entrar bem fundo para encontrar...

O coração de Reilly começou a bater forte. O interrogatório deveria se limitar à noite do ataque, mas não tinha como não tentar entender aquilo. E também não havia razão alguma para que Kroner soubesse que ela estava trabalhando no caso de Cecília Barten.

– De quem está falando?

Kroner deixou cair o braço e, de repente, a cor de sua pele passou a exibir um aspecto cinzento.

– A garota do mercado. Precisava te dizer isso... Ela quer que eu te diga. É tudo o que sei...

De repente, começou a tremer, a convulsão em seu tronco aumentou tanto que começou a puxar os travesseiros e revirar os olhos.

Reilly avançou e acionou o botão de emergência num interfone.

– Precisamos de ajuda aqui!

No auge do ataque, Kroner pegou o pulso dela com força, os olhos exibiam um brilho profano.

– Diga a ele que ela sofreu... Ele precisa saber... Ela sofreu...

# Capítulo 27

Na delegacia, na sala de provas, Veck examinou tudo o que pertencia à coleção de Kroner, arquivando fotos mentais dos objetos. Infelizmente, não havia nada dentre as joias ou outros objetos ali parecido com o que observou nas fotografias na casa dos Barten.

Recuou e cruzou os braços sobre o peito.

– Droga.

– Ainda tem mais – o investigador disse, sem tirar os olhos do que estava fazendo, e afastou uma cortina que cobria tudo o que ainda não havia sido catalogado.

Veck tomou um gole de seu café frio, aproximou-se e inclinou-se sobre os objetos. Sem tocar em nada, é claro. Estava tudo organizado lado a lado. Mais joias... Mais elásticos de cabelo com fios pretos, castanhos, cor-de-rosa...

Seu telefone tocou e ele virou-se para atender.

– DelVecchio. Sim, sim... uh-hum... sim, sou eu...

Era o Departamento de Recursos Humanos, verificando seus dados antes que enviassem o primeiro salário após a transferência de unidade. Enquanto respondia, pensou, sem ofensa, que tinha coisa melhor para fazer.

Quando finalmente terminou, voltou-se para a bandeja. Tinha tanta certeza de que Sissy fora vítima de Kroner. Maldição...

Em meio às luvas de látex do investigador, surgiu um brilho dourado quando apoiou alguma coisa sob o microscópio.

Era um brinco. Um brinco pequeno em forma de pássaro. Como uma pomba ou um pardal.

– Posso ver isso? – disse Veck com voz rouca.

Mas, mesmo sem um olhar mais atento, reconheceu o que era... Tinha visto aquilo na estante dos Barten, naquela foto que tiraram de Sissy sem que ela soubesse. Estava usando um brinco igual àquele. Talvez fosse exatamente o mesmo.

O telefone tocou novamente assim que o investigador soltou a prova. Quando Veck olhou para a tela e viu que era Reilly, aceitou a ligação imediatamente.

– Não vai acreditar... Estou olhando para um dos brincos de Sissy Barten.

– Na sessão de provas dedicada a Kroner – foi uma afirmação, não uma pergunta.

Veck franziu a testa. Algo soava errado na voz dela.

– Você está bem? O que aconteceu com Kroner?

Houve uma breve pausa.

– Eu...

Veck afastou-se do investigador, indo em direção a um dos cantos da sala e virou de costas para o cara. Baixando o volume da voz, disse:

– O que aconteceu?

– Acho que ele a matou. Sissy. Ele... a matou.

A mão de Veck apertou o celular com força.

– O que ele disse?

– Ele a identificou pelo cabelo e pelo mercado.

– Levou alguma foto dela? Podemos ter um resultado efetivo de que...

– Ele teve uma crise no meio do interrogatório. Estou fora da UTI agora e os médicos estão cuidando dele. Não sabem dizer se vão conseguir salvá-lo desta vez.

– Ele disse mais alguma coisa?

– O corpo está em algum lugar na pedreira. De acordo com ele.

– Vamos...

– Já liguei para De la Cruz. Está indo até lá com Bails...

– Estou saindo daqui agora mesmo.

– Veck! – ela exclamou. – Esse caso não está mais relacionado com o Departamento de Pessoas Desaparecidas. Você e eu estamos fora dessa.

– Não estamos, não. Ela ainda é minha até encontrarem o corpo. Me encontre lá e pode me dar uma suspensão, se quiser. Ou melhor, pode dar uma mãozinha com as pedras.

Houve uma pausa bem longa.

– Você está me colocando numa posição terrível.

O arrependimento fez com que apertasse o maxilar.

– Parece que eu me destaco nisso quando se trata de você. Mas tenho que fazer isso... Prometo não ser um idiota.

– Você se destaca nisso, também.

– Está certo. Olha, não posso sair dessa até saber o que aconteceu. Não vou enfrentar Kroner se encontrarmos alguma coisa e não vou tocar em nada, mas tenho que fazer isso.

Outra pausa interminável. Então:

– Tudo bem. Estou a caminho. Mas se De la Cruz nos expulsar de lá, *não* vamos discutir com ele, está claro?

– Como água cristalina – Veck fez uma prece de agradecimento. E então... – Ele disse mais alguma coisa? Kroner?

Houve um ruído, como se ela estivesse trocando o telefone de uma das mãos para outra.

– Disse que conhecia você.

– *O quê?*

– Kroner disse que conhecia você.

– Que grande mentira. Nunca o encontrei antes na minha vida – quando não se ouviu qualquer reação da parte dela, ele soltou um palavrão. – Reilly, eu juro. Não conheço o cara.

– Acredito em você.

– Não parece – e, por alguma razão, a opinião dela não era apenas importante, era crucial. – Vou fazer o teste do polígrafo.

A respiração dela soou exausta.

– Talvez ele só quis me confundir. É difícil saber.

– O que ele disse exatamente?

– Algo como "os iguais se reconhecem".

Veck congelou.

– Não sou Kroner.

– Eu sei. Bem, me deixe ir para o carro e começar a dirigir. A pedreira é do outro lado da cidade e só vamos entrar se De la Cruz permitir. Vejo você em meia hora.

Quando desligou, o investigador olhou por cima do microscópio.

– Achou o que precisava?

– Acho que sim. Entre em contato comigo se descobrir alguma coisa sobre esse brinco. Tenho a impressão de que é da minha garota desaparecida.

– Sem problema.

– Onde é a pedreira?

– Siga na Northway por uns trinta quilômetros. Não sei a saída exata, mas vai encontrar placas. Não tem como errar, haverá mais sinalizações que o levarão até lá.

– Obrigado, cara.

– É um bom lugar para esconder coisas, se é que me entende.

– Entendo. Infelizmente.

Cinco minutos depois, Veck estava em sua moto rugindo em direção à interestadual. Não precisava acionar De la Cruz. Discutiriam pessoalmente quando chegasse lá.

A saída em questão apareceu quinze minutos depois e havia uma placa na qual se lia "PEDREIRA THOMAS GREENFIELD". Foi fácil seguir a sinalização e, alguns minutos depois, virou e entrou numa pequena estrada de terra cercada por grandes árvores. Sem dúvida, formavam um romântico passeio no verão. Naquele momento, pareciam braços esqueléticos arranhando-se uns aos outros.

Diminuiu a velocidade ao virar à direita e começou a subir uma ladeira muito íngreme. O vento, frio e intenso, chicoteava seu rosto, e as nuvens pareciam se aproximar como se tentassem sufocar o chão. Começou a pensar que estava perdido quando chegou ao topo, mas lá estava ela.

Pedreira? Parecia mais o Grand Canyon.

Membros do Departamento de Polícia de Caldwell e os bombeiros já estavam ali: havia dois veículos de busca e um de resgate. Algumas viaturas. Um carro sem identificação que deveria ser de De la Cruz. Uma unidade com cães farejadores.

Veck estacionou a certa distância e não tentou disfarçar sua chegada ao aproximar-se do amontoado de homens, mulheres e cachorros.

De la Cruz saiu do meio deles e caminhou até Veck. A expressão de tristeza constante do detetive não havia mudado em nada. Porém, não devia estar surpreso com tudo aquilo, e a chegada de Veck não era uma boa notícia.

– Que coisa encontrá-lo aqui – De la Cruz murmurou, estendendo a mão para um aperto.

– Este lugar é enorme – as mãos encontraram-se em uma batida. – Com certeza poderia ajudar em alguma coisa.

A pedreira devia ter mais de um quilômetro de diâmetro e mais outro de profundidade – e o formato era mais consequência da formação natural que da operação mineradora. Três quartos de suas paredes eram quedas acentuadas, mas uma delas mais ao sul exibia um declive desagradável marcado por escavações rochosas desalinhadas, havia também vários buracos negros que deviam ser cavernas.

– Então, vai me deixar trabalhar? – Veck perguntou.

– Onde está sua parceira?

– A caminho.

De la Cruz olhou para o grupo de colegas.

– Estamos com uma equipe reduzida, pois não queremos chamar atenção. Se a imprensa ficar sabendo disto, teremos um dia longo e cheio de curiosos.

– Então, isto é um sim?

De la Cruz o encarou bem dentro de seus olhos.

– Não toque em porcaria nenhuma e não saia daqui enquanto Reilly não chegar.

– Está certo, detetive.

– Vamos lá... Pode se juntar à fase de planejamento estratégico.

A antiga casa de Jim não era tão antiga nem exatamente sua.

Assim que chegara a Caldwell, havia alugado a garagem e o estúdio no segundo andar de um cara que se vestia com terno de mordomo. Quando saiu há mais ou menos uma semana, achou que seria pela última vez: seu antigo chefe, o maldito Matthias, perseguia-o, e ele precisava ir até Boston para travar a próxima batalha com Devina.

Mas, cara, o que tinha acontecido de acordo com o planejado? Matthias não estava mais em cena, Jim voltara a Caldwell e ele e Adrian precisavam de um lugar seguro para ficar.

Olá, velhos fantasmas, digamos assim... E era hora de rezar para que o proprietário não tivesse alugado para outra pessoa e as chaves tivessem sido deixadas ali.

Dirigindo sua caminhonete na longa estrada que levava até o local, verificou se Adrian ainda o seguia com aquela moto – sim, o cara continuava a segui-lo. Juntos, passaram pela casa vazia, mas muito bem cuidada pelo proprietário, e continuaram pela pista, atravessando um campo que teria mais ou menos uns vinte acres. A garagem ficava bem nos fundos da propriedade e, provavelmente, tinha sido usada para guardar equipamentos agrícolas e cortadores de grama, com um zelador morando no andar de cima. Contudo, quando alugou, teve a impressão de que estava vazia há um tempo.

Parando o carro em frente às grandes portas duplas, saiu, pegou uma das alças e jogou seu peso sobre o objeto, imaginando se o lugar estaria...

O painel retumbou ao abrir, revelando um chão de cimento muito limpo e um teto rústico com altura suficiente para estacionar um trailer de carregar cavalos.

Jim voltou a se sentar atrás do volante e deixou o motor levá-lo devagar para dentro. Adrian estava bem atrás dele, estacionou e fechou a porta. Quando a luz cinzenta do dia foi bloqueada, Jim desligou o motor, abriu a porta...

O aroma fresco e suave de flores invadiu o ar. Ao ponto de quase vomitar, mesmo sendo um perfume indiscutivelmente agradável.

Ele e Adrian não disseram uma palavra ao se posicionarem um de cada lado da parte de trás da caminhonete. A lona que compraram no mercado há uma hora estava presa por alguns cabos elásticos e começaram a libertar os ganchos e as faixas um a um. Ao enrolarem a lona grossa e azul, revelaram o corpo, com o qual foram muito cuidadosos, envolto num lençol.

Deixaram a recepção do banco não muito depois de a fúria de Jim ter explodido todas as janelas do local e, em seguida, levaram Eddie com eles – o que não foi difícil, ao menos não fisicamente. Depois da morte, o corpo ficou leve como uma pluma, como se toda massa bruta tivesse desocupado a pele e os ossos. O que ficou para trás parecia ser apenas o esboço do que Eddie havia sido.

Jim não fazia ideia de onde ir, mas Cachorro apareceu no caminho... e guiou-os a um prédio abandonado de três andares.

Ao deixar Adrian e o animal velando seu morto, Jim voltou ao hotel, pegou tudo o que tinham e carregou a caminhonete. Quando voltou, estacionou numa garagem subterrânea a alguns quarteirões de distância e começou a pensar em várias maneiras de mudarem-se para um local mais seguro levando os outros veículos e motos que ainda estavam no estacionamento do hotel.

Porém, no final, apenas sentou-se e deu um tempo para Adrian – pois parecia que o cara estava prestes a quebrar ao meio.

Contudo, em dado momento, precisaram se mover e Jim decidiu que ir até aquele local era a melhor aposta que poderia fazer em curto prazo. E Adrian seguiu-o sem comentários, só que isso não era um bom sinal: era evidente que ainda estava entorpecido, mas aquilo não duraria muito tempo. Qual seria o outro extremo da situação? Era provável que a expressão "proporções bíblicas" fosse pouco para refletir sequer a metade do que aconteceria.

Jim destravou a abertura traseira e deixou-a cair.

– Você quer...

Adrian adiantou-se e subiu, posicionando-se de maneira hábil ao lado de Eddie. Pegando os restos mortais, saiu da caminhonete e andou até a porta lateral.

– Pode abrir aqui para nós?

– Sim, com certeza.

Com Cachorro liderando o caminho outra vez, Jim seguiu-o e abriu a porta de saída do galpão; em seguida, os três dirigiram-se às escadas externas. Usando um canivete no topo, abriu a maçaneta em questão de segundos, e ficou de lado enquanto Adrian entrava.

A cama de solteiro estava do mesmo jeito que Jim havia deixado quando partiu, os lençóis emaranhados da última noite de sono ruim que teve ali. E, sim, o dinheiro e as chaves estavam exatamente onde os colocara, sobre o balcão da estreita cozinha. O sofá ainda estava sob a janela, as leves cortinas, fechadas. O ar cheirava um pouco a feno, mas não por muito tempo.

Não com Eddie por perto.

Quando Jim olhou para Adrian, sabia que não havia razão para não usar o local. Matthias estaria na parede de almas de Devina por toda eternidade, então, não era uma ameaça, e o resto das Operações Extraoficiais estaria ocupado procurando um novo líder para preencher a vaga que o cara havia deixado. Além disso, o único problema de Jim com o departamento estava relacionado ao seu antigo chefe. Que perdera na última rodada.

– Tem um espaço meio apertado aqui atrás – disse Jim, caminhando até a cozinha.

Ao lado da geladeira, havia uma porta estreita que se abria por cima e por baixo e que levava a uma área de teto rebaixado, envolvida com placas de gesso, sob o beiral do telhado. Entrando, acendeu a lâmpada e saiu do caminho.

Quando Adrian agachou-se e entrou com sua carga, Jim abriu uma das gavetas sob o balcão da cozinha e pegou uma faca longa. Não hesitou ao passar a lâmina na palma de sua mão e pressioná-la contra a pele.

– *Caralho* – sussurrou.

Adrian saiu do espaço estreito.

– O que está fazendo?

Gotas brilhantes e vermelhas caíram no chão formando uma pequena trilha enquanto andava em direção ao local onde Eddie havia sido colocado. A verdade é que não tinha plena certeza do que estava acontecendo ali, mas seus instintos guiavam-no, faziam-no prosseguir e, assim, passou a palma da mão que sangrava pela porta... bem como o próprio corpo. Antes de retrair a mão sangrenta, prometeu:

– Não deixo soldados caídos para trás. Você estará conosco... até voltar. Pode apostar.

Ao fechar a porta, olhou para Adrian, que tinha se apoiado no balcão e envolvido o próprio corpo com os braços. O anjo olhava para o chão como se fossem folhas de chá... ou um mapa... ou um espelho... ou nada, talvez. Quem poderia saber?

– Preciso saber como vai se posicionar – disse Jim. – Quer ficar aqui com ele ou quer continuar a lutar?

Os olhos vazios ergueram-se do chão.

– Não era para ser assim. Ele teria lidado melhor com isso.

– Não tem uma maneira melhor de lidar com isso. Mas não vou tentar convencê-lo de nada. Se não quiser fazer mais nada além de lamentar, não tem problema nenhum para mim. Mas preciso saber o que está disposto a fazer.

Caramba, provavelmente era cedo demais para perguntar ao cara o que ele queria no almoço, quanto mais se estava disposto a lutar. Mas Jim não poderia se dar ao luxo de bancar o terapeuta e trabalhar os sentimentos. Aquilo era guerra.

Quando Adrian apenas resmungou alguma coisa como "não está certo", Jim entendeu que precisava chamar a atenção do cara.

– Ouça – disse devagar e com clareza. – Devina fez isso de propósito. Ela o tirou de você, pois acha que a perda vai te incapacitar. É uma estratégia básica: isolamento. Está tentando tirar os dois de mim... E você do mundo. A escolha é sua em deixar que isso funcione ou não.

Adrian mudou seu olhar e mirou a porta que Jim havia fechado.

– Como pode algo tão grande... acontecer tão rápido?

Jim voltou-se para o próprio passado, para uma cozinha que conhecia tão bem, para uma cena sangrenta que nunca havia esquecido: sua mãe morrendo numa poça de seu próprio sangue, enquanto dizia para que corresse o mais rápido e seguisse para o mais longe possível...

Entendia muito bem o trauma pelo qual Adrian estava passando, era a constatação terrível de que os pilares da estrutura que o levava aos céus eram feitos de papel em vez de pedra.

– Desastres acontecem.

Houve um período de silêncio, em seguida, um som suave sobre o chão. Cachorro, que havia ficado fora do caminho a maior parte do tempo, aproximava-se de Adrian mancando e, quando chegou perto do cara, sentou-se sobre a bota de combate do anjo e reclinou a cabeça contra a canela.

– Não estou bravo – Adrian disse finalmente. – Não sinto... nada.

Aquilo iria mudar, Jim pensou. A questão era: quando?

– Fique aqui com ele – disse Jim. – Preciso voltar ao campo de batalha. Não quero DelVecchio por aí sozinho.

– Sim... sim – Adrian abaixou e pegou Cachorro. – Sim.

O anjo andou um pouco e sentou-se no sofá, colocando o animal em seu colo e mantendo os olhos fixos na porta daquele espaço de teto rebaixado.

– Pode me ligar – disse Jim. – E estarei aqui num instante.

– Sim.

Deus, Ad parecia um objeto inanimado que respirava. E o último pensamento de Jim ali foi que Devina estava brincando com fogo. Adrian acordaria de seu estupor... E, então, seria implacável ao fazê-la pagar por aquilo.

Depois de fechar a porta, Jim parou para acender um cigarro e olhar para o céu. As nuvens pareciam fervilhar sobre a garagem e viu-se procurando por uma imagem ou sinal entre elas.

Nada.

Terminou o cigarro e, quando estava prestes a sair, ouviu um rádio ser ligado dentro do apartamento.

À capela. Bon Jovi cantava "Blaze of Glory".

Muito apropriado.

Jim projetou-se pelo ar, seguindo o farol que era DelVecchio. E estava a meio caminho de seu alvo quando se deu conta...

Ele não possuía rádio algum.

# Capítulo 28

– Aqui, me deixe ajudar você.

Reilly equilibrou-se sobre duas pedras do tamanho de poltronas, em seguida, inclinou-se e estendeu a mão.

Veck olhou para ela por um momento.

– Obrigado.

As palmas das mãos encontraram-se e firmaram-se uma na outra e, então, Reilly dobrou-se para trás, colocando todo seu peso no ato de erguê-lo. Mesmo com o corpo fazendo movimento de alavanca, era como puxar um carro entalado numa vala, e a mulher percebeu claramente que, se ele não tivesse pulado e dado um impulso, não chegariam a lugar algum.

Quando ele juntou-se a ela no planalto, olharam em volta. Já estavam trabalhando na longa encosta da pedreira há várias horas, iluminando cavernas com lanternas e examinando saliências rochosas. Os oficiais de resgate ficaram com o lado mais íngreme e os outros policiais iam mais à esquerda ou percorriam as bordas com os cães. Os minutos passavam lenta e dolorosamente, a extensão total do que ainda havia para ser examinado oprimia Reilly.

E ainda havia tudo aquilo implícito em relação a Veck, coisas não ditas, que não ajudavam.

Deus, odiava aquela situação. Especialmente o fato de estarem em meio à tentativa de encontrar o corpo de uma jovem.

– Tem outra caverna por ali – ela disse, pulando de uma pedra e aterrissando de cócoras no chão lamacento.

O terreno parecia árido visto da borda da pedreira. De perto, era uma pista de obstáculos, do tipo que requeria botas para ser explorada

– ao menos tinha se prevenido e trazido mais que um agasalho extra e um kit de armazenamento de provas no porta-malas. Muito bom também a chuva da noite anterior ter parado ou a tarefa seria mais que exaustiva. Com o clima mais estável, o topo das rochas já havia secado com o sol, então, já contavam com partes mais firmes para pisarem, afinal, as poças e a lama nos pontos mais baixos do local já desaceleravam o suficiente o trabalho deles.

– Já esteve aqui antes? – perguntou Veck depois de firmar-se ao lado dela. Como sempre, ele não estava com roupa suficiente...

*Espere, me deixe reformular a frase* – ela pensou – *Como sempre, não está agasalhado o suficiente e seus sapatos são mais para um serviço de escritório que para um trabalho externo.*

Mas Veck não parecia se importar com nada disso: apesar de os sapatos estarem arruinados e sua jaqueta preta isolar o vento frio tão bem como uma folha de papel, ele continuava como um soldado, seguindo decidido como se estivesse muito à vontade e confortável. Apesar de estarem trabalhando ensopados de suor.

Espere, qual era a pergunta que ele tinha feito mesmo...?

– Como a maioria das pessoas daqui, conheço a pedreira desde sempre – olhou para a borda. – Mas esta é a minha primeira visita. Cara, é como se tivessem arrancado um pedaço gigantesco da Terra.

– Muito grande mesmo.

– Dizem que foi criada por geleiras.

– Ou isso, ou Deus era um jogador de golfe e o buraco que desejava acertar estava na Pensilvânia.

Ela riu um pouco.

– Pessoalmente, apostaria meu dinheiro no gelo pré-histórico. Na verdade, isto tudo é simplesmente chamado de "a pedreira"... Nunca foi, mas parece uma.

Subiram outra pedra, pularam novamente e seguiram em direção à boca escura da caverna que ela tinha visto. Aquela parecia maior que as outras e, de perto, a entrada parecia alta o suficiente para passarem sem se curvar. Contudo, não tinha como os ombros de Veck caberem ali a menos que se virasse de lado.

Acendendo a lanterna, não havia nada além de paredes rochosas, um chão de terra e, Deus, o mau cheiro. Úmido, mofado. Todas exalavam o mesmo cheiro, como se o lugar tivesse uma espécie de odor corporal próprio.

– Nada – ela disse. – Mas não consigo ver o final desta.

– Me deixe entrar mais.

Agora seria o momento perfeito para a mulher moderna dentro dela aparecer dizendo "Que inferno, não, deixe que eu cuido disso". Mas só Deus sabia o que havia ali dentro, e ela não era muito fã de morcegos. Ursos. Cobras. Aranhas. Era a única situação com a qual se acovardava.

Quando Reilly abriu caminho, Veck adiantou-se e espremeu-se dentro do espaço fino. O fato de seu peito ter passado tão perto lembrou-lhe o quanto conhecia seu corpo. Olhou ao redor e tentou encontrar outro foco, desesperadamente.

– Nada – Veck murmurou quando reapareceu e fez um X vermelho sobre a pedra com tinta spray.

– Espere, você tem... – ela ergueu-se na ponta dos pés e tirou uma teia de aranha do cabelo de Veck. – Isso, mais apresentável agora.

Quando Reilly virou-se, Veck agarrou a mão dela.

Ao ser puxada de surpresa, olhou ao redor rapidamente, então, Veck disse:

– Não se preocupe, ninguém pode nos ver.

Parecia ser verdade: estavam num local profundo da pedreira, entre três pedras enormes. Mas não era algo bom, não precisavam de privacidade.

Holofotes. Um palco. Megafones presos em seus rostos seriam mais adequados...

– Olha, sei que é inapropriado – Veck murmurou com um tom de voz que fez o coração dela bater ainda mais rápido. – Mas aquela porcaria que Kroner disse... sobre me conhecer...

Reilly respirou aliviada. Graças a Deus não se tratava deles.

– Sim?

Veck soltou-a e andou fazendo um pequeno círculo. Então, tirou um cigarro, acendeu-o e soprou a fumaça na direção oposta a Reilly.

– Acho que, de alguma maneira, isso é o que mais me assusta neste mundo.

Sentindo-se uma tola por ter se assustado, ela apoiou-se sobre o flanco de uma rocha aquecido pelo sol.

– O que quer dizer?

Veck encarou o céu, a sombra de seu queixo forte projetou-se sobre seu peito, formando um arco escuro sobre o tronco.

– Iguais se reconhecem...

– Acha mesmo que tentou matá-lo? – disse ela suavemente.

– Olha, vai parecer loucura... Mas parece que meu pai está sempre comigo – colocou a mão sobre o peito, exatamente sobre a sombra escura. – Essa... coisa faz parte de mim, mas não do meu ser. E sempre fui amedrontado com a possibilidade disso sair e... – interrompeu-se com uma maldição. – Oh, Cristo, quanta besteira...

– *Não* é besteira – quando ele virou-se para Reilly, os olhos de ambos encontraram-se. – E pode conversar comigo. Sem julgamentos. Ninguém mais saberá, nunca. Desde que não tenha infringido a lei.

A boca de Veck contorceu-se com amargura.

– Não fiz nada para que me prendam. Mas ainda me pergunto se fui eu quem fez aquilo com Kroner na floresta.

– Bem, se tem medo de ser como seu pai e, quando surge um banho de sangue na sua frente, você não consegue se lembrar de nada... é natural se questionar.

– Não quero ser como ele. Nunca.

– Você não é.

– Não me conhece.

A expressão tensa de Veck produziu um calafrio nela, mesmo com os pés secos e quentes e vestindo um casaco e luvas. Tinha tanta certeza de ser um estranho para ela, que Reilly perguntou-se por que tamanha obviedade não os impediu na noite anterior. Mas sexo e atração sexual faziam as pessoas sentirem-se próximas, quando, na verdade, eram apenas dois corpos esfregando-se.

O quanto ela realmente sabia sobre ele? Não muito além do que havia registrado em seus arquivos no Departamento de Recursos Humanos. Porém, estava certa de uma coisa: ele não tinha, de forma alguma, machucado aquele homem.

– Precisa conversar com um profissional – ela disse, pois ter um pai como aquele deveria repercutir psicologicamente. – Tire esse peso de você.

– Mas esse é o problema... está dentro de mim.

Algo naquele tom que usou fez o calafrio retornar – dez vezes mais forte. Só que agora achou ser loucura.

– Estou dizendo, você precisa desabafar.

Veck olhou o céu azul brilhante outra vez com suas listras passageiras de nuvens brancas.

Depois de um momento, ele disse:

– Fiquei aliviado por você ter saído tão rápido na noite passada.

Que belo tapa no rosto para trazê-la de volta à realidade.

– Fico feliz por ter feito esse favor – ela disse em tom decidido.

– Porque eu poderia me apaixonar por você.

Quando a boca de Reilly abriu-se e ela piscou confusa, Veck bateu o cigarro e exalou, a fumaça ergueu-se no ar frio da primavera.

– Sei que isso não ajuda em nada. Tanto o fato de confessar isso agora como ser a mais pura verdade.

Verdade. Mesmo assim, ela não deixou de continuar a conversa.

– Mas ontem à noite... você disse que nunca me levaria para a sua cama.

Balançou a cabeça, o lábio superior fez um movimento sinuoso de desgosto.

– De jeito nenhum. Fiquei com mulheres sem importância ali. Você foi importante... É importante – soltou um palavrão em voz baixa e profunda. – Não é como as outras.

Reilly respirou fundo. E de novo. Sabia que aquele era um bom momento para tentar dizer algo que os mantivesse dentro dos limites.

– Estou muito lisonjeada, mas...

Em vez disso, apenas olhou para ele quando virou o cigarro e focou-se na pequena ponta alaranjada. Examinando os traços belos e rígidos de seu rosto, tentou lutar contra o impulso de jogar-se nele... Desistiu: naquele pequeno espaço de privacidade em frente à caverna, com a brisa assoviando entre as pedras e o sol iluminando seus rostos, as engrenagens entre eles voltaram a funcionar direito outra vez... Deu-se conta da verdadeira razão pela qual havia deixado a casa dele tão rápido. Dane-se o profissionalismo: sentia o mesmo que ele, e aquilo assustava-a.

– Mas está tudo ligado à porcaria de relação que eu tenho com meu pai.

– Desculpe, o quê? – Reilly ouviu-se dizer.

– Essa coisa com você... está ligada a ele também – seus olhos brilharam em direção a ela. – Ele era apaixonado pela minha mãe. Tanto que a fatiou viva e formou um coração com seus intestinos, no chão, ao lado dela. Sei disso pois fui eu quem encontrou o corpo.

Quando Reilly começou a ofegar, uma das mãos subiu até a garganta e, por instinto, deu um passo para trás... apenas para descobrir que estava encurralada pela pedra em que havia se recostado.

– Sim... – disse Veck. – Essa é a história da minha família.

Que maneira de cortejar uma mulher, Veck pensou quando Reilly ficou pálida como neve e tentou se afastar dele. Dando um trago profundo em seu cigarro, exalou para longe dela.

– Eu não devia ter dito isso.

Reilly balançou a cabeça, talvez para esclarecer um pouco os pensamentos.

– Não... não, fico feliz por você ter contado. Só estou um pouco...

– Chocada. Sim. E é apenas um dos motivos pelos quais não converso sobre isso.

Ela afastou uma mecha de cabelo solta sobre os olhos.

– Mas eu falei sério. Pode conversar comigo. *Quero* que converse comigo.

Não tinha tanta certeza se Reilly dizia a verdade. Mas, por alguma razão, abriu a boca.

– Minha mãe foi a 13ª vítima dele – cara, invejava aqueles cujas "histórias ruins" da vida eram apenas de encrencas por conta de cervejadas, depredação de propriedade pública e, talvez, urinar no tanque de gasolina de alguém.

– Eu estava em férias de verão do ensino médio, hospedado numa casa alugada em Cape Cod com os amigos. Saí na última noite que tínhamos para ficar ali e também fui o último a ir para casa; então, estava sozinho. Ele a trouxe até a sala de estar e fez tudo ali. Depois, deve ter subido as escadas e dado uma olhada em mim... Quando acordei, havia duas marcas de sangue no batente da porta do meu quarto. Foi a primeira evidência de que algo ruim havia acontecido. Ele havia colocado fita adesiva na boca dela, então, não ouvi nada.

– Oh... meu Deus...

Dando outro trago profundo no cigarro, falou através da fumaça que exalou.

– Como pode imaginar, mesmo naquela época, a primeira coisa que fiz quando vi as marcas no chão foi olhar para as minhas próprias mãos. Quando percebi que não havia nada, corri para o meu banheiro, verifiquei as toalhas, as minhas roupas... Irônico, as mesmas coisas que eu fiz depois do episódio com Kroner. E, então, me dei conta... Droga, a vítima. Liguei para a emergência e estava no telefone com eles quando desci as escadas.

– Você a encontrou.

– Sim – esfregou os olhos lutando contra as imagens do sangue vermelho sobre o tapete azul barato e um coração feito de órgãos humanos. – Sim, encontrei, e *sabia* que tinha sido ele.

Não conseguiu ir além disso, não dava mais, nem para ela nem para si mesmo. Essa memória não era acessada há tanto tempo que ele esperava ter caído num modo reflexivo, saudável talvez. Mas não. A cena da qual se lembrara naquele momento ainda estava desenhada em neon nos seus pensamentos, como se os vapores do pânico e do terror que sentiu emergissem e distorcessem a fotografia mental, mas sem alterar a nitidez.

– Já li sobre seu pai... Estudei sobre ele na faculdade – disse Reilly suavemente.

– É um tema popular.

– Mas não havia nada sobre...

– Eu tinha dezessete anos, menor de idade, e minha mãe não tinha o meu sobrenome, então, não poderia ter ouvido falar nada mesmo. Engraçado, foi quando os representantes da lei conversaram pela primeira vez com meu pai sobre uma vítima. Não preciso dizer que acreditaram quando ele disse que estava aflito. E Deus sabe o quanto ele era bom em fingir sentimentos. Ah, e as marcas sobre o batente da porta? Ele tinha usado luvas, claro; então não havia nada para acusá-lo.

– Deus, sinto muito.

Veck ficou em silêncio, mas não por muito tempo.

– Não o vi muito. E, quando ele se aproximava, eu percebia que minha mãe seria capaz de fugir com ele. Ela nunca se cansava dele... Era sua droga, a única coisa que importava, só pensava nele. Olhando para trás, tenho certeza de que ele a induziu a toda aquela fixação. Eu ficava irritado... Até que percebi o que ele era e vi que ela não tinha qualquer chance com ele. Para ele? Acho que foi divertido, mas parece que o jogo ficou enjoativo depois de um tempo.

Com isso, Veck ficou exausto, como um corredor que não aguenta mais avançar.

– De qualquer forma, é por isso que nunca jantaremos na casa dos meus pais.

Péssima tentativa de fazer piada. Nenhum deles riu.

Quando chegou ao final do cigarro, amassou a ponta incandescente sobre a sola do sapato – e notou pela primeira vez que seus sapatos não sobreviveriam àquele banho de lama. Reilly, no entanto, deu um jeito de conseguir um par de botas. Bem típico dela. Estava sempre preparada...

Quando olhou para cima, ela estava bem na frente dele. As bochechas estavam rosadas por causa do vento e do esforço, seus olhos brilhavam com um calor que vinha não apenas de um coração bom mas também de um coração aberto. As mechas de cabelo que se soltaram do rabo de cavalo produziam um halo vermelho, e seu perfume de xampu, ou seja lá o que fosse, o fez lembrar do verão – um verão normal, não aquele de que tinha acabado de se lembrar, quando ainda era uma "criança".

Então, ela aproximou-se, colocou os braços ao redor dele e simplesmente abraçou-o. Levou um minuto para Veck entender o que estava acontecendo, pois era a última coisa que esperava. Mas, então, abraçou-a de volta. E os dois ficaram ali só Deus sabe por quanto tempo.

– Não tenho o hábito de namorar – ele disse um tanto rude.

– Namorar colegas de trabalho? – ela afastou-se e olhou para ele.

– Qualquer pessoa – alisou o cabelo dela com a palma das mãos. – E você é boa demais para mim.

Houve uma breve pausa e, em seguida, ela sorriu um pouco.

– Então, o sofá é o local preferido, hein?

– Pode me chamar de Casanova.

– O que vou fazer com você? – ela murmurou, como se estivesse falando consigo mesma.

– Honestamente? Não sei. Se eu fosse seu amigo, diria para correr em direção à saída, nada de ir andando.

– Eles não são você, sabe disso, não? – ela disse. – Seus pais não te definem.

– Não tenho tanta certeza. Ela era a bajuladora de um psicopata. Ele é um demônio com uma bela máscara. Daí surgiu um bebê num carrinho. Vamos encarar os fatos, até agora, minha vida tem girado em torno de evitar o passado, desperdiçando o presente e me recusando a pensar sobre o futuro... Pois fico apavorado de não compartilhar apenas o nome com meu pai.

Reilly balançou a cabeça.

– Ouça, eu ficava assustada com a possibilidade de a mulher que me deu à luz voltar e me querer de volta. Por muito tempo, eu tinha a convicção de que qualquer coisa que meu pai fizesse legalmente não seria suficiente se ela me quisesse de volta. Isso costumava me deixar acordada à noite. E ainda tenho pesadelos. Na verdade, e vai achar que é loucura, eu ainda deixo uma cópia do meu certificado de adoção do meu lado, em cima do criado-mudo, quando vou dormir. Aonde quero chegar? Não pode fazer alguma coisa se tornar realidade só porque tem medo dela. O medo não vai tornar real uma história fictícia.

Houve outro longo silêncio, mas Veck interrompeu-o.

– Apague o que eu disse antes. Acho que *estou* me apaixonando por você. Bem aqui. Agora.

# Capítulo 29

Ficando um pouco distante de Reilly e Veck, Jim fingiu ser uma pedra e esforçou-se para não ouvir a conversa entre eles, tanto que, ao se aproximar, virou a cabeça. Havia lá as vantagens de ser invisível, mas não era muito adepto de ficar espiando casais. Além do mais, não estava muito satisfeito com aquele atraso emotivo. Estavam procurando por Sissy – a porcaria melosa poderia esperar até encontrarem algo ou descobrirem que a indicação do local era uma farsa.

Afastando-se da rocha na qual se apoiara, caiu numa poça, a água turva espirrou sobre suas roupas de couro e suas botas de combate, mas não fez som algum graças ao campo de força que havia projetado em volta de si. Cara, aquela pedreira parecia um cenário dos antigos episódios de *Jornada nas Estrelas*, as pessoas só não usavam camisas vermelhas nem se teletransportavam...

De repente, um calor floresceu na lateral de seu rosto e a sensação fez com que erguesse a cabeça e inclinasse-a para a direita. Um raio de sol derramava-se sobre ele, tocando-lhe os olhos e a bochecha.

*Que merda é essa?* – pensou, percebendo que vinha da direção errada.

Com a testa franzida, recuou e virou-se, seguindo o caminho da faixa amarelo-limão... que o levou para a caverna atrás dele.

Algo aconteceu em suas entranhas.

– Oh, droga – Jim sussurrou quando uma premonição lavou-o como chuva fria.

Preparando-se, caminhou até uma abertura irregular. Não havia necessidade de virar de lado, a iluminação passava por ele como se não estivesse lá. A abertura era bem grande, quase dois metros de altura, talvez um metro de largura, contudo, estreitava-se quase imediatamente após a entrada. Então, como a luz era refletida ali dentro?

Ao entrar, a luz do sol seguiu-o, fazendo-o pensar em Cachorro e sua companhia calma e reconfortante. E não parou para pensar em como a iluminação conseguia envolver até mesmo as extremidades do local ou para se perguntar por que parecia orientar seus passos...

– Oh... Deus... – apoiou-se numa parede de pedra para manter-se em pé ao descobrir o que fazia a luz emergir da escuridão: contra a parede íngreme da caverna, envolto numa lona áspera, havia um corpo deitado no chão, como lixo descartado.

O feixe luminoso acabou por fundir-se com o pacote e foi quando Jim viu o comprimento do cabelo – que, se estivesse limpo, seria loiro. Atordoado, caiu contra uma das laterais da caverna. Dar-se conta, repentinamente, de todo o seu esforço até aquele momento – droga, talvez tudo que tinha feito – era como uma trombeta tocando em sua nuca, sem cessar, ensurdecendo-o.

*Não existem coincidências* – ouviu Nigel dizer.

Quando alguém colocou a mão sobre seu ombro, virou-se e sacou sua adaga de cristal ao mesmo tempo. Baixou a arma imediatamente.

– Meu Deus, Adrian... quer levar uma facada?

Péssima pergunta para se fazer num dia como aquele. O outro anjo não respondeu. Apenas olhou para a luz que pairava acima da cabeça de Sissy, como uma coroa celestial dourada marcando seus restos mortais. Com uma voz baixa, disse:

– Quero te ajudar com esta perda. Você me ajudou com a minha.

Jim olhou para Ad por alguns momentos.

– Obrigado, cara.

Adrian assentiu com a cabeça, como se tivessem combinado algo, trocado algum voto, e esse acordo fez Jim perguntar-se... Se tudo tinha um propósito, será que Sissy havia morrido para que houvesse aquele momento entre eles? Seria a razão pela qual perderam Eddie? Pois, quando os olhos mortos de Adrian encontraram os dele, os dois estavam na mesma situação, dois caras explosivos realinhados por tragédias paralelas e, ao mesmo tempo, vivendo exatamente a mesma situação.

Em vez de ir até sua garota, Jim estendeu uma das mãos para o parceiro. E, quando o anjo retribuiu o gesto, puxou Adrian contra si e abraçou o bastardo com força. Sobre o ombro do cara, olhou para Sissy.

Foi difícil, mas, ao avaliar os interesses da guerra junto à perda que sofreu a família da garota e, agora, Adrian, concluiu que as duas passaram a ter um valor inesperado: até onde Jim conseguia entender, na melhor das hipóteses, o jogo estava empatado, com apenas um fio de cabelo pesando a favor de Devina na batalha.

Só que, às vezes, uma simples gota d'água resultava em tragédia. E famílias perdiam suas filhas, melhores amigos não voltavam para casa no final da noite. Parece que viver não vale mais a pena, mas você continua de qualquer maneira.

Quando se afastaram, Adrian colocou o dedo sobre o colar de Sissy.

– Ela é sua garota.

Jim assentiu.

– E já é hora de tirar ela daqui.

*Caramba* – Reilly pensou. Parecia que Veck iria beijá-la. E parecia que ela deixaria. Mas, então, surgiu aquele papo que envolvia a palavra "amor", e aquilo deixou-a paralisada, não sabia ao certo como reagir. Estava se apaixonando por ele também. Mas não conseguia lidar com aquilo direito em sua mente. Dizer essas coisas em voz alta era expor-se demais. Contudo, havia outras maneiras de responder.

Quando ela inclinou-se em direção à boca dele, Veck abaixou-se, aproximando-se dos lábios dela... Alguém apareceu sobre a rocha acima deles. Alguém grande, que surgiu das alturas e bloqueou o sol. Quando ela pulou afastando-se de seu parceiro, seu pensamento imediato foi:

*Oh, Deus, não permita que seja alguém da delegacia...*

Seu desejo tornou-se realidade, infelizmente: era aquele "agente do FBI".

Veck moveu-se tão rápido que Reilly só percebeu que havia um escudo humano à sua frente quando sentiu suas mãos repousarem nas costas dele. Foi um movimento muito cavalheiro, mas ela não precisava de proteção. Colocando a mão dentro do casaco, Reilly encontrou a coronha de sua arma – ele também fez o mesmo – e recuou com a arma apontada para cima.

Só que... o homem que os olhava de cima não parecia nem um pouco agressivo. Parecia arruinado. Totalmente destruído.

– Sissy Barten está logo ali – ele apontou para trás de si. – Na parede dos fundos da próxima caverna.

*Ele não vai nos machucar* – ela pensou com uma convicção vinda da alma.

Redirecionando o cano da nove milímetros para o chão, ela franziu a testa. Ao redor do corpo do agente havia um brilho sutil, um esplendor que poderia ser explicado por estar posicionado de costas para um raio de sol – mas, espere um minuto, a posição dele não era essa. Era muito tarde para que houvesse tal projeção no local onde ele estava.

– Você está bem? – ouviu-se perguntar ao homem.

Os olhos assombrados fixaram-se nos dela.

– Não, não estou.

Veck falou alto, forte e exigente:

– Como sabe onde o corpo está?

– Acabei de ver.

– Liguei para o FBI. Nunca ouviram falar de você.

– Por conta da administração atual – o tom era entediado. – Vai ajudar a moça ou perder tempo com...

– Fingir ser um oficial federal é crime.

– Então, pegue essa força toda e venha atrás de mim... por aqui.

Quando o cara ergueu-se da pedra e desapareceu, Veck olhou por cima do ombro.

– Fique aqui.

– Até parece.

Algo na expressão dela deve ter lhe dito que discutir seria uma perda de tempo, pois murmurou alguma coisa – e começou a andar. Juntos, escalaram a pedra à frente, agarrando pontos precisos na subida. Quando chegaram ao topo... Jim Heron, ou seja lá quem fosse, tinha desaparecido. No entanto, viram a entrada de uma grande caverna.

– Chame reforços – Veck disse, saltando para baixo ao pegar a lanterna. – Vou entrar... e preciso que me cubra daqui de fora.

– Entendido – Reilly pegou o rádio, mas exclamou em seguida:

– *Pare!* Precisa prestar atenção nas pegadas. Perto das bordas, certo?

Olhou para ela.

– Bem lembrado.

– Cuidado.

– Tem minha palavra.

Seguindo com a lanterna e a arma, entrou na caverna, seus ombros largos mal passaram pela entrada. Devia existir um obstáculo logo ao entrar, pois o brilho da lanterna esmaeceu e, em seguida, não se via mais iluminação alguma.

Enquanto Reilly chamava seus colegas e recebia a confirmação de que estavam a caminho, abaixou-se cuidadosamente em direção à entrada lamacenta da caverna que lhe dava boas-vindas. Sabia que levaria um tempo até que os outros chegassem e rezou para que seus instintos estivessem certos sobre o homem grande e loiro. Ele não parecia nem um pouco preocupado em mentir ou distorcer o que dizia, mas era certo que parecia arrasado em relação a Sissy Barten.

Se alguma coisa acontecesse com Veck enquanto vigiava, nunca iria se perdoar...

– Que... droga é essa? – murmurou.

Reilly franziu a testa e agachou-se. Bem no meio do caminho de terra encharcada, onde Veck tinha aterrissado ao pular, as pegadas pareciam crateras lunares. Da mesma forma, perto da entrada, o rastro ali marcado era profundo, as pegadas de sapatos de sola lisa eram fundas e indicavam que um homem com seus noventa quilos havia passado por ali.

Erguendo-se, Reilly apoiou um dos pés sobre uma pedra alta e olhou para trás ao longo do caminho por onde Veck e ela tinham atravessado. Na parte superior da plataforma de pedra, existiam dois pares de pegadas umedecidas: dela e de Veck. Era isso.

Ao analisar a extensão do declive, balançou a cabeça. Não tinha como Jim Heron, ou seja lá quem fosse, ter descido até ali sem ficar com os pés encharcados. E também era impossível ficar parado onde ficou sem deixar pegadas úmidas para trás, assim como ela e Veck tinham deixado.

*Que diabos está acontecendo?*

Atrás dela, Veck reapareceu na abertura da caverna.

– É Sissy Barten. Ele estava certo.

Reilly engoliu em seco ao descer mais um pouco.

– Tem mais alguma coisa aí?

– Não que eu consiga enxergar. Chamou o pessoal?

– Sim. Tem certeza de que é ela?

– Não toquei em nada, mas há um pouco de cabelo loiro exposto e o corpo está onde Kroner indicou – as sobrancelhas de Veck estreitaram-se. – O que foi?

– Tem pegadas no chão da caverna?

– Me deixe ver – ele desapareceu. Voltou em seguida. – Não. Mas não é a melhor superfície para verificar isso. Está relativamente seco, e o solo tem pouca profundidade. O que você...

– É como se tivesse caído do céu.

– Quem? Heron?

– Não há qualquer evidência de que ele esteve aqui, Veck. Onde estão as pegadas? Aqui no chão? Lá em cima?

– Espere, não tem...

– Nada.

Ele franziu a testa e olhou ao redor.

– Filho de uma puta.

– Sinto a mesma coisa.

Ao longe, Reilly ouviu os oficiais aproximarem-se, então, colocou as mãos ao redor da boca e gritou:

– Aqui! Estamos aqui!

Talvez alguém pudesse entender alguma coisa. Porque não lhe ocorria nada... e era evidente que acontecia o mesmo com Veck.

# Capítulo 30

Quando o último raio de luz solar esvaiu-se do céu, os restos mortais de Sissy Barten tinham sido embalados e removidos da caverna cuidadosamente.

Veck foi um dos rapazes que seguraram as alças da maca, sustentaram o peso do corpo e tiraram-no dali, levando-o para o ar limpo. Ele ficou por perto ao longo da tarde, mas preferiu ficar em segundo plano, limitando sua participação a tirar fotos com o celular, conversar com o médico-legista e ajudar sempre, sempre e sempre que possível com detalhes desnecessários. Reilly fazia o mesmo. E, então, a única coisa que havia para ser feita ali era subir o corpo até a encosta.

– Vamos por aqui – disse aos outros. – É o melhor caminho que temos.

Os quatro dirigiram-se para o norte e seguiram pelo caminho menos obstruído – algo muito relativo. E havia muita gente esperando a chegada do corpo.

Naturalmente, as equipes de reportagem tinham chegado e se posicionado nas margens da pedreira. Só Deus sabia quem os havia alertado. Com certeza não havia sido ninguém que estava exercendo uma função oficial ali. Mas, afinal, era uma área pública e, além da cidade inteira saber que a polícia havia capturado Kroner e que o cara se recuperava no Hospital São Francisco, também sabiam sobre a vítima naquele hotel e sobre as outras garotas mortas. O fato de alguns oficiais uniformizados começarem a percorrer uma área remota com um monte de lugares obscuros não indicava que alguém estivesse dando uma festa de aniversário em meio àquele amontoado de rochas. Além disso, agora havia um corpo envolvido num saco plástico.

Sobretudo, qualquer idiota tem um celular hoje em dia. E foi por isso que, no exato instante após a identificação do corpo com fotografias e marcas de nascença, De la Cruz saiu correndo da cena e entrou no carro. Embora o Departamento de Polícia de Caldwell não fosse liberar o nome à imprensa antes da família ser notificada, já havia inúmeros e-mails, mensagens de texto e ligações na delegacia – e não tinha como saber quem havia deixado escapar para a esposa, que tinha contado para a irmã, que, por sua vez, disse a alguém de um canal televisivo. Às vezes, a era da informação podia ser um saco. Ninguém desejava que os Barten soubessem sobre sua filha no jornal da noite... ou, que Deus os livrasse, no Facebook.

Enquanto Veck e os outros três rapazes resmungavam, estendiam-se, puxavam e levantavam, Reilly estava bem ao lado deles o tempo todo, direcionando a lanterna e iluminando o caminho enquanto começava a escurecer. E a escuridão parecia cada vez mais densa. Até ficar escuro como breu.

Quase uma hora depois, chegaram ao topo e colocaram os restos mortais na parte de trás de um dos veículos de resgate com todo cuidado.

Veck e Reilly ficaram para trás enquanto Sissy Barten era levada com segurança de volta à cidade.

Quando os outros oficiais começaram a se dispersar e os motores foram acionados, ela disse em voz baixa:

– Não acho que...

– Kroner não a matou – Veck concordou com suavidade.

– O modus operandi não se encaixa.

– Nem um pouco.

E não foram os únicos que notaram a discrepância entre Sissy e as outras vítimas: aquele corpo fora suspenso pelos calcanhares e o sangue drenado... havia um desenho arranhado sobre o estômago. Além disso, apesar de estar nua e sem qualquer objeto pessoal, não havia manchas na pele que indicassem que alguma parte fora removida e nada que sugerisse abuso sexual – seria outra perversão típica de Kroner?

– Só não sei como explicar o brinco – Veck murmurou.

– Ou por que Kroner sabia onde ela estava se não a matou.

Veck olhou para sua parceira.

– Quer comer em algum lugar?

Apoiando os braços sobre a cabeça, ela espreguiçou-se.

– Sim, por favor. Estou faminta. E exausta.

Ele pegou o celular e enviou uma mensagem de texto:

*Sua casa? Você poderia tomar um banho. Comida pronta, prometo ser gentil.*

Houve um sinal sonoro discreto e, depois de trocarem algumas palavras, ela pegou o telefone sorrateiramente e olhou a tela.

– Que plano perfeito.

O impulso que sentiu foi de beijá-la rápido e com firmeza. Mas se conteve a tempo, pois não estavam sozinhos. Alô! Estavam cercados de pessoas com quem trabalhavam.

Queria voltar com ela, mas teriam que seguir separados, graças a sua maldita moto. Caramba, e pensar que costumava gostar daquela coisa... Se não fosse por ela, Reilly não o teria levado para casa na noite passada.

– Vejo você em vinte minutos... – disse a ela.

– Tem certeza de que não quer um casaco extra?

– Vou ficar bem.

Ao caminhar pelo chão poroso e lamacento, Veck pensou em Jim Heron e na falta de pegadas. Passou mais algum tempo procurando evidências de que mais alguém, além dele e de Reilly, tivesse percorrido a área, mas não havia nada. No entanto, tinha plena certeza de que aquele homem não poderia ter atravessado todo o terreno molhado e irregular sem deixar qualquer vestígio. E Veck não imaginara a aparição daquele cara.

*Olhe para os seus pés, Thomas DelVecchio. E ligue para mim quando estiver assustado o suficiente. Sou o único que pode te ajudar.*

Tanto faz, Heron.

Resistindo à tentação de gritar para as sombras, montou na moto, ligou o motor e esperou Reilly abrir o porta-malas e tirar as botas imundas. Ao menos aquilo o fez sorrir. Podia apostar que ela tinha um saco plástico ou tapete de borracha lá dentro para colocar os objetos sujos. Provavelmente, assim que chegasse em casa, lavaria imediatamente as botas para que estivessem prontas para o próximo uso.

Olhou para os próprios pés. Seus sapatos estavam arruinados. Do tipo que deveriam ser destinados a um saco de lixo, não serviriam nem se limpasse e engraxasse.

O difícil era encontrar outros em uma situação diferente daquela.

Reilly assumiu a dianteira e Veck seguiu-a pelo caminho até a cidade, mesmo congelando, pois dirigir a 110 quilômetros por hora numa noite como aquela era como sofrer o frio de um rigoroso inverno. A jaqueta não resolvia nada. Parecia estar de regata e nada mais, o frio o castigava. Mas não se importava com a temperatura. Em sua mente, voltou para o banho que havia tomado depois do pesadelo na floresta com Kroner, quando sentiu a presença obscura de algo envolvendo-o, falando com ele e acariciando-o, quando sentiu o maior de todos os seus medos. Não era daquele mundo. Nunca tinha sido.

Então ouviu a voz de Reilly: *É como se tivesse caído do céu.*

Deus, ele estava enlouquecendo. Só podia ser. Pois estava considerando, de fato, que Jim Heron não existia. Será que existia?

Mais ou menos dez minutos depois, saíram da estrada e seguiram o caminho em direção ao bairro de Reilly. Foi um alívio observar que tudo continuava bem e seguia normalmente: as casas iluminadas, TVs ligadas dentro delas, carros passando devagar e lojas nas esquinas com propagandas da loteria. Tudo poderia ser fácil e concretamente explicado. E quem poderia imaginar que Veck invejava aquilo?

Quando chegaram à casa de Reilly, estacionou atrás dela e saltou da moto enquanto ela entrava na garagem, as luzes vermelhas dos freios brilharam e desapareceram assim que ela desligou o motor.

– Deveria usar um capacete – ela disse ao sair, ir até o porta-malas e pegar as botas enlameadas.

Obviamente, depois disso, acendeu um interruptor, levou as botas até a mangueira do jardim que estava num canto na frente da garagem e lavou a sujeira. Quando olhou para ele outra vez, corou um pouco.

– Do que você está rindo?

– Tinha a sensação de que você faria isso.

Ela riu e voltou a se concentrar em seu trabalho de limpeza.

– Sou tão previsível assim?

Achou que a palavra *supersexy* também a definiria muito bem. Cara, mesmo uma tarefa trivial valia *muito* a pena observar.

– Você é perfeita – murmurou.

– Não sou, não, pode confiar em mim – desligando a água, balançou as botas, secou-as com uma flanela e colocou-as de volta no porta-malas.

Juntos, entraram na sua cozinha de galos e mais luzes foram acesas. A primeira coisa que Veck olhou? A mesa. A excitação foi instantânea. Assim como o replay mental da noite de dois dias atrás, quando fez muito mais que beijá-la ali. Aquela sensação, no entanto, não durou muito.

Pela porta de entrada do escritório, viu que ela tinha reorganizado os móveis: a poltrona tinha sido puxada para um canto, posicionada num ângulo mais aberto e havia uma mesa pequena ao lado dela. Deduzindo, imaginou que, se alguém sentasse ali, poderia observar tanto a porta da frente quanto a dos fundos de costas para uma parede sólida.

– Quer tentar uma pizza outra vez? – ela perguntou perto do telefone.

Virando a cabeça em direção a ela, disse um tanto rude:

– Por que não me disse?

– O quê?

– Que andou sendo observada também.

Jim não esperou os restos mortais de Sissy serem retirados da pedreira e levados em direção à cidade. Em vez disso, separou-se de Veck, deixando Adrian com o cara e seguiu em direção à casa da família com um detetive baixinho de aparência séria que murmurava algumas coisas em espanhol.

Ele havia dito "*Madre de Dios*" várias vezes e feito o sinal da cruz tantas outras que já parecia ter um tique nervoso na mão.

De la Cruz não percebeu que tinha um passageiro em seu carro: Jim deu uma de copiloto no caminho de volta para Caldwell. Sim, claro, poderia sobrevoar pela noite, mas aquilo lhe daria tempo para se recompor.

Além disso, a introdução ao espanhol era instrutiva.

Vinte minutos depois de terem deixado o local, o detetive parou em frente à casa dos Barten, desligou o motor e saiu do carro. Ao ajustar as calças, o rosto era sombrio, mas, também, com as notícias que tinha... não era hora de sair exibindo sorrisos.

Na calçada, Jim ficou lado a lado com o homem, sem qualquer desejo de invadir a casa da mãe de Sissy, nem sequer por um momento, mesmo que ela nunca soubesse que Jim esteve ali.

Na porta, De la Cruz ergueu uma das mãos e colocou-a debaixo da gravata, sobre o peito. Havia uma cruz ali. Tinha que ser, especialmente porque ele começou a murmurar algo, como se estivesse rezando...

De repente, o detetive olhou em volta.

E, mesmo que De la Cruz não pudesse enxergá-lo, Jim encontrou aqueles olhos escuros tristes e cansados.

– Você consegue fazer isso. É um bom homem e pode fazer isso. Não está sozinho – Jim falou.

De la Cruz olhou para a porta outra vez e assentiu com ar seguro, como se tivesse ouvido as palavras. Então, tocou a campainha.

A senhora Barten abriu logo depois, como se estivesse esperando.

– Detetive De la Cruz.

– Posso entrar, senhora?

– Sim. Por favor.

Antes de entrar na casa, o detetive deixou os sapatos enlameados sobre o tapete de boas-vindas, e, quando a mulher observou-o, uma de suas mãos subiu até a garganta.

– Você a encontrou.

– Sim, senhora. Encontramos. Tem mais alguém que gostaria que estivesse com a senhora enquanto falo?

– Meu marido está viajando... mas está a caminho de casa. Liguei para ele logo depois que desliguei o telefone com o senhor.

– Vamos conversar lá dentro, senhora.

Ela estremeceu como se tivesse esquecido que estavam em pé na porta.

– Claro.

Jim entrou com o cara e, em seguida, estava mais uma vez na sala de estar, com a senhora Barten sentada na mesma poltrona florida do outro dia. De la Cruz ficou com o sofá e Jim começou a passear pela sala, sua raiva por Devina tornava impossível o ato de permanecer sentado.

– Diga – disse a senhora Barten de repente.

O detetive inclinou-se para frente e manteve os olhos fixos no rosto pálido e tenso.

– Nós a encontramos na pedreira.

Os olhos da mãe de Sissy fecharam-se com força e permaneceram assim. Então, a respiração saiu lentamente, até não restar ar algum em seus pulmões.

Aquilo foi o fim da esperança, Jim pensou. Talvez ela nem soubesse que ainda tinha alguma, mas lá estava, saindo de seu peito oprimido.

– Ela... foi... Ela sofreu...?

De la Cruz falou lentamente e com cuidado.

– Não temos certeza se ela faz parte dos assassinatos mais recentes.

Os olhos da senhora Barten abriram-se outra vez, seu corpo ficou rígido.

– O quê...? Então quem? Por quê?

– Ainda não tenho as respostas, senhora. Mas tem minha palavra: não vou parar até descobrir tudo e capturar o bastardo.

Jim não aguentava mais. Aproximou-se da mãe de Sissy e colocou sua mão invisível sobre o ombro dela. Deus... a dor que havia ali... podia sentir claramente, como se fosse sua própria dor, e, desejando aliviá-la da carga, puxou a emoção para si e conteve-a até seus joelhos dobrarem-se e começar a sentir tonturas.

De repente, como se estivesse fortalecida, a mulher endireitou os ombros e ergueu o queixo. Em voz baixa e forte, disse:

– Como ela morreu?

– Senhora, precisamos que o médico legista nos diga isso. Ele está com ela agora e vai trabalhar a noite inteira para cuidar dela. Está em boas mãos e, depois que eu sair daqui, vou direto para lá. Não vou deixá-la, senhora. Não até que tenham terminado todos os exames. Tem minha palavra.

– Obrigada – a senhora Barten respirou fundo. – Como vou saber o que está acontecendo?

De la Cruz pegou um cartão e escreveu alguma coisa nele.

– Este é o número do meu celular. Pode me ligar a qualquer hora, dia ou noite. Meu telefone está sempre ligado e sempre comigo. E, assim que o médico terminar, a senhora será a primeira pessoa para quem vou ligar.

A senhora Barten assentiu e, em seguida, mudou seu foco. Os olhos alcançaram um meio-termo infinito entre ela e o detetive.

De qual parte da vida de Sissy ela estaria se lembrando? – Jim se perguntou. O nascimento... os aniversários... os feriados de Natal ou de Páscoa? Seria o Halloween ou o Dia da Independência? Ou nenhum feriado em particular, apenas alguma lembrança que veio de repente de um momento doce entre elas? Ou talvez qualquer expressão de bondade, empatia ou humor por parte de Sissy para com alguma outra pessoa...

Jim queria ver o que ela via, mesmo que não fosse bom ou nada demais. Mas não se infiltraria nela. O que havia acontecido com a filha já era suficiente...

A vibração que sentiu no peito não era o seu coração, era o telefone. Pegando o celular, leu a mensagem de Adrian: "Tentando entrar em contato e nada. Preciso encontrar você agora".

Jim não queria partir, mas estava fora da casa num segundo. Dirigindo-se para o leste, concentrou-se em Adrian...

E ele apareceu em meio a uma luta no gramado dos fundos da casa da parceira de Veck.

Que *porra...*?

Parecia que os subordinados de Devina surgiram fervilhando na noite, seus corpos esfumaçados circulavam ao redor de Adrian como abutres sobre um cadáver. Mas ao menos seu amigo não estava à beira da morte... E, considerando a posição de luta que seu corpo forte tinha assumido, não estava nem perto disso.

Jim posicionou-se para a luta imediatamente e não esperou o sinal do juiz para começar. Entrou com tudo, lançando-se contra o inimigo mais próximo, enfrentando-o com força. Quando o bastardo gritou, o som estridente mudou tudo – numa fração de segundo, as coisas ficaram selvagens.

Segurando o filho da mãe, Jim fechou o punho e destruiu a coisa com um golpe na "cabeça". Em seguida, conseguiu tirar vantagem do segundo de paralisia para olhar ao redor e lançar um escudo visual e auditivo em torno daquele show de horrores. Era um bairro de família, não um campo de guerra. E toda aquela luta mano a mano acontecia a alguns metros de distância de três outras casas. Todas cheias de linhas telefônicas aptas a chamar a polícia. *Não* precisavam nem um pouco que os caras do Departamento de Polícia de Caldwell aparecessem.

Sacando sua adaga de cristal, feriu o demônio que detinha e, então, começou a esfaquear tudo o que aparecia pela frente, cortando e dilacerando, lançando sempre a ponta afiada da arma que Eddie havia lhe dado e ensinado a usar.

Tudo o que sentia resultou em violência, toda dor e fúria foram desencadeadas, a ponto de não perceber que o sangue ácido do inimigo estava espirrando em seu rosto. E não se importava que aquela porcaria estivesse corroendo sua jaqueta de couro e ferindo sua pele. Na verdade, não conseguia sentir a terra embaixo de seus pés ao se lançar de demônio a demônio. Estava totalmente entregue e invisível ao mesmo tempo.

Em sua fúria, não conseguiam tocá-lo: eram garotos fazendo serviço de homem e estavam sendo devastados. Depois que Jim esfaqueou outra caixa torácica preta e o jato ácido atingiu seu maxilar e sua garganta, ele desvencilhou-se do corpo e já estava pronto para o próximo...

O golpe em suas costas foi um verdadeiro bote, o tipo de coisa que faz ver estrelas e ouvir pássaros cantar. Mas como soldado bem treinado que era, Jim aproveitou o ímpeto, deixou-se cair ao chão e apoiou-se sobre os ombros no último minuto para evitar mais prejuízos. Quando terminou de rolar e olhou para cima, o demônio que fora atrás dele estava pronto para a segunda rodada.

*Certo, muito bem,* Jim pensou.

O bastardo tinha pegado uma pá e, obviamente, usou a coisa como raquete de tênis, balançando a ponta de metal e golpeando com ela. E era difícil dizer, mas parecia que saía um riso da sombra tridimensional.

Com certeza, o imbecil filho da puta pensou que estava no comando, e Jim ficou mais que satisfeito em ensinar ao lacaio de Devina uma lição sobre responsabilidades. Mantendo-se abaixado e fingindo estar ferido, esperou a coisa se aproximar – e foi o que aconteceu, como se manipulasse aqueles braços e pernas oleosas com cordas: movendo-se como um robô com articulações rígidas, o demônio aproximou-se equilibrando a ferramenta pesada entre as mãos. Mais perto. Mais perto.

Quando já estava ao alcance, Jim levantou o tronco, pegou o cabo com as duas mãos e puxou com força. O demônio foi lançado para frente e perdeu o equilíbrio, a gravidade tomou conta daquele corpo e o empurrou para cima de Jim... Pelo menos a coisa não estava sangrando.

As botas de Jim atingiram o osso pélvico do inimigo para frear a descida e, em seguida, ele afastou-se e chutou o peso para longe – aproveitando para pegar a pá, claro.

Quando o demônio iniciou o pequeno passeio pelo ar rarefeito, Jim levantou-se, firmou o corpo e foi o primeiro a chegar à nova localização do idiota jogado ao chão. Balançando a pá, deu um fim à questão ao atingir o peito obscuro do bastardo.

Foi bom ouvir o grito. Mas ainda mais divertido foi dar um passo para trás e ver a coisa contorcer-se em câmera lenta. Aparentemente, Jim colocou tanta força no ataque que a ferramenta penetrou no chão, quase um metro, considerando a parte do cabo que ficou exposta. O demônio ficou preso, como um inseto capturado, erguendo os olhos e rosnando.

– É? Então, venha me pegar – Jim deu-lhe um segundo para se levantar. – Não? Prefere bancar o tapete de boas-vindas? Combina com você, seu filho da mãe.

Jim chutou a cabeça com força, como se o crânio fosse uma bola de futebol, e deixou o filho da puta onde estava. Do outro lado do gramado, Adrian estava prestes a ser surpreendido por um demônio que tinha encontrado uma enxada e aproximava-se dele correndo.

– O que é isso? Noite da liquidação de ferramentas? – Jim murmurou ao empunhar sua adaga outra vez. – Atrás de você!

Adrian jogou-se na grama assim que o jardineiro do inferno se lançou. Bem a tempo: o demônio atingiu um dos próprios colegas. O problema? Todo aquele sangue espirraria em Ad.

Jim estava prestes a se jogar sobre ele quando Adrian deu um jeito no problema: deixou os dois enfrentarem-se e saiu do caminho.

Havia apenas dois lacaios em pé à esquerda, e os guerreiros dividiram a tarefa. Jim pegou o que estava todo alegrinho com uma enxada nas mãos e Adrian levantou e começou a andar em círculos ao redor do outro, a adaga de cristal em punho.

Recusando-se a esperar por um golpe, Jim avançou e agarrou a enxada. Ergueu o objeto e lançou-o com força na testa do demônio. Resultado óbvio: Jim continuou a aniquilar a coisa esfaqueando-o com a adaga.

Quando virou-se, observou Ad terminando de lidar com o outro filho da mãe ao abrir um buraco em seus intestinos e, em seguida, cravar a lâmina em sua cabeça. Depois disso, não havia mais nada além de respirações ofegantes, couro fumegante e ferramentas de jardim jogadas ao chão.

Jim olhou ao redor, imaginando onde diabos estava... ah, sim, Reilly tinha um vizinho que possuía aquelas coisas para manutenção do quintal e o compartimento onde guardava tudo foi arrombado. Pena que o cortador de grama continuava no mesmo lugar... teria sido divertido. Poderia dar um novo significado para o conceito de cabelo raspado.

– Você está bem? – perguntou a Ad.

O parceiro, deitado na grama, respondeu.

– Sim.

Os dois tinham arranhões que sangravam, mas, ao menos, Jim estava sentindo-se melhor. A luta tinha lubrificado suas engrenagens e sentia-se mais ele mesmo. Mais calmo. Com maior capacidade de concentração.

*Bem a tempo* – pensou ao aproximar-se e ajoelhar-se ao lado do bastardo pregado ao chão.

– Você já tentou tirar informações de um deles? – disse enquanto examinava a coisa. Movia-se lentamente, era evidente que ainda estava vivo. Seja lá o que "vivo" significasse.

– Sim. Eles não têm nada a dizer. Não conseguem falar.

– Deve ser por isso que ela gosta deles.

Ad aproximou-se e enxugou o rosto com a ponta da camiseta. A mancha vermelha deixada no tecido poderia servir para aqueles testes psicológicos. Para Jim? Parecia a abertura de uma caverna. Uma caverna escura e profunda que escondia o corpo de uma inocente contra uma de suas paredes.

Sim, essa interpretação não era surpreendente.

Ao ouvir o som de um gemido, Jim pensou: *Maldito demônio*. Ela era esperta. Se seus subordinados eram incapazes de falar sobre ela por serem mudos, idiotas ou resistentes à dor, era uma boa estratégia para...

– Foi divertido assistir a isto.

Ao som da voz de Devina, Jim e Ad entreolharam-se. Concordaram em silêncio que a aparição dela não era nada inesperada. E, quando levantaram-se e viraram-se para ela, Jim colocou-se na frente do outro anjo. Não perderia outro para aquela vadia. Não naquela noite.

– Se escondendo de mim, Jim?

Os olhos do demônio ergueram-se e fixaram-se nele: eram tão intensos, pareciam enlouquecidos.

Mas que bobagem, ele pensou. Não tinha percebido que ela não conseguia encontrá-lo.

– O radar não está funcionando, Devina? – então foi por isso que Ad tinha sido atacado. Queria atrair Jim.

O demônio andou delicadamente sobre a grama. Usava um sapato com salto tão alto que Jim perguntou-se como ela conseguia respirar com o ar rarefeito ali de cima. Já a saia era do tamanho de um guardanapo e de uma cor tão chamativa quanto os cassinos de Las Vegas.

Soava ridículo, parecia sexy... Desde que não soubesse de fato o que era aquele ser. E Jim nunca iria se esquecer disso.

Estendendo uma das mãos para trás, colocou-a sobre o antebraço de Ad. O outro anjo estava rígido como um bloco de concreto, totalmente imóvel. E continuaria assim: não estava pensando direito ainda para enfrentar o inimigo. Nem Jim, para ser sincero. Mas ela não saberia disso.

– Alguma coisa em mente, Devina?

Ela parou ao aproximar-se de seu soldado morto-vivo que tinha sido reduzido a pedacinhos. Olhando para a coisa, ergueu uma das mãos e, com a urgência de alguém escolhendo um jornal, convocou o ser com a palma da mão, tirando-o do solo na forma de um fluxo e absorvendo a sujeira para dentro de si. Quando terminou, a pá continuava no mesmo lugar, enterrada no chão com o cabo para cima.

– Como está Eddie? – ela sorriu. – Cheirando a rosas?

Jim quis soltar um palavrão. É claro que ela abordaria esse assunto. Era a única coisa certa que faria Adrian enlouquecer. Maldição... E ele já estava pensando que a noite não poderia ficar pior...

# Capítulo 31

Quando Reilly encontrou os olhos de seu parceiro, pensou que os dois perderiam outra pizza: parado do outro lado da cozinha, Veck parecia muito chateado e, apesar do comportamento de homem das cavernas incomodá-la, ela sabia que aquilo tinha fundamento.

– Por que não me contou? – Veck perguntou de novo. – Ou, droga, se não para mim, para outra pessoa?

– Quem disse que eu estava sendo vigiada?

– Por que outra razão colocaria os móveis daquele jeito?

Viu? É por isso que não é tão interessante namorar um detetive... Cruzando os braços, Reilly recostou-se no balcão.

– Na verdade, eu não vi nada – encolheu os ombros. – Se tivesse alguma coisa para contar, eu diria. Mas apenas fiquei sentada naquela cadeira a noite toda, imaginando se eu não estava paranoica. Não aconteceu nada.

– Devia ter me ligado – com isso, ela ergueu uma das sobrancelhas e Veck amaldiçoou como se lembrasse de como as coisas tinham ficado entre eles. – Tudo bem, tudo bem... Mas, caramba, não quero você sozinha horas e horas esperando que alguém invada sua casa.

– Fiquei bem. Estou bem. E *garanto* que, se alguém tivesse entrado em casa, eu teria resolvido a situação.

Murmurando algo meio irritado, Veck aproximou-se e sentou-se à mesa da cozinha. Apoiou os braços sobre os cotovelos e coçou a cabeça.

– Isso está fora de controle.

Qual parte? A ideia de serem perseguidos? A situação com Kroner? O corpo que tinham encontrado? O sexo? A coisa toda envolvendo a palavra "amor"? Tantas opções.

Ao sentar-se na cadeira de frente para ele, pensou em seus pais, sentados juntos à mesa naquela bela casa. Podia apostar que nunca tiveram que olhar um para o outro naquelas circunstâncias...

Quando ouviram um grito vindo dos fundos da casa, ela e Veck estavam em pé antes que o som estridente terminasse. Armas surgiram ao se posicionarem um de cada lado da porta de correr que se abria para o quintal dos fundos. Reilly alcançou o interruptor e apagou as luzes, mergulhando a cozinha na escuridão, em seguida, acionou as luzes de segurança.

Seus olhos observaram o quintal bem iluminado. Não havia muita coisa ali. Era mais como um campo de futebol, e a única visão que tinha era dos pontos que ligavam as outras casas da vizinhança. Nada lá fora. Não que conseguisse enxergar. Mas seus instintos diziam outra coisa. E lembrou-se de todas aquelas pegadas que "Jim Heron" não tinha deixado para trás.

– Acho que estou ficando louca – ela murmurou.

– Engraçado, estou preocupado de que não estejamos.

Quando nada mais aconteceu, esperaram. E esperaram. E esperaram mais um pouco. Finalmente, os dois afastaram-se da porta e recolocaram suas armas no coldre.

– Precisamos de comida. E de um banho – Reilly murmurou. – E de uma avaliação psicológica.

Quando não houve resposta, olhou para seu parceiro. Veck andava pelo cômodo, como se estivesse prestes a levitar. Era evidente que não responderia coisa alguma. Então, entrou na frente dele, obrigando-o a parar ou passar por cima dela. Ele parou.

– Comida. Banho – ela ordenou. – Nessa ordem. Podemos pular a questão do psicólogo por enquanto.

Ele sorriu e acariciou sua face.

– É o seu jeito de me convidar para um encontro?

– Acho que sim, detetive.

– Então, que tal começarmos com um banho? – disse com uma voz grave que a fez pensar sobre o valor da limpeza.

A limpeza meticulosa, devagar, cheia de espuma.

Reilly teve que limpar a garganta antes de falar.

– Por que tenho a impressão de que vamos ficar lá em cima por um tempo?

– Não diga isso – ele aproximou-se mais e colocou as mãos sobre os quadris dela. – Acha que estamos tão sujos assim?

– Que tal imundos? – disse, concentrando-se nos lábios de Veck. – Já passamos do sujo e entramos no território do imundo.

Veck ronronou baixinho enquanto uma de suas mãos percorria as costas de Reilly. A outra desceu mais um pouco e agarrou-a, puxando-a contra ele, de tal forma que o pênis rígido pressionou os quadris dela com força. Ao fazer movimentos sinuosos com a cintura, acariciou com o órgão que já deixava-a sem ar.

Em resposta, Reilly elevou-se na ponta dos pés, arqueou-se sobre ele e colocou os braços em volta do pescoço do homem.

– Veck...

– Sim – ele rosnou.

Inclinando a cabeça para o lado, ela colocou a boca a menos de um centímetro da dele. Com uma voz ofegante e muito sexy, murmurou:

– O que você quer na sua pizza...?

Então, ela colocou o lábio inferior entre os dentes e mordeu de leve. Veck gemeu e sentiu o corpo ficar muito rígido.

– Adivinhe.

– Serei a sobremesa...

Não se provocava um homem como Veck. Ele apoiou-a contra a parede, ergueu as mãos dela e segurou-as contra a parede de galos. Pressionando o seu corpo contra o dela para que o sentisse nas coxas e nos seios, assumiu um ritmo alternando movimentos até ela começar a ficar ofegante.

– É melhor fazer o pedido logo – disse, lambendo a garganta dela. – Ou não vou deixar ir até lá e pegar o telefone.

Veck estendeu o braço, aproximando-a do telefone. Mas não parou com o movimento erótico, nem com a língua. Em vez disso, empurrou uma das pernas entre as dela para aumentar o atrito... Ou fazer coisa melhor, dependendo do ponto de vista.

Deus, ela não tinha certeza se conseguiria usar o telefone. Ou lembrar-se do número da pizzaria para a qual ligava pelo menos uma vez por semana. De alguma maneira, pegou o fone e, com um insight, apertou o rediscar – pois acionara o último número há duas noites. Estava chamando. Veck beijava o caminho até seus ombros, o que dificultava um pouco a fala.

Conseguiu pronunciar o nome dela, o endereço e pedir uma pizza de calabresa e salame, grande. Em seguida, começou a negar as ofertas.

– Não... Não, só uma... Não... Não quero nada doce...

Começou a enterrar os dedos no cabelo espesso sobre a nuca de Veck e a arquear-se contra ele.

– Não... Deus, *não*... – certo, soou um pouco pornográfico, especialmente quando recusou um litro de Coca-Cola pela metade do preço. Desesperada, resmungou:

– Só a pizza!

Na verdade queria gritar: "Pelo amor de Deus, mandem logo uma pizza!"

– O-o-obrigada.

O telefone foi colocado no gancho de forma um tanto precária e, em seguida, ficaram velozes e furiosos.

– Quanto tempo? – Veck rosnou contra a garganta dela.

– Vinte... minutos... – agarrou-se ao corpo dele, segurando-o pelos quadris. – Banheiro.

Veck pegou-a pelas coxas e levantou-a do chão. Segurando os ombros dele e envolvendo as pernas ao redor de seu corpo, Reilly firmou-se enquanto ele avançava para o banheiro do corredor.

Com os dois ali dentro, o pequeno cômodo encolheu ao ponto de parecer uma caixa de fósforos. Ao menos a pia tinha um balcão para colocar a mulher em cima. Reilly chutou a porta para fechá-la e começou a abrir a calça ao mesmo tempo em que ele atacou os botões da camisa. Muitas mãos para pouco espaço.

– Deixa – ela disse. Com isso, afastou-o e resolveu o problema em questão de segundos, arrancando a blusa por cima da cabeça e abrindo os zíperes a toda velocidade.

Veck pegou a carteira. E franziu a testa em seguida.

– É a última.

Ela parou no meio do processo de tirar o sutiã.

– Não tenho nada em casa.

E aquela seria apenas uma rapidinha antes da atração principal: Reilly completamente nua sobre a cama e os corpos envolvidos um em cima do outro.

Maldição... Nunca viu qualquer virtude em ser promíscua, mas, se quisesse fazer valer a pena todas as coisas que comprara na Victoria's Secret, deveria ter algumas camisinhas na casa. Já ele? Foi até cavalheiro em não ter reabastecido o estoque, talvez por esperar que acontecesse algo entre eles ou por ter a intenção de ficar com outra pessoa. *Pelo amor de Deus*, pensou.

– Merda – disse Reilly.

Veck estava ofegante, o peito movimentava-se com força, seu corpo estava mais que pronto para o que tinham começado: seu pau entendeu que seria libertado e já estava saindo dentre as calças, lutando contra a cueca.

Com um palavrão, colocou a carteira de volta no bolso. E também guardou o pênis, contendo tudo e voltando a fechar as roupas com esforço, pois a dimensão do órgão estava enorme.

– Oh, não – ela disse. – Eu...

Ele voltou para os lábios de Reilly, interrompendo-a ao possuir sua boca com a língua. Com uma pressão sutil, inclinou-a para frente contra a parede, até ficar presa a um canto, o corpo quase estendido. Foi quando começou a tocá-la... Empurrou o sutiã para baixo e debruçou-se sobre os mamilos, brincando com eles até ela arquejar.

– Veck...

– Shhh. Deixe-me fazer assim com você.

Inclinou-se ainda mais para chegar aos seios, sugando-os enquanto as mãos iam a outros lugares: passeavam pelas coxas, acariciavam.

Fez um movimento preguiçoso para frente, erguendo-a, mas ainda não havia chegado ao ponto mais doce e excitado do corpo de Reilly. Enquanto isso, a boca fazia um milagre nos mamilos, provocando-os com movimentos rápidos e sugando-os outra vez logo em seguida e, Deus, a visão daqueles cabelos negros sobre sua pele nua era demais.

Passando as mãos pelo cabelo espesso, abriu ainda mais as pernas contra os quadris dele.

– Veck... por favor...

– Diga o que você quer – pronunciou contra os seios.

– Me toque.

Inclinou a cabeça para o lado e olhou para ela.

– Pensei em fazer isso mesmo.

Então, a língua rosa estendeu-se e fez um círculo quente e úmido sobre um dos mamilos. Gemendo, ela tentou arquear o corpo, mas não havia espaço.

– Aonde quer que eu vá, Reilly? – perguntou. Quando pegou a mão dele, pronta para guiá-lo num passeio, ele afastou os braços da mulher. – Não. Você tem que dizer.

– Veck...

– Bonito nome – colocou os lábios próximos aos ouvidos de Reilly. – Melhor ainda quando você o pronuncia parecendo que está prestes a gozar. Mas acho que não quer que façamos isso separados.

– Não seria difícil – ela gemeu ao imaginar aquela mão enorme segurando o pênis.

– Desculpe, meu objetivo é você. Onde, Reilly?

Dane-se. Os dois poderiam fazer aquele jogo de provocação. Ela deu um impulso sutil, e ele, gentilmente, recuou um pouco, sem dúvida pronto para ouvir todos os tipos de coisas divertidas. Em vez disso, ela baixou os olhos e começou a observá-lo... E colocou a própria mão entre as pernas dela.

– Estou pensando em você – ela disse, acariciando a si mesma. Em seguida, mordeu os lábios e movimentou os quadris ao mesmo tempo, não por querer fazer algum show, mas por ser assim que o sentia. – Me tocando... estou *sentido* você... me tocando...

Houve a impressão de que os joelhos dele curvaram-se. Ou isso, ou ela abalou o centro de gravidade de Veck... De qualquer maneira, ele afundou-se na parede e teve que estender uma das mãos para se segurar.

Tocando seu sexo, ficou assistindo Veck observá-la... E foi bom perceber que aquele ato solo não duraria muito. Os olhos possessos de Veck estavam fixos no que Reilly fazia, e o corpo dela tremia como se ele fosse assumir o controle a qualquer segundo.

– Quer ajudar? – ela balbuciou.

Veck estava sobre ela num piscar de olhos, auxiliando os movimentos até que ela saiu totalmente do caminho, pois era mais excitante para ele acariciá-la.

Com dedos ágeis, as calças de Reilly abriram-se e, em seguida, ele puxou-as pelas coxas, seus esforços receberam ajuda quando ela apoiou um dos pés contra o assento do vaso sanitário e ergueu-se. Com as calças abaixadas ao redor dos joelhos, teve acesso à calcinha e...

– Oh, Deus! – ela gritou ao ser tocada.

Havia algo muito delicioso na combinação entre seu órgão escorregadio e as carícias de Veck. E isso antes mesmo de ultrapassar a barreira de tecido e entrar em contato com a pele sobre seu núcleo.

Firmando-se em seus ombros, ela puxou-o contra sua boca enquanto ele concentrava-se no sexo, excitando-a cada vez mais, e mais e...

Reilly gozou, a força do orgasmo fez com que suas pernas pressionassem aquela mão talentosa, o corpo começou a se mover em impulsos ritmados. No entanto, ele não parou o que estava fazendo: apenas ajudou a continuar com as sensações até Reilly simplesmente ofegar de felicidade.

Quando Veck afastou-se um pouco e olhou para ela, sentiu que poderia não ter gozado, mas com certeza estava muito satisfeito.

– Gostou do aperitivo? – ele murmurou, a expressão de pálpebras baixas sugeria que sabia o quanto era bom.

Quando Reilly conseguiu se recuperar o suficiente para se mover, estendeu uma das mãos e tocou o pau duro dele através da braguilha fechada.

– Vai ser um prazer retribuir.

# Capítulo 32

Parado na frente de Devina, no quintal da casa da oficial de Assuntos Internos, Adrian, pela primeira vez em sua vida imortal e pouco natural, não reagia a uma provocação.

*Como está Eddie? Cheirando a rosas?*

Quando ele olhou por cima do ombro de Jim para aquela porção do mal em forma de uma mulher glamorosa de tão falsa beleza, as palavras do demônio começaram a girar ao redor de seu crânio como se ela tivesse colocado um de seus subordinados dentro da cabeça dele para que o filho da puta batesse em seu cérebro com uma marreta.

O velho Adrian teria pulado por cima de Jim, ou de qualquer outra coisa em seu caminho, e envolveria o pescoço dela com as mãos até não apenas sufocar a vadia, mas até conseguir arrancar a cabeça do tronco.

No entanto, era exatamente isso o que ela esperava. O que ela apostava que aconteceria. A razão pela qual tinha feito o comentário. E Adrian manteve o controle ao se dar conta de que sua instabilidade foi o que motivou o assassinato do seu melhor amigo. Jim estava certo: o nome do jogo era desestabilização, e o demônio fez o que fez pois tinha certeza de que isso iria ajudá-la na guerra.

Então, sim, por mais que isso matasse-o por dentro, por mais que o fizesse ranger os dentes e fechar os punhos, simplesmente ficou onde estava. Contudo, ele não poderia responder. Não confiava em si mesmo para isso.

– Eddie está são e salvo – disse Jim. – E estamos cuidando dele.

– Empregos novos como agentes funerários? Que pitoresco – Devina abriu um largo sorriso, como se estivesse profunda e verdadeiramente feliz. – Mas não sente falta dele, Adrian? Não se preocupe em responder, posso senti-lo daqui. Sabe? Se precisar de um ombro para chorar, estou sempre disponível.

Quando Ad estava prestes a dizer que Devina deveria enfiar a simpatia artificial no fundo do seu rabo, Jim intensificou o aperto sobre o braço dele... ao ponto de o cara sentir a circulação ser interrompida. O salvador estava certo: se reagisse como Devina esperava, Eddie teria morrido por nada. Depois da perda em si, isso seria a pior coisa que poderia acontecer. Então, ele colocou a outra mão sobre Jim, de modo que os dois permanecessem no lugar.

Devina pareceu perplexa por um momento. Mas não muito:

– Paralisado pela dor, Adrian?

Uma eternidade se passou.

E, em dado momento, em meio àqueles segundos infinitos entre os insultos e a falta de reação, Adrian começou a congelar: suas emoções pararam de funcionar, como se queimassem – e, como uma estrela entrando em colapso, sentiu uma transformação que afastou-o do alcance de Devina.

Seria melhor tê-lo deixado sozinho em sua raiva. Mas agora que ela o havia impulsionado àquela clareza ártica, ele conseguiria, pela primeira vez, responder apenas usando a razão, e não o coração.

Soltou-se de Jim e afastou-se do salvador. Quando se separaram, Jim olhou ao redor como se estivesse prestes a interceder, mas Adrian ficou parado ao lado do cara e encarou o inimigo.

– Quer alguma coisa, Devina? – Adrian disse numa voz obscura. – Ou está apenas socializando um pouco?

Outra rodada de silêncio. Porém, desta vez, Devina começou a brincar com seus longos cabelos, com a saia curta, com as pulseiras de ouro. E para Ad não havia satisfação alguma em interromper a diversão do demônio. Apenas um silêncio mortal no peito, um poder ressonante que Adrian nunca havia sentido antes, mesmo com todos os instintos guerreiros ferozes que tinha. Era como se tivesse renascido. E poderia ser mandado para o inferno se voltasse a ser como era. Literalmente.

Quando Jim olhou para o outro anjo, pensou:

*Certo, quem é você e o que fez com Adrian Vogel?*

O homem ao lado dele não chegava nem perto de quem conheceu e com quem trabalhou nas últimas duas rodadas na guerra. Era um robô parecido com Ad: absolutamente idêntico, mas desligado do original. Não havia emoção em seu rosto, em seu corpo, nas suas vibrações. Nada.

Algo dizia a Jim que a mudança era permanente, como se a placa mãe do cara tivesse explodido e sido substituída por outra. A paixão havia partido. O calor havia partido. No lugar? Uma frieza calculada – o que tornava-o intocável.

Era uma faca de dois gumes, não? Mas, de qualquer maneira, haveria tempo para se preocupar com as consequências mais tarde. Jim virou-se para Devina outra vez.

– Então, o que vai ser? Social? Ou negócios?

Devina deslizou uma das mãos pelo cabelo, as ondas movimentaram-se com leveza e brilho, como se estivesse num comercial de xampu.

– Estou muito ocupada.

– Então, por que está aqui conversando? – Jim pegou o maço de cigarros e tirou um. – Se é uma garotinha tão ocupada?

– Oh, não faz ideia de como estou trabalhando – seu sorriso sórdido parecia ter saído de um filme de terror, forçado, sem qualquer movimento natural. – Estou tentando fazer algumas mudanças no jogo. E não vejo a hora de esta rodada terminar.

– Porque você gosta do sabor da derrota? – tirou o isqueiro e acendeu o cigarro. – Que paladar estranho você tem, querida.

– Gosto do seu sabor – correu uma das mãos pelo corpo. – E vou me satisfazer em breve.

– Duvido.

– Se esqueceu do nosso acordo?

– Oh, não, eu me lembro.

– Eu não menti.

– Deve estar tão orgulhosa.

Quando Jim não disse mais nada, ela brincou com o cabelo mais um pouco... e isso foi tudo. Ficou ali parada na frente dele, cheia de gracinhas, sem ir a lugar algum. Caramba, talvez pensasse que estava sendo admirada. Talvez fosse uma loira burra, mesmo não tendo cabelo de verdade. Talvez estivesse...

Puta merda, ela estava vivendo um momento "namoradinha", não? Emburrada por não encontrá-lo antes. Pois era esse o "motivo".

Foda. Aquilo tudo era foda demais.

Era mesmo um namoro infernal.

E, mesmo sem saber por que não conseguiu encontrá-lo, Devina concluiu que, às vezes, a sorte simplesmente estava do seu lado.

De repente, o olhar dela voltou-se para a casa. Na janela dos fundos, na cozinha, Veck e Reilly apareceram. Pareciam desarrumados e estava claro que tinham acabado de dar uns amassos: estavam com aquele brilho de satisfação e felicidade, ao ponto de Jim achar que, se as luzes fossem apagadas, continuariam brilhando no escuro.

– Eu *odeio* eles – Devina disse, cruzando os braços sobre os seios.

*Aposto que sim* – Jim pensou. Pois havia duas pessoas apaixonadas ali.

E a inveja matava-a: seu rosto ficou tenso, os olhos iluminaram-se de ódio. Desejava ter aquilo com Jim.

Ha, ha.

– Então, precisa de alguma coisa? – ele perguntou com uma voz baixa e profunda.

Devina virou a cabeça com rapidez.

– Você precisa?

Para mantê-la ali, a resposta, claro, não poderia ser agradável. E, nossa, não era tão difícil fazer isso.

– Não de você – Jim assumiu uma expressão de tédio ao dar uma tragada no cigarro e exalar. – Nunca preciso de nada que venha de você.

A fúria no rosto de Devina animou-o. Em seguida, ela rosnou:

– Tudo por causa daquela maldita Sissy.

Resposta errada, pensou. Resposta muuuito errada.

– Que Sissy?

– Não brinque comigo.

– Não estou brincando. Ao menos, não agora – deixou as pálpebras ficarem semicerradas. – Quando eu brincar com você, você saberá.

As palavras enojaram-no, mas Devina saiu do controle: corou de repente, como se estivesse se lembrando dos momentos que passaram juntos e, então, exibiu um sorriso grande e lento.

– Promete? – disse com voz rouca.

– Prometo.

Com isso, ela girou de alegria. Ótimo. Como se o estômago de Jim já não estivesse enjoado.

– Mas talvez eu seja um mentiroso – disse lentamente. – Acho que precisará esperar para ver.

– Acho que sim – os olhos examinaram o corpo de Jim de cima a baixo. – Mal posso esperar.

Francamente, aquela conversa toda fez Jim contrair-se, mas ele bloqueou a sensação. Não tinha certeza de que possuía total controle sobre o demônio. Mesmo ela estando apaixonada, essa era uma carta na manga que poderia deixar de funcionar, e Jim não sabia se a arma de sedução funcionaria para sempre. No entanto, cultivaria a qualquer custo aquela conexão pelo tempo que fosse possível.

– Bem, acho que é hora de parar por aqui, Jim – Devina deu outra pirueta. – Tenho que voltar ao trabalho, mas vejo você em breve.

– Se Veck está aqui nesta casa, por que precisa ir a outro lugar?

– Como eu disse, sou uma garota ocupada, você vai entender isso – soprou-lhe um beijo. – Até mais. E, Adrian, ligue se precisar de um ombro para chorar.

Com isso, saiu pela noite, uma névoa surgiu e desapareceu no ar. Então, se Devina não estava ali com Veck, Jim tinha que concluir que a luta era em outro lugar.

– Droga – murmurou, pronto para golpear alguma coisa.

– Não – Adrian disse. – Vamos ficar aqui. Vamos ficar com Veck.

Jim olhou para ele. O velho Adrian? Teria saído como um raio atrás dela. O novo Adrian? O calculista filho de uma puta estava superconcentrado, seus olhos frios e imparciais fixaram-se em Jim.

– Ela não vai nos enganar – Ad anunciou. – Vamos manter o foco e ficar aqui. Fumaça e espelhos não vão me influenciar.

*Isso, é assim que se fala* – Jim pensou, com respeito.

Naquele momento, o som de um carro estacionando em frente à casa ressoou. Aparecendo na rua com Adrian, Jim desembainhou sua adaga... Mas, em seguida, viu o pequeno sinal luminoso da pizzaria sobre o carro.

Oh, caaaaara. Pizza... e sexo. Talvez Devina tivesse razão. Difícil não invejar aquilo.

O entregador tirou o que precisava do carro e caminhou pela calçada. Veck atendeu, pagou em dinheiro e desapareceu. O carro partiu.

Nos momentos que se seguiram, Jim sentiu vontade de ir atrás de Devina... Podia sentir a presença dela em qualquer lugar da cidade... Mas não seria exatamente isso o que ela desejava? Não se podia confiar nela jamais. O novo Adrian estava certo: ficariam ali, firmes.

– Obrigado, cara – Jim disse sem tirar os olhos da porta sendo fechada e trancada na parte dianteira da casa.

– Sem problemas – foi a resposta concisa.

# Capítulo 33

Veck não sentiu o gosto da pizza. Para ele, a coisa poderia estar coberta de tiras de pneus e pedaços de gesso. Não conseguia parar de pensar em Reilly em cima do balcão da pia, pernas abertas, mãos acariciando a si mesma.

Sentado ao lado dela na cozinha, tinha plena certeza de que a mulher pensava mais ou menos a mesma coisa, pois comia com bastante objetividade. Porém, sem desalinho ou falta de boas maneiras... apenas de maneira limpa e rápida. Ele fazia o mesmo. Mas menos limpo.

Quando terminaram de devorar tudo, ele estendeu-se sobre a cadeira e olhou para o teto.

– Então, onde é sua banheira? – ele perguntou, tentando ser casual.

Aquilo a fez sorrir. E ele sentiu um desejo enorme de beijá-la por inteiro.

– Vou mostrar. Vai terminar este pedaço?

– Não – droga, se não fosse pelo estômago vazio resmungando, não teria se preocupado em apressar a transa para dispensar o cara da pizza. Mas Reilly precisava se alimentar.

– E você?

– Estou satisfeita.

*Estou pronto para satisfazê-la de outra maneira* – pensou.

Levantou-se e estendeu a mão para ela.

– Mostre o caminho.

Foi exatamente o que fez: subiu as escadas com ele e entraram num quarto que não tinha nada a ver com o local onde ele dormia. Os aposentos de Reilly tinham belas cortinas nas três janelas, uma cama cheia de travesseiros e um edredom grosso o suficiente para servir de cama elástica. Lugar perfeito para fazer amor.

– O banheiro é por ali – ela murmurou, apontando o caminho.

Veck aproximou-se, entrou na escuridão e tateou a parede para encontrar o interruptor. Quando bateu na coisa, quase caiu de joelhos com uma oração de agradecimento.

Uma banheira *vintage* enorme. Profunda como um lago. Tão grande quanto a cama.

E, como você pode imaginar, a torneira tinha pressão suficiente para abastecer uma mangueira de incêndio.

Quando a água quente começou a sair e encher a banheira, ele virou-se para chamar...

– Caralho... – ele sussurrou.

Reilly havia tirado as roupas e estava nua na porta.

Era o caminho mais curto para enlouquecer um homem: tudo o que viu foi uma pele linda, seios perfeitos e a linha sinuosa dos quadris que estava morrendo de vontade de agarrar.

Enquanto Veck tentava reagir sem palavrões, ou pior, sem começar a babar, ela puxou o laço do cabelo e balançou os fios avermelhados... com isso, os seios balançaram ligeiramente.

– Venha aqui – disse ele com voz rouca.

Ela aproximou-se com a cabeça erguida e o olhar baixo... Observava o pênis ereto cheio de desejo.

Perto dele, Reilly inclinou-se para beliscar sua orelha.

– A água já está bem quente?

– Entre – ele agarrou os quadris dela e apertou – e vai começar a ferver.

Curvou-se e uniu seus lábios aos dela, beijando-a. As roupas levaram... hum, um minuto e meio para serem removidas.

Então, como o cavalheiro que não era, mas que estava determinado a ser, ergueu Reilly e carregou-a para dentro da banheira com cuidado, posicionando-se de maneira que pudessem observar um ao outro. O vapor entre seus corpos tinha o aroma do perfume que sempre associou a ela, o que sugeria que a mulher fazia aquilo com frequência, talvez incluindo algum kit com cremes e sais de banho.

Mais beijos e mãos percorrendo todos os lugares do corpo junto com a água quente. Mas, quando ela tocou seu pênis ereto, Veck fez um movimento brusco e espirrou alguns litros de água no chão.

– Ai, merda... desculpe...

Reilly aproximou-se dele, empurrando-o contra a parede curva da banheira.

– Não estou preocupada com a água.

Quando fechou uma das mãos ao redor do pênis dele e começou a acariciar, Veck murmurou entre os dentes:

– Não vou aguentar muito tempo se continuar assim.

– Não quero que aguente.

Ótimo, muito bom. Pois a visão dos seios lisos e flexíveis e o olhar erótico dela eram suficientes para fazê-lo gozar. Somando a carícia? Já estava ultrapassando e muuuito seus limites.

Veck começou a movimentar os quadris de modo que acompanhassem o ritmo de Reilly e deixou a cabeça cair para trás contra a borda sinuosa da banheira. O que lhe proporcionou um ótimo ponto de vista. O nível de água da banheira já havia sido recuperado, e os mamilos rosados e enrijecidos surgiam, desapareciam e voltavam outra vez...

Deixando-a brilhante. Muito brilhante. Como se ele a tivesse lambido por completo.

Foi a gota d'água. Seu maxilar ficou tenso e ele soltou um gemido alto quando seu pau explodiu contra aquela mão, o corpo arqueou-se com rigidez. Em resposta, ela exibiu um belo sorriso, digno de ser guardado na memória para sempre.

Contudo, por alguma razão... mesmo sendo algo muito desanimador... só conseguia pensar nela sentada naquela cadeira, armada, esperando alguém atacá-la. Estavam seguros ali, juntos, mas não duraria para sempre. Mais cedo ou mais tarde, teria que ir para casa, e ela ficaria ali sozinha. Deus, os dois sendo espionados? Era hora de assumir o controle da situação e manter aquela mulher com seu sorriso de tirar o fôlego em segurança. Da próxima vez que aquele Heron aparecesse, prenderia o bastardo. Mesmo se isso matasse os dois.

– Você está bem? – ela perguntou, sentindo com clareza a mudança nele.

– Ah, sim. Muito bem.

Reilly afastou a cabeça dele da borda da banheira, esticou a perna e girou a torneira com o pé. Em seguida, Veck puxou-a para perto dele, não tinha a menor intenção de desperdiçar o momento.

– Gostei muito disso – disse Veck contra a boca dela. – Mas tenho a impressão de que para você será melhor ainda.

Ficaram tempo o suficiente na água para aproveitarem o momento de tranquilidade, os beijos e as carícias. Não que ele precisasse de tempo para se recuperar. Estava pronto para outra logo depois do orgasmo que ela lhe proporcionara. Seu desejo por ela chegava a esse ponto.

– Vai me levar para sua cama? – Veck disse.

Quando ela assentiu com a cabeça, Veck estendeu-lhe uma das mãos com firmeza para ajudá-la a se levantar e, com cuidado, guiou-a ao sair da banheira alta.

– Cuidado – alertou. – Está molhado.

– Sim – Reilly olhou para baixo. – Vou pegar um pano para secar.

– Eu pago se por acaso tiver estragado o seu teto com a umidade.

Ao olhar para ele, Reilly virou-se com graciosidade.

– Teria valido muito a pena.

– Você é tão linda – ele disse suavemente, enquanto observava a luz sobre suas curvas.

Com as bochechas vermelhas, Reilly virou-se para a pilha de toalhas em cima do balcão e começou a jogá-las no chão ao redor da base da banheira. Mesmo muito satisfeito em apenas assistir ao show, Veck levantou-se da água e saiu.

O espelho sobre a pia deixou-o nervoso, mas esforçou-se para olhar o que havia ali. Nada além de seu reflexo. Nada de sombras. Nada se movendo entre suas costelas e dificultando sua respiração. Aliviado, aproximou-se dela por trás. Perto do corpo molhado e cálido, abaixou-se e beijou seu ombro.

– Não estou... acostumada com isso – tirou a última toalha da pilha, como se estivesse impaciente consigo mesma. – Eu só... não sei como lidar com isso.

– Você lida comigo muito bem – com isso, percorreu o dedo indicador sobre as costas de Reilly. – Melhor do que ninguém.

Ela riu numa explosão um pouco tensa.

– Não sei por que, mas eu duvido.

– Não duvide. Você é especial.

Colocou as mãos no pescoço dela e acariciou as costas até chegar aos quadris. Em seguida, seus lábios seguiram a mesma trilha, beijando e mordendo a partir do pescoço... e descendo cada vez mais.

Ajoelhando-se, Veck correu os lábios até as coxas, movendo-se gradualmente para se aproximar da junção sobre a qual pensava o tempo inteiro. Com essa insistência gentil, ela inclinou-se sobre o balcão, expondo seu órgão e enlouquecendo Veck...

Com um movimento súbito, ele aninhou-se ali e sugou-a.

Era doce... quente... e escorregadia tocando sua língua. E ela também estava adorando, braços apoiados sobre o mármore para manter o equilíbrio, a respiração ficou forte e ofegante.

Usando as mãos, Veck afastou os pés dela ainda mais para ganhar espaço; em seguida, percorreu as palmas das mãos de volta às coxas e segurou-a com força para deixá-la bem firme contra seu rosto: movimentos rápidos. Sucções profundas. Penetração com a língua.

Levou um tempo, pois havia muito para explorar e Reilly já não aguentava mais. Com uma das mãos, tocou o centro superior do sexo dela ao mesmo tempo em que passava a língua ali dentro. Os rápidos movimentos circulares no lugar certo levaram-na às alturas, e Veck adorou a maneira como ela se contraiu internamente e curvou-se contra ele.

Quando Reilly gozou, ele afastou-se. Através das pernas trêmulas, teve uma linda visão de seus seios que pendiam para baixo com as pontas roçando o mármore ao oscilarem para frente e para trás no ritmo da respiração.

Veck fechou os olhos com força e precisou de um minuto para se conter. Queria gozar dentro do local onde sua língua esteve.

O. Orgasmo. Da. Sua. Vida.

Enquanto Reilly esforçava-se para ficar em pé, seu corpo ainda estava a toda velocidade – porém, não havia lugar algum para ir, então, tudo o que os músculos das coxas fizeram foi permanecer no lugar.

E isso não era nem a metade. Sua mente queimava, ao ponto de não saber exatamente onde estava.

Virando a cabeça, ficou face a face com o creme dental e as escovas de dente. Banheiro. Bem, parece que nunca mais olharia da mesma maneira para esses dois locais da casa... espere. Eram três. O lavabo do andar de baixo e a cozinha também.

Enquanto o mundo girava, percebeu que Veck pegou-a no colo. Boa ideia. Achava que não conseguiria andar mesmo – e foi uma ótima maneira de se secar. No quarto, ele deitou-a sobre a cama e cobriu-a com o edredom até a cintura.

– Volto já – ele disse.

Contudo, não ficou sozinha por muito tempo, pois ele agiu rápido: desceu, vasculhou um cômodo no andar de baixo que pareceu ser a cozinha e voltou rapidamente. Ao entrar, apagou as luzes. No começo, Reilly achou que seria por alguma modéstia – não precisava disso, claro, não depois do que fez sobre o balcão – mas então viu que ele colocou algo sobre a mesa de cabeceira.

A arma dele. Não, havia duas. Trouxera a dela também. Deve tê-las encontrado sobre a mesa onde se desarmaram antes do jantar. Que romântico.

A lembrança do que acontecera na noite anterior congelou-a, mas ele cuidou disso, cobrindo-a com seu corpo quente e forte.

– Não pense nisso – Veck sussurrou. – Não agora. Haverá bastante tempo para cuidarmos disso.

Tocou o rosto de Veck e desejou que estivessem em férias em algum lugar bem longe de qualquer dever que tinham com o trabalho e da situação que os unira.

– Você está certo – ela disse. – E não quero esperar mais nem um minuto.

Ele assentiu e pegou a última embalagem quadrada que guardava na carteira. Quando terminou de colocá-la, montou sobre ela outra vez e, ao abrir ainda mais as pernas da mulher, sentiu uma mudança nele, e também nela: tudo ficou mais lento.

Ao entrar nela deslizando suavemente, Reilly acolheu-o não apenas com seu sexo, mas com a alma, beijando-o profundamente.

Sem palavras, sem hesitações, sem quaisquer reservas, eles moveram-se juntos, criando uma dinâmica, intensificando tudo. Quando finalmente gozaram, foi ao mesmo tempo, e continuaram juntos mais um tempo: ela com as unhas cravadas nas costas de Veck, ele com os braços embaixo dela, apertando seu corpo.

Era a união perfeita. E, depois, mesmo Veck tendo que sair dela, deitaram no escuro o mais próximo possível um do outro, os corpos formaram uma massa tépida no centro da cama.

– Vai me deixar passar a noite aqui? – ele perguntou.

– Sim. Por favor, sim.

– Já volto. Fique embaixo das cobertas – ele disse.

Boa ideia. Porque, quando Veck saiu, o frio percorreu rapidamente todo o corpo dela. Poucos minutos depois, voltou do banheiro e juntou-se a ela.

– Estou do seu lado da cama?

– Ah... não. Eu fico aqui mesmo.

– Que bom.

Ela virou-se e ficaram face a face, cabeças sobre os travesseiros, os corpos aqueciam-se sob o peso dos cobertores. Veck roçou a ponta do dedo sobre a bochecha dela... ao longo do maxilar... sobre os lábios.

– Obrigado... – ele sussurrou.

Deus, ela mal conseguia respirar.

– Pelo quê?

Houve uma pausa.

– Pela pizza. Estava do jeito que eu gosto.

Reilly deu uma risada.

– Espertinho.

– Venha. Preciso abraçar você.

Ela sentia o mesmo. E quando não havia mais distância entre eles, a sensação era de voltar para a casa depois de um longo dia.

Com a cabeça em seu peito, sobre o coração que batia, com os braços de Veck ao redor dela e com uma das pernas jogada sobre a dele, estava confortável e segura. Enquanto ele acariciava seus cabelos com movimentos preguiçosos, ela fechou os olhos.

– Isto é simplesmente perfeito.

Com isso, Reilly pôde ouvir o sorriso na voz dele:

– É como eu quero que seja para você. Quero fazer tudo perfeito para você.

Quando Reilly adormeceu, seu último pensamento foi sobre a ansiedade em fazer tudo outra vez. Não apenas o sexo. Aquela calma adorável, inestimável, era ainda melhor do que fazer amor. Apesar de não ter sido nem um pouco ruim.

# Capítulo 34

Na manhã seguinte, enquanto Veck ia para a delegacia, sua principal tarefa foi não ficar sorrindo o tempo todo feito um idiota. Difícil.

Estava uma hora atrasado, pois ele e Reilly ficaram envolvidos em atos que, por não terem mais camisinhas, poderiam chamar de "preliminares". Assim, considerando que não tinham o material de látex apropriado, o que aconteceu foi melhor do que qualquer relação sexual que teve com qualquer outra pessoa antes – cinco mil vezes melhor. Também havia passado na farmácia a caminho do trabalho e comprado um estoque do que precisava.

Enquanto caminhava pelo saguão, acenava para as pessoas, mantendo uma atitude profissional, porém o adolescente dentro dele estava explodindo como se tivesse vencido vários campeonatos esportivos numa só noite.

Quando chegou ao topo da escada, rezou para não encontrar Britnae e suas ofertas de café da manhã. Aquela garota não tinha nada a ver com sua Reilly e já era hora de desfazer aquele hábito de abordá-lo o tempo todo. Mas nem precisou se preocupar. Um dos caras do turno da noite, da recepção e vigilância, estava na mesa dela. Veck não conhecia o oficial muito bem, mas ele parecia diferente. Como se tivesse assumido o papel de um galã de cinema, apesar de estar mais para Homer Simpson. Britnae? Devorava aquele homem com os olhos.

O que provava que aquilo que havia por dentro era o que contava – e quem poderia imaginar que uma garota do tipo de Britnae seria capaz de descobrir isso?

No Departamento de Homicídios, Veck sentou-se à sua mesa e ligou o computador. Em seguida, foi atingido por uma ideia romântica desconhecida e inegável: abriu sua caixa de e-mail, selecionou o endereço de Reilly nos contatos e preparou-se para enviar alguma coisa. Havia o espaço da tela em branco para preencher. Muuuito espaço. No final, digitou algumas palavras. E apertou logo *enviar*, antes que alguém olhasse por sobre seu ombro.

Depois, apenas ficou ali, observando a tela, perguntando-se se teria feito a coisa certa... até perceber que estava olhando para a caixa de entrada e o relatório sobre Sissy Barten do médico legista já estava pronto. Com certeza, o cara tinha virado a noite para terminar a autópsia.

Veck leu tudo e examinou cada uma das vinte ou mais fotografias do corpo. Não havia nada nelas que não tivesse visto por si mesmo na pedreira e, quando chegou às marcações ritualísticas no tronco, inclinou-se para trás e bateu o dedo indicador sobre o mouse. Se não tinha sido Kroner, quem teria sido?

– Correspondência.

Veck olhou para o funcionário com seu carrinho cheio de envelopes e caixas.

– Obrigado, cara.

Três mensagens. Duas interdepartamentais. Uma do correio americano... Era apenas uma carta que retornara de Connecticut. Endereço não encontrado? Nos últimos dez anos, evitou atualizações de cadastro junto às instituições federais.

Examinando o envelope, sentiu que, se começasse a abrir, não poderia mais voltar atrás. Seu primeiro impulso foi jogar a carta fora, mas a atração em saber o que havia lá dentro tornou o ato impossível – e pensou que odiava o poder mental que seu pai exercia sobre ele.

*Ligue quando ficar assustado o suficiente.*

Não desperdiçaria energia com o motivo pelo qual a voz de Heron soava em sua cabeça enquanto rasgava o embrulho.

Dentro, havia uma folha de papel com três linhas escritas com uma letra elegante e fluída que representava muito mais a imagem de riqueza que seu pai ostentava que suas origens do centro-oeste do país.

*Caro Thomas, espero que esta mensagem o encontre bem. Gostaria que viesse me ver assim que possível. A prisão permitiu que eu recebesse uma última visita e escolhi você. Há coisas a serem ditas, filho. Ligue para o número abaixo. Com amor, seu pai.*

– Você está bem?

Veck olhou para cima. Reilly estava em pé ao lado dele, ainda de casaco e a bolsa pendurada no ombro, seu cabelo macio fora lavado há pouco tempo.

Se não fosse pela noite anterior, teria respondido um "sim, tudo bem" e continuado a fazer suas coisas. Em vez disso, simplesmente ergueu a carta para ela.

Reilly sentou-se na cadeira enquanto lia e Veck acompanhou o movimento de seus olhos indo da esquerda para a direita, da esquerda para a direita. Então, voltou ao topo e releu.

– O que vai fazer? – ela perguntou quando finalmente ergueu os olhos.

– É suicídio mental ir vê-lo – Veck esfregou os olhos para apagar a impressão que aquelas palavras produziam. – Um maldito suicídio mental.

– Então, não faça isso – Reilly disse. – Não precisa ficar para o resto da sua vida com o que ele vai dizer atormentando a sua cabeça.

– Sim.

O problema era que seu pai não era o único com alguma coisa em mente. E, com certeza, seria ótimo ser adulto o suficiente para se afastar dessa situação, mas sentia que precisava olhar naqueles olhos uma última vez – ao menos para ver se havia realmente alguma coisa em comum entre eles. Afinal, durante anos, acreditava ser louco, cobrindo espelhos, observando sombras, ficando acordado durante a noite pensando se tudo não passava de paranoia ou se percebia algo de fato. Poderia ser a última chance de descobrir.

– Veck? – ela disse.

– Desculpe.

– Vai até lá?

– Não sei – era verdade. Pois ela tinha razão. – Ei, ah... o relatório de Sissy Barten chegou. Precisa dar uma olhada.

– Certo – apoiou a bolsa. Tirou o casaco. – Alguma surpresa?

– Tudo é surpreendente neste caso – Veck olhou ao redor. – E quero conversar com Kroner.

Reilly olhou Veck direto nos olhos.

– Nunca vai conseguir permissão.

– Não estava pensando em pedir.

Reilly soltou um palavrão baixinho. Não era o que planejava para um início de conversa matinal. Depois que Veck deixou sua casa, ela tomou um bom banho, depilou-se por completo e mergulhou nas suas sacolas da Victoria's Secret.

O conjunto preto e vermelho de lingerie que vestiu lembrava-lhe cada beijo, lambida e carícia que compartilharam – e desejava mais daquilo assim que possível. Então, planejava chegar ali, agir profissionalmente e, de maneira bem discreta, apontar para o que havia sob as roupas. Em vez disso, entrou numa questão administrativa.

Olhando para seu parceiro, balançou a cabeça.

– Agir precipitadamente *não* é a resposta. E, se você quer continuar com isso, vai me colocar numa situação terrível.

– Sissy Barten é o que importa, não normas burocráticas. E eliminaram qualquer possível envolvimento meu no que aconteceu naquele hotel, lembra? Foi você quem fez isso – endireitou-se na cadeira. – Kroner não a matou, e você sabe disso. *Serial killers* não variam o estilo. Cometem alguns deslizes ou param no meio do que estão fazendo quando são interrompidos. Mas um cara que coleciona troféus de suas vítimas não começa, de repente, a arranhar símbolos na pele delas ou as deixa sangrar por completo. O que preciso descobrir é por que aquele homem sabia sobre a pedreira e por que diabos o brinco da garota está no meio das coisas encontradas na caminhonete dele. Tem alguma coisa que não estamos entendendo em tudo isso.

Reilly não podia discordar de nada. O método que ele empregava era um problema.

– Outra pessoa poderia perguntar a ele sobre essas coisas.

– Você?

– Sim.

No silêncio que se seguiu, Reilly pensou: *Bom, pelo menos estivemos em sintonia durante a noite e no início da manhã. Pena que isso não durou muito tempo.*

Ele discutiria com ela sobre isso, ela ficaria chateada e, então, tudo o que compartilharam antes e depois daquela pizza seria jogado pela janela...

– Certo – ele disse. Quando Reilly recuou, Veck apertou a boca: – Não precisa ficar tão surpresa. Só leve Bails com você dessa vez. Ou De la Cruz. A ideia de você ficar sozinha com aquele homem, mesmo ele numa cama de hospital e você armada, me deixa arrepiado.

Deus, ela quis envolver o rosto dele com as mãos e beijá-lo por ser tão sensível. Mas, em vez disso, sorriu e pegou o celular.

– Vou verificar se De la Cruz está disponível agora mesmo.

Ao falar com o detetive por telefone, ela estava acessando sua caixa de e-mails... e quase perdeu o foco da conversa. Veck tinha deixado algo em sua caixa de entrada, e Reilly clicou duas vezes para ver o que era ao mesmo tempo em que ouvia uma novidade sobre as condições de Kroner.

Havia apenas três palavras:

*Eu te amo.*

Olhou para o lado com rapidez. Mas Veck estava ocupado olhando a tela do computador.

– Alô? – disse De la Cruz.

– Desculpe. O quê?

– Por que você e Bails não vão juntos?

– Tudo bem – seus olhos permaneceram no rosto de Veck, que olhava para a tela à frente dele. – Se ele estiver pronto para sair, também estou.

Algumas outras coisas foram ditas, mas Reilly não as ouviu. E, quando desligou, estava perdida. Não havia nada de *eu acho* antes do "eu te amo". Nenhuma foto idiota embaixo das palavras com um gato e um cachorro com olhares carinhosos produzidos pelo computador. Não havia como interpretar errado a frase.

– Só achei que deveria saber – Veck disse baixinho.

Não tinha consciência de que estava enviando uma *resposta* ou de que digitava alguma coisa no teclado. Simplesmente aconteceu...

– O que está acontecendo aqui?

Reilly limpou a tela com um clique rápido. Girando a cadeira, olhou para Bails. Droga. Estava bem atrás dela, e parecia tenso.

– De la Cruz te ligou? – ela disse suavemente.

O cara olhou para as costas de Veck – de quem não conseguiu tirar qualquer informação, óbvio. Então, seus olhos voltaram-se para ela.

– Ah... sim, ele ligou. Há um segundo.

Estranho, mas ouviu a música do programa *Jeopardy!* em sua mente. E percebeu que ele lera o que havia naquele e-mail.

– E quando pode ir ao hospital comigo? – ela perguntou.

– Ah... tenho um suspeito chegando para um interrogatório agora. Então, pode ser depois disso?

– Sim. Estarei aqui.

Ao observá-lo, percebeu que o olhar de Bails estreitou-se muito, sem qualquer sinal de desculpas pela suposta invasão de privacidade. Não conhecia muito bem o cara, mas ficou evidente que não estava feliz. E é por isso que não se namora pessoas do trabalho. Amigos possessivos já eram chatos o suficiente quando se tinha que acompanhar o namorado em jogos de pôquer ou eventos esportivos e era preciso lidar com eles nessas ocasiões. Conviver com eles oito horas por dia, então?

Porém, assim que o período probatório de Veck terminasse, ela voltaria para o Departamento de Assuntos Internos. Relaxou um pouco com essa ideia. Muito melhor não estar tão perto...

Oh, *droga*. Teria de divulgar aquele relacionamento, não? E, quando o fizesse, afastariam-na da função de monitorar Veck – algo absolutamente necessário. Bem... parece que não teria que esperar um mês para voltar ao seu departamento.

– Ei, DelVecchio. Atenda seu telefone – alguém gritou.

Engraçado, ela não ouviu tocar. Tampouco Veck ou Bails, aparentemente.

Quando Veck iniciou uma conversa cheia de "sim" e "uh-hum", podia sentir Bails espreitando ao redor de Reilly e teve vontade de enxotá-lo como uma mosca. Felizmente, a mesma mulher que gritou para Veck atender ao telefone aproximou-se do outro detetive e disse que seu suspeito estava na recepção.

– Volto aqui quando terminar – Bails disse. Depois que ela assentiu, ele deu um tapinha no ombro de Veck e saiu.

Veck desligou.

– Era De la Cruz. Ele quer que eu vá ao centro da cidade apurar um tiroteio que aconteceu ontem à noite. Precisa de uma ajuda extra. E acho que precisa se certificar de que eu nem sequer pense em ir ao hospital com você.

Fazia sentido.

– Mas não vamos sair por enquanto.

– Vai ser um dia longo. Temos que examinar um conjunto inteiro de apartamentos.

Veck levantou-se, vestiu o casaco e tateou vários bolsos, sem dúvida checando distintivo, arma, carteira, chaves e cigarros.

– Precisa parar de fumar – ela deixou escapar.

Quando Veck ficou imóvel, ela pensou:

*Droga, pareço uma namorada.*

Aquelas três palavras recebidas por e-mail não lhe davam esse direito. Poderia sugerir algo do gênero? Sim. Mas não precisava passar a carroça na frente dos bois. O problema era que se preocupava demais com ele para ficar sentada assistindo-o se matar...

Veck pegou o maço de cigarros que já havia aberto... e esmagou-o com uma das mãos.

– Você está certa – jogou o maço na cesta de lixo embaixo da mesa. – Se eu ficar irritado nos próximos dias, já peço desculpas.

Reilly não conseguiu conter o sorriso no rosto. E, com um sussurro que só ele conseguiu ouvir, disse:

– Vou pensar em algumas maneiras de distraí-lo.

Quando ela descruzou e cruzou as pernas outra vez, os olhos dele queimaram. Havia percebido os *secrets* que Reilly estava revelando, por assim dizer.

– Vou cobrar isso – piscou como um garoto malvado que sabia o que fazer com o corpo dela. – Fique com Bails... e me liguem quando terminarem, certo?

– Combinado.

Ela virou-se para a mesa à qual estava sentada, mas observando Veck, que saía pela porta, com o canto dos olhos. Deus do céu, aquele homem era lindo por trás...

# CAPÍTULO 35

*De certo modo, é ótimo sair para trabalhar* – Veck pensou algumas horas depois.

Certo, não era ótimo que um pobre coitado tivesse sido baleado no rosto, ou que os vizinhos não quisessem dizer uma palavra sobre o que viram, ou que ele e De la Cruz estivessem gastando as solas de seus sapatos por nada. Mas era a droga de uma rotina difícil de trabalho. Não se tratava de seu pai ou do esquisitão sem pegadas que vigiava pessoas à noite.

A vítima em questão fora baleada no banco do motorista de um SUV estacionado em frente àquele edifício residencial de doze andares, local conhecido por transações comerciais ilegais. O corpo fora descoberto naquela manhã por equipes de limpeza urbana que varriam a rua. Não havia drogas ou dinheiro no corpo ou no veículo, mas encontraram uma lista de nomes e alguns dólares dentro de um envelope amassado no casaco do rapaz, além de resíduos de crack numa série de embalagens plásticas e mais cinco armas dentro do carro.

Era evidente que ele não conseguira guardar tudo com a rapidez necessária.

A menos que se conclua que aqueles que tiveram acesso a tudo aquilo priorizaram levar outros objetos de valor.

Ao meio-dia, Veck e De la Cruz continuavam a percorrer os arredores do edifício, batendo nas portas e tentando convencer as pessoas a falarem alguma coisa – contudo, todos desconfiavam dos policiais e, além disso e com razão, tinham medo de alguma retaliação por parte dos envolvidos no crime.

Enquanto ia de porta em porta, Veck continuou a recordar-se da careta imobilizada da vítima ao ser atingida atrás do volante, o cinto de segurança sobre o peito manteve o corpo erguido, os traços faciais que poderiam ser identificados por sua mãe, familiares e amigos estavam arruinados a ponto de ser preciso uma identificação por arcada dentária.

Pensando outra vez em Kroner naquela floresta, Veck lembrou-se do impulso assassino que sentiu. A ideia de tirar um malfeitor das ruas era mais que justificável para ele – ao menos, para uma parte dele – mas isso realmente importava?

Que inferno, o filho da puta que atirou naquela vítima no carro sem dúvida tinha suas razões, por mais distorcidas que fossem. Só que um ato assassino era um ato assassino, não importando quais eram as tendências de comportamento do alvo.

Que pena aquilo não importar para o lado obscuro dentro dele: essa parte de sua essência não dava a mínima se Kroner era um santo ou um pecador – o ato assassino era tudo. O motivo da ira? Só tinha importância enquanto objetivo a ser atingido. Sem dúvida, este era o sentimento que seu pai tinha pelas outras pessoas. Que coisa ótima para se pensar.

Quando o sol começou a se pôr e as sombras começaram a tomar conta do cenário, o calor da tarde diminuiu e o edifício pareceu ainda mais encardido. Ele e De la Cruz tinham se separado e concentraram-se nos edifícios ao redor do local onde o corpo fora encontrado, mas, se considerassem o fato de que havia seis blocos de apartamentos no quarteirão, teriam sorte se terminassem até as cinco da tarde.

Afastando-se da porta de outra pessoa que não lhe deu resposta alguma, Veck dirigiu-se às escadas de concreto e desceu até a entrada. As portas da frente deveriam estar trancadas, claro, mas foram arrombadas tantas vezes que seria um milagre se apenas se fechassem por completo.

Esfregando o rosto e desejando um cigarro, virou-se para o leste e dirigiu-se ao último bloco de apartamentos sob sua responsabilidade. Já estava na porta quando o telefone tocou. A mensagem de texto de Reilly dizia que estava indo ao hospital com Bails naquele momento.

Bem, ao menos aquilo lhe daria mais tempo para colaborar no caso que estava trabalhando com De la Cruz.

*E, depois, talvez fazer uma pequena viagem até Connecticut* – uma voz interior sugeriu. – *Para ver seu pai.*

Chegou a olhar para trás no intuito de checar se alguém falava com ele. Mas não havia nada além do ar e da fraca luz do sol. E acabou concluindo que possivelmente faria isso mesmo. Em breve.

Com um palavrão, virou-se para a entrada e, quando o fez, olhou para baixo em direção ao cimento rachado da calçada. Congelou com o que viu.

Olhou sobre o ombro outra vez. O sol estava se pondo atrás dele – era a única fonte de luz. Pelo amor de Deus, não havia uma segunda opção que pudesse refletir outra sombra no chão, nenhum carro com várias partes cromadas que pudesse produzir tal efeito, nada de holofotes sobre sua cabeça.

Olhou para seus pés outra vez. Havia duas sombras projetadas de seu corpo. Duas sombras separadas e distintas, uma vinda do norte, outra do sul.

Era uma evidência concreta do que ele sempre sentiu: duas metades de si, divididas, atraindo-o em direções opostas.

*Olhe para os seus pés, Thomas DelVecchio... E ligue para mim quando estiver assustado o suficiente.*

Quando a voz de Jim Heron disparou em sua mente, pensou em Reilly. Ele estava confiante de que poderia protegê-la de qualquer um que a perseguisse, certo de que poderia ser o que ela precisava. Mas toda essa história de coragem e bravura não se aplicava ao que via no chão. Não entendia a si mesmo, como poderia lutar por ela?

E Reilly *estava* em perigo. Caso contrário, não perderia a noite passada sentada numa cadeira com uma arma na mão.

*Sou o único que pode te ajudar.*

Deus era testemunha de que Heron seria capaz de machucá-los ou agredi-los se quisesse. Em vez disso, tudo o que fez naquela pedreira foi apontar a direção... e desaparecer.

Decidido, Veck pegou o telefone. Tinha salvo o número de Heron em sua lista de contatos e, quando discou, rezou para que o cara que não deixava pegadas atendesse... e dissesse o que havia em seus pés.

O som do celular tocando alto atrás dele quase o matou de susto. Jim Heron estava a três metros de distância dele, como se estivesse ali o tempo todo – e estava mesmo, não?

Veck estreitou os olhos e deu uma boa olhada no cara. Jim parecia bem sólido em sua jaqueta de couro e suas roupas camufladas. E, quando exalou a fumaça de um cigarro, a coisa flutuou, fazendo cócegas no desejo de fumar de Veck.

Mas não era real, era?

Com o coração batendo forte no peito, Veck apertou *end* no teclado de seu celular e o som que vinha do bolso de Jim parou.

– O tempo está se esgotando – disse o cara.

E isso fez Veck pensar em seu pai: aquele bilhete enviado pelo correio. A areia da ampulheta descia pouco a pouco e ficavam cada vez mais próximos do momento da execução. Algo que aconteceria muito em breve, não?

*Era isso* – pensou. Tudo, toda sua existência, levava-o até tal situação... Seja lá que situação fosse.

Quando Veck encontrou os olhos do cara, sentiu que o filme de sua vida estava fora de foco e nunca sequer soube que essa merda estava embaçada. Contudo, o cinegrafista finalmente tinha acordado e ajustado o equipamento... era um mundo novo.

Especialmente se considerasse o fato de que a luz do sol se punha atrás de Jim Heron... e não havia nada aos pés do cara. Nenhuma sombra.

– Que porra é você? – Veck perguntou.

– Estou aqui para salvar seu traseiro, e é isso que eu sou – o cara deu um trago no cigarro e exalou lentamente. – Está pronto para conversar comigo agora?

Veck olhou para o par de contornos que projetava, as duas sombras tinham o formato de seu corpo.

– Sim, estou.

Reilly dirigiu o carro ao longo do caminho até o complexo do Hospital São Francisco. Ao lado dela, o detetive Bails permaneceu em silêncio no banco do passageiro enquanto atravessaram pelo tráfego intenso, pararam nos sinais vermelhos e, em dado momento, viraram.

– Mais um pouco disso e vou achar que alguém não quer que conversemos com Kroner – ela murmurou.

Bails nem sequer ergueu o olhar.

– Sim.

Mais silêncio. Ao ponto de ela quase pedir para ele desabafar sobre tudo o que pensava: a última coisa que precisavam era daquela tensão toda na frente de um assassino. Porém, Bails começou a falar antes de Reilly pedir.

– Desculpe não falar nada. Só não sei o que fazer.

– Sobre o quê? – no momento em que sentiu segurança em tirar os olhos da estrada, deu uma olhada nele. O cara batia os dedos contra a porta e olhava para fora como se estivesse buscando respostas no vidro.

– Sei que viu o meu e-mail – ela disse depois de um momento.

– Se fosse esse o grande problema... – quando ela olhou-o mais uma vez, ele deu de ombros. – Sabe que eu e Veck somos muito próximos, não?

– Sim.

– E sabe que sempre estive cem por cento ao lado dele. Até a morte. O cara é meu amigo.

Quando o coração dela começou a bater mais forte, disse:

– Certo.

– Então, sim, eu vi o e-mail que ele enviou. Não queria, mas estava na tela quando me aproximei de vocês – ergueu os olhos. – Não estava espiando. A coisa estava bem ali.

*Maldição.*

Era tudo o que ela conseguia pensar. *Maldição.*

– E agora... – seus dedos acalmaram-se e ele balançou a cabeça. – Não sei o que fazer.

– Sem ofensa, mas por que acha que é problema seu? Não quero ser chata, mas...

– Sei coisas sobre ele que você não sabe e acho que ele fez algo ilegal. E, se eu acreditar que você está com ele, não sei a quem vou recorrer no Departamento de Assuntos Internos. Está bom para você?

Quando Reilly exalou como se tivesse levado um soco no estômago, quis parar o carro. Que bom já estarem finalmente no hospital. Assim, conseguiu estacionar na área aberta em frente à emergência.

Quando desligou o motor, encarou Bails:

– Do que está falando?

Bails colocou a palma da mão sobre o painel do carro e começou a movimentá-la para frente e para trás. Em seguida, limpou uma fina camada de poeira que caiu sobre sua coxa.

– Olha, sou um policial porque quero proteger as pessoas e porque acredito no sistema. Não acredito que uma sociedade civilizada possa existir sem a polícia, os tribunais e as cadeias. Há pessoas lá fora que simplesmente não podem ficar em meio à população geral. Ponto final.

– Só para você saber, ainda não mencionou uma palavra sobre Veck.

– Ele disse que tem antecedentes?

Quando uma corrente de ar frio passou por sua coluna, ela esforçou-se para manter a calma.

– Não.

– Achei que não diria mesmo.

*Isso é mentira* – ela pensou.

– Ouça, desculpe duvidar das suas fontes, mas não há nada no arquivo pessoal dele... e não pode negar isso. Tudo o que o RH precisa fazer, e fez, para verificar isso é rastrear o nome dele no sistema.

– Não se algo foi cometido antes da maioridade.

Reilly ficou confusa. Muito.

– Como?

– Ele tem um antecedente juvenil. Um muito sério.

– Como sabe?

– Vi a coisa. Com meus próprios olhos – Bails deixou a cabeça cair para trás contra o descanso do banco. – Conheci Veck na Academia de Polícia. Era um cara solitário que fazia tudo certo... eu era o palhaço da turma. Nós simplesmente... ficamos amigos. Depois saímos, mantivemos contato mesmo sendo designados para delegacias diferentes da área de Manhattan e, mais tarde, ele se mudou para cá. Ao longo de todos esses anos que o conheço, sempre foi uma pessoa correta. Controlada. Difícil, mas justo. Na verdade, é um dos melhores policiais que conheço e fiz um pedido para que ele viesse para Caldwell, pois queria trabalhar com ele – Bails soltou um palavrão. – Em todo esse tempo que o conheço, nunca pensei que estivesse inapto para o trabalho por causa dessa porcaria de história relacionada ao seu pai... até agora. Começou com aquela agressão ao paparazzo. Em seguida, a coisa toda com Kroner na floresta. É como se uma capa ao redor dele estivesse saindo... mas eu não iria dizer nada, não ia mesmo, até...

– Espere um minuto. Pare – Reilly pigarreou, tentando acalmar a dor de cabeça que sentia entre os olhos. – Para preservar a nossa reputação, você deve entrar em contato imediatamente com minha supervisora se tiver algo para dizer com relação ao detetive DelVecchio. Antes de tudo, você está certo... Não deveria ter me contado essas coisas. Eu não deveria... estar na posição em que estou agora. Na verdade, tenho uma reunião com minha superior quando eu voltar desta entrevista, então, poderei divulgar de maneira adequada essa relação ao meu departamento.

Bails esfregou os olhos e balançou a cabeça.

– Vou fazer isso. Mas também acho que você precisa saber. Porque, se alguma coisa acontecer com você, nunca vou me perdoar.

Diante disso, Reilly enrijeceu.

– Por que está preocupado com minha segurança?

Bails passou uma das mãos pelos cabelos.

– Entenda, eu ajudei Veck com a mudança quando veio para cá. Tinha várias caixas velhas que precisavam ser guardadas no sótão. Eu estava carregando uma delas quando o fundo se abriu. Espalhando papéis por toda parte e, então, eu comecei a recolher... e lá estava. O registro de antecedente juvenil datado de meados dos anos 1990.

– O que dizia? – ela conseguiu falar mesmo sentindo a garganta fechada.

– Havia todos os indícios de comportamento psicótico e antissocial que existem – Bails franziu a testa. – Sabe do que estou falando, então, não vou listar tudo o que ele fez.

*Tortura de animais? Problemas em atear fogo em coisas diversas? Urinar-se na cama?*

– Tudo isso – disse Bails, como se estivesse lendo sua mente.

– Mas nunca fez nada depois de adulto – ela argumentou... era menos uma afirmação que uma pergunta.

– Não que saibamos. E, veja só, isso é o que está me preocupando. Psicopatas são muito bons em fingir normalidade. Por fora, eles se encaixam em tudo, pois a atuação é parte do que fazem. E se essa relativa paz e tranquilidade até agora... seja exatamente o que ele quer mostrar? Quando termina a atuação e o verdadeiro Veck aparece? Não pode negar que ele está ficando fora de controle... caramba, não seria parceira dele agora se estivesse tudo bem – o conflito de Bails era evidente em seu rosto. – Ou pior... e se não sabemos o que ele realmente faz? Digo uma coisa, não consegui dormir na noite passada. Estava tentando conciliar o que acredito que ele seja... com o que ele pode ser *de fato*. Se é que isso pode fazer algum sentido.

Reilly ouviu a voz de Veck em sua mente:

*Quero fazer tudo perfeito para você.*

E tinha feito. Disse e fez as coisas certas. Jogou seus cigarros fora por causa dela... ou ao menos foi o que fez na sua frente. Ela tinha se apaixonado por ele em quatro dias. Coisa do destino? Ou tudo planejado? Mas onde isso o levaria? Foi ele quem pediu suspensão... teria sido uma atitude deliberada? Ela estava cuidando do caso e da reputação dele – que tinha alcançado mais credibilidade depois de tudo, não?

A voz de Bails pairou no ar:

– Não pode confiar nele. Estou entendendo isso agora.

– Só por que ele não lhe contou sobre o que aconteceu quando era mais jovem? – ouviu-se dizer. – E, além disso, manter o arquivo de um registro de antecedentes em segredo não é ilegal.

– Acho que ele plantou provas. O brinco de Sissy Barten, especificamente. Para que parecesse que Kroner a tivesse matado.

Ela não se preocupou em esconder a surpresa e recuou o corpo.

– *O quê?* Como?

– Ele subiu até o quarto dela, não foi? No dia em que vocês dois foram até a casa da família Barten. Ele me disse que você estava no andar de baixo quando subiu. E esteve na sala de provas ontem de manhã... Conversei com Joey, um dos investigadores da cena do crime. Ele disse que Veck passou por lá... e pode ter plantado o brinco.

– Mas ele disse que encontrou o brinco junto com as outras provas.

Bails esfregou os olhos outra vez.

– Chequei o registro preliminar de itens encontrados no caminhão, a lista feita assim que o veículo foi apreendido. Não havia qualquer observação sobre um brinco em forma de pomba. E verifiquei tudo isso outra vez pouco antes de chegar e ver vocês dois.

Por isso parecia tão abatido.

Ela balançou a cabeça.

– Mas o que ele teria a ganhar? A menos que...

Oh, Deus... e se ele tivesse assassinado a garota? E se Kroner tivesse visto alguma coisa ao cometer um de seus crimes na pedreira?

– Leu o relatório sobre o corpo de Sissy, certo? – Bails disse.

– Claro – passara a manhã inteira fazendo isso... e a conclusão que chegou quando o corpo foi encontrado era inevitável: nenhum dos ferimentos da vítima se encaixava nos outros assassinatos de Kroner... e, geralmente, aquele tipo de mudança não acontecia. Em geral, método e obsessões não se alteravam.

– Então deve saber que ela não foi atacada por Kroner. E, talvez, depois de apurar tudo... talvez Veck tenha feito isso.

Céus, ela não conseguia respirar. Como se houvesse mãos apertando a sua garganta.

– Mas... por quê?

Temia que fosse uma pergunta estúpida de se fazer.

– Quanto sabe sobre o pai de Veck? – o detetive disse. – Sobre seus assassinatos?

– Apenas o que estudei na faculdade.

Bails voltou a se concentrar na janela.

– Sabia que a primeira vítima dele sangrou pelo pescoço e pelos pulsos... depois de ter sido pendurada pelos pés? Também foi marcada como Sissy. Sobre o estômago.

Reilly pegou a maçaneta e abriu a porta. Não só para conseguir um pouco de ar fresco. Mas porque estava sentindo muita vontade de vomitar.

– Sinto muito – Bails disse, um tanto áspero.

– Eu também – ela resmungou, contudo, as palavras não chegavam nem perto do que sentia.

Quando olhou para o chão, ela se deu conta de que tinha sido enganada. Caiu como um patinho. E é claro que Veck se esforçou para conseguir isso. Ela era sua defensora na delegacia, aquela que deveria supervisioná-lo cuidadosamente e que decidiria se ele continuaria ou não na corporação: ele queria continuar trabalhando, e ela estava na posição que tornaria isso possível.

– Agradeço a Deus por você – Reilly disse um tanto sufocada. Pena que não conseguia olhar para Bails... Estava muito envergonhada por ter sido enganada tão bem. – Graças a Deus você me contou.

# Capítulo 36

– Que tal você falar primeiro?

Enquanto Veck pronunciava as palavras em voz baixa, mantinha o olhar fixo em Heron. Os dois tinham se esquivado ao redor do edifício e estavam em pé no escuro próximo a alguns galhos secos.

O olhar de Jim era mortal e sua voz tão profunda quanto o ressoar de um grande sino.

– Você sabe de tudo. Quais respostas quer? – colocou o dedo indicador no peito de Veck, bem em cima de seu coração. – Está tudo dentro de você.

Veck desejou responder com uma boa dose de "tanto faz, seu cuzão". Mas não conseguiu.

– Meu pai quer me ver – foi sua resposta.

Heron assentiu e pegou seu maço de cigarros. Quando inclinou o pacote para frente, Veck recusou:

– Não, parei.

– Inteligente – Heron acendeu. – É assim que funciona: vai perceber que está numa encruzilhada. Será um momento de decisão, de uma escolha definitiva, entre situações opostas. Tudo o que é, o que tem sido e o que poderá ser dependerá dessa decisão. As consequências? Não afetarão apenas a você. Afetarão a todos. Não é apenas uma questão de vida e morte... Trata-se da eternidade. Sua. Dos outros. Não subestime a distância que isso pode alcançar.

Enquanto o homem falava, Veck sentiu as duas partes dentro de si se separarem. Uma delas foi totalmente repelida. A outra...

Veck franziu a testa. Piscou algumas vezes, confuso. Desviou o olhar e olhou para trás. Deus era testemunha de que tinha visto um brilho cintilante sobre os ombros de Heron e ao redor de sua cabeça.

E a ilusão bizarra deu ainda mais credibilidade ao pesadelo como um todo. Da mesma maneira como quando quis entrar em contato com o cara e ele já estava bem atrás dele... E ainda havia a questão da falta de pegadas naquela pedreira... E o show de luzes na casa dos Barten.

Veck colocou a mão sobre o peito e esfregou com força a sombra que havia ali.

– Nunca pedi isso.

– Sei como se sente – Heron murmurou. – No seu caso, já nasceu com isso.

– Diga-me o que sou.

– Você já sabe.

– Diga.

Heron exalou lentamente, a fumaça ergueu-se dentre aquele brilho dourado.

– O mal. É o mal encarnado... Ou, pelo menos, metade de você é. Num futuro próximo, talvez hoje à noite, talvez amanhã, será necessário que escolha um dos lados – o cara apontou para si mesmo com a mão que segurava o cigarro. – Estou aqui para tentar te ajudar a escolher com sabedoria.

– E se eu não escolher certo?

– Você perde.

– No mesmo instante?

O homem assentiu lentamente, estreitando os olhos.

– Eu já vi onde vai terminar se isso acontecer. Não é bonito.

– O que você é?

A expressão de Heron não mudou. Nem sua postura. E nem sequer parou de fumar. Mas, num instante era um homem, no seguinte...

– Jesus... Cristo... – Veck sussurrou.

– Não chego nem perto – ele apagou o cigarro na sola da bota de combate. – Mas sou o que sou.

E isso seria... um anjo, evidentemente: sob a luz fraca e desbotada do dia, um espetáculo de luzes refratadas havia surgido sobre os ombros dele em forma de asas gigantes, tornando-o magnífico e etéreo.

– Fui enviado para te ajudar – o homem... anjo... seja lá o que fosse... voltou a olhar para Veck. – Então, quando for ver seu pai, quero estar junto.

– Já estava comigo. Não é mesmo?

– Sim – o cara limpou a garganta. – Mas não quando estava... você sabe.

As sobrancelhas de Veck se ergueram.

– Oh, sim. Que bom...

Eeeee os dois desviaram o olhar nesse momento.

Veck pensou sobre aquela noite com Kroner.

– E se a encruzilhada já tiver acontecido?

– A questão com Kroner? Estava fora das regras.

– Bem, sim, assassinato é contra lei mesmo.

– Não, não é neste sentido. Não sou o único que deseja fazer algo com você, o outro lado se precipitou naquele cenário.

– O outro lado?

– Como eu disse, não sou o único neste jogo. E, acredite, o inimigo é uma tremenda vadia... Tenho certeza de que a conhecerá em breve, se já não conheceu.

*Oh, ótimo, mais notícias boas*, Veck pensou.

E, então, deixou escapar:

– Eu fui até lá matá-lo. Kroner – maldição, foi bom ter desabafado.

– Você quer dizer *parte* de você queria fazer isso. Vamos passar tudo a limpo: você não fez o estrago e você ligou para a emergência, se não tivesse feito isso ele teria sangrado até morrer aos seus pés.

– Então, o que o atacou?

– Está surpreso por conversar com um anjo? Não vai querer saber o que tem lá fora – Jim acenou com uma das mãos num gesto de desdém. – Mas não precisamos nos preocupar com isso. Vamos ver seu pai. Juntos. O mais rápido possível.

Veck pensou na sensação de ter chegado ao seu destino, como se sua vida tivesse chegado a um ponto culminante. Não era mais remoto e hipotético.

– Esta é a encruzilhada?

– Talvez sim. Talvez não.

De repente, Jim abaixou os olhos e inclinou a cabeça. Quando a ergueu outra vez, sua aparência era mortal – e exatamente o que Veck gostaria de ter como proteção: tinha a sensação de que precisaria de outro bom lutador se fosse enfrentar o outro lado de si mesmo. E era isso. Uma luta até a morte.

– Vamos descobrir – o anjo prometeu. – Quando chegarmos lá.

*Tudo acontece por uma razão* – Reilly pensou enquanto ela e Bails saíam do quarto de Kroner meia hora depois.

A condição de Kroner havia piorado muito, quase como se seus ferimentos aumentassem a cada instante. Ele não era capaz de se concentrar, resmungou algumas respostas sem sentido e, pouco depois de chegarem, ela e Bails desistiram.

– O que será que ele quis dizer com aquela coisa de sofrimento? – Bails murmurou enquanto segurava a porta do elevador para Reilly.

Reilly balançou a cabeça quando começaram a descer.

– Não sei.

Foi a mesma coisa de antes:

*Ele tem que saber que ela sofreu... tem que saber que ela sofreu...*

Não fazia ideia do que aquilo significava. E também não fazia ideia de qual era a conexão entre Kroner e Veck. Caramba, naquele momento, sentia que não poderia confiar em seus instintos nem sequer para confirmar o próprio nome. Especular alguma coisa naquela bagunça? Era melhor nem começar.

Quando saíram para a recepção e caminharam até a porta giratória que dava para o estacionamento, Bails consultou o relógio.

– Quer beber alguma coisa? Tenho que fazer meu relatório em pouco mais de uma hora, preciso de uma bebida antes.

Sim, pois, quando um detetive tinha as informações que ela tinha sobre outro colega, não se ficava muito animado com a situação. Ligou para a delegacia logo depois que terminaram o interrogatório e, dentro de um minuto e meio, o sargento marcou uma reunião com líderes dos departamentos. Isso aconteceria bem depois do horário comercial.

Não era de se admirar que Bails quisesse uma cerveja.

– Obrigada – ela murmurou –, mas, como eu disse, tenho um encontro com minha supervisora agora.

A conversa toda que tiveram não os aproximou tanto assim. Juntos, andaram pelas filas de automóveis, entraram no carro e colocaram os cintos de seguranças. Os dois permaneceram em silêncio durante toda a viagem de volta à sede. Não tinham muito a dizer, e Bails parecia tão traído e doente quanto ela.

Separaram-se com um rápido abraço e, enquanto ele ia para o próprio carro, Reilly observava-o. Veck colocara-os no mesmo barco, e isso significava que aquele estranho agora era uma espécie de amigo.

Quando o telefone tocou na bolsa, sabia quem era antes de pegá-lo. Veck.

*Certo, é para isso que o correio de voz serve* – ela pensou.

Só que provavelmente ele viria atrás dela, e isso era a última coisa que queria. Deveria evitar um encontro pessoal a todo custo.

– Alô.

Houve um zumbido ao fundo, como se estivesse num carro.

– Reilly... o que há de errado?

Desanimada, como se o observasse do outro lado de um espelho de duas faces, pensou que havia sido exatamente daquela maneira que a seduzira: a emoção que projetava naquela voz profunda era a combinação perfeita de preocupação com uma boa dose de proteção.

– Estou bem. Acabei de ver Kroner... Não conseguimos nada de novo – não vindo de Kroner, claro. Já com Bails, a história era diferente.

– Você não parece bem.

O que significava que toda e qualquer aspiração que pudesse ter em ser uma psicopata deveria ser jogada pela janela. Que pena.

De fato, a ideia de não conseguir esconder as coisas era um alívio. Não queria ser como Veck. Nunca.

– Reilly... fale comigo.

– Estive pensando muito sobre meu trabalho hoje – ela disse. – Não é apropriado que deixemos nosso relacionamento como está. Estou comprometendo a integridade da força policial, da minha posição e a mim mesma. Vou encontrar minha supervisora agora mesmo e renunciar seu caso. Levarei alguma advertência, mas posso lidar com isso...

– Espere, o quê? Por que você...?

– E acho que não devemos nos ver outra vez.

Houve uma pausa. Em seguida, ele disse:

– Assim de uma hora para outra?

Agora ele parecia frio, e era o que Reilly desejava: o verdadeiro Veck, o real. Mesmo que isso só a fizesse perceber outra vez o quanto tinha sido estúpida.

– É o melhor – concluiu.

Quando Veck não disse mais nada, ela começou a ficar agitada, pois não sabia exatamente do que ele era capaz. Sem dúvida, tinha sido ele quem andara vigiando-a dois dias atrás... Mas não tinha importância, aquela conversa tinha acabado e, uma vez que revelasse o que precisava à sua chefe e Bails agisse e cumprisse seu dever, Veck teria muitos outros problemas, tantos que estaria ocupado demais procurando um advogado para perder tempo com algum tipo de retaliação. Ao menos ela esperava que fosse assim.

Inferno, melhor ainda, ele poderia ser preso.

– Tenho que ir – ela disse.

Houve outra pausa e, então, a voz dele soou fria como um cubo de gelo.

– Não vou te incomodar outra vez.

– Agradeço muito. Adeus.

Não esperou por uma resposta. Não estava interessada em ser envolvida numa conversa longa e arrastada, com ele tentando manipulá-la novamente, ou pior, ver a máscara dele caindo por completo e ouvir ameaças.

Sua mão tremia tanto que precisou fazer duas tentativas para colocar o telefone de volta na bolsa. Apoiando-se contra o carro, olhou para os fundos escuros da delegacia e sentiu não ter forças para entrar e encarar sua chefe. Mas fez o que tinha que fazer... pois fora criada para agir assim.

# Capítulo 37

Quando Veck desligou o celular, olhou para tela e achou difícil acreditar que aquela conversa com Reilly tinha acabado de acontecer.

– O que foi?

Olhou para Heron. O cara, anjo – quem se importava – estava atrás do volante da caminhonete com seu outro amigo anjo... Cristo, como aquilo poderia ser real? O cara estava no banco de trás de uma cabine dupla e ocupava mais da metade do espaço.

Os três estavam indo para a Instituição Prisional em Somers, Connecticut.

– Nada – disse Veck suavemente.

– Até parece – ouviu do banco de trás.

Eram as primeiras duas palavras que o homem havia dito. O que significava que isso e o fato de estar respirando eram as únicas pistas que comprovavam que ele estava vivo.

Jim olhou para Veck.

– Coincidências não existem. Quando nos aproximamos do final, tudo importa.

– Era... – *minha namorada? Ex-namorada? Oficial do Departamento de Assuntos Internos?* – Reilly.

– O que ela disse?

– Que não quer me ver mais. Nunca mais.

As palavras foram ditas com uma voz calma e profunda – ao menos ainda tinha um pouco de brio. Porém, no fundo do peito, havia um grande buraco negro de agonia, como se fosse um desenho animado e tivessem disparado uma bala de canhão contra ele.

– Por quê? Ela deu algum motivo?

– Se importa de me emprestar um cigarro? – quando Jim estendeu o pacote, Veck pegou dois, pensando que aquele era um momento perfeito para jogar pela janela aquele papo de "desistir".

– Por que isso?

– Porque, ou eu fumo alguma coisa agora, ou vou explodir o vidro ao meu lado com um soco.

– Que bom que escolheu o cigarro – veio da parte de trás. – Estamos indo a uns cem quilômetros por hora e está frio demais lá fora.

Veck pegou o isqueiro oferecido, acendeu e abriu um pouco a janela. Quando inalou, pensou ser uma pena haver tantos agentes cancerígenos naquelas coisas, pois, sem dúvida, aquilo o fazia sentir-se um pouco melhor.

Porém, não duraria muito. Ao contrário da dor no peito. Tinha a impressão de que teria que lidar com isso por um looongo tempo. Como se fosse um ataque cardíaco perpétuo.

Só que, cara, devia saber que isso aconteceria. Aquela mulher ingressou no Departamento de Assuntos Internos porque gostava das coisas certas, bem-feitas. Ficar com ele? Não estava na lista. Apaixonar-se por ele? Não seja ridículo.

– O motivo? – Jim exclamou.

– Conflito de interesses.

– Mas por que agora? Ela sabia o tempo todo o que estava fazendo.

– Eu não sei. Mas também não importa.

O bom era que não poderiam dispensá-lo do trabalho só por que ela acordou e sentiu o cheiro de carne podre da situação que viviam, por assim dizer. Eram dois adultos responsáveis e, sim, parecia ruim, mas ela faria a coisa certa e fim de papo.

Inevitavelmente, seria chamado para responder algumas perguntas no Recursos Humanos e teria a firmeza suficiente para dizer que foi tudo ideia dele. Ou seja: foi ele quem correu atrás dela, bem como foi o idiota que começou com a história do "eu te amo". Imbecil. Que maldito imbecil ele foi...

Não disseram muita coisa durante o resto da viagem. Veck não via problema nisso. As imagens de Reilly e ele juntos pairavam em sua cabeça e faziam com que não confiasse na própria voz... E não só porque demonstraria uma boa dose de tristeza. Estava suscetível a esmagar alguém naquele momento.

Quando já estavam a um quilômetro da prisão, Jim parou um pouco antes de chegar à instituição e trocou de lugar com Veck. No volante, Veck assumiu seu papel: o de policial.

– Então, ninguém vai ver vocês?

Apesar de realmente acreditar que o cara era capaz de ficar invisível. Heron perseguiu-o por dias e apenas seus instintos ficaram um pouco alarmados.

– Isso mesmo.

– Contanto que... – Veck parou de falar quando olhou para o banco ao lado dele e viu que tinha ficado vazio de repente. Olhou rapidamente no espelho retrovisor e não havia nem sinal do cara grande e forte no banco de trás.

– Já pensaram em roubar bancos, seus filhos da mãe? – disse ele em tom seco.

– Não precisamos do dinheiro – a voz de Jim soou do nada ao lado dele.

– Não precisamos nos dar ao trabalho – veio da parte de trás.

Veck esfregou o rosto, pensando que seria melhor assumir que estava louco por começar a conversar com o ar. O problema era que lutava e lidava com essa realidade alternativa durante toda sua vida. A ideia de que era realidade, e não loucura, parecia ser muita maluquice, mas também fazia com que se sentisse um pouco são.

Contudo... fazer essa diferenciação era assumir que ele não era exatamente como o personagem do filme *Uma mente brilhante.*

Afinal, sabia que havia impulsos homicidas, e não casos de esquizofrenia em sua família, então, não tinha perdido totalmente o juízo. Que alívio!

Antes de sair de Caldwell, Veck havia telefonado para a prisão – não para o número que seu pai havia lhe dado, mas para o atendimento geral – e identificou-se. Não chegariam no horário de visitas, mas as pessoas costumavam fazer cortesias graças à sua ocupação profissional – e certamente também fariam-no graças ao fato de que seu pai estaria numa cova em mais ou menos 48 horas. Sem dúvida, havia também o fator curiosidade, algo com que Veck lidava com muito senso de realidade: em pouco tempo, aquela visita antes da morte estaria em todos os lugares... internet, televisão, rádio. Provavelmente, estaria na rede antes mesmo de sair e voltar para o estado de Nova York. Era assim que as coisas funcionavam.

À medida que percorriam o caminho onde se via as paredes da penitenciária numa das laterais, visualizaram um pequeno exército reunido dos dois lados da rua. Fãs de seu pai.

Havia pelo menos uma centena deles, mesmo sendo oito da noite e estando muito escuro e frio. Mas estavam preparados com lanternas, velas e cartazes com dizeres que protestavam contra a execução – e, no momento em que viram o veículo, correram para o asfalto gritando, rugindo, o barulho pressionava a caminhonete sem nem chegarem perto dela.

Mesmo com o estilo um tanto rebelde de se vestirem e a maneira furiosa com que agiam, era evidente que sabiam as consequências da desobediência civil: nenhum deles bloqueou ou tocou o veículo, e Veck diminuiu a velocidade para dar uma olhada neles. Grande erro.

Um dos homens inclinou-se para a janela e obviamente reconheceu Veck: quando o cara apontou para ele e gritou, o êxtase em seu rosto fez com que Veck sentisse vontade de baixar o vidro e dar um jeito no filho da puta.

Mas seria um desperdício de energia. O idiota tinha o símbolo da anarquia desenhado na testa. Tente argumentar com essas coisas.

– É ele! É ele!

A multidão exaltou-se e correu para a caminhonete.

– O que há de errado com essas pessoas? – Veck murmurou enquanto continuava lentamente, pronto para transformá-los em enfeites de capô se fosse preciso.

– É isso o que ela faz – a voz de Jim soou pelo ar.

– Quem é "ela"?

– É exatamente o que vamos tentar tirar de dentro de você.

Não havia tempo para entender mais esta. Virou na pista que a polícia usava e parou na portaria. Olhando para o guarda, baixou o vidro e mostrou seu distintivo e as credenciais.

– DelVecchio, Thomas... Jr.

Ao fundo, a multidão gritava o nome dele... ou de seu pai. Na verdade, eram os dois e com muita eficiência.

Os olhos do guarda baixaram para a identificação e voltaram para o rosto de Veck. Houve um sinal de desconfiança naquele olhar; sem dúvida, ele estava mantendo-se firme contra os malucos que permaneciam ali já há uma semana.

Mesmo assim, o cara acionou o comando do portão e as barras de ferro se abriram.

– Pare assim que entrar. Preciso revistar seu veículo, detetive.

– Sem problema – era bom não precisar fazer isso do lado de fora. Só Deus sabia até onde aquela multidão poderia chegar.

Veck seguiu o protocolo, andou em marcha lenta e freou no momento em que seu para-choque traseiro posicionou-se do outro lado do portão. Quando saiu, pegou o pacote de cigarros de Heron e colocou-o em uso, acendendo um cigarro enquanto os portões fechavam-se e o oficial verificava todas as partes do carro com uma lanterna.

Enquanto fumava, sabia que os anjos não estavam longe. Podia senti-los flutuando e ficou feliz por essa proteção – especialmente quando olhou para as barras do portão e viu a multidão enlouquecida. A energia que havia naqueles malucos era o tipo de coisa que deixaria qualquer um grato por aquilo que os separava deles.

– Pode continuar, detetive – disse o oficial, agora com atitude mais amigável. – Vire a primeira à esquerda e estacione ao lado da porta, por questões de segurança. Um guarda está esperando por você.

– Obrigado, cara.

– É proibido fumar lá dentro. Então, antes, termine o que está fazendo.

– Boa dica.

De volta à caminhonete. Pausa no segundo portão. Em seguida, estavam na unidade.

Prisões de segurança máxima não se pareciam com as que eram retratadas em filmes. Não havia paredes antigas de pedras caiadas com figuras monstruosas esculpidas no alto delas e que espreitavam quem passava embaixo. Nada de elementos nostálgicos como "Al Capone já esteve *aqui*". Nenhuma visita guiada.

Era um negócio muito moderno que mantinha pessoas como seu pai isoladas do público em geral. Havia várias luzes fortes de xenônio para o período noturno, câmeras de vídeo e monitoramento computadorizado. Ainda havia guardas com armas e cercas de arame farpado o suficiente para envolver toda a cidade de Caldwell, mas o procedimento de entrada era feito com cartões magnéticos, computadores e portas automatizadas.

Esteve em vários lugares como aquele, mas nunca especificamente ali: assim que seu pai foi sentenciado, uma carta fora entregue em mãos na república em que Veck morava na faculdade. Não deveria ter aberto aquele envelope, mas não imaginava que seu pai era capaz de enviar da cadeia bilhetes por intermédio de alguém. Fazendo uma retrospectiva? Como fora ingênuo.

Porém, ao menos aquilo lhe indicou o que *não* fazer. Então, sim, era uma boa razão para não trabalhar em Connecticut e para integrar a força policial em vez do FBI. Nada de questões interestaduais, muito obrigado. E, ainda assim, lá estava ele.

Como prometido, no momento em que saiu da caminhonete, uma porta blindada abriu-se e um guarda encontrou-o e levou-o a um ambiente limpo e bem iluminado. Normalmente, como oficial, receberia autorização para entrar com o distintivo, o celular e a arma, desde que não fosse entrar na área das celas, mas não estava ali em caráter oficial e isso significava que tudo seria deixado na entrada.

Ao entregar o celular, viu que havia algumas mensagens de voz. Possivelmente passara por algumas áreas sem sinal telefônico ao longo da viagem, pois não ouvira o toque. Mas não as ouviria agora. Seja lá o que fosse, esperaria até sair dali. Além disso, tinha a sensação de que já sabia do que se tratava. Sem dúvida outra pessoa do Departamento de Assuntos Internos lhe seria designada – oh, que alegria. E provavelmente devia ter outra mensagem de Bails querendo saber como estava. O cara sempre fazia isso, especialmente se enviasse um torpedo e Veck não respondesse.

Depois de assinar um formulário e entregar todas as suas coisas ao guarda, percorreu uma série de salas sendo acompanhado por outro funcionário da prisão, sem produzir qualquer som além dos passos. Mas sobre o que poderiam conversar afinal?

*Veio se despedir do seu pai? Legal...*

*Sim, é a primeira vez que o vejo em anos, e a última nesta vida...*

*Divirta-se, então.*

*Obrigado, cara.*

Sim. Estava ansioso para ter esse tipo de conversa.

Quase cem metros depois andando entre o labirinto da prisão, o oficial mostrou a Veck uma área de visitas do tamanho de um pequeno refeitório e também organizada como tal, com longas mesas com assentos dos dois lados. O ambiente estava iluminado como se fosse uma exposição de joias, com grandes painéis de lâmpadas fluorescentes fixas no teto, e o chão era de um marrom salpicado, do tipo que escondia bem a sujeira, mas que, de qualquer maneira, era mantido brilhante e lustrado. Não havia janelas, plantas e observava-se apenas um mural com uma ilustração do que parecia ser a Assembleia Legislativa de Connecticut.

Contudo, as quatro máquinas de salgadinhos e bebidas davam um pouco de cor ao ambiente.

– Estão trazendo-o – disse o guarda. – Colocaremos vocês na área de visita como cortesia, mas peço que permaneça sentado com as duas mãos sobre a mesa o tempo todo.

– Sem problema. Quer que eu me sente em algum lugar específico?

– Não. E boa sorte.

O cara afastou-se e ficou junto à porta pela qual passaram ao chegar, cruzou os braços e encarou a parede nua do outro lado como se tivesse muita experiência em assumir aquela posição.

Veck sentou-se à mesa em frente ao cara e cruzou os dedos sobre a superfície lisa.

Fechando os olhos, sentiu a presença dos dois anjos. Estavam à esquerda e à direita dele, parados da mesma maneira que o guarda, silenciosos e vigilantes...

A porta no final da sala foi aberta sem produzir qualquer som... Em seguida, ouviu algo arrastar-se.

Seu pai passou pelos batentes com um sorriso em seu belo rosto e algemas nos pulsos e tornozelos. Apesar do fato de estar vestido com um macacão laranja folgado, estava elegante, com os cabelos cinza-escuros penteados para trás e sua atitude de embaixador muito evidente, como uma bandeira real.

No entanto, Veck não dava a mínima para aquela aparência – olhava para o chão. Seu pai projetava uma sombra, certo, uma sombra única que se reunia sob seus pés como tinta preta. O fato de ser mais escura do que qualquer outra no ambiente parecia lógico e surgia sob um novo paradigma.

– Olá, filho.

A voz era tão profunda e grave quanto a de Veck. Quando ele ergueu os olhos para observar seu pai, era como olhar no espelho – apenas vinte ou trinta anos mais tarde.

– Nenhuma saudação para mim? – o DelVecchio mais velho disse ao aproximar-se com passos pequenos e apertados, o guarda atrás dele estava tão próximo de suas costas que parecia vestir o mesmo macacão.

– Estou aqui, não estou?

– Sabe? É uma pena a necessidade de sermos vigiados – seu pai sentou-se na frente dele e colocou as mãos sobre a mesa... na posição exata que Veck havia assumido. – Mas podemos falar em voz baixa – as feições e ângulos daquele rosto mostraram uma expressão de carinho... na qual Veck não acreditou nem por um segundo. – Estou emocionado por estar aqui.

– Não fique.

– Bem, mas eu estou, filho – o balançar triste da cabeça era tão apropriado que Veck desejou revirar os olhos. – Deus, olhe para você... Está muito mais velho. E cansado. Trabalhando duro? Ouvi falar que está na polícia.

– Sim.

– Em Caldwell.

– Sim.

Seu pai inclinou-se para frente.

– Tenho permissão para ler os jornais e ouvi dizer que teve um pequeno problema com um monstro lá fora. Mas você o pegou, não foi? Na floresta? – lá se foi a mentira do pai benevolente. No lugar daquela figura calorosa, surgiu uma intensidade na expressão do homem que fez Veck desejar se levantar e sair. – Não foi? Filho.

Se os olhos são as janelas da alma, então Veck encontrou-se olhando para um abismo... E teve a mesma sensação de vertigem induzida pela gravidade e o puxão que alguém sentia ao inclinar-se e olhar para baixo num abismo real.

– Que herói você é, filho. Estou tão orgulhoso de você.

As palavras se distorceram nos ouvidos de Veck, seus sentidos ficaram confusos, era como se pudesse ouvi-las e sentisse-as alisando sua pele.

*No entanto, deveria tê-lo matado quando teve a chance.*

Veck franziu a testa quando percebeu que seu pai havia falado sem mover os lábios. Balançando a cabeça, Veck interrompeu aquela conexão.

– Bobagem.

– Elogiar você? Estou sendo sincero. Deus é minha testemunha.

– Deus não tem nada a ver com você.

– Ah, não? – seu pai enfiou uma das mãos no macacão e retirou rapidamente uma cruz dali antes mesmo que os guardas pudessem sequer começar a ficar tensos por conta da regra das mãos expostas. – Posso garantir que ele tem. Sou um homem muito religioso.

– Porque lhe é conveniente, sem dúvida.

– Não tenho que provar nada a ninguém – neste momento, seus olhos brilhavam. – Deixo minhas ações falarem por mim... Foi ao túmulo de sua mãe ultimamente?

– Não se atreva a ir até lá.

Seu pai riu um pouco e levantou as mãos, mostrando as algemas de aço.

– Claro que não, eu não posso. Não tenho permissão para sair... Isto é uma prisão, não um hotel de luxo. E, embora tenham levantado uma acusação falsa contra mim, tenham me julgado de maneira errada e me sentenciado à morte injustamente, estou preso como todos os outros que aqui estão.

– Não há nada falso sobre onde você está.

– Acha mesmo que matei todas aquelas mulheres?

– Vamos ser mais exatos... Acho que assassinou cruelmente todas aquelas mulheres. E ainda outras.

Balançou a cabeça mais um pouco.

– Filho, não sei de onde tirou estas ideias. Por exemplo... – seu pai ergueu os olhos para o teto, como se estivesse diante de uma equação matemática complexa. – Você leu sobre a morte de Suzie Bussman?

– Não sou um de seus fãs. Então, não, não acompanho tudo o que faz.

– Não foi a primeira garota que me acusaram de ter assassinado, mas a primeira que pensam que matei. Foi encontrada numa vala de drenagem. A garganta e os pulsos tinham sido cortados e havia símbolos inscritos sobre seu estômago.

Quando seu pai ficou em silêncio, ergueu o queixo e olhou para Veck. Sissy Barten. Encontrada numa caverna. Com a garganta e os pulsos cortados e com símbolos ritualísticos inscritos sobre o estômago.

– Bem, filho, como sabe, *serial killers* possuem padrões que gostam de seguir. É como um estilo de roupa ou uma parte do país que gostam de morar ou um objetivo profissional. É onde se sentem mais à vontade para se expressarem... É acertar a bola no ponto ideal da raquete, é um filé perfeitamente preparado ou a sala decorada de acordo com sua preferência e a de mais ninguém. É seu lar, filho... É o local ao qual pertence.

– Então, está dizendo que todas as outras mulheres não foram trabalho seu, apesar das evidências, pois não correspondem ao padrão da primeira?

– Oh, eu não matei ninguém.

– Então, como sabe sobre os padrões?

– Sou um bom leitor e gosto de aprender sobre esta patologia.

– Posso apostar.

Seu pai inclinou-se e baixou a voz num sussurro.

– Sei como se sente, o quanto está à parte, o quanto estar perdido pode ser desesperador. Mas me mostraram o caminho e foi o melhor que pôde acontecer, e será a mesma coisa para você. Pode ser salvo... *Será* salvo. Apenas olhe para si mesmo e siga a essência que nós dois sabemos que possui.

– Então, posso crescer e ser um *serial killer* como meu pai? Não, muito obrigado.

Seu pai recostou-se e ergueu as mãos para o teto.

– Oh, isso não, nunca... Estou falando de religião. Naturalmente.

Sim. Claro.

Veck olhou em volta para as câmeras de segurança ao redor da sala. Seu pai era inteligente e não atribuía qualquer implicação para si mesmo com aquele gesto, mesmo que a mensagem implícita estivesse tão clara quanto os letreiros dos cassinos de Las Vegas.

– Encontre seu Deus, filho... – aqueles olhos brilharam outra vez. – Abrace quem você é. Aquele impulso o levará para onde precisa ir. Confie em mim. Eu fui salvo.

Enquanto falava, a voz transformava-se numa sinfonia obscura nos ouvidos de Veck, como se as palavras de seu pai fossem a trilha sonora de um filme épico.

Veck inclinou-se para frente, aproximando-se tanto que conseguia enxergar cada partícula preta na íris azul de seu pai. Sussurrando, disse com um sorriso:

– Tenho certeza de que você vai para o inferno.

– E vou te levar comigo, filho. Não pode lutar contra o que é, e vai ser colocado numa posição que não poderá vencer – seu pai inclinou o rosto, como se alguém tivesse colocado uma arma em sua testa. – Você e eu somos a mesma coisa.

– Tem certeza disso? Vou sair daqui logo e você tem um encontro marcado com uma agulha na quarta-feira. Não vejo a “mesma coisa” em nada aqui.

Os dois se encararam por um tempo, até que seu pai recuou.

– Ah, filho, acho que vai me encontrar vivo e muito bem no final da semana – havia muita satisfação em seu tom de voz. – Vai ler sobre isso nos jornais.

– Como vai conseguir isso?

– Tenho amigos no submundo, por assim dizer.

– Nisso eu acredito.

O sorriso encantador e um pouco arrogante voltou, e a voz de seu pai diminuiu chegando a ser graciosa.

– Apesar de ter sido... um tanto amargo... estou contente por ver você.

– Eu também. Você é menos impressionante do que eu me lembrava.

A contração muscular no olho esquerdo do pai informou que as palavras de Veck atingiram um ponto fraco.

– Faria uma coisa por mim?

– Provavelmente não.

– Vá até o túmulo de sua mãe e leve uma rosa vermelha para ela. Eu amava aquela mulher até a *morte*, de verdade.

As mãos de Veck fecharam-se.

– Vou dizer uma coisa – Veck sorriu. – Vou apagar o meu cigarro no seu túmulo. O que acha disso, *pai*?

Thomas DelVecchio pai recuou, sua expressão era fria. Com certeza o encontro não estava sendo como ele esperava.

– A propósito, não se trata apenas de você – seu pai anunciou.

Quando Veck franziu a testa, o homem encarou o espaço em branco atrás do ombro de Veck.

– Ela quer que saiba que ela sofreu. Horrivelmente.

Jesus... Exatamente a mesma coisa que Kroner disse...

Veck conteve-se antes de erguer o olhar em direção a Jim, mas a reação do anjo foi clara: uma corrente fria percorreu o ar e passou sobre a cabeça de Veck, atravessando a mesa e arrepiando a pele das costas das mãos do pai de Veck.

Seu pai sorriu para o ar onde Jim se encontrava em pé.

– Não acha que vai vencer esta, acha? Porque não pode tirá-la dele. Um exorcismo não vai funcionar porque ele nasceu com isso. Não está dentro dele, é *parte* dele.

Seu pai olhou de volta para Veck.

– Acha que eu não sei que trouxe amigos? Garoto tolo, muito tolo.

Veck levantou-se.

– Terminamos.

Sim, era hora de ir: considerando a explosão de vento gélido que passou por ele, Jim Heron, o anjo, estava prestes a atacar seu pai. Seria divertido, mas será que era a coisa mais inteligente a se fazer? Era melhor seguir a linha "não aqui, não agora".

– Nenhum abraço? – seu pai falou lentamente.

Veck não se incomodou em responder essa. Não desperdiçaria seu fôlego e seu tempo com o filho da puta. Na verdade, não tinha certeza da razão de ter vindo – apenas para trocar ofensas? Não havia qualquer encruzilhada visível para ele ali... Porém, talvez o importante tenha sido aquela mensagem para Heron.

Quando Veck virou-se e caminhou até o guarda, o cara abriu a porta rapidamente, como se também não quisesse ficar naquele ambiente nem mais um minuto sequer.

– Thomas – seu pai chamou –, vejo você no espelho, filho. Todos os dias.

A porta foi fechada e interrompeu as palavras.

– Você está bem? – o guarda perguntou.

– Estou bem. Obrigado.

Atrás do outro homem, Veck seguiu na direção de onde vieram.

– Para quando está marcada a execução?

– Para o primeiro horário da quarta-feira. Se solicitar ao diretor, acho que pode conseguir um lugar.

– Bom saber.

Enquanto andava a passos largos, Veck podia sentir a presença de seu pai com ele, como se a bateria daquela lâmpada maligna dentro dele tivesse sido carregada e recuperado a força que deixou de ter durante anos.

No centro do peito, aquela ira obscura queimava com vivacidade... e espalhava-se.

– Tem certeza de que está bem, detetive?

Veck não teve certeza de qual parte dele respondeu:

– Nunca me senti melhor em toda minha vida.

# Capítulo 38

– Você fez a coisa certa.

Reilly olhou por cima da divisória que havia no cubículo. Sua supervisora estava encostada contra a repartição, de casaco, maleta numa das mãos e as chaves pendiam na outra.

– E deveria ir para casa.

Reilly sorriu um pouco.

– Só estou recuperando o atraso.

– Sem ofensa, mas isso é besteira... no entanto, não vou te impedir.

– Obrigada – Reilly esticou os braços sobre a cabeça. – Preciso fazer isso. Pelo bem da minha sanidade.

Na tela de seu computador estava a lista preliminar de provas feita assim que a caminhonete de Kroner fora apreendida. Fez uma busca da palavra *brinco* e agora examinava uma a uma as descrições e as primeiras fotos impressas.

Ainda havia mais ou menos quinze para examinar e, então, passaria um pente-fino na lista principal, que fora finalizada naquela tarde. Precisava entender sozinha coisas como aquelas.

A supervisora assentiu.

– Está certo, eu entendo. E só para te avisar, DelVecchio não retornou minhas ligações... E acabei de ligar para o sargento outra vez. Nada também.

– Quando vai emitir um mandado de prisão contra ele?

– Amanhã, depois do meio-dia, se ele não se entregar para ser interrogado antes.

A acusação seria adulteração de provas. Ela, sua supervisora e o sargento tinham examinado o vídeo de segurança da sala de provas filmado no dia anterior... Viram Veck entrar, olhar todos os objetos catalogados e, em seguida, vasculhar a caixa de coisas que ainda precisavam ser registradas. Esta fora sua oportunidade e, além disso, sua mão esquerda acessou o bolso várias vezes.

Não era uma prova muito concreta, mas combinava com as declarações de Bails e a discrepância na lista – era o suficiente para, ao menos, detê-lo. Além disso, se não atendesse às ligações, havia grandes chances de estarem certos.

– Seja honesta comigo – sua chefe disse. – Teme por sua segurança pessoal?

– Não – talvez.

– Quer que eu designe uma patrulha para sua casa?

– Na verdade, vou para a casa dos meus pais esta noite. E vou ficar com eles um tempo.

– Boa ideia. E considere a patrulha feita – a mulher colocou uma das mãos sobre o ombro de Reilly. – Não se culpe por nada disso.

– Como não?

– Não pode controlar as pessoas.

Mas, pelo amor de Deus, poderia escolher com quem dormiria ou não. Mudando de assunto, disse:

– Então, já terminou de conversar com Bails?

– Sim, a declaração dele já está nos arquivos. Pode ler se quiser, é exatamente o que ele já te disse. Saiu há pouco tempo.

– Vou fazer isso. E antes que você diga... sim, eu prometo ir para casa antes da meia-noite.

Sua chefe já estava quase na porta quando disse em voz alta:

– Quando vai conversar com os Barten sobre isso?

– Quando tudo estiver acertado aqui. Aqueles pobres coitados já passaram pelo inferno e voltaram, e a ideia de que um policial pode ter assassinado a filha deles vai piorar muito as coisas. Especialmente com o nome DelVecchio associado ao caso.

E ainda teriam que levar em conta que Veck esteve na casa deles.

Naquele momento, as palavras dele foram repetidas em sua cabeça: *Eu levei aquele cara até a casa de uma vítima.*

Deus, era um ótimo mentiroso.

– Ligue para mim se quiser conversar – sua chefe murmurou.

– Farei isso. E obrigada de novo.

Ao ficar sozinha, pensou em Jim Heron, o "agente do FBI", o que havia "mostrado" a caverna onde os restos mortais de Sissy foram encontrados. Veck foi brilhante ao interpretar aquela cena. Tão surpreso quando tudo aconteceu. Tão profissional depois.

E quanto à falta de pegadas nas pedras? Heron poderia ter acampado ali durante horas, esperando que Veck levasse-a na direção certa, as solas dos sapatos secaram percorrendo o local. E todos ficaram tão paralisados ao encontrar o corpo que ninguém procurou por ele. Um grande erro.

Estava claro que Heron e Veck trabalhavam juntos.

Reilly soltou um palavrão e voltou a prestar atenção na tela. A última entrada de "brinco" na lista preliminar não demorou para ser examinada e, como esperava, não havia nada parecido com uma pomba ali. Como Bails dissera.

Quando passou para a versão final, com suas fotografias tiradas por um microscópio, a catalogação era tão sucinta que levaria apenas alguns minutos para encontrar o brinco. A discrepância não havia sido notada, mas seria, em breve.

– Que confusão – ela murmurou ao abrir o arquivo de Sissy para rever as fotos da autópsia.

Deus, era fisicamente doloroso só de olhar.

Ao longo dos anos trabalhando na polícia, tinha visto muitas coisas horríveis, mas a situação de Sissy era a pior. Talvez por ter se envolvido pessoalmente, graças a algumas decisões estúpidas de sua parte.

Cansada, mas ainda incapaz de ir embora, decidiu perder algum tempo na internet. Introduziu o nome Thomas DelVecchio Jr., e o Google lhe deu milhares de referências em dezessete segundos. Descendo a tela com o mouse, clicou e abriu alguns blogs e sites... Apenas para se sentir cada vez menos impressionada com a humanidade. Não que precisasse de ajuda naquele departamento.

Havia tanta adoração pelos motivos errados... Reilly ficou se perguntando quantas daquelas pessoas achariam divertido se a própria filha ou a própria mãe tivessem sido uma das vítimas. Ou se alguma delas em si tivesse caído nas mãos de DelVecchio... e sido ferida por suas facas.

Refinando a busca para pesquisar sobre as vítimas, achou muitas referências da primeira mulher que fora assassinada, incluindo algumas fotos da autópsia. E uma comparação lado a lado entre Sissy Barten e Suzie Bussman resultou em algo que ela já sabia: o método e as marcas eram os mesmos.

Que maneira de homenagear o pai. Deus, até mesmo os nomes eram muito semelhantes, de uma maneira assustadora.

Recostando-se profundamente em sua cadeira, seus olhos iam e vinham entre as duas metades da tela – e deu-se conta de que rezava para que encontrassem provas suficientes para condenar Veck. Tudo o que tinham até agora era o brinco plantado em meio às provas, a declaração de Kroner com relação à pedreira e o fato de que Veck estivera na casa dos Barten. Porém, todos tinham lidado com o caso como se Kroner tivesse feito aquilo. Ninguém tinha olhado para Veck – mas isso estava mudando agora. Sua mesa, computador e armário já tinham sido revistados e tudo foi apreendido. Sua casa seria interditada para fins de investigação. E, assim que aparecesse, seria levado direto para um interrogatório. Contudo, talvez ele tivesse fugido...

Reilly ergueu-se e girou na cadeira.

O batimento cardíaco rugia nos ouvidos, abafando o som do sistema de aquecimento instalado no teto e o zumbido do equipamento de informática... e o ranger que ouviu atrás dela.

Olhando para o teto, observou a câmera de segurança em uma das extremidades. A luz vermelha no centro da máquina piscava lentamente, o ciclo preguiçoso das ondas emitidas por aquele sinal indicava que estava funcionando.

– Quem está aí?

Ninguém respondeu, pois não havia ninguém ali. Certo?

Ouviu a própria respiração por um tempo e, então, pensou:

*Certo, isso é besteira* – não seria intimidada no seu maldito departamento.

Empurrando com força a cadeira, andou pelos cubículos vazios e verificou as salas de reunião e os escritórios. Na volta, percorreu todo o caminho até a porta principal, abriu-a e olhou para os dois lados do corredor.

Virou-se rapidamente, quase esperando encontrar alguém atrás dela. Ninguém.

Praguejando baixinho, voltou para sua mesa, sentou-se e... quando o celular tocou, deu um pulo e colocou uma das mãos sobre a garganta.

– Ai, cale essa *boca.*

Difícil saber se estava dirigindo-se ao celular ou à sua glândula produtora de adrenalina.

Pegou a coisa, aceitou a ligação e exclamou:

– Reilly.

– Como você está?

Ao som da voz do detetive De la Cruz, respirou fundo.

– Já estive melhor.

– O sargento me ligou.

– Que confusão – aparentemente, aquela era sua nova trilha sonora.

– Sim.

Houve uma longa pausa, preenchida pelo mesmo tipo de silêncio que marcou a viagem de volta dela e de Bails do hospital até a delegacia: *Que diabos aconteceu* – era a mensagem subentendida sem que se dissesse uma palavra.

– Alguém te contou sobre a outra parte da história? – ela perguntou.

– Que você e Veck estavam... ah...

Ela teve que fazer uma careta.

– Foi um péssimo julgamento de minha parte. Pensei que o conhecia, pensei mesmo.

– Isto é difícil, não? – as palavras foram ditas com um cansaço que vinha de toda uma experiência pessoal. – No final, só se conhece de verdade a si mesmo.

– Tem toda razão... e estou contente por ter ligado. Quando isto tudo acabar... e ficar tudo...

– Tudo o que as pessoas pensarão é que ele é um idiota. E esse é o melhor cenário que ele poderá vivenciar.

*Assassino* seria outra palavra muito ouvida, sem dúvida.

– Você vai superar isto – De la Cruz disse. – Só queria que soubesse que pode me ligar se precisar de qualquer coisa.

– Está sendo muito... gentil.

– Parceiros são uma coisa complicada. Já tive alguns.

*Mas aposto que nunca dormiu com um deles* – Reilly pensou.

– Obrigada, detetive.

Depois que Reilly desligou o telefone, ficou olhando para o nada. Deus, será que aquela história de Veck encontrar sua mãe morta era mesmo verdade? Ou teria sido apenas outra maneira de jogar com as emoções?

Bem, só havia uma maneira de descobrir... Não levou muito tempo para localizar algumas referências em blogs amadores relacionadas a esse capítulo em especial na história da família DelVecchio. Leu tudo sobre como Veck tinha descoberto o corpo, como foi interrogado e como foi inocentado de qualquer envolvimento com base nas evidências físicas: apesar de suas impressões digitais estarem por toda casa, não havia nada sobre a vítima, também não havia sangue sob as unhas, nem sobre as roupas ou em locais como o seu banheiro ou sua cama.

Com o corpo de Sissy Barten foi a mesma coisa: não havia qualquer evidência que ligasse Veck ao assassinato. Porém, Veck era um detetive que sabia exatamente o que fazer para não deixar nada para trás. Fato que a fez se perguntar sobre a mãe dele. E ficar preocupada.

Deus... E se ele conseguisse se livrar desta? As implicações de ser demitido por plantar provas eram muito menores que a acusação de assassinato processada com sucesso. Poderia ficar sem emprego, mas livre nas ruas. E se tivesse a mesma tendência do pai, de escorregar entre os dedos da Segurança Pública, poderiam se passar anos antes de alguém conseguir prendê-lo.

Enojada com tudo aquilo e, aparentemente, procurando ficar ainda mais, acessou o Facebook e digitou Thomas DelVecc...

Não precisou de muito para visualizar vários resultados. Indo de página em página lentamente, observou os fã-clubes aos quais Veck tinha se referido. Ao menos não havia mentido sobre aquilo.

O maior grupo tinha 20 mil membros. Acessou o mural e observou as fotografias alinhadas na parte superior da página; em seguida, viu as postagens posicionadas na vertical. Tudo sobre a execução. Tudo sobre a adoração.

Recostou-se para trás na cadeira e ficou encarando a tela. Passou-se um longo tempo antes de desligar o computador e pegar seu casaco.

– Quem é essa tal de "ela"? – Veck perguntou atrás do volante da caminhonete de Heron. – A quem meu pai se referiu?

Sentado ao lado do cara, Jim não olhava para nada. Tinham pelo menos mais uma hora antes de chegarem em Caldwell, então, havia tempo de sobra para jogar conversa fora... Mas não estava com muita pressa de falar sobre o clima, muito menos sobre Devina e Sissy.

*Quer que saiba que ela sofreu.*

Aquele demônio era uma tremenda vadia.

Veck soltou um palavrão.

– Maldição, é melhor um de vocês começar a falar. E se não quer me dizer nada sobre a garota, então é bom explicar que porcaria foi aquela de exorcismo.

Jim bateu a ponta do cigarro pela fresta da janela e decidiu enfrentar a última opção, em vez da primeira.

– Você não é nossa primeira tarefa. A primeira alma que salvamos... foi salva dando a Devina uma ordem de despejo.

– Devina?

– Um demônio em forma de mulher, cara.

– Foi ela quem sofreu?

– Quem dera – Adrian murmurou do banco de trás.

Jim concordava muito com ele.

– É assim que funciona. Devina é um demônio... E se precisa de mais explicações além desta, pense na sabedoria popular e terá uma boa imagem dela. Ela entra em alguém e gradualmente influencia suas escolhas e decisões. Em dado momento, a pessoa chega à encruzilhada e tem que escolher. Dependendo do caminho que decide percorrer, de como o segue, das ações que pratica... Tudo isso determina onde vai acabar. E o andar de baixo é um lugar maldito e quente demais, se é que entende o que quero dizer.

– Inferno.

– Isso.

Nesse momento, Jim pensou no pai daquele homem. Cara, aquele ser era pura maldade. E se fosse isso que estava vinculado a Veck?

– Vou acabar lá? – disse Veck suavemente, como se estivesse falando sozinho.

– Não, se pudermos ajudar.

Contudo, como diabos fariam isso? Especialmente levando em conta que Veck parecia mais misterioso desde que deixara aquela sala de visita. Mais irritado. Muito distante, mesmo estando tão perto.

*Por que diabos Eddie teve que morrer?* – Jim pensou. Precisavam tanto dele naquela situação.

Devina era uma *tremenda* vadia.

– Reilly está em perigo? – Veck perguntou asperamente.

– Quanto maior a distância entre vocês dois, melhor.

O cara soltou um palavrão novamente e murmurou:

– Missão cumprida.

– É realmente mais seguro assim. Ela produziria mais danos colaterais e Devina adora isso.

Na lateral da rodovia, viram uma placa verde com letras brancas na qual se lia "CALDWELL 55".

Quantos cigarros ele ainda tinha?

– Então, quem é "ela"? A que sofreu?

Ah, sim. Aquela pergunta iria ajudar *muito* seu humor.

– Alguém com quem me importo.

– Sissy Barten – Veck olhou para ele. – Certo? Kroner disse a mesma coisa, exatamente com as mesmas palavras, quando conversou com Reilly sobre ela. E você já havia dito que era pessoal.

– Disse mesmo.

– Então, o que são aquelas marcas no estômago da garota?

– Devina não conhece os modernos sistemas de segurança e alarme. Ela usa virgens – Jim endireitou-se em seu assento, seus músculos ficaram rígidos quando o impulso assassino foi acionado. – O que viu em Sissy é a maneira como ela consegue se proteger.

– Que... inferno. Então, a primeira vítima do meu pai...

– Talvez Devina o tenha obrigado a fazer aquilo como prova de fé. Talvez ele tenha apenas ajudado. Quem sabe?

– Há quanto tempo isso vem acontecendo? Entre você e o... – a pausa que se seguiu sugeria que Veck ainda estava se acostumando a pronunciar a palavra *demônio.*

– Há algumas semanas. Mas houve pessoas antes de mim... E ainda haverá depois se eu conseguir que você não siga o caminho que ela quer que você siga.

Jim olhou para as mãos do detetive. Envolviam com tanta força o volante que era um grande milagre ainda não o ter arrancado.

Certo, aquele tipo de fúria *não* agiria a favor deles: seria um estopim para Devina... Se ela atingisse o ponto certo, teriam que lidar com uma grande explosão. E Veck era um cara grande e forte capaz de matar pessoas com as próprias mãos e, provavelmente, fora treinado para isso.

Maldição, Jim odiava aquela espera.

– Aliás, vamos ficar com você esta noite.

– Imaginei. Só tenho uma cama, mas tenho um sofá.

– Estou mais interessado em parar em alguma loja de conveniência – abriu o maço de cigarros. – Está acabando.

– Tem uma perto da minha casa.

– Legal.

Veck colocou a mão no bolso e pegou o celular.

– Vou deixar ligado.

Enquanto Jim fervilhava de frustração, olhou para a janela ao seu lado em direção à estrada escura, perguntando-se quando as coisas...

– Que inferno – Veck murmurou. – Meu maldito telefone está estranho.

Quando Jim virou a cabeça lentamente, pensou:

*O tempo de espera acabou. Lá vamos nós...*

# Capítulo 39

No Paraíso, Nigel jogava contra si mesmo. Xadrez.

Na verdade, era um pouco chato, mesmo seu oponente estando muito bem vestido e sendo incrivelmente astuto: acompanhava todos os movimentos que fazia, então, a falta do elemento surpresa não era nada desafiadora... apesar das estratégias brilhantes e ostensivas.

– Xeque-mate – disse alto em meio ao silêncio de seus aposentos.

Quando não houve qualquer palavrão, nenhuma acusação de práticas desleais, nenhum protesto ou exigências de revanche, lembrou-se outra vez por que motivo jogar com Colin era muito mais gratificante.

Levantando-se, afastou-se da mesa e deixou as peças como estavam: apenas duas sobre o tabuleiro, uma rainha branca e um rei preto.

O desejo de deixar sua tenda e sair andando pelo gramado em direção ao castelo, seguir até o rio, até o local onde Colin dormia, perfazia um impulso irresistível, que ultrapassava os limites mentais e chegava aos físicos.

Mas já fora levado por aquela loucura uma vez e foi muito constrangedor. Não faria isso novamente.

Distraído pela dor no peito, andou em volta da cama, entrou no banheiro e voltou ao quarto outra vez. Na verdade, não estava prestando atenção em nada exatamente... Bem, isso desde aquela refeição horrível... Quando a honestidade de Colin havia acertado em cheio o ego arrogante e irritadiço de Nigel.

Estranho como a posição de alguém mudava. Enquanto o tempo passava como uma corrente preguiçosa num grande rio de águas tranquilas, sua reação defensiva e impetuosa tinha se transformado em algo mais moderado... Preparando-o até mesmo para a possibilidade de se desculpar, desde que um pedido de desculpas fosse oferecido em troca. Prova de que milagres poderiam acontecer.

Infelizmente, tinha plena certeza da resposta que receberia e, conhecendo a si mesmo, bem como ao outro arcanjo, reconhecia que uma nova rodada de discussões não beneficiaria nenhum deles. Ainda assim, quem sabe Colin não poderia tomar a iniciativa de fazer as pazes?

Na verdade, embora Nigel não admitisse isso a ninguém, ele havia pulado várias das últimas refeições e passava o tempo todo ali, na esperança de que o arcanjo se aproximasse. Porém, a situação estava ficando inaceitável. Tal passividade não fazia parte de sua natureza e paciência era uma virtude da qual possuía muito pouco...

– Nigel? – veio uma voz do outro lado dos aposentos.

Nigel rangeu os dentes, mas conteve o palavrão que desejava proferir ajeitando duas vezes a gravata. A última coisa que precisava era de um visitante que não fosse Colin. Contudo, era pouco adequado punir um inocente bem-intencionado.

– Byron, meu velho – murmurou, indo para a entrada –, como estás...?

No momento em que afastou a pesada cortina de cetim e viu o rosto do outro arcanjo, ficou paralisado.

– O que foi?

– Colin... está aqui?

– Não.

– Não conseguimos encontrá-lo – Byron brincava com os botões de metal das mangas do casaco. – Quando ele não se apresentou para a refeição noturna, concluímos que estivesse estudando e o deixamos em paz. Mas, antes de começar, fui procurá-lo com algumas provisões. Não estava em sua tenda. Nem nas fontes de água. Nem no castelo... e nem aqui, pelo que vejo.

Nigel balançou a cabeça ao mesmo tempo em que se concentrou para ouvir seus sentidos – e não encontrou sinal algum do anjo. Na verdade, se não estivesse tão preocupado consigo mesmo, reconheceria antes o que notava claramente agora: Colin não estava no local.

Houve um breve impulso de ceder ao pânico, mas Nigel controlou a reação emocional. E, pensando logicamente, ele sabia que havia apenas um lugar para onde aquele todo iria.

Por que não havia previsto aquilo?

– Não se preocupem – disse Nigel gravemente. – Vou sair e o trarei de volta.

– Quer ajuda?

– Não – pois não se responsabilizaria pela punição que daria ao arcanjo. Conflitos pessoais eram uma coisa, insubordinação era outra completamente diferente. E este último item não seria negligenciado, de forma alguma.

Apenas com a força do pensamento, seu roupão e chinelos com monogramas transformaram-se num terno cinza-claro, uma camisa de um branco brilhante, uma gravata xadrez de tons suaves e um par de asas.

– Vá e console Bertie e Tarquin – disse ao outro arcanjo. – Sem dúvida estão preocupados. E saiba que não devo demorar.

– Aonde vai?

– Para onde ele está.

Com isso, Nigel saiu, atravessando a barreira que os ligava ao mundo lá embaixo. E, quando retomou sua forma corpórea, viu-se diante de uma garagem de dois andares de distinção modesta no interior do país.

Pensou em Edward descansando ali.

Que local comum para uma alma tão extraordinária.

Com uma concentração sombria, Nigel subiu as escadas estreitas e passou pela porta como se não fosse nada além de um véu de névoa. Não havia razão para abrir as portas. Com certeza já havia anunciado sua presença.

E Colin não pareceu chocado com a invasão. O arcanjo estava sentado num sofá gasto sob uma grande janela, descansando com um dos braços estendido sobre as almofadas e as pernas cruzadas, com um dos tornozelos sobre o joelho.

Nigel relembrou cada ângulo e linha daquele belo e rígido rosto masculino. Em seguida, observou os olhos negros e os lábios volumosos.

– Pensou que sua ausência não seria notada?

– Pareço surpreso com sua chegada?

– A maneira adequada de agir diante destas situações é pedir permissão antes de sair.

– Talvez para Byron e Bertie. Mas não para mim.

– Eu não teria negado.

– Como poderia saber?

Quando Nigel franziu a testa, sua ira diminuiu de repente, em seu lugar, sentiu a exaustão. Como os seres humanos suportam aquele turbilhão emocional? E por que havia permitido que seu coração sentisse aquilo? Não era nada bom. Além disso, não poderia continuar. Quando se dirigiu ao arcanjo outra vez, foi com serenidade.

– Colin, parece que você e eu alcançamos nossa própria encruzilhada. Por mais que eu esteja preparado para reconhecer certos... erros de julgamento da minha parte... temo que não seja suficiente para você, assim como água não é suficiente quando a necessidade real é de sangue. Além disso, acredito que, na sua tentativa de assumir uma posição lógica, a verdade sobre você mesmo se perdeu. Suas paixões te governam muito mais do que imagina e te levam em direções que comprometem nossos interesses coletivos.

Os olhos de Colin desviaram-se.

– Portanto, devo sugerir que deixemos no passado nossa relação íntima para que possamos assumir uma distância apropriada. Talvez com o tempo, possamos também voltar a trabalhar juntos em harmonia. Porém, até que isso ocorra, eu espero que se comporte de maneira adequada ou vou remover qualquer influência que possa exercer sobre a presente situação.

Quando não houve resposta imediata, Nigel caminhou até uma cozinha e parou diante de uma porta pequena e baixa. Atrás daquela frágil barreira repousava Edward, sem respirar, mas também sem se deteriorar, o corpo do anjo era como um vaso exalando o perfume de flores que não estavam ali.

Colin foi inteligente ao se dirigir àquele local, pensou Nigel. Com Jim e Adrian guerreando intensamente com Devina, aquele vaso não estava seguro – e, se fosse quebrado ou comprometido, não haveria como restaurar a alma de Edward.

Contudo, mesmo que permanecesse intocado, era impossível saber quando retornaria. Coisas dessa natureza estavam sob a alçada do Criador e dele somente. Além disso, seria um acontecimento sem precedentes. Mas mesmo assim, Colin deveria...

– Eu deveria ter dito onde estava indo – o arcanjo disse bruscamente. – Você está certo neste ponto.

Nigel virou-se. O anjo ainda estava no sofá, ainda estendido, mas tinha erguido os olhos, encontrando os de Nigel.

– Isto é um pedido de desculpas? – disse Nigel.

– Entenda como quiser.

Nigel balançou a cabeça e pensou:

*Não está bom o suficiente, velho amigo. Simplesmente, temo que ainda não seja o suficiente.*

Ajeitando as mangas da camisa, puxou as abotoaduras de ouro e afirmou mais uma vez:

– Estou me esforçando para ganhar este concurso vital da melhor maneira que conheço... Ou seja, dentro dos limites dúbios próprios deste jogo. Não posso aceitar a afirmação de que dois erros façam um acerto. Não vou aceitar.

– Não se iluda – Colin murmurou ao erguer uma das mãos e flexionar os dedos. – Nossas mãos estão limpas, como você diz.

– E veja como isso acabou. Edward está morto.

– Você não é o culpado por isso.

– Sou sim – Nigel balançou a cabeça. – É o que você não entende. Tudo isso é minha responsabilidade. Pode ter suas opiniões, suas discordâncias, sua ira, mas, no final, seus ombros não sentirão o peso de arcar com o ônus da derrota, se este for o resultado. Essa função é minha e só minha. Portanto, enquanto menospreza meu controle, você vê as coisas da vantajosa posição onde pode comentar sem sofrer consequências.

Com isso, Nigel andou até a porta.

– Estou feliz por você estar aqui e sei que protegerá bem algo tão precioso.

– Nigel.

Olhou por cima do ombro.

– Colin.

Houve um longo momento de silêncio. Quando pareceu que nada mais seria dito, Nigel olhou para a cozinha e pensou sobre a natureza da perda: é possível escolher certas coisas, outras não. Algumas eram impostas. E... outras eram permanentes.

– Vejo você mais tarde – disse Nigel, finalizando a conversa e saindo.

# Capítulo 40

Na manhã seguinte, Reilly foi para o trabalho saindo da casa de seus pais com o estômago cheio: suco de laranja fresco, dois pães caseiros de canela, uma xícara de café e uma fatia e meia de bacon que furtara do prato de seu pai.

Quando estacionou o carro nos fundos da delegacia, cada grama daquela refeição deliciosa revirou dentro dela: a moto de Veck estava parada próxima ao edifício. Era óbvio que tinha se entregado e estava sendo interrogado.

Olhando para cima, observando a lateral dos fundos de onde trabalhava, ficou tentada em voltar ao seu carro, ligar o motor e ir... a qualquer lugar. Mas não fugiu. Nunca fizera isso. Nunca o faria.

Ao sair, piscou um pouco diante do sol brilhante e desejou que Deus apagasse as luzes: em vez de animá-la, aquele dia alegre e primaveril levava-a mais ainda para o fundo do poço.

– Lindo dia, não? – alguém disse em voz alta.

Olhando por cima do ombro, disse:

– Bom dia, Bails.

O detetive passava pelos carros, caminhonetes e SUVs. Estreitou os olhos ao observá-lo, pois a luz atingiu-a em cheio de repente.

Parecia o início de uma enxaqueca.

– Você está bem? – perguntou.

– Nem um pouco. E você?

Ao aproximar-se, Bails tirou os óculos escuros.

– Estou na mesma – assentiu em direção à moto de Veck. – Então, ele está aqui.

Reilly esfregou os olhos.

– Sim, está.

– Onde estão seus óculos? – disse, dando uma leve batida em seus grandes óculos de sol. – O verão está chegando e a catarata também.

Quando Bails colocou as lentes escuras outra vez, Reilly inclinou a cabeça e olhou para ele. A luz em torno do cara era tão brilhante que parecia ser feito de algum material cromado.

Certo, ela estava enlouquecendo, ficando completamente gagá. Só faltava aparecer no trabalho com um vestido feito de carne.

– Eu disse... vai assistir ao interrogatório?

Balançando a cabeça, murmurou:

– Meu Deus, não. Desculpe, estou meio estranha hoje.

Colocou o braço sobre os ombros dela como um amigo faria, nada mais.

– Entendo. Vamos lá, vamos entrar e fingir que estamos trabalhando.

– Boa ideia.

Entraram juntos, passaram pela recepção e chegaram às escadas. No patamar do segundo andar, viram que o pessoal da administração não ocupava as mesas como de costume, mas estava agrupado ao fundo. Assim que um deles viu Reilly, todos olharam para trás.

Abaixando a cabeça, ela murmurou um "até mais" e correu para o seu departamento. Nos Assuntos Internos, mais olhos observaram-na, mas, ao menos ali, seus colegas aproximaram-se para dizer bom dia e reconheciam a situação delicada: estranho, mas era melhor que sussurros... E as pessoas pareciam apoiá-la.

Aliás, a maioria das pessoas, vez ou outra, passa por sérios problemas. Basta apenas respirar para que isso aconteça.

Quando as conversas diminuíram, sentou-se em sua mesa, ligou o computador e ficou ali... um minuto e meio. Saiu do seu departamento. Percorreu o corredor. Entrou no Departamento de Homicídios. E, como se estivesse destinado a acontecer, a primeira pessoa que encontrou foi De la Cruz.

– Eu estava me perguntando se você não iria aparecer – disse ele, aproximando-se e estendendo uma das mãos.

Depois de apertar a mão dele, limpou a garganta.

– Como estão as coisas?

– Acabaram de começar. Quer assistir?

– Sim – disse ela com voz rouca.

– Venha comigo – enquanto ele a guiava pelas mesas ergueu a xícara de café. – Acabei de pegar um pouco de café, está servida?

– Já estou bem agitada... mas obrigada.

As salas de interrogatório percorriam um corredor estreito com uma entrada própria, mas havia um atalho nos fundos do departamento e De la Cruz segurou a porta para ela.

– Tem um monitor aqui.

A sala de conferência minúscula tinha um tapete velho, mas uma mesa redonda nova – onde uma tela exibia imagens em preto e branco de uma sala de três metros de largura por quatro de comprimento. A câmera estava focada em Veck, sentado numa cadeira ao canto, e Reilly sentiu um choque físico ao vê-lo. Cara, ele era grande, especialmente ao exibir toda sua agressividade fria: seus braços estavam cruzados sobre o peito, a expressão dos olhos era séria ao observar o detetive que o interrogava. Como se o cara fosse um alvo de dardos.

Reilly puxou uma cadeira e sentou-se, sentia pouca firmeza nas pernas.

– Aqui, me deixe ligar o som – De la Cruz disse ao sentar-se também e inclinar-se para frente.

– ...não plantei aquele brinco como prova – Veck respondeu. – Você tem o vídeo. Assista a maldita gravação. Não plantei o maldito...

– Mas esteve na seção de provas de Kroner...

– Assim como qualquer outro detetive da delegacia poderia ter feito.

– A oficial Reilly indicou que você esperava encontrar alguma coisa que ligasse tudo ao caso Barten.

Veck não mostrou reação alguma ao ouvir o nome dela.

– Sim. Mas como isso pode estar relacionado em plantar alguma coisa?

O outro detetive – seu nome era Browne, se Reilly não estivesse enganada – inclinou-se sobre seu bloco de anotações.

– Sua mão entrou e saiu do bolso várias vezes.

– Já ouviu falar em troco? Moedas, trocados, níquel?

– Você esteve no quarto de Sissy Barten.

– Assim como outros estiveram. Não sou o único representante deste departamento que passou por aquela casa.

– Olha, Veck, apenas me diga o que aconteceu.

Veck inclinou-se também, o rosto cheio de fúria.

– Fui até a casa de Sissy para conversar com a mãe dela. Subi as escadas, sim, claro, mas não tirei nada de lá e não plantei evidência alguma. Você já provou que não machuquei Kroner. Por que eu enquadraria o cara num assassinato que, aliás, eu não cometi?

– Não tenho certeza do que conseguimos provar com Kroner.

Veck encostou-se outra vez.

– Está brincando comigo?

– Talvez tenha encenado o ataque minuciosamente para conseguir colocar a culpa do assassinato Barten sobre os ombros dele.

– Então, acha que eu costumo andar com leões treinados ou alguma coisa assim? Além disso, era Kroner quem sabia onde o corpo estava naquela pedreira, não eu.

– Pelo contrário, Kroner apenas mencionou a pedreira. Você encontrou o corpo.

– Não, não encontrei. Foi...

– Quem?

Com isso, enfiou a mão no bolso da blusa que vestia e tirou um maço de cigarros.

*Ah, então, havia mentido sobre parar de fumar também.*

O outro detetive balançou a cabeça.

– É proibido fumar aqui dentro.

Veck murmurou alguma coisa ao guardar o pacote outra vez.

– Olha, quer saber o que tenho para declarar? É simples. Não fiz nada disso: o assassinato, o brinco, nada disso. Alguém está tentando me incriminar.

– Pode provar isso, Veck?

Deus, Reilly quase pôde sentir uma rajada de ar frio quando Veck respondeu:

– A questão vai além. Trata-se de saber se *você* pode provar isso.

– Ele a matou – Reilly disse asperamente. – Oh, meu Deus, ele a matou, não?

Veck sabia como o sistema funcionava, sabia como escapar de um assassinato... Era um detetive, afinal. Foi treinado nos limites da lei. Sabia como lidar com provas e evidências.

De la Cruz olhou para ela.

– Não vou mentir. Isso não parece bom, nada bom.

Lembrou-se da pedreira, de Jim Heron, de Veck encontrando o corpo... era o cenário perfeito.

E Kroner? É possível que Veck tivesse ido até aquela floresta planejando matar o cara, mas um animal selvagem o deteve. A sorte, afinal, não jogava apenas a favor dos justos.

Se Kroner tivesse falecido naquele hotel como deveria, e o brinco tivesse sido plantado com sucesso, e Bails não tivesse visto os registros dos antecedentes juvenis, Veck teria passado incólume pelo assassinato, exatamente como seu pai. E teria matado outra vez. Era assim que psicopatas como ele agiam.

A mão de Reilly rastejou até a garganta. E pensar que poderia ter se apaixonado por um assassino... assim como aconteceu com a mãe de Veck.

– O mais importante – ouviu-se dizer – é que não se retirem as acusações contra ele. Não podemos deixar alguém assim solto nas ruas... ou a história do pai se repetirá.

– Vamos precisar de evidências mais concretas. Neste momento, tecnicamente, ele é apenas um suspeito.

– Temos que entrar na casa dele.

– Estamos esperando o mandado ser aprovado.

Reilly voltou a olhar para a tela.

– Quero estar lá.

Sentado "do outro lado" da mesa de interrogatórios, Veck estava prestes a cometer um ato de violência.

Alguém, ou alguma coisa, tentava derrubá-lo e, cara, tinha feito todo o dever de casa. E era isso: em meio à condição do corpo de Sissy, daquela baboseira sobre o brinco e da conexão com seu pai, viu-se realmente numa encruzilhada. Porém, não havia escolhas.

Era como se o piloto automático da sua vida tivesse recalculado o curso do avião para atingir em cheio a lateral de uma montanha, e Veck não conseguia assumir o controle de volta. O pior de tudo? Era que seu colega do outro lado da mesa, detetive Stan Browne, usava todas as técnicas de interrogatório. Que inferno, Veck podia ter escrito aquele diálogo, pois conhecia todos os truques: como o entrevistador poderia confundir as coisas ou sugerir a verdade, mesmo quando houvesse pontos obscurecidos. Então, não tinha como saber com certeza se possuíam provas concretas contra ele.

Nesse ponto, tinha apenas uma coisa a favor dele: era inocente de verdade e a lei favorecia homens inocentes.

– Não se incomode em obter um mandado – Veck disse ao pegar as chaves da casa e colocá-las sobre a mesa. – Vá até minha casa. Examine a porcaria toda. Não vai encontrar nada que me relacione a Sissy Barten ou a Kroner.

Isto se quem estivesse atrás dele não tivesse plantado uma versão do brinco em forma de pomba na casa. Droga.

Browne estendeu a mão e pegou as chaves.

– Quer um conselho?

– Não preciso. Porque isto não vai dar em nada.

O outro detetive coçou a sobrancelha com a ponta do polegar.

– Parece ter muita certeza disto.

– Tenho.

– Então, como explica que o brinco não esteja contabilizado na lista que fizeram logo após apreenderem e revistarem a caminhonete de Kroner, e que apareceu depois que você esteve na sala de provas?

– Como eu disse, quantas pessoas entraram e saíram dali nos últimos dias? Já assistiu a todos os arquivos das câmeras de segurança?

– Vamos assistir. Estamos apenas começando as investigações.

– Bem, é melhor fazer isso logo. Porque não vejo nada de concreto contra mim.

– Por enquanto.

– Nunca haverá.

– Faria um teste com o detector de mentiras?

Veck conteve-se neste ponto. E se perguntassem se pretendia machucar Kroner naquela noite? Como lidaria com isso?

– Sim. Claro.

Browne virou a página de seu bloco de notas, mas tendo rabiscado apenas alguns círculos na parte de cima.

– Certo, muito bom. E agradeço sua permissão para entrarmos em sua casa.

Como se Veck tivesse escolha. Conseguiriam a permissão de um juiz de qualquer maneira. O que realmente queria saber era quem, diabos, colocara-o nessa...

Reilly, pensou. Conversaram sobre isso na noite passada... já deveria tê-lo entregue naquele ponto. Ou isso, ou estava prestes a entregar.

Mas por que pensar que ele pegou o tal brinco? E estava com ele na pedreira quando Jim mostrou onde Sissy estava. Os dois foram surpreendidos.

A menos que não tenha acreditado em nada daquilo. E se for assim, em que ponto ocorreu toda a reviravolta? Dane-se... pensando assim só continuaria a se perguntar *quem* havia influenciado tudo.

– Poderia fazer o teste com o detector de mentiras agora?

A mensagem subentendida era: *enquanto revistamos sua casa?*

*Será que Reilly irá com eles?* – perguntou-se. Provavelmente. Era como agiria se estivesse no lugar dela.

Veck ergueu os olhos para a câmera focada nele... e soube que ela estava do outro lado.

– Traga a máquina – Veck disse para as lentes.

Browne levantou-se.

– Vai levar um tempo para configurá-la. Fique aqui enquanto isso.

– Como se eu tivesse escolha.

– Café?

– Não, obrigado.

Quando Browne saiu, Veck continuou encarando o pequeno olho preto no suporte amarelado no canto da parede.

Em câmera lenta, murmurou:

– *Estão... armando... para mim.*

Sabia muito bem que ela não acreditaria, mas não deixaria de lutar. E, depois desse recado mudo, voltou a encarar a porta. Não precisava de uma bola de cristal para saber que não sairia daquela sem uma carta de advertência ou uma bela mancha nos arquivos do Departamento de Assuntos Internos. Sua carreira na Segurança Pública havia acabado, mesmo se fosse inocentado. E, considerando como as coisas estavam, isso não era nada.

Enquanto tentava digerir esta nova realidade, a fúria, aquela fúria obscura e cruel, foi acionada em seu peito. Cada vez mais forte.

– Então, o que acha, Jim? – disse suavemente.

O anjo estava parado do outro lado da sala o tempo todo, bem atrás de Browne – tanto que, quando o detetive sentou-se, olhou por cima do ombro como se sentisse a presença.

A voz de Jim ecoou em sua cabeça:

*Isso é só o começo A questão é: aonde isso vai nos levar? Precisará mentir no teste. Se disser que foi até aquela floresta para matar Kroner, está ferrado... Não vão deixar você sair daqui e isso tornará o meu trabalho ainda mais difícil.*

No silêncio que se seguiu, a fúria multiplicou-se ainda mais no fundo do peito de Veck. Num momento de plena clareza, percebeu ser capaz de matar alguém. Bem ali. Naquele momento. Com a cadeira sobre a qual estava sentado. Com aquela caneta azul e dourada do Departamento de Polícia de Caldwell que Browne havia deixado para trás por engano. Com as próprias mãos.

E não seria um assassinato do tipo "foi um instinto animal, perdi a cabeça, reconsiderem" – aliás, imaginava que era isso o que acontecia com Kroner. Seria um assassinato muito bem calculado, algo que lhe permitiria manter o controle sobre si mesmo e sobre a vítima. Seria algo que o conduziria da fúria impotente à sensação de controle divino.

Não foi à toa que seu pai ficara viciado nisso. E pessoas fracas como Kroner ansiavam por algo assim. O ápice do poder era tirar a vida de alguém, vê-lo implorar, ter nas mãos o futuro de outra pessoa, de sua família e de sua comunidade... e, em seguida, esmagar tudo. O medo era o mestre e a dor a arma.

No estado em que Veck encontrava-se, mesmo com o anjo bem atrás dele, vigilante e leal, estava a um passo de seguir os caminhos que seu pai trilhou.

Aliás, a sensação era indescritível.

# Capítulo 41

Enquanto Reilly seguia em direção à casa de Veck com mais uma dúzia de outros oficiais, estava disposta a deixar seus colegas fazerem todo o trabalho. Ela estava em modo de observação e continuaria assim: olhos abertos, mas com as mãos nos bolsos. Na verdade, teve sorte em receber permissão para ir junto com eles.

Quando os vários carros estacionaram na calçada de Veck, parecia uma convenção policial e, quando Reilly saiu do carro, avistou um casal de vizinhos espiando atrás das cortinas. Porém, a reputação dele diante do bairro não era o que a preocupava. Sua preocupação era manter aquelas pessoas em segurança, livres dele.

Quando a porta da frente foi aberta com as chaves do próprio Veck, a conversa de seus colegas desapareceu no ar como se fosse música de fundo, tudo foi se afastando de sua percepção quando entrou atrás deles.

A primeira coisa que fez foi olhar para o sofá. Havia um travesseiro num dos cantos, como se Veck tivesse passado a noite ali, mas nada de cobertores, mesmo tendo feito muito frio durante a madrugada. Um cinzeiro cheio de bitucas, juntamente com dois pacotes amassados de cigarros e um isqueiro no chão... no local exato onde Veck havia colocado a carteira há três noites.

Reilly afastou com rapidez aquela cena de sua mente e dirigiu-se para a cozinha, não por ter planejado, mas apenas porque seus pés conduziram-na até ali.

Soltando um palavrão em voz baixa, sabia que deveria assumir o papel de detetive. Caixas... onde estariam as caixas que foram armazenadas na mudança?

– Este é o porão? – alguém perguntou enquanto abriam a porta que dava para o banheiro do corredor.

Ela quase apontou para o cara a direção certa, mas se conteve. A última coisa que precisava mostrar era o quanto conhecia a casa.

– É bem aqui – alguém respondeu quando abriram uma porta diferente e acionaram o interruptor.

Reilly aproximou-se e seguiu aquele oficial escada abaixo. Quando atingiu o piso de concreto, o ar mofado fez cócegas em seu nariz e o frio fez com que puxasse o casaco contra o peito.

– E eu que pensei que o andar de cima estava vazio – o oficial murmurou... a voz ecoando no ambiente.

– Acertou em cheio – Reilly concordou.

Além do mecanismo de aquecimento da casa e do aquecedor de água, parecia não haver nada no porão.

Mesmo assim, andaram pelo local. Separados, procuraram em espaços diferentes e Reilly ficou de lado quando o detetive pegou uma lanterna para examinar o que havia por trás do sistema de aquecimento.

– Nada? – Reilly perguntou.

– Nada.

Após retornarem ao primeiro andar, ela ficou na cozinha e deu uma olhada em todos os armários que Veck não usava, em todas as gavetas vazias e no pequeno armário onde poderia pendurar alguns casacos do dia a dia, mas ali também não havia nada. Os oficiais tiravam fotos de todo aquele vazio e havia sons de pessoas andando no andar de cima.

*Deus, será que esteve mesmo com aquele homem?* – perguntou-se.

*Não* – pensou. Esteve com a imagem que desejava que ela visse.

Com um arrepio, subiu as escadas e olhou para a suíte principal. A cama estava toda bagunçada e havia outro maço de cigarros e um cinzeiro sobre o criado-mudo. Viu duas mochilas no canto. Foi até lá e cutucou uma delas que se abriu com o toque de seu pé. Roupas de couro. Uniformes. Algo que parecia ser uma camiseta do AC/DC. Meias pretas.

O tipo de coisa que se levava para passar a noite em algum lugar, só que ela nunca vira Veck vestir nada disso antes... Mas que importância isso tinha?

Franzindo a testa, passou pelos outros oficiais e entrou no banheiro. Duas escovas de dente sobre o balcão junto com um tubo de creme dental. Uma terceira escova num copo.

*Quem mais ficava ali? E por que havia uma toalha sobre o espelho...?*

Quando uma das lâmpadas foi acesa, iluminou a janela por onde tinha observado Veck na primeira noite. Triste, saiu do quarto e foi para o corredor. Passou por mais dois outros quartos vazios e um banheiro.

– Já foram ao sótão? – perguntou aos outros oficiais. Quando negaram com a cabeça, Reilly ergueu uma das mãos enluvadas e puxou as escadas dobráveis.

Afastando-se, deixou um dos colegas subir primeiro com uma lanterna. Deus, com tanto espaço vazio, ninguém se daria ao trabalho de armazenar coisas no terceiro andar, mas Bails dissera que tinha subido escadas para guardar as caixas e, além disso, não havia outro lugar para verificar.

– Nada – ouviu a voz masculina vinda de cima.

Reilly puxou os degraus da escada, apoiando as mãos e, depois, os pés. No sótão, o outro oficial tinha acendido uma lâmpada que balançava e produzia sombras por entre as vigas. Depois de olhar em volta, ajoelhou-se e passou o dedo sobre uma das tábuas de madeira que faziam parte do isolamento térmico. Poeira. Muita poeira.

Franzindo a testa, inspecionou o piso em volta da abertura pela qual passaram. Seus passos e os do outro oficial deixaram uma marca distinta na camada espessa e intocada de partículas.

*Mas que droga é esta?* – pensou.

Não era só uma questão de não haver nada ali. *Nunca* houve, mesmo antes de Veck ter se mudado.

– Com licença – murmurou, antes de descer as escadas dobráveis.

Entrou no primeiro quarto que examinou. Dentro, havia apenas marcas de pegadas no carpete... Nenhuma indicação de caixas empilhadas e retiradas dali por algum motivo. Dentro do armário? Mais do mesmo: tapete liso, sem marcas, como se tivessem acabado de passar um aspirador de pó e estivessem dando um tempo para não gastar as fibras. Erguendo-se na ponta dos pés, olhou as prateleiras. Nenhuma marca de algo que pudesse ter sido puxado ou removido. A mesma coisa no outro quarto.

No andar de baixo, foi até a cozinha, passou pelo armário de casacos e saiu na garagem. Nenhum cortador de grama ou ferramentas ou sementes. Apenas duas caixas de lixo, as duas tampadas.

– Quando o lixo é recolhido? – perguntou, sem esperar qualquer resposta.

Era importante saber e, sem dúvida, logo alguém descobriria.

Voltando à cozinha, parou em frente aos armários e gavetas abertas. Estava claro que Veck havia dado permissão para que revistassem a casa por ter plena certeza de que não encontrariam nada... E Reilly já havia se dado conta disso no caminho.

Mas tinha a impressão de que nunca houvera nada naquele local. Não tinha visto nenhuma caixa quando esteve ali antes, mas o ponto principal era: parecia não existir qualquer evidência de que uma mudança foi recebida naquela casa. Sim, claro, teve umas doze horas para se livrar de tudo... Mas não tinha como produzir coisas como camadas de poeira e tapetes sem marcas.

Talvez Veck tivesse feito os documentos caírem de propósito... e depois jogou-os fora. Mas do que diabos Bails estava falando quando se referiu a caixas? E por que teria mentido? Os dois eram conhecidos por serem amigos e o cara parecia genuinamente abalado. Deus, havia lacunas demais, em toda parte.

Checou o relógio e, então, pegou o telefone e discou para De la Cruz. O detetive tinha ficado na delegacia e, quando a secretária eletrônica a atendeu, não se preocupou em deixar uma mensagem. Ele sabia o que Reilly procurava.

Fora da casa, entrou no carro e sentou-se atrás do volante. Em dado momento, olhou para a casa. Sob a luz do sol, as sombras que o local projetava eram muito escuras... O celular tocou e ela atendeu sem nem sequer olhar quem era.

– Reilly.

– Estou com os resultados do polígrafo – De la Cruz parecia tão cansado quanto ela. – Acabou de chegar... e acho que foi por isso que ligou.

– Foi. Pode me dizer o resultado?

– Ele passou em tudo... tudo mesmo.

– *O quê?*

– Você me ouviu.

– Como isso é possível? – só que, no instante em que perguntou, percebeu ser uma bobagem. Um bom mentiroso, um mentiroso excepcional, poderia enganar a máquina. Era raro, mas não impossível.

Com um gemido, esfregou a ponta do nariz.

– Espere um pouco, só para ficar claro, perguntaram a ele sobre a visita à casa dos Barten, sobre o brinco, sobre a sala de evidências...?

– Tudo.

– E ele negou tudo, e a máquina indicou que estava dizendo a verdade?

– Sim. Exceto por uma questão.

Então, era mesmo um mentiroso espetacular...

– Espere, ele falhou numa questão?

– Não, apenas não negou uma coisa. O examinador perguntou se tinha a intenção de matar Kroner naquela noite, no hotel. E ele disse que tinha sim.

Reilly balançou a cabeça.

– Isso não faz sentido. Por que ele admitiu apenas isso?

Se estava mentindo sobre tudo, por que não encobrir esse ponto também?

– Não sei – De la Cruz murmurou. – Não tenho resposta para essa pergunta.

# Capítulo 42

– Será que não poderiam ter fechado os malditos armários?

Quando Adrian parou na cozinha de Veck, observou aquelas coisas vazias e abertas, enquanto o pobre coitado fechava tudo com mãos firmes.

De alguma maneira, era difícil ficar entusiasmado – não só por ver as gavetas, armários e balcões de alguém todos abertos por terem sido revistados, mas com a guerra em geral. A única coisa que poderia chamar sua atenção era se Devina aparecesse outra vez, mas parecia que o demônio tinha se escondido. E isso nunca era bom.

Jim também permanecia parado ao lado dele, deixando Veck arrumar a casa. Quando o detetive subiu as escadas, o salvador ergueu o olhar.

– É melhor Devina fazer logo o próximo movimento ou a cabeça dele vai explodir.

Ad resmungou concordando.

– Mas não há muito o que possamos fazer sobre isso.

Ficaram com ele durante o questionário inicial, ao longo do teste com o detector de mentiras e no interrogatório que houve em seguida, até Ad ficar convencido de que nunca mais sairiam daquela delegacia. Porém, no final, Veck foi liberado. Tudo o que os policiais tinham contra ele era circunstancial e, com os resultados do polígrafo, não havia mais nada que fosse suficiente para acusá-lo, muito menos para detê-lo durante 48 horas.

De alguma maneira, eram boas notícias – melhor confrontar Devina longe daqueles policiais. Mas o detetive fora pressionado até o limite, e Adrian sabia muito bem como era isso.

De repente, sentindo-se incapaz de ficar parado, foi até a geladeira e abriu-a. Não havia muito lá dentro – nenhuma surpresa – mas, mesmo que houvesse um monte de comida chinesa, não estava com a menor vontade de comer.

Naquele momento, até mesmo respirar era algo que fazia apenas por força do hábito. Na verdade, já tinha ouvido falar que havia fases para o luto. Será que estava em depressão? Com certeza não estava mais tão furioso quanto se sentira num primeiro momento após a morte de Eddie... mas não importava. Agora, a sensação era de uma gaiola de dor ao redor de seus pulmões e a impressão de que arrastava uma balsa atrás de si.

Balançando a cabeça, tentou tirar aquilo de sua mente. A introspecção não seria uma boa amiga naquele momento... Pena que a resolução não durou muito. Olhando para Jim, disse:

– Acha que ele está bem sozinho?

– Veck precisa de espaço.

– Não estou falando dele.

– Está falando de Eddie? – Jim cruzou os braços e soltou um palavrão. Depois de um momento, disse:

– Na verdade, sim, acho que ele vai ficar bem. Devina não vai fazer nada de errado contra ele, pois, enquanto estiver conosco, será uma ferida aberta, impossível de cicatrizar. Se ela levar o corpo ou comprometê-lo de alguma forma? Seria apenas uma ação de curto prazo.

Ad andou até a janela e olhou para fora... cinco da tarde, e a luz do dia já estava começando a desaparecer do céu.

Então, ficou nervoso de repente.

– Ela deve saber onde Eddie está.

– Mas eu protegi a porta. Ninguém consegue entrar lá – o cara bateu no peito com o punho. – Se isso acontecer, eu vou ficar sabendo.

Ad andou um pouco ao redor, sentindo como se houvesse formigas em sua pele. Finalmente, murmurou:

– Olha, vou até lá para ver como ele está. Volto já...

Jim colocou-se na frente dele.

– Eddie está bem. E preciso de você aqui. Algo de ruim está prestes a acontecer.

– Dez minutos.

– É exatamente o que ela quer. Você precisa entender isso.

Adrian não queria discutir com o cara. Já tinham se exaltado o suficiente graças à atitude agressiva de Veck – e Ad tinha bom senso suficiente para entender que o cara estava instável, capaz de explodir por qualquer coisa.

Contudo, não conseguia impedir a necessidade repentina de voltar àquela garagem.

– Olha, volto já. Prometo – encontrou os olhos do salvador. – Juro pela alma de Eddie.

– Maldição – Jim murmurou.

– Concordo plenamente.

Sem esperar por mais uma rodada de desacordo, Ad saiu com cuidado da casa. Assim que tomou forma no gramado em frente à garagem, soube que fez a coisa certa: havia outra presença no interior do apartamento com Eddie.

Assumiu uma atitude de luta instantaneamente, tirou sua adaga e...

– Que inferno – murmurou, abaixando a arma.

Naquele momento, Colin abriu a porta no topo da escada e surgiu no patamar.

– Na verdade, é "céu", muito obrigado.

O arcanjo não usava roupas brancas efeminadas, mas algo com que poderia lutar: calças largas e camiseta justa. E estava sozinho, ao menos até onde Ad conseguia sentir.

– O que está fazendo aqui? – Ad perguntou, mesmo sabendo que havia apenas uma explicação.

– Assistindo TV.

Adrian terminou de subir as escadas.

– Jim não tem TV a cabo.

– Então, pode imaginar o quanto estou insatisfeito.

– Nigel deixou você protegê-lo?

– Ele sabe que estou aqui, sim...

De repente, o vento mudou de direção, passando a vir do leste... E trazia más notícias consigo: pairando nas correntes de ar invisíveis, voando dentre as rajadas de vento, havia o som sutil de um gemido.

– Maldita. Vadia – Adrian encarou Colin. – Fique aqui com Eddie.

– Agradeço a ordem – Colin disse em tom ríspido. – Mas foi por isso que vim.

– Sim. Desculpe.

Não havia mais tempo para conversa: quando o vento ficou mais intenso e os sons de gemidos transformaram-se em gritos, Ad não apenas amaldiçoou Devina e seus senhores da guerra – também teve vontade de dar um soco em si mesmo. Era exatamente o que Jim havia dito que aconteceria ao se separarem: Ad lutaria contra um bando de mortos-vivos, enquanto Jim sem dúvida lidava com a verdadeira encruzilhada.

Jogou-se nas mãos do demônio. E permaneceria assim. Não sairia dali de jeito nenhum: Colin era poderoso, mas havia limites... E já tinham perdido Eddie uma vez. Isso não aconteceria novamente.

Movendo-se com rapidez, Adrian apareceu na garagem. Na caminhonete, havia uma mochila cheia de roupas de couro e logo vestiu um par de luvas, que também envolviam o braço, e o casaco preto que Eddie usava nas viagens de moto mais longas.

Saindo dali, passou por uma forquilha – e voltou para pegá-la. Era bem possível que tivesse que destrinchar algo – e já vira o quanto ferramentas de jardinagem podiam ser divertidas.

Quando saiu outra vez, Colin não estava mais à vista, o que era bom no momento e exatamente o que queria: havia demônios surgindo das sombras por toda parte, assumindo a forma de assassinos sem olhos contra quem Ad desejava lutar.

Adrian inflou os pulmões ao máximo e, em seguida, soltou um grito de guerra que abalou os galhos das árvores ao redor da garagem, atingidos com tanta força que alguns chegaram a se quebrar. Então, iniciou a investida contra os inimigos.

Apertando forte a alça gasta de madeira, saltou para frente, cravando a ferramenta no intestino do demônio mais próximo antes de dobrá-la para cima... até erguê-lo pelo tronco. Quando as garras prenderam-se à criatura, Ad começou a movimentá-la como se o bastardo fosse um fardo de feno. Então, firmou o cabo debaixo do braço para golpear o traseiro do filho da mãe.

Adrian virou-se, puxou a ferramenta e mirou a cabeça, afundando as pontas curvas no desgraçado. As garras penetraram a face e percorreram a criatura até a cavidade torácica, reduzindo o lutador de Devina a uma poça de lama. O grito foi muito satisfatório.

Desvencilhando-se dele outra vez, Adrian endireitou-se e posicionou-se de modo que os dois demônios que tentavam tirar sua atenção pensaram ter conseguido: com a cabeça erguida, conseguia observá-los com a visão periférica. Podia apostar que vinha um terceiro por trás. Era óbvio demais.

Flexionando os joelhos, atirou-se para o ar contra aquele cuja presença tinha apenas imaginado... Então, esfaqueou-o e torceu a criatura com força. Quando o impacto foi registrado, o demônio começou a ter um espasmo, o sangue ácido começou a voar pelos ares ao ponto de Ad ter que se afastar e soltá-lo um pouco. Mergulhando contra a lateral da coisa, abaixou-se e rolou sobre o chão. Quando se ergueu outra vez, estava pronto para acabar com os outros dois.

Em vez disso, enfrentou um exército. Surgiram demônios de cada sombra que havia no pátio, e eles cercavam-no, eram muitos e podiam ser vistos dentre as árvores que envolviam o local. Devia ter uns trinta, quarenta, cinquenta.

Diante da força esmagadora, uma calma tremenda inundou-o, como se estivesse sangrando. Eddie ficaria bem: Colin se certificaria disso. E Ad daria tempo e espaço suficiente para o arcanjo dar o fora dali, levando Eddie consigo.

Quanto a ele? Não sairia dali vivo e não tinha problemas com o local para onde iria. Era assim que se devia morrer: defendendo seu território, levando vários inimigos para a sepultura. Digno de honra.

Quando Adrian preparou-se para investir, pensou que, por ser a última vez, desejava que seu amigo ainda estivesse com ele. Porém, ao menos não permaneceriam mais separados por muito tempo.

Na delegacia, Reilly viu-se na iminência de sair e ir para casa. Durante mais ou menos uma hora e meia. Não havia nada para fazer. Ainda não tinham lhe atribuído um novo caso. Já havia encerrado os outros que lhe foram designados recentemente, e Deus era testemunha de que estava fora do caso Veck. E, mesmo assim, estava sentada em sua mesa como se alguém tivesse passado supercola na cadeira, seus colegas tinham terminado o expediente há algum tempo.

Infelizmente, não olhava apenas para o nada. Estava de volta ao perfil do pai de Veck no Facebook, como se fosse uma maluca viciada.

Clicando na parte de links, acessou alguns sites, mas nenhum deles mostrou o que procurava. Porém, nada que começasse com *www* poderia ajudá-la: as respostas do por que Veck seduzira-a, por que ela tinha se apaixonado e por que ele era como o pai não estavam na internet. Acessou os vídeos. Deus, aquelas coisas eram repulsivas, a maioria destacava os protestos dos fãs...

Ela franziu a testa e inclinou-se em direção à tela. Um dos mais novos havia sido produzido nos últimos dois dias, na frente da prisão onde DelVecchio pai estava. Sob o brilhante sol, os sinais eram bem visíveis e as palavras de ordem eram ridículas. Até rimavam.

Execução. Perseguição. Que original.

Reilly assistiu ao vídeo outra vez. E mais uma vez. E de novo. Até memorizar os cartazes e cenas expostos no vídeo de dois minutos, bem como o momento em que aquele flash disparou por trás do...

Espere.

Não era um flash.

Voltou o arquivo e observou mais uma vez. Na fila de trás, parado na lateral, havia um homem... com óculos de sol espelhados. Não tinha como ampliar. Então, ela apenas repetiu.

– Oh... Deus...

Mais uma repetição.

– Oh... meu... *Deus.*

Era... Bails?

Tinha que ser... em pé entre os devotos insanos. Quando a câmera passou por ele, Reilly viu que conversava com o cara ao lado... Até perceber que estava sendo filmado, afastando-se.

Voltou ao mural. Pesquisar os membros da comunidade virtual foi inútil: não só por não ter como filtrar os dados, também porque ela não sabia ao certo o que procurar em termos de um nome. Na verdade, quando digitou John Bails na busca do Facebook, o resultado mostrou um cara de sessenta anos morador do Arizona, alguém no Novo México de dezessete e outras três pessoas que não combinavam em nada com quem ela conhecia.

Num impulso paranoico, fez uma pausa no vídeo e olhou por cima do ombro. Ninguém atrás dela... ou mesmo no departamento.

De volta ao vídeo.

Enquanto assistia várias vezes, não conseguia ter certeza se era ele. Afinal, havia milhares de óculos escuros espelhados no mundo. Mas o cabelo... a estrutura física... a cor da pele... combinavam perfeitamente.

De repente, pensou nas "caixas" que tinha comentado... e também no fato de Veck ter passado no teste do detector de mentiras. Sim, era possível enganar a máquina e, considerando como Veck era frio, parecia um candidato perfeito a este grupo seleto de mentirosos. Mas por que, então, admitira sua intenção de ferir Kroner? Não fazia sentido.

A menos que, claro... ele tenha dito a verdade.

Reilly verificou todos os vídeos que havia ali... e viu mais duas vezes o homem que parecia ser Bails. Sempre usava óculos escuros, mesmo à noite, mas não exclusivamente os espelhados. Recostou-se contra a cadeira. Impulsionou-a com o pé e viu o mundo girar. Será que Bails tinha alguma relação com o pai de Veck?

Porém, Bails não precisa conhecer de fato o cara para fazer parte da legião de fãs daquele homem maluco. Mas por que incriminar Veck? Quando o movimento da cadeira diminuiu, viu-se observando a página virtual outra vez e pensou:

Óbvio!

Se o pai fosse executado, como manter aquele amor? Simples: criando a ilusão de que alguém manteria a tradição familiar. Talvez mandando Veck para a cadeia. Talvez incitando-o a matar.

Pensou no polígrafo e considerou a ideia de que Veck tinha mesmo um impulso assassino. Era possível alguém se levantar e agir de maneira fora do comum se o pressionassem com força suficiente, se o colocassem sob uma situação muito estressante. Era por isso que o Departamento de Polícia possuía a Divisão de Homicídios.

Quanto ao que aconteceu na floresta? Veck pode ter ido até lá com a ideia de matar Kroner, mas, se pensasse em como ele se comportara com o *paparazzo*, era possível que tenha se aproximado do cara para tentar uma retaliação por tudo o que o assassino tinha feito – se chegasse a praticar o ato, ainda seria ilegal, imoral e injustificável, mas era diferente de escolher uma mulher inocente e acabar com ela. Aliás, foram 25 mulheres inocentes. Além disso, Veck não tinha, de fato, prejudicado Kroner. Na verdade, ligou para a emergência.

Pensou em como Veck ficou perto dela, a maneira como conversou, agiu e a tocou. Então, lembrou-se de Bails no carro, parecendo desamparado e traído por seu "melhor amigo". Psicopatas poderiam ser muito convincentes. Era a essência de todo o dano que causavam. A pergunta era: qual destes dois homens estava mentindo?

Quando pensou melhor na grande revelação de Bails naquele carro em frente ao hospital, teve de se perguntar... Como ele sabia sobre a divergência com o brinco? Havia centenas de evidências no relatório preliminar. Centenas. Como detetive participante das investigações sobre o caso, deve ter examinado a lista uma vez, talvez duas. Difícil acreditar que se lembrasse de um item tão específico.

O que o levou a comparar as duas listas observando esse objeto em particular? Seria o fato de Veck ter reconhecido o brinco como sendo o de Sissy Barten? Ou talvez por ser Bails quem estivesse tentando incriminá-lo? Havia apenas uma maneira de saber com certeza. Infelizmente, não era legal.

Reilly levantou-se e caminhou ao longo do departamento, andou por todos os lugares e observou todas as salas de reuniões, então, foi até a entrada principal e verificou a recepção antes de espiar outra vez o escritório da sua chefe, mesmo sabendo que a mulher já tinha ido embora.

De volta à sua mesa, pegou o telefone e discou para a única pessoa que poderia ajudá-la. Quando a ligação foi atendida, disse suavemente:

– Preciso de ajuda, mas teremos que cruzar alguns limites.

A voz de De la Cruz soou firme.

– Que tipo de limite?

– O único que importa.

# Capítulo 43

Adrian Vogel era um lunático sanguinário. O arcanjo Colin avaliava o campo de batalha ao olhar a paisagem pela janela panorâmica sobre a garagem. Antes, o local não passava de um pedaço de terra com um gramado rasteiro. Porém, no momento em que os demônios mostraram sua face oleosa, a situação mudou, e, agora, Adrian enfrentava uma legião de bastardos pertencentes a Devina.

A catástrofe era evidente: mesmo Colin não tendo o menor respeito pelos habitantes do covil do demônio, sabia que eram muito perigosos, especialmente se fossem muitos. E aquele filho da mãe idiota enfrentava-os com nada além de um casaco de couro fino e uma ferramenta agrícola.

Colin fechou os olhos por um breve momento e soltou um palavrão. O anjo não conseguiria sair desta. Era um lutador extraordinário – tão bom quanto o salvador, que era mestre nisso. Mas a quantidade de criaturas que enfrentava? Era um enxame.

Só que não havia como deixar Eddie e descer até lá para ajudar. Devina desejava que o corpo ficasse indefeso por um motivo, e Jim tinha apenas lançado um feitiço de notificação com o sangue que deixara derramar de uma das mãos. Se algo acontecesse ali? Tão somente seria enviado um sinal ao salvador – e ninguém precisava afastar Jim de seu trabalho com a alma em questão.

Além disso, se Colin se dispusesse a lutar e descesse até aquele campo, teria de lidar com Nigel por interferir – e quanto menos confrontos naquele momento, melhor. Só que não dava para ficar de lado e apenas assistir ao massacre, não é mesmo?

Colin levantou-se e foi até a porta, então, abriu a barreira frágil e inútil. Imediatamente, o aroma ácido de sangue flutuou pelo seu nariz e os gritos e grunhidos feriram seus ouvidos.

Adrian era surpreendente, empunhava a forquilha de feno com destreza, mesmo o inimigo pressionando com força e limitando seus movimentos ao cercá-lo. Lançava golpes à frente, à direita e à esquerda, voltava ao centro e retalhava os demônios com tal habilidade que, por um momento, Colin teve que reconsiderar o resultado iminente.

Mas, então, um dos subordinados de Devina, protegendo outro companheiro, veio por baixo enquanto Adrian lutava bem erguido. O desgraçado estava prestes a atacar os pés do anjo, na tentativa de tirar seu equilíbrio e, em seguida, jogá-lo ao chão – com isso, assumiriam o controle e iriam dominá-lo como um cão.

Colin virou-se e olhou ao redor da casa. Espelho. Precisava de um espelho. Com o rápido levantamento do que havia nas instalações, encontrou o objeto que pairava sobre a pia do banheiro. Infelizmente, fazia parte de um armário embutido na parede, não era algo pendurado a um gancho e fácil de ser removido. Contudo, poderia dar um jeito.

Concentrando-se no dedo indicador, reuniu uma massa fria sobre a ponta dele, em seguida, passou a intensificar aquela energia, estruturando-a e deixando-a mais forte.

Quando fez contato com o vidro, o painel despedaçou-se, mas conservou o espelho dentro da moldura. Surgiram algumas rachaduras no local onde tocou. Olhando ao redor, achou uma revista sobre automóveis atrás do vaso sanitário. Ao pegá-la, colocou a brochura embaixo do local que havia lascado.

Com a força do pensamento, convocou alguns cacos, fixando-os temporariamente sobre a capa da revista. Quando tirou o papel, os pedaços prenderam-se como se tivessem sido colados, alguns que sobraram caíram sobre a pia branca tinindo e cintilando por toda parte. Foi muito ágil ao atravessar outra vez o apartamento e posicionar-se no patamar das escadas externas.

Adrian estava praticamente cercado. Porém, fizera um trabalho incrível. Com apenas uma humilde forquilha de feno, incapacitou vários inimigos; o gramado e o caminho de terra pareciam o percurso de uma corrida de obstáculos, de tantos corpos negros se contorcendo. O vapor que subia do couro quando era atingido com o sangue corrosivo produzia uma sombra nebulosa ao redor dele quando se erguia para golpear e fazer outros movimentos.

Com a revista em mãos, Colin fez com que os cacos do espelho se erguessem e voassem, enviando-os agrupados para Adrian. Quando chegaram ao seu destino, giraram como um todo de modo que a superfície ficasse diante dele e circulasse ao seu redor, captando sua imagem... e projetando-a em outros lugares.

Um Adrian transformou-se em dois. Dois transformaram-se em quatro. Quatro tornaram-se dezesseis. Dezesseis transformaram-se num exército incontável para atender à força finita do Adrian original. Cada um deles vestia um casaco de couro. Cada um empunhava uma forquilha. Todos eles eram assassinos profissionais.

Todos eram clones de Adrian, reproduções perfeitas que lutavam e pensavam exatamente como ele. E, quando olhou ao redor para o grande batalhão de si mesmo, perdeu o ritmo por um momento ao perceber que recebia uma ajuda inesperada.

Porém, não era uma pessoa que perdia tempo em meio ao calor da batalha e, quando se recuperou, as reproduções de si posicionaram-se para a luta. Em seguida, começaram a agir, envolvendo os demônios.

– Agora está justo – Colin murmurou ao fechar-se na garagem e reassumir seu posto na janela.

Observou a confusão de corpos lá embaixo, era uma guerra com dimensões de força adequadas e combatentes que disputavam com bastante igualdade. Os demônios estenderam seus membros, suas presas brancas surgiram no rosto negro e inexpressivo enquanto buscavam dominar os braços e as pernas do anjo. Em contrapartida, os Adrians empenharam-se com altivez, aquela humilde ferramenta agrícola transformou-se numa verdadeira arma. Com o tempo, a brigada de anjos foi dominando o território, impedindo qualquer possibilidade de um ataque por trás, e começaram a controlar os inimigos, pressionando-os contra o chão ao golpeá-los na lateral de seus corpos, deixando-os contorcidos aos seus pés.

*É tão gratificante assistir, mas fazer parte disso seria ainda melhor* – Colin pensou com inveja.

No céu, aquela guerra era de grande importância, sim, mas não tinham a dimensão do quanto era visceral. Ali... aquele era o local onde tudo acontecia. Aquele era o local onde desejava estar.

De repente, pensou em Nigel e imaginou se o arcanjo não estaria certo. Colin sempre viu a si mesmo como um ser lógico, sublimando qualquer emoção – era um elemento que definia boa parte de seu ser. No entanto, havia paixão dentro dele. Rios profundos cheios daquela sensação. E isso dava-lhe vontade de lutar, não de atuar como testemunha. Verdade seja dita: seu desejo era estar no lugar de Adrian...

# Capítulo 44

Quando Reilly sentou à sua mesa e encarou o telefone, não achava que De la Cruz atenderia seu pedido. Sim, era a única pessoa que ela poderia pensar ser capaz de ter acesso a um arquivo de processo juvenil lacrado há quinze anos e, sem dúvida, enterrado no porão de algum subúrbio na cidade de Nova York. Era uma tarefa difícil, mesmo para um operador de milagres como ele.

Por um motivo: "lacrado" significava "assim vai perder seu emprego". Outro motivo: a maioria dos arquivos antigos eram jogados fora após alguns anos, já que computadores não eram predominantes nos anos 1990, especialmente em distritos pequenos. E, por fim, o cara não trabalhava em Manhattan há muitos anos. Talvez não tivesse mais nenhum contato por lá.

Ainda assim, era um alívio desabafar com o detetive, até mesmo quanto ao que encontrou sobre Bails: não queria se sentir maluca sozinha. Ao menos ele não deixou transparecer se achou que suas suspeitas eram totalmente infundadas.

Olhando o relógio do outro lado do escritório, sabia que o detetive não voltaria para ajudá-la naquela mesma noite... Então, provavelmente, era hora de ir para casa antes de criar raízes na cadeira.

Levantando-se, espreguiçou-se com força – e o gesto era menos para relaxar o corpo que uma desculpa para olhar para trás. De novo. Percebe-se que a paranoia está avançando quando é preciso criar desculpas a si mesmo.

Depois de desligar o computador, pegou o casaco, vestiu e puxou a bolsa. Antes de sair do Departamento de Assuntos Internos, checou a arma no coldre sob o braço e pegou o celular. Só para prevenir.

Ao sair para o corredor, olhou para os dois lados e prestou atenção a fim de perceber se ouvia alguma coisa. Ao longe, no Departamento de Homicídios, ouviu o barulho de um aspirador de pó e, no saguão, alguém usava uma enceradeira. Olhou para trás. Não havia ninguém por perto.

Andando rápido em direção à escadaria principal, lembrou-se de que, mesmo sendo tarde, as luzes ainda estavam acesas em toda parte e havia uma equipe de vinte ou trinta pessoas atuando no turno da noite naquele edifício.

Quando o telefone tocou, quase deixou o maldito cair. E quase deixou cair outra vez quando viu que era De la Cruz. Aceitando a ligação, sussurrou:

– Não me diga que encontrou o registro?

– Foi o que me pediu para fazer.

Seus pés diminuíram a velocidade.

– Meu Deus...

– Na verdade, foi o marido da prima do meu cunhado.

– E aí?

– Evasão escolar. É isto.

Ela parou no topo da escada e manteve a voz baixa.

– O que quer dizer com "é isto"?

– Os registros da polícia da cidade de Garrison têm apenas uma única ocorrência em 1996 com o nome de Thomas DelVecchio Jr. Foi enquadrado por faltar demais às aulas.

– Não há outra referência? Nenhuma avaliação psicológica? Nenhuma...

– Nada. Os casos foram digitalizados em 2005... e salvaram dez anos de arquivos, então, estamos dentro de uma zona segura de informações. DelVecchio tinha catorze anos quando fizeram o registro e, se teve passagens anteriores pelo sistema judiciário, estariam notificadas nesse arquivo.

– E não há nada depois disso?

– Nada.

Houve um longo silêncio. Então, sentiu-se obrigada a perguntar:

– Não tem como alguma informação ter se perdido?

– Se por algum motivo ele teve problemas em outra jurisdição, então, sim. Mas os registros imobiliários indicam que a mãe dele possuía uma casa na mesma cidade há vinte anos e, uma vez que o currículo de Veck já foi examinado, sei que lá consta que se formou no colégio da cidade de Garrison em 2000. Então, acho que podemos concluir com segurança que ele permaneceu nessa área.

Reilly colocou uma das mãos na cabeça enquanto sua mente oscilava.

– Estão armando para ele.

– Claro que sim.

– Maldição.

Agora, ela movia-se, descia as escadas rapidamente, seus sapatos produziam um som alto sobre o mármore.

– Outra coisa – disse De la Cruz. – Enquanto esperava uma resposta ao meu pedido, entrei no link da página do Facebook que você me enviou.

– Viu Bails?

– Sim, também acho que seja ele. Onde você está?

– Saindo da delegacia. Vou à casa de Veck agora mesmo.

Ao passar pela equipe de limpeza, prestou atenção ao andar sobre o mármore molhado e, em seguida, disparou pelo corredor.

– Só tem um problema – De la Cruz disse. – Não podemos usar os arquivos juvenis para provar nada. Jamais poderíamos ter acesso a essa informação.

Empurrou a barra da porta dos fundos e saiu com tudo pela noite.

– Tenho as imagens de Bails no Facebook... dei um *print screen* e salvei tudo no caso de retirarem o vídeo da rede por algum motivo e também descobri o apelido que ele usa. Acho que temos o suficiente para conseguir um mandado solicitando que o Facebook forneça detalhes da conta e do provedor de serviços. Podemos relacioná-lo ao caso dessa maneira.

– Provar que ele é fã de DelVecchio pai não é suficiente.

– É um começo.

– Concordo, mas temos que ter algo mais. E, antes que pergunte, sim, vou ligar para o sargento... a menos que você mesma queira fazer isso.

– Vou me ocupar com Veck. Talvez ele tenha alguma ideia do que esteja acontecendo.

– Entendido.

– Não sei *como* conseguiu isso.

– Oficialmente, não consegui nada.

– Bem, fico devendo uma. Você é um salva-vidas.

Ela finalizou a ligação e tirou da bolsa as chaves do carro...

– Na verdade, não são bem essas as palavras que eu usaria.

Reilly não teve sequer a chance de se virar. A mão de alguém agarrou-a por trás da cabeça e bateu seu rosto contra o carro, a parte superior da porta atingiu em cheio sua sobrancelha.

Quando as luzes apagaram-se para ela e seus joelhos dobraram-se, tudo o que ouviu foi a voz de Bails soando em seu ouvido:

– Deveria ter olhado para trás.

Adrian dizimou o último demônio ao passar o arco de cima para baixo, a forquilha perfurou o peito negro e oleoso, como faca cortando manteiga. Ao menos... pensou ter sido ele mesmo.

Quando o corpo caiu com uma pancada abafada pelo solo úmido, olhou em volta... para todos os outros Adrians. Que, na mesma hora, voltaram-se e olharam em sua direção.

Girou a forquilha no ar e fincou-a no chão... e as outras dezenas de Adrians fizeram a mesma coisa num piscar de olhos depois.

*Se Eddie estivesse aqui* – pensou – *com todos estes demônios, ele teria ficado muito animado. Eram criaturas demais precisando de uma boa surra.*

Droga, Eddie... por que não fora ele o anjo escolhido para ter sete vidas?

Naquele momento, o rosto de todos os Adrians ficaram tensos, aquelas bocas que conhecia tão bem esticaram-se, as sobrancelhas cheias de *piercings* baixaram... até ficar cercado, literalmente, pela própria dor.

O som de palmas lentas fizeram seus rostos se erguerem e olharem ao redor. Colin tinha saído do apartamento e estava parado no topo das escadas.

– Muito bem, rapaz, muito bem.

– Tive ajuda.

Hum. Nenhum dos outros Adrians falaram, então, aquele deveria ser ele mesmo – que alívio. Pelo amor de Deus, aquilo o deixaria louco.

– Gostaria de ter me juntado a você – disse Colin ao flutuar escada abaixo e, em seguida, atravessar o solo cheio de manchas negras e de vapor. – Mas, como mencionou antes, estou aqui para cuidar do nosso saudoso ente querido.

– Eddie está bem?

– Sim.

Ad balançou a cabeça.

– Graças a Deus você estava aqui.

– Certamente.

Enquanto andava entre os restos mortais de todos aqueles demônios, as botas de Colin permaneciam imaculadas, mesmo com tanta sujeira e desordem no chão.

Ele e os outros Adrians ficaram impressionados. Então, percebeu que estavam soltando vapor: tentáculos de fumaça surgiam dos ombros e das costas de cada Adrian, o sangue corrosivo infiltrava-se no couro e escorria na pele. Com isso... Adrian arrancou o casaco...

Uma fração de segundo depois, ouviu-se um conjunto de sons como se um bando de gansos tivesse batido as asas e levantado voo. Todos os Adrians jogaram seus casacos ao chão, assim como ele tinha feito.

Colin parou na frente deles.

– Gostaria de continuar com seus amiguinhos?

Adrian olhou ao redor para as várias cópias de si.

– São uma ótima ajuda... Será que eles fazem serviços gerais e limpam a casa também? Desculpe perguntar, mas como fez isso?

Colin estendeu a mão. Com algum tipo de comando, a superfície de lodo escuro que cobria a garagem e o gramado começou a vibrar, em seguida, aqui e ali, pequenos objetos ergueram-se encharcados de...

Quando o líquido característico dos demônios escorreu por completo, Adrian percebeu que eram cacos de vidro. Vidro... Não, espelho.

– Bem pensado, bem pensado – Ad murmurou.

– Diga adeus à sua equipe, companheiro.

Olhou ao redor. E percebeu que desejava agradecer... Em perfeita sincronia, todos os outros Adrians colocaram as palmas das mãos direita em seus corações, e as cabeças abaixaram-se num gesto de reverência e seriedade. Então, partiram, juntamente com seus casacos.

– Posso tê-los de volta se precisar? – Ad perguntou. – Caso eu tenha que instalar um carpete ou mudar um piano de lugar?

– Sabe onde me encontrar.

– Sei – estendeu a mão, mas recuou quando viu o estado das luvas. – Tenho que saber uma coisa.

– O quê?

– Por que fez isto?

– Você ia perder.

– Vai contar a Nigel?

– Provavelmente. Acredito que seja melhor pedir desculpas que permissão.

– Sei bem como é.

Houve um momento de silêncio.

– Obrigado – Adrian disse um tanto rude.

O arcanjo curvou-se com graça.

– Foi um prazer. Agora, acho que devemos limpar isso tudo. Não tem muitos vizinhos em volta, mas seria difícil explicar, não acha?

Bem lembrado: se fosse um conflito menor, não havia razão para se preocupar com toda a sujeira grudenta. Deus era testemunha de que os humanos faziam muita bagunça e também deixavam substâncias oleosas para trás ao brigarem, mas tudo desaparecia com um pouco de sol. Já aquilo?

– A única opção – murmurou – seria dizer às pessoas que um navio petroleiro explodiu no jardim.

– O petroleiro não precisaria de uma autorização ou algo assim para circular por aqui?

– Provavelmente. Assim como o acesso a um monte de pólvora – balançou a cabeça. – Maldição, vamos precisar de muito...

*Produto de limpeza* era o termo que usaria, mas começou a pensar na quantidade de detergente necessária para dar um jeito naquilo tudo. Um caminhão de bombeiros com o reservatório cheio do produto seria suficiente.

Contudo, Colin cuidou de tudo: fazendo um gesto circular com a mão, fez desaparecer qualquer resquício da tremenda luta.

Adrian assoviou baixinho.

– Não está disponível para um segundo emprego, está?

Colin sorriu com um toque de mistério.

– Isso seria contra as regras, meu caro.

– E Deus nos livre de quebrar as regras.

Adrian arrancou uma de suas luvas e observou a expressão cínica do arcanjo quando as palmas de suas mãos se encontraram e apertaram uma a outra com força.

– Jim provavelmente está esperando por mim – Ad murmurou, olhando em direção à garagem.

– Neste momento, não tenho nada melhor para fazer.

O alívio de que Eddie não estaria sozinho foi tão profundo que ficou tentado a abraçar o filho da mãe.

– Então, vou voltar ao trabalho.

– Eu também.

Quando Adrian assentiu e lançou-se pelo ar, estava preparado para enfrentar Devina de uma maneira que nunca esteve antes.

E acabou sendo algo muito bom, considerando o que viu ao chegar à casa de Veck.

# Capítulo 45

Quando o telefone de Veck tocou às 20h45, estava tão tenso que quase não atendeu a porcaria. Andava pela casa agitado, esperando alguma coisa acontecer, qualquer coisa, alguma atitude de Heron... Veck movimentava-se tanto que o chão quase vibrava. Todo seu circuito elétrico interno estava acionado, mas não tinha nada a que se conectar.

– Não vai atender? – Jim perguntou do outro lado da cozinha. O anjo fumava em silêncio numa cadeira, como se estivesse ali há dias. Certo, não foram dias. Aqueles momentos sem nada acontecendo pareciam *décadas*.

Quando o telefone tocou novamente, Veck olhou para o objeto. Tinha jogado o celular no balcão e acionado o modo silencioso; assim, ele se aproximava da borda cada vez que vibrava. Ficaria contente em deixar a porcaria se movimentar à vontade até despencar em queda livre. Só que, então, viu que a tela exibia uma palavra: *Reilly*.

Veck quase mergulhou sobre o balcão.

– Alô! Alô? *Alô?!*

Não fazia ideia do por que ela ligaria, mas não tinha importância. Talvez tivesse discado por engano ou talvez quisesse o número da pizzaria que ele costumava ligar. Ou, caramba, mesmo se quisesse apenas xingá-lo, estava pronto para...

– Parece tão reprimido, DelVecchio.

Franziu a testa ao som da voz masculina.

– Bails?

– Já disse o quanto adoro seu nome? DelVecchio... – o cara pronunciou as sílabas lentamente. – Hummm, só o som já me deixa eufórico.

– Do que diabos está falando?

– DeeelVeeecchiooo.

De repente, Veck sentiu uma agressividade cega de ódio atingi-lo no coração.

– Por que está com o telefone da Reilly?

Claro que poderia deduzir. Deus, lá estava outra vez, pensou. Outra traição de alguém em quem achava que poderia confiar... Mas, desta vez, estava apavorado com as consequências.

Olhou para Heron, que havia colocado o cigarro no cinzeiro e levantado... como se estivesse esperando por isso o tempo inteiro.

– Por que, Bails?

Houve um gemido e um ruído de algo sendo arranhado... O tipo de som que os pés produzem quando arrastados sobre um chão de terra.

– Desculpe, eu estava movendo o corpo.

Veck apertou o telefone com tanta força que uma das teclas produziu um rangido.

*– Mato você se machucá-la...*

Ouviu o som de um tapa. Em seguida, um gemido.

– Acorde, vadia. Quero que fale com ele.

– *Reilly* – certo, Veck arrancaria a cabeça de Bails dos ombros e jogaria boliche com ela. Então, iria estripar o corpo e cortar os braços e pernas em pedacinhos. Mas primeiro castraria o filho da mãe.

*– Reilly...*

– Sinto... muito... – uma voz fraca disse.

Veck fechou os olhos.

– Reilly, vou resgatar você...

– Eu não... acreditei em você... desculpe...

As palavras arrastaram-se, como se a boca estivesse inchada, ou talvez – que Deus a livrasse – tivesse alguns dentes quebrados.

– Vou sair e resgatar você. Não se preocupe... eu vou...

Ela o interrompeu.

– Eu sei... eu não devia... ter feito isso... Bails... mentiu...

O grito dela soou tão alto que Veck precisou afastar o telefone do ouvido.

– Reilly! – Veck gritou, sua voz ressoava pela cozinha – Reilly...

– Desculpe – Bails o interrompeu. – Tive que apresentá-la à minha namorada. Vão se divertir juntas... ao menos até você se juntar a nós.

– *Diga-me onde você está, seu filho da puta.*

– Ah, eu vou dizer, mas estou com alguém aqui que quer te cumprimentar primeiro. Mas não quer conversar com você. Ela pediu para passar o telefone para Heron agora.

– Vá se foder...

Houve um ruído e, em seguida, uma mulher entrou na linha.

– Olá, pequeno Tommy.

Ah, droga, tinha alguma coisa errada com aquela... voz. Como se alguém tivesse instalado um daqueles filtros no gancho que distorcia as palavras pronunciadas. Mas não era o único problema. Seu pai o chamava assim quando era criança.

– Agora ouça, Tommy, quero que dê o telefone ao cara grande e bonito que está em pé do outro lado da sua cozinha. Então, quero que pegue seu casaco, se arrume e se arme – estou falando de suas armas, facas, o que quiser. Quando voltar ao local onde esteve andando tão agitado nas últimas horas, Heron vai te dizer aonde ir.

– Quem é você? – disse rangendo os dentes.

– Sabe *exatamente* quem eu sou – o riso que se seguiu foi como uma lâmina afiada. – Aliás, só mais uma coisa: sabe aquelas toalhas que você usa para cobrir as coisas? Podem te impedir de me ver, mas o contrário não acontece. Sempre estive de olho em você.

Veck olhou para Jim. O anjo balançava a cabeça de um lado a outro devagar, como se soubesse muito bem o que estava sendo dito mesmo com o celular colado na orelha de Veck.

– Antes de passar o telefone para Jim – a mulher, ou seja lá o que era aquilo, disse: – Deve saber que, se mais alguém vier com você, eu mato ela. Pego a faca que tenho aqui comigo agora, nas minhas mãos, e começo pelo rosto. Tem consciência de quanto tempo alguém pode sobreviver sem a boca? Muito tempo. Sem as orelhas? Os dentes? Ela pode continuar viva, mas rezando para morrer, se é que me entende. Não vou parar por aí... Vou descer para os dedos. Primeiro as juntas. Sou boa em seguir algumas regrinhas práticas para manter a pessoa viva enquanto eu quiser... Quem você acha que ensinou ao seu pai todos aqueles truques?

– Se tocar nela...

– Quem disse que já não toquei? Agora, seja um bom garoto e passe o telefone.

– Toma – Veck bradou ao jogar a coisa.

Não esperou para ver se cairia num local seguro. Correu para as escadas, subindo de três em três degraus, as solas do sapato rangiam, especialmente quando virou no patamar do andar de cima.

O armário em seu quarto estava cheio de armamentos. Armas de fogo, munição, facas... como aquela vadia sabia de tudo aquilo, não queria nem pensar...

– Droga! – gritou ao abrir as portas.

As prateleiras estavam vazias.

Mas é claro. A polícia estivera ali e devia ter levado tudo o que tinha como evidências.

– Não vai precisar disso.

Virou-se... e recuou. Parado na porta do quarto, o parceiro de Heron, Adrian, era uma confusão total: sua camiseta estava gasta em alguns lugares e... Cristo, que *cheiro* era aquele?

Não importa, pensou, o cara estava bem vivo e, pensando na situação como um todo, essa era a única informação que contava.

– Armas não vão funcionar – Adrian disse.

– Até parece que não.

Saindo rápido do quarto, Veck empurrou o homem ao passar, seus olhos lacrimejavam por causa do mau cheiro ácido. No andar de baixo, verificou os dois outros lugares óbvios onde guardava as automáticas: embaixo da pia da cozinha e embaixo do sofá. Nada. Só restava mais um lugar.

Quando a voz furiosa de Jim Heron veio da cozinha, Veck entrou na área de serviço entre a garagem e a casa. A lavadora e secadora estavam atrás de uma porta dupla de persianas, e Veck abriu com força as duas partes antes de se agachar. A secadora tinha caído na última mudança, com isso, o painel ficou meio solto, assim, se soubesse onde mexer... saía, por inteiro.

E lá estavam. As duas nove milímetros com carga completa, tudo envolvido em embalagens plásticas para não entrar fiapos.

– Obrigado, Deus.

– Não é disso que precisamos.

Veck ergueu o olhar. Jim estava em pé perto dele, o celular em uma das mãos. O anjo estava tão irritado que havia uma vermelhidão ao longo do pescoço e que subia ao rosto, mas não era o único brilho emanando dele: havia uma luz forte ao redor de seu corpo, como se fosse uma lâmpada acesa.

Veck levantou-se, a imagem de Reilly sendo desfigurada dava-lhe uma ideia muito precisa do que era necessário. Tirando as armas das embalagens, verificou duas vezes suas funções e, em seguida, examinou as duas cargas extras.

– Onde ela está? – perguntou enquanto carregava os bolsos.

– Se entrar nessa despreparado, vai escolher o caminho errado.

– Dane-se, estou muito bem preparado – pegou as armas e tirou Heron do caminho.

Seu coldre estava pendurado num dos cabides atrás da porta e deslizou as alças sobre os ombros. As duas armas encaixaram-se perfeitamente, em seguida, um blusão cobriu o show de armas.

– Onde ela está? – rosnou.

– Precisamos conversar.

– Não está na minha lista de coisas a fazer. Desculpe.

Com isso, tirou as automáticas do coldre e apontou uma delas para o peito de Jim Heron e outra para o de Adrian.

– Agora, onde está a minha mulher?

# Capítulo 46

Certo, aquilo era ótimo, pensou Jim, quando encarou o cano da nove milímetros.

– Diga onde ela está – Veck exclamou – ou eu atiro.

O cara não estava brincando: estava pronto a fazer isso com a frieza de sempre, uma geladeira. Algo que inspirava respeito. Só que Veck não estava raciocinando direito, não é mesmo?

– Se me matar – informou Jim – não poderei dizer aonde ir. E se matar ele – apontou com a cabeça para Ad – vou estrangular você com o seu intestino.

Houve uma breve pausa e, então, a arma apontada deslocou-se menos de um milímetro para a esquerda de Jim. O filho da mãe puxou o gatilho e disparou uma bala que passou raspando pelo ouvido do anjo.

– Quem falou em matar? – Veck abaixou a arma sutilmente. – A dor faz maravilhas em lábios que insistem em ficar fechados. Além disso, aposto que se eu retornar a ligação eles viriam até me buscar.

Analisando o caminho que a próxima bala seguiria, Jim temeu ser obrigado a iniciar uma carreira cantando em falsete – e não queria ter certeza se, como anjo, aquelas balas o atingiriam ou não. Ao menos não era o traseiro de Adrian na mira – já que o cara não cantava nada bem.

– Pense bem, Jim – o outro anjo murmurou. – Sabemos que o cara tem boa mira.

Jim balançou a cabeça.

– Não sabe no que está entrando, Veck.

– Já mencionei que o tempo está passando? Só Deus sabe o que está acontecendo com ela.

– Verdade, mas não é ela que me preocupa – Jim olhou para Ad. – E preciso ir com ele. Faz ideia de como posso fazer isso?

O outro anjo soltou um palavrão em voz baixa.

– Esse era o departamento de Eddie.

– *Ninguém* vem comigo – Veck bradou. – Ou aquela mulher vai matá-la. *Vai parar de perder tempo ou...*

– Devina não vai fazer nada com ela! Precisa de você lá, e Reilly viva é a única maneira de garantir que você apareça. Agora vai me dar um momento para pensar, seu idiota?

Quando Jim começou a andar, Veck começou a gritar, muito.

– Pare de se mover ou eu atiro – mas Jim ignorou o rapaz...

O segundo tiro atingiu o chão aos pés de Jim e deteve-o. Encarando com raiva o maldito filho da puta metido a Clint Eastwood, disse:

– Passou a um centímetro da minha bota, cara.

– O próximo será no seu maldito tornozelo.

– Melhor que nas bolas – Ad comentou.

Jim virou-se para encarar o detetive, pronto para descrever um verdadeiro retrato de Devina... foi então que passou os olhos pela sombra duplicada do cara no chão. Aqueles dois desenhos escuros pareciam duas árvores na floresta...

E era possível esconder-se atrás de árvores, não? Poderia ficar bem atrás delas. Camuflar-se para dar a impressão de que fazia parte do ambiente de tal forma que qualquer pessoa como, por exemplo, seu inimigo, poderia olhar ao redor... e não ver nada.

Afinal, Devina sugeriu que não conseguia encontrá-lo – mas será que Jim desejava mesmo arriscar com algo que mal tentou conquistar?

Mas, então, pensou na experiência pela qual passou com aquele distintivo e a tentativa de entrar na mente de Veck. Ficou claro que quase se dividiu ao meio com aquilo, mas tinha outra opção? A não ser enviar aquele filho da mãe armado e furioso sozinho para a luta final?

– Tenho que entrar em você – disse Jim com voz profunda.

Veck franziu a testa com força.

– Desculpe, não faz o meu tipo.

– Poderíamos colocar uma peruca e um vestido nele – Adrian sugeriu. Ao olhar os outros dois na sala, o anjo deu de ombros. – Claro que teriam que arrumar alguma coisa do tamanho de uma lona, certo?

– E pensar que estou feliz em ver que aquele cara sabichão está voltando – Jim murmurou antes de olhar outra vez para Veck. – Tenho que ir com você... E ela não pode saber que estou lá. Então, se me der licença...

Jim fechou os olhos e, instintivamente, deixou sua parte corpórea se desvanecer, derramando seu traje de pele e ossos até não ser nada além da fonte de luz que animava aquele corpo.

Dissolveu-se sem problemas... Exatamente como havia feito com Devina, mas não tinha sido capaz de se controlar naquele covil ao explodir em fúria contra ela.

– Prepare-se, garotão – disse no ar.

Ficou claro que Veck ouviu-o, pois recuou, seus olhos reviraram como ervilhas com a perspectiva de ser possuído. Mas aquela era a única maneira de protegê-lo, e Veck deve ter entendido, pois não recuou.

Já que Jim não tinha ideia do que diabos estava fazendo, aproximou-se com cuidado. A última vez em que fizera aquilo, tinha explodido Devina ao meio... E esse não era exatamente o final feliz que desejavam.

*Boas notícias* – pensou. Ao pressioná-lo, Veck parecia uma peneira, mostrando uma resistência passageira. Dentro da concha? Jim lutou por um pouco de espaço na paisagem metafísica que não tinha nada a ver com as moléculas que o constituía como homem e tudo a ver com o espaço entre elas. E, como pode imaginar, entendeu claramente por que Eddie disse que um exorcismo não adiantaria em nada. Veck parecia uma bolacha recheada, tudo era meio a meio: cada centímetro de sua alma tinha um elemento yin e outro yang, o bem o mal estavam entrelaçados. Não tinha como operá-lo e remover o que fosse preciso. Isso o destruiria.

Só que duas pessoas poderiam jogar: por instinto, Jim inundou o interior do homem, tornando-se uma névoa que resultou numa situação com três elementos. Cara, aquilo parecia sujo. Mas o importante era que, assim como o DNA de Devina penetrava, Jim conseguiu fazer o mesmo – e não se escondeu atrás do lado bom, mas do lado mal. Conseguiria se ocultar melhor assim.

Hum. Naquele ponto, conseguiu olhar pelos olhos de Veck.

– Como estou? – Jim perguntou com a própria voz... Ei, conseguia falar com a boca do bastardo também.

Do outro lado, Adrian deu de ombros.

– Muito bem... não consigo te sentir. Mas preciso perguntar... Querem um cigarro? Ou devo oferecer dois?

– Vá se foder– Jim e Veck responderam ao mesmo tempo.

Parado na área de serviço, Veck sentia-se um pouco enjoado, como se tivesse comido um lanche de dois dias atrás, tomado cerveja morna e uma raspadinha de cereja de sobremesa: estava tão cheio que mal conseguia se movimentar.

E quanto a ouvir a voz de Jim saindo dos próprios lábios? Podia passar sem essa, muito obrigado.

– Então, aonde vamos? – perguntou.

Bem, aquilo dava um novo significado ao que chamavam de "conversar sozinho".

– À pedreira.

– À *pedreira*? Pelo amor de Deus, vai levar uma eternidade para...

– Pegue os cigarros – Jim falou.

– Dane-se isto, precisamos da minha moto... vamos levar meia hora para...

– Vamos, relaxe. Pegue os cigarros... eu cuido dos preparativos da viagem.

Soltando um palavrão, foi até a mesa da cozinha, pegou o maço de cigarros, o isqueiro e guardou tudo junto com a munição das armas.

– E pegue isto – Adrian disse, desembainhando o que parecia ser uma faca de vidro.

– Sem ofensa, vou continuar com as balas.

– Sub-humano idiota – o anjo empurrou o punhal no cinto de Veck. – Pode apertar o gatilho do que quiser. Isto aqui é para Jim.

– Diga que não é permanente.

– Não, vai ter que devolver a minha arma no final.

Muito engraçado.

– Estou falando de Jim.

– Não, não é – o anjo respondeu com a boca de Veck. – Posso sair com a mesma facilidade com que entrei.

– Tem certeza?

– Não.

– Fabuloso – Veck olhou ao redor para encarar os olhos de Heron e percebeu que seria inútil se não tivessem um espelho por perto. – Então, como vai nos levar...?

Próxima parada: pedreira. Literalmente.

E não havia nenhum ônibus, trem ou carro com o qual pudesse comparar: num momento Veck estava em sua casa e, no seguinte, estava no centro da longa encosta da pedreira.

*Não se dirija a mim em voz alta* – disse Jim em sua mente.

É assim que os esquizofrênicos devem se sentir – Veck pensou.

*Não sei dizer. Se contenha, só isso.*

– Como se eu tivesse escolha com você aqui dentro – Veck murmurou, ao olhar em volta.

*Espere, antes de entrar* – houve uma pausa. – *Veck, este show é seu. Só vou me certificar de que você viva tempo suficiente para conseguir aproveitar uma boa oportunidade – mas está tudo em você. Não vou interferir ou interceder. Estamos entendidos? Vai ter que se decidir sozinho. Mas tem que fazer a coisa certa, seja lá o que for.*

– Sim. Claro.

*Só para lembrar: geralmente, o mal mostra o caminho mais fácil. E estamos lidando com o seu destino e o de mais ninguém.*

Com isso, um brilho emanou da entrada de uma das cavernas pouco mais de cem metros à direita.

Chega de conversa.

Sacando as duas armas, Veck moveu-se rápido como o vento, saltando de pedra em pedra, aterrissando, escalando, pulando. Enquanto seu corpo estava a todo vapor no sentido de resgatar Reilly, seus olhos permaneciam fixos naquela luz. A cada obstáculo que ultrapassava, visões horríveis percorriam sua mente, aqueles pesadelos sangrentos, tenebrosos, faziam seu peito queimar com uma fúria que aumentava suas forças para além de suas limitações físicas.

A caverna em questão tinha uma entrada grande e larga o suficiente para que ele não precisasse nem se abaixar ou se espremer para passar. Então, viu que o corredor esculpido pela natureza à sua frente seguia em direção às profundezas da terra.

Abaixou-se e correu o mais rápido que pôde em direção ao brilho intermitente.

Em volta dele, as paredes eram úmidas e ásperas, do teto gotejava algo, o chão era irregular. Em pânico, tentou filtrar o som dos próprios passos e ouvir alguma outra coisa: gritos? Respiração pesada? Gemidos de dor? Nada. Estava tudo silencioso demais.

Então, virou-se para um dos cantos mais ao fundo. A caverna abriu-se para o que parecia ser um espaço com muros baixos do tamanho de uma sala grande. Contudo, era impossível ter uma ideia exata das suas dimensões, pois o local estava iluminado apenas por velas; fora isso, não havia nada além de escuridão.

No centro, havia um corpo pendurado pelos braços, a partir do teto. Não era Reilly. Parecia ser um homem com cabelos curtos e loiros de tom areia. Veck olhou ao redor procurando Bails e aquela vadia. Mas tudo o que havia... era o corpo. E o rosto estava voltado contra a parede.

*Parecia que usava... um avental de hospital?* – pensou ao avançar, mantendo as armas erguidas.

– Reilly! – gritou.

O eco despertou quem estava pendurado e, quando essa pessoa tentou virar a cabeça, o som de algo sendo arranhado pairou pelo ar úmido e rarefeito. O homem virava lentamente, usando as pontas dos pés descalços e enlameados para mudar de posição.

Quando Veck viu quem era, soltou um palavrão: a identidade da vítima era clara, apesar do cara ter recebido vários socos no rosto recentemente: sua testa estava inchada e cheia de hematomas, mas os traços eram bem conhecidos.

– Kroner... – Veck murmurou, pensando em como o bastardo fora levado até ali. Porém, raptos em hospitais eram improváveis, mas não impossíveis.

O *serial killer* esforçou-se para levantar o queixo, a boca funcionava com lentidão. Estava tentando falar alguma coisa, mas Veck não deu a menor importância ao que o bastardo tinha a dizer.

– Reilly! – ele gritou, esperando que a escuridão além das velas abrigasse outro ambiente onde ela poderia estar...

Alguém aproximou-se dele vindo das sombras. Ele piscou um pouco para melhorar o foco da visão, mas, quando isso não aconteceu, percebeu que era, na verdade, uma mulher. Contudo, o que alguém como ela estava fazendo ali...?

– Olá, Veck – era a voz do telefone, ao vivo e em cores. – Bem-vindo à festa.

A morena fazia Angelina Jolie parecer uma bibliotecária: era exuberante e perigosa, algo selvagem, vestida com uma saia curta e de salto alto. Poderia estar num café no centro da cidade ou num elegante clube particular... qualquer lugar, menos naquela caverna fedida.

– Você veio sozinho? – ela perguntou, os lábios espessos e suculentos contraíram-se.

– Sim.

– Bom – movia-se ao redor dele, circulava, sorria. – Você é igualzinho ao seu pai: segue todas as instruções.

– Onde está Reilly?

– Sua devoção a essa mulher é... – a voz ficou tensa – invejável. E como eu posso imaginar o quanto está ansioso para encontrá-la, acho que estou preparada para te responder.

– Então, faça isso.

Ela olhou as armas.

– Acha mesmo que isso vai funcionar contra mim? – sua risada tinha a beleza de uma brisa... bonita... mas, mesmo assim, soava falsa aos ouvidos. – E, oh, veja só isso, eles te deram uma adaga também. Suponho que a esperança seja a última que morre. Aliás, Jim te contou que ele era um assassino?

– Não dou a mínima para o que ele era.

– Certo, certo, o que importa é a garota – a voz soou amarga outra vez. – Como é sortuda. E ela deveria saber o que sente, não acha?

Veck olhou para as sombras.

– Eu te amo, Reilly! Estou aqui!

– Que romântico – a morena disse em tom seco.

Quando a mulher voltou sua atenção ao *serial killer*, Veck decidiu apostar em alguma coisa: abaixou uma das armas... e pegou a adaga de vidro que lhe fora dada. Nada daquilo fazia sentido... o que dava mais credibilidade ao conselho de Adrian.

– Onde diabos ela está? – rosnou.

– Vou dizer... mas tem que fazer uma coisa para mim.

– O quê?

A morena sorriu e afastou-se de Kroner.

– Mate-o.

Veck estreitou os olhos em direção à mulher.

Em resposta, ela exibiu um sorriso ainda mais profundo.

– É o que você iria fazer mesmo, afinal. Esperou por ele na floresta, aguardou o tempo que foi necessário até ele aparecer entre as árvores próximas àquele hotel. Estava prestes a agir... mas sua chance lhe foi negada.

Ao olhar para ela, o corpo de Veck começou a vibrar, aquela raiva que sentiu na delegacia começou a envolver seu tronco, enrijecendo os músculos.

– Este é o meu presentinho para você, pequeno Tommy. É só matá-lo que eu te mostro onde sua mulher está. É o que você quer. É por isso que está aqui. É o seu destino.

Do nada, uma luz atravessou a escuridão, dispersando um pouco as sombras e revelando... Bails.

O cara estava sentado no chão da caverna, recostado contra a parede. Havia a marca de um tiro entre seus olhos ainda abertos, uma linha muito fina de sangue escorria até o nariz. A boca estava frouxa e a pele exibia uma palidez cinza.

– Não se preocupe com ele – a morena disse com desdém. – Não era nada, apenas um peão. Você, por outro lado... é o prêmio. E tudo o que tem a fazer é agir. Mate-o... e garanto que verá sua garota.

De repente, Veck percebeu de onde vinha a fonte de luz. Tinha erguido uma das mãos e a adaga de vidro refletiu o brilho de uma das velas, que já parecia manteiga derretida, enviando a luz ao longo da caverna até atingir seu suposto amigo.

– O tempo está passando, pequeno Tommy. Vamos fazer isso logo, para que possamos sair daqui. Ouça seus instintos. Faça o que acha ser certo. Atire neste monte de lixo, assassino sem moral, e encontre o que procura. É um caminho tão óbvio, uma troca tão simples... tudo o que Reilly representa, por este louco assassino. Está tudo em suas mãos...

– Reilly está viva? – ouviu-se dizer.

– Está.

– Vai nos deixar sair daqui vivos?

– Provavelmente. Depende do que você fizer, não é mesmo? – a voz da morena tornou-se um sussurro sedutor. – Poderá vê-la no momento em que terminar o negócio. Juro. Está tudo em suas mãos...

# Capítulo 47

Pendurada no teto da caverna, Reilly não conseguia acreditar na imagem que mostrava para Veck: o avental de hospital, o peito liso e as pernas balançando não eram seus.

Mesmo assim, mesmo com a dor lancinante em sua cabeça, mesmo com a confusão e o pânico que sentia, conseguiu mover os membros que não eram seus, conseguia respirar através de uma garganta que não conhecia, conseguia encher os pulmões de outra pessoa.

Tudo isso deu credibilidade ao que Veck pensava estar vendo. E, por isso, iria matá-la – ela pensou, com horror e descrença.

Esforçando-se para falar, sussurrou com a voz rouca que não lhe pertencia:

– Sou... eu... por favor...

– ...é um caminho tão óbvio, uma troca tão simples... tudo o que Reilly representa, por este louco assassino. Está tudo em suas mãos...

A morena que falava não era uma mulher de verdade. Reilly tinha visto o que era aquela coisa... sua essência vil fora mostrada enquanto Bails falava com Veck ao telefone. E foi por isso que gritou.

Em seguida, pareceu ter entrado na mente de Bails e fez com que o cara voltasse a arma contra si mesmo. O grande mentiroso, pensou. Quem diria que aquilo ficasse tão verdadeiro com relação ao diabo.

– Veck... – Reilly tentou reunir um pouco mais de fôlego, arrastando o ar disponível ao longo daquela caixa torácica fria. – Veck... não...

Mas sua voz não o alcançava... e não alcançaria: quanto mais alto falava, mas parecia ser Kroner, como se as cordas vocais dele tivessem substituído as dela. E estava perdendo a pouca força que tinha: Bails arrastou-a encosta abaixo na pedreira; assim, suas pernas sofreram sérias contusões. Tinha certeza de que tinha perdido sangue. Também estava certa de ter sofrido uma concussão e ficava cada vez mais fraca por estar pendurada há uma quantidade de tempo que só Deus poderia dizer.

Uma lágrima quente deslizou em sua face, em seguida, outra... e, então, começou a derramar várias. Num momento ou outro, como a maioria das pessoas, viu-se entretida em pensamentos mórbidos sobre quando e como a morte a esperava: uma doença de lenta expansão? Um rápido acidente de carro? Alguma fragilidade genética que gerava uma predisposição a cardiopatia? Ou o ataque de um criminoso, no qual ela revidava e, talvez, atirasse no bandido ao mesmo tempo em que ele atirasse nela. Algo assim, glorioso. O que acontecia naquela caverna fria e úmida? Não tinha nada a ver.

Olhando para o rosto frio e furioso de Veck, começou a ver tudo duplicado, seus olhos eram incapazes de unir as duas partes dele... Então, teve a oportunidade de observar bem que não havia nenhuma compaixão, emoção ou dúvida em sua expressão...

Quando a adaga de cristal brilhou ao ser erguida, percebeu que olhava para o rosto do pai dele. Era o filho vivenciando o legado do pai.

Imagens de seus pais fizeram as lágrimas caírem com mais intensidade. Não teve chance de se despedir. De dizer a eles uma última vez que os amava e que transformaram não só sua vida, mas a de muitas pessoas... e não pôde dizer a Veck corretamente que acreditava nele, que sabia que era inocente... e que o amava. Claro, a grande ironia é que ele estava prestes a matá-la sob o pretexto de salvá-la.

– Sei que não fez aquilo – disse ela num sussurro difícil que não chegou muito longe. – A evidência... foi Bails...

Pensando na quantidade de tempo que ainda lhe restava, por que era tão importante dizer aquilo? Não fazia ideia. Aquelas palavras pareciam não ter importância alguma. Melhor dizer logo.

– Eu... te amo...

Então, fechou os olhos, virou a cabeça e se preparou. Ele atingiria o coração. Com um punhal... era a maneira mais eficiente... Veck não perderia tempo sabendo que sua vida estava por um fio.

O terror sufocou-a e seu corpo começou a tremer. A boca se abriu quando começou a soluçar. As lágrimas escorriam... assim como seu sangue faria em breve.

Algumas noites atrás, naquela floresta, perto daquele hotel, Veck estava pronto para acabar com aquele lixo chamado Kroner.

Claro, não seria em benefício da sociedade... apesar de estar disposto a dizer que sim. Depois que a oportunidade havia chegado e partido em seguida, ficou aliviado em não ter feito aquilo.

Agora? Possuía a única justificava que importava de fato: sua Reilly. Não dava a mínima se ela pensava que tinha violado aquela prova ou se não teria qualquer coisa com ele depois de tudo isso. Salvar a vida dela era suficiente. A morena estava certa, era uma troca bem simples.

Veck observou sua vítima. Pendurado no teto da caverna, Kroner movia os lábios e, considerando as lágrimas despejadas de seus olhos, sem dúvida implorava por misericórdia, o assassino mendigava por tudo o que não havia concedido a suas presas.

Cristo, era tão patético, a roupa de hospital estava manchada de sangue, como se tivesse sido puxado pela cabeça encosta abaixo, a pele estava tão esbranquiçada que já parecia neve e o rosto estava todo distorcido de inchaço.

Veck sentiu um desejo passageiro de se livrar do punhal e socar o cara até o filho da mãe ter um infarto. Suas vítimas morreram devagar... Estavam conscientes enquanto ele tirava pedaços delas... Parecia carma fazer com que ele soubesse intimamente como era estar fora de controle, com dor e à mercê de outra pessoa. Mas a vida de Reilly estava em jogo.

Veck ergueu o braço acima do ombro e apontou a adaga de cristal em direção ao peito de Kroner. Uma facada precisa era tudo o que precisava e Deus era testemunha de que Veck possuía a força necessária para isso...

Assim que a arma atingiu o ápice do gesto, apenas um segundo antes de investir seu corpo com um impulso para baixo, uma das faces da adaga captou a luz de uma vela e projetou-a contra o rosto de Kroner.

Veck franziu a testa quando teve uma visão clara daqueles traços raquíticos: Kroner tinha fechado os olhos e virado o rosto, seu corpo frágil tremia enquanto preparava-se para a morte.

– Qual é o problema? – a morena vociferou. – Faça isso. E terá sua garota.

*Não posso tirar uma vida que não é minha* – Veck pensou com uma convicção inexplicável e repentina.

– Faça!

*Não posso... tirar uma vida que não é minha.*

Seu pai... Kroner... homens assim... achavam que todas as vidas, de todas as pessoas e de todas as coisas, eram deles e que, por isso, podiam tomá-las, e era um capricho do destino quem decidiam escolher, quem seria o próximo prêmio a ser conquistado. O troféu era uma maneira de manter uma fatia daquele momento no qual sentiam todo o poder, um momento no qual possuíam o controle, no qual pensavam ser como Deus – pois, assim como um orgasmo, aquele prazer era fugaz e apenas lembrar-se daquilo não era uma experiência real. E por isso repetiam tais atos, várias e várias vezes.

Quanto a ele? De alguma maneira, parecia ser o início perfeito, a irritação cutânea causada por uma hera venenosa a qual, se coçasse, aumentaria e tomaria conta de todo seu corpo.

*Não posso tirar uma vida que não é minha.*

– Apenas faça isso! – a morena exigiu.

Veck olhou para a mulher. Seus olhos negros diziam muito mais que as palavras que pronunciava, apresentavam a tentação de fazer coisas além da caverna, além daquela fração de segundo, estavam prestes a...

– Reilly ou ele – ela sussurrou. – Escolha agora.

O braço de Veck começou a tremer, seus fortes músculos mostravam-se preparados para atacar, mas incapazes de suportar a tensão entre decisão e ação.

– Não acredito em você – Veck ouviu-se dizer.

– *O quê?*

Veck abaixou a arma. Com a voz rouca, disse:

– Não confio em você. E não vou... – teve que limpar a garganta para continuar. – Não vou matá-lo.

Bails já estava morto e não havia outros sons na caverna. E aquela mulher... ou seja lá o que fosse... era uma mentirosa: Reilly esteve viva em certo ponto – era a voz dela ao telefone, com certeza – mas não havia mais ninguém respirando naquele buraco úmido e não tinha como Reilly ter fugido sozinha, sua voz estava muito fraca naquela ligação. Havia grandes chances de já estar morta.

E apesar de aquilo enlouquecê-lo de dor e de desejo de vingança, Kroner, naquelas condições, não faria jus ao ato.

– Seu *bosta* miserável – a mulher vociferou. – Seu patético *do caralho*, covarde. Seu pai não hesitou... anos atrás, quando foi a vez dele, aproveitou a maldita chance que eu lhe dei.

Por alguma razão, Veck pensou no jantar que teve com os pais verdadeiros de Reilly, os que a assumiram e a criaram para a vida adulta: não tinham o mesmo sangue, mas foram melhores para ela do que aqueles que a trouxeram ao mundo.

– Não sou meu pai – disse em tom áspero.

Quando as palavras foram registradas por seus ouvidos, sentiu-se mais forte:

– *Não* sou meu pai.

Sentiu uma brisa quente atingi-lo como se a morena fosse um aquecedor trabalhando a todo vapor.

– Está dizendo que *isto* – apontou para Kroner – vale mais que a mulher que você ama?

– Não. Estou dizendo que não vou matá-lo. Não acho que Reilly esteja... – sua voz falhou, mas recuperou-se rapidamente. – Não acho que ela esteja viva. E não sei por que diabos quer que eu o mate, mas se a última coisa que eu fizer nesta vida for irritar você, por mim tudo bem. Vadia.

Um rugido soou de maneira tão violenta que Veck foi lançado para trás, seu corpo atravessou o ar e bateu contra a parede da caverna atrás dele. Ao cair, conseguiu ficar em pé apenas por uma fração de segundo e pôde sentir a terra tremendo sob seus pés, em seguida, ouviu as pedras da encosta acima dele vibrarem enquanto terra e pedregulhos caíam do teto. Num impulso, protegeu a cabeça, pois era tudo o que podia fazer...

As velas apagaram-se de uma só vez. Então, na profunda escuridão, uma ventania surgiu do nada, a rajada violenta produziu um barulho cruel, ensurdecedor. Em meio àquela fúria, pedras cada vez mais pesadas começaram a cair, até Veck encolher-se por completo... Cara, não sairia desta vivo. De jeito nenhum.

Ao longe, ouviu rochas maiores se deslocarem, mas sabia que, na realidade, não deviam estar tão distantes assim. A terra provavelmente abafava os sons: a pedreira como um todo parecia um queijo suíço, um campo minado cheio de corredores subterrâneos, incapazes de suportar aquela explosão...

De repente, o furacão foi sugado da caverna, levando o ruído estridente consigo. Depois disso, conseguiu ouvir soluços suaves em meio aos sons surdos da encosta. Soluços femininos. Não tinha nada a ver com Kroner.

– Reilly? – ele gritou. – *Reilly!*

Veck deu um salto.

– Droga! – murmurou ao bater a cabeça em alguma coisa.

Esfregando a cabeça, agachou-se para não atingir o teto outra vez. Colocou a adaga de volta no cinto e tateou os bolsos à procura de sua lanterna. Droga. Não tinha trazido.

Soltando um palavrão, tentou se concentrar nos sons que vinham dela.

– Fale comigo, Reilly! Me ajude a te encontrar!

– Estou... bem... aqui...

– Reilly! – gritou, estendendo os braços para frente e movimentando-os em todas as direções em meio à escuridão...

Subitamente, sentiu seu próprio terremoto, seu corpo descontrolou-se quando Jim Heron separou-se e saiu dele, revelando-se em sua forma corpórea.

Foi perfeito: de repente a caverna se encheu de luz, a forma do anjo brilhou muito ao sair de Veck.

Por um momento, tudo o que Veck conseguiu fazer foi encarar a cena que passou a enxergar. Droga, não fazia sentido. Reilly estava pendurada no teto, exatamente onde Kroner estava, com os braços esticados sobre a cabeça e os pés mal tocando o chão. Seu rosto estava inchado, as pernas sangravam, a meia-calça tinha rasgado, a saia estava suja de lama e só Deus sabia onde estariam os sapatos.

– Reilly? – sussurrou.

Ela fez um esforço para erguer a cabeça. Atrás dos cabelos endurecidos de sujeira, os olhos dela, cuja visão ainda estava embaçada, buscavam os de Veck.

– Sou... eu...

Uma chuva de fragmentos rochosos começou a cair do teto e fez Veck entrar em ação. Não era hora de questionar nada. Tinha que tirá-la dali antes que a encosta desabasse sobre eles. Graças a Deus havia a luz de Heron, que o orientava.

Veck utilizou-se da luz para se aproximar de Reilly. Só que, quando conseguiu examinar o que a pendurava, viu que estavam em apuros: os elos de ferro foram fixados no teto rochoso e as grossas algemas estavam presas às malditas correntes com grandes parafusos.

Caramba, não era a primeira vez que a caverna fora usada, não é?

– Droga – murmurou enquanto tentava encontrar um jeito de libertá-la.

– Use a adaga – disse Jim.

– É apenas vidro...

– *Use a maldita adaga.*

Veck pegou a lâmina e colocou-a contra os elos. Não esperava muita coisa... a não ser a "arma" se despedaçando...

O metal rompeu-se completamente com o cristal, não apenas dividiu-se em duas partes mas despedaçou-se sozinho: quase não houve tempo de pegar Reilly e evitar sua queda.

Ao apertá-la contra si, sentiu o tremor de seu corpo e permitiu-se um breve momento de felicidade ao ver que estava viva e, em seguida, empenhou-se em tirá-la dali.

Com Reilly nos braços de Veck, Jim liderou o caminho ao longo do corredor sinuoso com sua luz. Quando se aproximaram de Bails, Veck teve que parar.

– Vamos deixá-lo aí – Jim falou.

– Está certo – só Deus sabia de verdade quem era aquele seu "amigo", mas uma coisa estava clara: não importava. Qualquer um que sequer fechasse Reilly no trânsito estava em sua lista negra. Colocar sua vida em risco? O bastardo tinha sorte de já ter levado um tiro na cabeça...

Atrás deles, o teto começou a ruir. Com isso, o aumento da intensidade dos sons, as pedras caindo e o ar frio impulsionaram Veck a dar o fora dali o mais rápido possível.

Ele começou a correr, seu corpo avançava numa velocidade vertiginosa. Quando a rampa por onde corriam começou a desabar sob seus calcanhares, era como algo saído de um filme do Indiana Jones, só que bem real. Merda, a saída não parecia estar tão longe...

Veck irrompeu do túnel para o ar livre, quase perdendo o equilíbrio ao saltar sobre uma rocha diante dele. Não havia tempo para agradecer a Deus ou a Heron ou a qualquer pessoa. Se a caverna desmoronasse, havia uma grande possibilidade de cair uma avalanche.

Serpenteando com movimentos bruscos ao longo de um caminho à esquerda, não se preocupou em medir a distância que tinham que percorrer para chegar até a borda da pedreira. Não perdeu tempo olhando para trás para observar os pedaços de quartzo do tamanho de carros se soltarem. Tiraria Reilly daquela maldita pedreira, mesmo se aquilo o matasse.

*Iria* salvá-la – e todas as dificuldades por conta dos obstáculos diante dele, do percurso de quase um quilômetro de subida que precisava fazer e da extrema exaustão que queimava seu peito e suas coxas não o deteriam.

Teve a oportunidade de vender sua alma e conseguiu se afastar da mesa de negociação. Aquele triunfo era nada comparado ao que sentiria ao certificar-se de que Sophia Reilly veria o nascer do sol na manhã seguinte.

# Capítulo 48

Reilly deve ter perdido a consciência depois que Veck libertou-a das correntes que a prendiam naquela caverna, pois, quando acordou, havia luzes vermelhas piscando ao redor dela e estava deitada sobre algo relativamente macio.

– Veck...?

– Senhora?

Aquela não era a voz de Veck, definitivamente. Franzindo a testa, forçou os olhos a entrarem em foco... e conseguiu visualizar a imagem borrada de um paramédico inclinado sobre ela.

– Senhora? Qual é o seu nome?

*Ele conseguiu* – pensou. De alguma maneira, Veck tirou-a dali.

– Senhora? Pode me ouvir?

– Reilly. Sophia... Reilly.

– Sabe em qual ano estamos? – depois que respondeu, ela ouviu mais umas duas perguntas que fizeram para saber quantos neurônios tinha perdido.

– Onde está... Veck? – por que seus olhos não funcionavam...?

Uma luz brilhante explodiu em um de seus olhos.

– Ei!

– Só estou verificando de novo suas pupilas, senhora.

Lutou para erguer uma das mãos e viu que tinham colocado um cateter numa das veias do braço.

– Gostaríamos de levá-la para o Hospital São Francisco – o homem disse. – Está em estado de choque, pode precisar de uma transfusão e tem uma concussão.

– Onde está...?

Virou a cabeça... e lá estava ele.

Veck estava em pé ao seu lado, quase fora do alcance da luz projetada pela ambulância. Com os braços cruzados na frente do peito, olhava para o chão aos seus pés. Parecia ter acabado de sair de uma guerra, havia grandes manchas de suor em sua camisa, a calça estava salpicada de sujeira e rasgada em alguns lugares e seu cabelo estava todo espetado para cima. Vagamente, Reilly perguntou-se onde seu blusão fora parar.

Um oficial de polícia com um bloco de anotações estava parado ao lado dele. Sem dúvida, coletando um depoimento, e havia vários membros da equipe de resgate preparando-se para descer a pedreira. Para resgatar Bails, sem dúvida.

Veck balançava a cabeça. Assentia. Depois falava. Lágrimas brotaram nos olhos de Reilly ao vê-lo. Ele carregara-a para fora da caverna. Fizera a coisa certa... não era um assassino.

Como se tivesse sentido seu olhar, Veck ergueu os olhos e encontrou os dela: imediatamente, Reilly voltou àquela floresta, quando se viram pela primeira vez ao lado do corpo de Kroner. Quando ele pareceu hesitar, incerto se ela o queria ou não, Reilly tentou alcançá-lo com uma das mãos.

– Veck...

Deu um passo adiante. E mais outro. O policial o deixou e o paramédico saiu do caminho. Com isso, aproximou-se dela com pressa, envolvendo sua mão com um pouco de força que logo desvaneceu-se, restando apenas um toque muito suave.

– Como você está? – Veck perguntou com voz áspera, como se tivesse gritado muito ou talvez se cansado ao subir aquela encosta com ela como um cavalo de corrida.

– Cabeça... – tentou erguer uma das mãos e descobriu que seu braço pesava uns duzentos quilos. – Você? Você está...

– Tudo bem.

Não parecia bem. Parecia pálido e abatido. De fato, se fosse qualquer outro homem, teria dito que estava... perdido.

– Bails – ela disse, depois tentou engolir a saliva. A garganta estava tão seca, que era como se tivesse passado por um incêndio na floresta e respirado a fumaça. – Ele atirou em si mesmo.

– Não se preocupe com...

– *Não* – agora era ela quem apertava a mão dele. – Ele armou tudo... contou... sobre os antecedentes juvenis... o *Facebook*...

– Shhh...

– Ele estava na frente da prisão. Por seu pai. Ele era...

Certo cinismo eclipsou a exaustão de Veck.

– Um dos fãs daquela legião.

– Eu sei... não plantou o brinco. Bails... deve ter sido ele. Atirou em si mesmo... na minha frente...

– Nada disso importa...

– Desculpe – as malditas lágrimas voltaram, mas não fez nada para contê-las. – Eu sinto tanto...

– Shhh – Veck colou o dedo indicador sobre os lábios dela. – Vamos tirar você daqui.

– Já fez isso.

– Ainda não foi o suficiente.

Por um longo momento, apenas se entreolharam.

– Vou ligar para os seus pais – esfregou o cabelo para trás. – E dizer que te encontrem no hospital.

– E quanto a você...?

– Vou me certificar de que estejam lá – Veck recuou e olhou para o paramédico. – É melhor ir.

Não era um pedido. Era uma ordem.

– Veck...? – ela sussurrou.

Seus olhos evitaram os dela.

– Vou ligar para os seus pais.

– *Veck.*

Quando ela começou a fazer uma tentativa de se sentar, o paramédico começou a deslizar a maca para dentro do veículo. Enquanto isso, Veck apenas deu mais um passo para trás.

Houve outro impacto e um deslizar suave quando terminou de ser instalada dentro da ambulância.

– Eu te amo – gritou o mais alto que pôde. Não era muito.

A última coisa que viu antes de as portas se fecharem foi a expressão de dor de Veck... e, em seguida, sua cabeça assentindo lentamente.

Com isso, percebeu que não era preciso dizer adeus para que houvesse uma verdadeira despedida.

Veck respirou a fumaça de óleo diesel quando a ambulância começou a se mover e pegou a estrada de terra que conduzia para longe da pedreira. O motor roncou alto ao ser acionado e, em seguida, passou a emitir um zumbido suave que foi desaparecendo aos poucos.

– Detetive? – seu colega do Departamento de Polícia disse atrás dele. – Só tenho mais algumas perguntas.

*Boa sorte* – pensou. Pois não tinha certeza se conseguia sequer lembrar-se do idioma que falava.

– Quando chegou, Bails tinha prendido a oficial Reilly...

– Ela estava amarrada – disse com raiva. – Pelos pulsos.

– E o que aconteceu? Depois que chegou?

Certo, como explicar tudo aquilo.

– Fui incitado... a matá-la.

– A oficial Reilly?

– Sim.

– Mas por quê?

Sobre isso poderia dizer a verdade.

– Porque, como todo mundo... ele se perguntava o quanto sou parecido com meu pai. Mas eu o decepcionei. Muito.

Poderia muito bem deixar a mulher de fora. É óbvio que não existia de verdade... Ao menos, não no plano convencional, 3D, do tipo que podia ser relatado num depoimento policial.

– Disse que Bails estava morto quando deixou a caverna.

– Estava morto quando eu cheguei lá. Um tiro na cabeça.

– Quem atirou?

– Reilly disse que fez isso sozinho.

O oficial assentiu e fez algumas anotações.

*Cara* – Veck pensou – *estou farto de assumir esta posição diante da lei.*

– Bem, é isso por enquanto – o oficial olhou para cima. – Imagino que queira ir para o hospital. Quer uma carona?

Veck balançou a cabeça.

– Estou indo para casa.

Só que, merda, como conseguiria? Já que Jim Heron trouxera-o até ali daquela maneira? E onde estava o cara, afinal?

Nesse momento, um carro sem identificação estacionou perto dele, do qual saiu o detetive De la Cruz, o vento forte soprou entre os cabelos e o casaco do cara.

– Certo, detetive – o outro oficial disse. – Cuide-se. Sem dúvida outros colegas seus de departamento vão fazer mais perguntas.

– Acho que um deles acabou de chegar.

Quando o policial caminhou até sua viatura, De la Cruz aproximou-se balançando a cabeça.

– Precisamos parar de nos encontrarmos assim – De la Cruz estendeu uma das mãos. – Como está?

Veck apertou brevemente a mão que lhe foi oferecida e percebeu que estava ficando com frio.

– Estou bem.

– Parece mesmo – disse o cara um tanto seco. – Precisa de uma carona até a cidade?

– Sim – como explicaria como tinha chegado até ali?

*Ah, alguém se importa, afinal?* – pensou.

– Então, Reilly foi para o hospital? – ele disse.

– Foi o que ouvi. Também ouvi dizer que você a salvou.

Na verdade, foi mais ela quem o salvou. Não que alguém ligasse para isso.

– Aliás, foi ela que... – De la Cruz continuou: – Foi ela quem descobriu sobre Bails. Achamos que foi por isso que ele a fez de alvo. Ela o encontrou nas coisas de seu pai na página do *Facebook*. Em seguida, verificou uma informação sobre seu passado, que acabou se mostrando uma mentira... Conseguiu checar isso com uma pequena ajuda de outra pessoa.

Considerando a luz misteriosa que brilhou nos olhos do detetive, não precisava sequer perguntar qual havia sido o papel do cara naquilo tudo.

– Obrigado – disse Veck suavemente.

De la Cruz fez um gesto casual com os ombros.

– Não saberia dizer quem foi, claro.

– Claro.

– Ouça, liguei para os pais dela vindo para cá. Informei que estava indo para o São Francisco.

– Que bom – isso significava que não precisaria incomodá-los. – Quer fazer algum interrogatório comigo?

Os olhos cansados do detetive encontraram os dele.

– Quero levá-lo ao hospital. Está tremendo, caso não tenha notado.

– Estou?

– Vamos lá, o Hospital São Francisco tem um estetoscópio esperando por você.

– Reilly não precisa me ver agora. Ou nunca mais.

– Não acha que isso deve ser uma escolha dela?

Nem um pouco. Havia muita coisa que não poderia ser explicada... E a imensa lacuna de informações não se tratava apenas de pó de pirlimpimpim, unicórnios ou duendes. Aquilo envolvia demônios e sombras duplicadas. Era o que vira nos espelhos ao longo de toda sua vida. Não gostaria que alguém que realmente amasse percebesse essas coisas, muito menos que estivesse por perto quando acontecessem.

– Importa-se de entrarmos no seu carro, detetive? Acho que você está certo, eu comecei a congelar de repente.

– Sim, claro.

Bom plano. Só que quando Veck tentou andar, os músculos pesados de suas pernas prenderam-se contra os ossos, a cãibra não só começou a comprometer sua capacidade de andar mas desafiava sua tolerância à dor.

– Suas pernas estão doendo? – De la Cruz perguntou ao avaliar o quanto mancava.

– Não, estão ótimas.

De la Cruz riu.

– Como eu disse, precisa de um hospital.

– Nada que um bom alongamento e alguns analgésicos não resolvam. Apenas me leve para casa, certo?

Os dois entraram no carro e, assim que De la Cruz ligou o motor, o bom detetive acionou o aquecedor. O que, de alguma forma, fez com que o frio que Veck sentia dentro de si piorasse ainda mais.

– Que f-f-foda – murmurou, agarrando os braços.

– Por isso não fico impressionado de não querer voltar com sua moto.

– Hum?

De la Cruz engatou o carro e dirigiu lentamente ao virar a primeira curva da pista... e lá estava a moto de Veck. Estacionada em segurança do outro lado.

– Espere – Veck disse rispidamente. – Quero pegar a chave.

– Deve ter se distraído quando chegou.

– Acho que sim.

Quando Veck saiu, uma rajada de vento frio diminuiu a sensação de congelamento que sentia em seus ossos... Provavelmente por estar prestes a ter uma hipotermia... E para proteger o outro homem daquela ventania, fechou a porta atrás de si.

Com certeza, a chave estava na ignição da moto.

– Bem lembrado, Heron – sussurrou, olhando em volta.

À esquerda, um brilho suave iluminava as árvores que já brotavam com o início da primavera. Veck respirou fundo.

– Aí está você. Pensei que já tinha dado o fora daqui.

– Geralmente, é assim que eu faço – Heron aproximou-se e Veck franziu a testa quando um cãozinho de pelo desgrenhado e manco avançou com ele. – Porém, estou fazendo uma exceção no seu caso.

– Como sou sortudo – Veck moderou a resposta com um pequeno sorriso. – É o seu cão?

– Ele é de todo mundo.

Veck assentiu com a cabeça, mesmo sem uma pergunta para responder.

– Então, acho que preciso te agradecer.

– De jeito nenhum. Como disse antes, foi tudo você, cara.

– Acho que passei. Naquela coisa toda de encruzilhada.

– Passou sim. Com louvor – o anjo estendeu um maço de cigarros. – Cigarro?

– Obrigado, meu caro – Veck pegou um e inclinou-se em direção ao isqueiro de Heron. – Oh, cara... isto é melhor que um casaco.

– Sim. Olha, sem ofensa, mas seus lábios estão azuis.

– É só a maquiagem. Queria ficar bonito para você.

Heron sorriu.

– Vai tomar no cu.

– Na verdade – Veck exalou –, vou procurar um novo emprego em breve, pensei em fazer um teste para ser mascote da Michelin. Acha que preciso de um pouco mais de maquiagem?

– Sim. Com certeza – o anjo ficou sério. – Está livre agora. Pode deixar tudo isso para trás. Ela nunca mais vai te incomodar.

É óbvio que este "ela" não se tratava de Reilly.

– O que era aquela morena?

– Um diabo de mulher.

– Acho que acertou em cheio.

– Bem, agora precisa ir ver sua Reilly – a frase foi dita com um tom de *o que você está esperando, idiota?*

Veck olhou para a ponta incandescente do cigarro.

– Acho que ela já teve uma dose suficiente de tudo isto.

– Você está livre.

– Ela também.

Jim soltou um palavrão baixinho.

– Olhe para baixo.

– Como? – quando o outro anjo apontou para o chão de terra, Veck viu-se obrigado a se virar... apenas para revirar os olhos quando não viu nada atrás de si. – O que foi, afinal?

– Atrás de você, idiota.

Veck murmurou algum palavrão e olhou sua... no chão, estendida atrás dele... estava uma única sombra.

– Como eu disse, você está livre.

Veck ficou olhando para aquela situação tão normal por tanto tempo que pensou terem se passado anos. Em seguida, voltou a observar o anjo.

– Meu pai... ele acha que a execução vai ser detida. Ele me disse que iria viver.

– Eu não apostaria nisso – Jim balançou a cabeça. – Talvez se você tivesse feito uma escolha diferente, mas, graças à maneira como tudo aconteceu... acho que vai gostar do que será publicado nos jornais muito em breve. É como meu chefe sempre diz... Não existem coincidências.

– Pensei que você era o chefe.

– Quem dera.

– Veck? Com quem está falando?

Veck olhou para De la Cruz, que tinha saído do carro.

– Ah... – quando olhou para trás, Heron tinha desaparecido, como se nunca tivesse aparecido por ali. O pequeno animal também. – Ah... com ninguém.

– Olha, não me importo de você fumar no carro. Especialmente se isso for te salvar de um congelamento total.

Veck olhou para onde Jim estivera. O cara havia partido, o brilho havia desaparecido... E, ainda assim, ele estava ali de alguma maneira.

*Vá ficar com sua mulher, seu idiota* – Jim declarou em sua cabeça.

– Veck? – De la Cruz disse. – Vamos, pode fumar lá dentro.

– Não – Veck respondeu depois de um momento. Então, apagou o que restava do cigarro na sola de seu sapato. – Acho que vou parar.

– De novo.

Veck pegou a chave da moto e voltou para o carro sem identificação. Quando ele e o outro homem fecharam as portas, Veck olhou para fora.

– Acredita em Deus, detetive?

De la Cruz fez o sinal da cruz sobre o peito.

– Com toda certeza.

– Então, isso significa que os demônios existem?

– O inferno é real. A menos que tenha se esquecido da garota que encontramos naquele hotel. Ou do que aconteceu com Sissy Barten.

– Não me esqueci.

De la Cruz assentiu e começou a se afastar do local.

– Mas sim, eu tenho fé. E acredito que os pecadores vão para a sala de estar de Satanás por toda eternidade e que os justos vão para o céu que o Senhor todo poderoso oferece. Vou à missa com a minha família toda semana, e o bom livro – bateu no porta-luvas, a porta abriu-se e uma pequena Bíblia vermelha foi exposta sob a luz interna do compartimento – está sempre comigo. Se tem uma coisa que a vida me ensinou é que Deus cuida de nós, meu caro.

– Então, acha que... as pessoas podem ser salvas?

– Não, tenho certeza. E, uma vez que se tem fé... não importa qual seja... ela te transforma. Não tem volta e nada nem ninguém pode tirar isso de você. Quando abre seu coração e deixa isso entrar, tem a certeza de que tudo vai dar certo, mesmo nas piores situações.

Veck assentiu e permaneceu em silêncio enquanto olhava para fora pela janela da frente. Juntos, passaram pela pista de terra, saíram para a marginal e permaneceram à esquerda para pegar a autoestrada. Depois que já estavam na estrada em direção a Caldwell, Veck disse:

– É pra valer.

– Hum?

– Vou parar, agora é pra valer.

De la Cruz olhou para ele.

– Sabe...? Desta vez, acredito em você.

– Me leve para o hospital.

– Para a emergência ou para o setor de internação?

Veck sorriu um pouco.

– Para onde minha parceira estiver.

De la Cruz sorriu e deu uma leve batida no peito de Veck.

– Agora estou sentido firmeza, cara. Agora o que você diz faz sentido.

# Capítulo 49

Muito acima da terra, no céu, Jim parou aos pés da mansão de almas, olhou para a segunda bandeira agitando-se preguiçosamente sobre o parapeito e pensou...

*Faltam mais duas.*

Se conseguisse erguer mais duas bandeiras daquela em cima do muro, poderia parar com aquilo tudo. Sua mãe estaria segura para sempre e Sissy estaria livre. Se não conseguisse ajudá-la antes.

– Bom trabalho.

O sotaque inglês autocrático de Nigel já não parecia tão irritante.

– Sim, mas não posso parar por aqui.

– Nisto você está certo.

Jim assentiu e olhou para seu chefe. O cara vestia um terno muito bem cortado, desta vez, preto com risca de giz. De fato, parecia um gangster elegante ao ficar em pé ao lado de uma mesa muito bem posta cheia de porcelanas e pratos luxuosos. Dois dos outros arcanjos e o cão *wolfhound* irlandês estavam sentados. Estava claro que esperavam com paciência o sinal verde para comerem a sobremesa já servida.

– Bem – Jim murmurou. – Vou descer. A próxima rodada vai começar em breve.

Ao menos, esperava que fosse assim.

– Não gostaria de ficar para a sobremesa? Temos um lugar para você.

– Obrigado – disse Jim. – Tenho que ver uma pessoa.

– Muito bem.

Porém, quando já ia desaparecer, Nigel chamou-o de canto, fora do alcance dos ouvidos dos outros.

– Não terminamos, você e eu.
– Desculpe, não estou com fome.
– Com relação àquele acordo que fez com Devina...
– Está se referindo ao que fiz para saber quem era a alma?
O arcanjo limpou a garganta.
– Sim, isso mesmo. Gostaria de te avisar que...
Jim bateu nas costas do cara e ignorou o brilho que surgiu nos olhos dele como reação ao gesto.
– Já entendi, Nigel. Pode confiar em mim.
Quando exibiu um meio sorriso, os olhos estranhos e muito claros de seu chefe estreitaram-se.
– Às vezes me pergunto se isso seria sábio.
– Confiar em mim? Bem, você me escolheu.
– Lembro-me bem disso – o anjo pegou o braço de Jim. – Mas gostaria de te dizer uma coisa.
– Blá-blá-blá...
– A próxima alma. Vai reconhecê-la como sendo um velho amigo e um velho inimigo, ultimamente, você até o tem visto. O caminho não poderia ser mais óbvio, mesmo se estivesse cheio de sinais iluminados indicando a direção.
Jim revirou os olhos.
– Ótima dica, Nigel. Como sempre, seu ponto forte é deixar tudo muito "claro".
– Confie em mim.
Quando Jim ergueu uma das sobrancelhas, uma das laterais da boca do arcanjo exibiu um sorriso. Jim teve que rir.
– Sabe? Não entendo por que não nos damos melhor?
– Tenho que concordar.
Com isso, Nigel enviou-o de volta, e a viagem foi mais fácil que nas primeiras duas vezes que precisou subir aos céus e descer novamente. Pelo menos desta vez não precisou morrer para que sua passagem fosse carimbada.
Assumindo sua forma corpórea em frente à garagem de onde vivia outra vez, olhou para cima. As janelas do apartamento estavam escuras e, por não haver iluminação externa, a noite estendia-se pelo

quintal, adentrava pela floresta e saía para os campos mais distantes. Mas nem tudo estava escuro. Ao longe, as duas luminárias da varanda da casa branca estavam acesas, projetando uma luz cor de pêssego, como se a estrutura estivesse um tanto corada.

Cara, estava muito frio. Nada de luar. Parecia que ia nevar.

– Então, você venceu.

Virando-se, saudou a chegada de Devina com um largo sorriso.

– Pois é, "outra vez". Veio observar como comemoro minha vitória?

– Não.

– Que pena, é um tremendo espetáculo. Vou até te dar um intervalo caso queira pegar mais pipoca.

Como sempre, ela parecia ótima, como uma nota de dinheiro recém-fabricada. Toda produzida com uma de suas roupas tão apelativas que um cara não precisava sequer dar asas à imaginação para visualizar várias coisas: naquela noite, suas curvas estavam envolvidas num tecido apertado vermelho e brilhante.

– Sabe por que estou aqui – ela disse.

– Não tem outro lugar melhor para ir, hum? Que triste.

– Nosso acordo, Heron – agora, ela sorria. Ao aproximar-se, seus quadris moviam-se como se estivesse pronta para que alguém cavalgasse sobre ela. – Mantive minha parte no acordo. Apesar do que pensa de mim, disse quem era a alma... não menti. Então, agora você vem comigo.

Jim permitiu que vagasse um pouco ao redor dele. Dando-lhe um pequeno momento de satisfação. E, quando ela posicionou-se bem na frente dele, deixou que se aproximasse e apalpasse entre suas pernas. Mas, quando ela abriu a boca, ele interrompeu-a.

– Não.

Ela riu, um som encantador que sugeria que, em sua mente, já estavam transando.

– Acho que, na tradição do casamento humano, a resposta é "sim". Foi o que quis dizer, meu amor?

Tirou a mão dela sutilmente.

– Eu menti, Devina – inclinou-se e colocou a boca junto à orelha dela. – Mentira. Mentirinha. Lorota. Sabe muuuito bem do que estou falando, não? Então, como é estar do outro lado, vadia?

Quando ele recuou, a confusão no rosto de Devina era algo digno de ser registrado em livros de História. Se ao menos tivesse uma câmera...

– Preciso desenhar? – Jim murmurou.

De repente, a expressão dela mudou, suas feições ficaram obscuras ao ponto da violência.

– A intenção é irrelevante – ela disse em voz baixa. – Você foi muito claro.

– Ah, achei que você acreditava que a intenção era tudo. Não pode levar o que não é seu, e não vou te deixar entrar em mim... enganei *você*.

– Seu... bastardo – ela vociferou.

– No amor e na guerra, vale tudo. E não finja não ser a autora dessa cartilha.

Ela recuou um pouco e deu um tapa no rosto de Jim.

– Não se esqueça de qual é o seu lugar.

Jim riu.

– Nem por um minuto – então, ele ficou sério. – Mas, Devina, você e eu precisamos deixar uma coisa clara: se voltar atrás e abusar... de alguém... pode ter certeza de que nunca mais vai tirar qualquer proveito de mim outra vez.

– Já sei que não cumpre suas promessas.

– Isto é um voto – bateu sobre o peito e, em seguida, colocou o dedo indicador entre os seios dela. – De mim... para você. Se machucar qualquer pessoa, nunca mais vou transar com você.

Por um segundo, a máscara dela caiu, aquele rosto monstruoso com a pele podre e os ossos salientes foi exposto. Jim ergueu a cabeça.

– Sabe, demônio, a fúria combina com você. Perfeitamente.

Houve um longo momento de um silêncio tenso e, então, pareceu que Devina voltou a assumir o controle sobre si mesma, a beleza falsa encobriu o mal outra vez.

– Nunca mais confio em você – anunciou.

– Por mim tudo bem – ergueu uma das mãos e acenou. – Tchau, Devina.

– Isso não acabou.

– Que despedida mais previsível. Era isso mesmo o que eu esperava de você.

Jim tinha consciência de que estava abusando da sorte, mas, na empolgação de ter ganho mais uma rodada, não deu a mínima.

Contudo, parece que Devina não queria mais brincar. Abaixou o queixo e olhou sob as sobrancelhas esculpidas com cuidado.

– Vejo você em breve, Heron.

E, com isso, saiu dali, desvanecendo-se no ar.

Depois disso, Jim pegou um cigarro de seu maço e acendeu. Ao exalar, ele riu outra vez, apreciando o zumbido que sentia dentro dele. Era como se tivesse acabado de fazer sexo... do bom.

Virando-se para a garagem, caminhou até as escadas, imaginando que encontraria Adrian antes mesmo de... quando exalou, franziu a testa e se perguntou se estava ouvindo coisas. Mas não. Aquele rádio que não tinha estava tocando outra vez... Uma versão à capela de "Calling All Angels", do Train.

– *Que porra é essa?*

Subindo as escadas rapidamente, colocou o cigarro entre os lábios e empurrou a porta... Sentado no chão, de costas contra a porta de entrada daquele espaço apertado, Adrian tinha a cabeça entre as mãos. Com tom suave e perfeito, entoava a letra de maneira lenta e linda... como se tivesse nascido para ter um microfone nas mãos.

– Pensei que não conseguia cantar – Jim falou.

Adrian não levantou a cabeça, mas parou e deu de ombros.

– Eu só fazia aquilo para encher o saco dele. O seu também, na verdade.

Jim exalou um fluxo de fumaça constante.

– Tem uma bela voz.

Engraçado, mas preferia aquele tom desafinado, irritante. Quando não houve resposta, disse ao anjo:

– Vai ficar bem se eu cumprir uma tarefa rápida?

– Sim. Estamos bem. Vou ficar aqui sentado com ele.

Jim assentiu mesmo sem contato visual.

– Precisa de alguma coisa?

– Não. Estamos bem.

Olhando para a enorme figura do anjo – as pernas estavam encolhidas e os braços fortes descansavam levemente sobre os joelhos – Jim sentiu-se mais que pronto para a próxima rodada: por um momento, ao longo daquela noite, Adrian pareceu vivo outra vez, animado, engajado. Aquele silêncio resoluto, por outro lado, estava próximo demais à condição de Eddie.

– Volto logo.

– Fique o tempo que precisar.

A separação não era boa, mas Jim tinha que fazer isso. Algumas coisas eram resultado de escolhas... outras, quando se tinha alguma honra dentro de si, eram uma questão de necessidade.

Virando-se, saiu do jeito que chegou, fechando a porta em silêncio atrás de si. Antes de sair, colocou uma das mãos na parede da garagem e fechou os olhos.

Com profunda concentração, pensou em Adrian e Eddie naquele quarto no hotel Marriott, os dois discutindo e trocando ofensas. Imaginou os dois fazendo aquilo outra vez, pensou nos olhos vermelhos de Eddie encarando o dramático Adrian, enquanto o outro anjo erguia os braços exasperado. Estavam juntos outra vez naquela visão que criou em sua mente. Estavam sãos e salvos. Estavam vivos.

Quando abriu os olhos outra vez, havia um brilho sutil ao redor de todo o edifício, era uma iluminação fosforescente sutil que nem sequer projetava sombras, mas era mais poderosa que todas as luzes de um estádio de futebol acesas.

Assim que Jim tirou sua mão, o primeiro floco de neve caiu do céu... Era o momento de desaparecer no ar fino e gélido.

# Capítulo 50

Passaram-se duas horas e meia depois que Veck chegou ao Hospital São Francisco até, finalmente, ser liberado para ver Reilly... *duas horas e meia!*

Mas até que fazia sentido: quando De la Cruz estacionou na emergência para deixá-lo ali, Veck abriu a porta do carro e descobriu que não conseguia ficar em pé. Um problema que não era pequeno.

Então, em vez de passar pelas portas giratórias do setor de internação e se dirigir até o quarto de Reilly – aliás, conseguiu o número graças a uma ligação para o setor de informações do hospital – acabou ficando na emergência mesmo. Onde, claro, não lhe dariam quaisquer detalhes sobre ela ou sua condição. Malditas regras hospitalares.

E, cara, fizeram de tudo nele. Depois de ter sido picado, cutucado e radiografado, tentaram sugerir que precisava de um cateter para receber alguns fluídos, mas descartou aquela ideia e informou que estava indo embora. Por via das dúvidas, envolveram a coxa dele com uma atadura, o que doeu muito, colocaram outro curativo no tornozelo oposto e disseram-lhe para ir para casa e esperar sentir-se pior no dia seguinte.

– *Obrigado, doutor.*

Contudo, a bengala foi útil. E, quando o elevador chegou ao sétimo andar e ele entrou no setor de internação, usou a coisa para auxiliá-lo a andar pelo corredor.

Olhou para os dois lados. Não fazia ideia de onde ir. Aleatoriamente, escolheu ir para a direita e descobriu que, em algum momento, teria que recorrer a algum funcionário ou a um mapa para encontrar a unidade que procurava.

Enquanto mancava, olhou para suas roupas. Imundas. Suadas. Rasgadas. Um visual horrível, mas não tinha tempo de voltar para casa e se trocar.

Quando chegou à sessão de enfermagem, não tinha a menor intenção de ser importunado com alguma abordagem do tipo "o horário de visitas já acabou. Volte mais tarde".

Reilly disse que o amava. E ele fechara a porta diante dela. Certo, tudo bem, não foi ele quem de fato bateu a porta na cara dela – tecnicamente, foram os paramédicos. Mas ele deixou-a ir... e esse era o tipo de erro que se tentava corrigir assim que tivesse uma oportunidade. Mesmo se precisasse de uma bengala para chegar lá e estivesse com uma aparência que só um banho com uma mangueira de bombeiros daria jeito.

Virando, encarou um longo corredor que tinha instruções em inglês e espanhol, várias setas e um mapa. Pena que nada daquilo fazia sentido – e não só por que estava exausto. Será que dificultavam a localização de pacientes de propósito? No final do corredor, surgiu uma figura enorme e obscura que começou a andar em direção a ele.

Mais perto. Mais perto ainda. Até Veck conseguir distinguir as calças de couro, as botas de combate e o casaco preto. De repente, sentiu uma pontada em seu cérebro. Ao ponto de se perguntar se não tinha surgido um coágulo por ter corrido tanto ao subir a encosta daquela pedreira. Só que... quando olhou aquele rosto enrijecido, soube quem era. Era...

Veck soltou um palavrão e apoiou-se na parede enquanto os golpes em sua cabeça dizimavam qualquer pensamento. Enquanto isso, o homem apenas aproximava-se. Até parar bem em frente a Veck. Quando ele conseguiu enxergar aquele rosto inacreditável através da dor, soube que nunca o esqueceria.

– Vou consertar as coisas – o homem disse com um sotaque estrangeiro que não era bem francês, nem húngaro. – Não se preocupe, meu amigo.

Deus, a pronúncia dos "erres" era muito agradável de ouvir, tinha um toque suave e aristocrático muito curioso. Então, Veck percebeu sobre quem o cara estava falando:

– Kroner...

Assentindo com a cabeça de maneira elegante, o estrangeiro retomou sua caminhada. Se não tivesse visto o cara, Veck teria pensado que o som dos passos que as botas produziam era uma sentença de morte. Em seguida, no meio do corredor, a figura desapareceu... como um fantasma.

Porém, era mais possível que tivesse virado em outro corredor. Para encontrar Kroner... *caramba*. Veck esfregou os olhos, pensou na caverna e percebeu que tinha perdido alguma coisa: tinha visto o *serial killer* pendurado na frente dele, mas tinha sido uma miragem, não? Uma miragem projetada sobre sua Reilly.

Era a única explicação. Pois foi ela quem surgiu pendurada nas algemas depois que a poeira baixou, e Deus era testemunha de que não houve tempo para trocar os dois.

Sentindo uma fraqueza repentina, apoiou-se com força sobre a bengala ao se dar conta do que havia acontecido exatamente. Ou melhor, do que poderia ter acontecido. Se tivesse esfaqueado quem acreditava ser Kroner... teria matado Reilly. Aquilo não havia lhe ocorrido em meio à correria e ao pânico que vieram em seguida.

Cristo, a escolha que fez naquela encruzilhada tinha salvo os dois, não tinha? Pois nunca teria se recuperado se tivesse feito o contrário.

Quanto a Kroner... virando a cabeça sobre o ombro, Veck olhou na direção em que aquela figura mortal havia passado. O *serial killer* ainda devia estar vivo sobre uma das camas daquele hospital... E poderia apostar que seu quarto estava em algum lugar próximo dali.

Para todos os efeitos, a vida de Kroner ainda não era de Veck para que pudesse tomá-la. Mas isso não significava que iria impedir o que estava prestes a acontecer. Droga... anjos, demônios, cãezinhos mancos... o mundo estava cheio de coisas das quais se ouvia apenas rumores. Assim, se pensasse em tudo o que sabia agora? Aquele era o Ceifeiro da Morte em pessoa... e, nesse caso, a vida de Kroner seria levada da maneira certa.

Só para ter certeza, Veck mancou até ficar sob uma das luzes no teto e verificou sua sombra – mesmo sentindo-se um tolo. Apenas uma.

– Pronto para deixar isso para trás? – murmurou para si mesmo. – Tooootalmente pronto.

Enfim, encontrou a ala certa e, felizmente, talvez porque a enfermeira teve pena dele, ninguém tentou impedi-lo por não ser horário de visitas. Foi orientado a passar por mais cinco portas e ainda disseram que, se precisasse de alguma coisa, era só chamar. Como se esperassem que ele tivesse algum mal súbito a qualquer momento.

Quando chegou ao quarto de Reilly, não entrou todo apressado para não incomodá-la se estivesse dormindo. Apenas inclinou-se um pouco para que pudesse espiar pela porta.

Sob o brilho fraco da luz que vinha do banheiro, ficou evidente que ela estava dormindo: mesmo com a cabeça virada para a direção dele, a respiração era muito profunda e estável, o corpo parecia pequeno e estava imóvel sob os cobertores. Tinha um cateter numa das mãos e havia um monitor ligado a ela que emitia um sinal sonoro regular. Provavelmente, era o coração dela que...

A cabeça dela moveu-se sobre o travesseiro e, em seguida, fez uma careta enquanto uma das mãos se erguia até a testa.

– Veck...

Aproximou-se com rapidez e disse:

– Você está bem? – *que pergunta idiota*, pensou.

– Você está aqui – então, obviamente; viu a pulseira que foi dada a Veck. – *Você* está bem?

– Só não me peça para correr numa maratona amanhã – quando ela tentou se sentar, Veck puxou uma cadeira para perto da cama. – Não, não, fique deitada. Vou ficar bem aqui.

– Achei que não viria – ela disse.

Enquanto ele pensava numa resposta, ela murmurou:

– Nem você achava que viria, hum?

Ele negou com a cabeça.

– Eu... – Deus, por onde começar? – Sabe? Desde o primeiro momento em que te conheci, só trouxe coisas ruins para a sua vida. E quase te matei esta noite...

– Não, não matou. Nós dois fomos enganados por Bails e aquela... o que era aquela mulher?

– Não sei. Mas posso dizer uma coisa: ela não vai voltar – acreditava em Jim. – Nunca mais.

– Você cuidou disso, não foi?

– Acho que sim.

– Não fiz menção a ela quando fui interrogada.

– Nem eu.

Breve pausa. Então, Veck limpou a garganta, ansioso para dizer alguma coisa, qualquer coisa diferente do que acontecera na caverna. Talvez mais tarde, com o tempo, pudessem entender o que tinha acontecido, mas não na mesma noite.

– Seus pais vieram?

– Perguntaram onde você estava.

– Mas não falou nada sobre mim, certo?

– Oh, contei tudo para eles. Como tentaram incriminá-lo, como você veio atrás de mim...

– Eu te amo.

Aquilo deteve-a. Ao ponto de Veck se perguntar se não deveria pedir desculpas. Só que, em seguida, ela começou a chorar e estendeu uma das mãos até o rosto dele.

– Eu também te amo.

Inclinando-se para que Reilly pudesse tocá-lo com mais facilidade, murmurou:

– Só quero fazer tudo certo com você. É tudo o que sempre quis para nós.

– Então, como você mesmo disse – a voz dela estava rouca –, nada de correr amanhã. Nem nunca.

– Foi o que um amigo meu disse.

– Jim... – quando ele assentiu, ela sussurrou:

– Aquele homem é um anjo.

– É mesmo.

Veck não queria invadir o espaço dela, mas, de alguma forma, acabou se aproximando da cama e deitando ao lado dela. Ela encaixava-se nele de um modo tão perfeito e, quando a abraçou, estremeceu. Quase perderam aquilo... não apenas com tudo que havia acontecido na caverna, mas com todo o resto da história envolvendo Bails e sua tentativa de incriminá-lo.

Inclinando-se, Veck beijou-a com cuidado e, em seguida, olhou em seus olhos por um bom tempo. Nunca teve a oportunidade de iniciar nada assim, do zero. Nem sequer quando nasceu. Mas naquele momento? Viu o tão inesperado novo começo nos pequenos pontos cor de avelã que havia naqueles olhos verdes e perfeitos.

Foi então que percebeu que o peso havia desaparecido. Tinha vivido com uma carga tão grande, há tanto tempo, que nem se dava conta. Agora, porém, ao sentir a ausência daquela pressão dentro de cada centímetro de si, sentia-se... livre. Novo. Renascido.

O único problema era que aquela síndrome de "sou um novo homem" o fazia pensar que algumas coisas malucas fossem totalmente razoáveis.

Acariciando os belos cabelos ruivos de Reilly, disse suavemente:

– Seu pai me fez uma pergunta naquela noite quando jantamos todos juntos.

Reilly sorriu.

– Foi? Só me lembro dele dizendo que sabia fazer os procedimentos de primeiros socorros.

– Foi um pouco antes disso – ele sussurrou. – Acha que posso responder um dia?

Reilly prendeu um pouco a respiração. Em seguida, uma alegria brilhou em seu rosto.

– Se estou entendendo bem o que está dizendo, acho que precisará perguntar algo a ele primeiro.

– Seus pais estão livres para jantarmos juntos amanhã à noite?

Ela começou a rir e Veck também.

– Acho que consigo providenciar isso.

– Perfeito – ele ficou sério. – Você é simplesmente... perfeita.

Embalando-a contra o peito, Veck deixou-se levar pela exaustão calma que sentia: estava tudo certo em seu mundo. Tinha sua mulher, sua vida e sua alma de volta. Não havia nada melhor que isso.

No céu, os pés de Nigel faziam um passeio ao redor do castelo. Não caminhava para admirar a graça desfraldada da última vitória de Jim. Nem para verificar se estava tudo bem nos arredores. Nem para respirar um pouco de ar fresco.

Contudo, se alguém perguntasse por que andava, ofereceria todas essas mentiras como resposta. De fato, talvez ele e Jim fossem mais parecidos do que imaginava.

Ainda assim, se tivesse proferido tais explicações a qualquer pessoa ou cão, o que segurava em suas mãos teria anunciado suas mentiras: carregava um prato com um guardanapo cor de damasco cobrindo o que havia sob o fino tecido, um bolinho de groselha, dois biscoitos e um morango fresco.

À medida que caminhava com as guloseimas, sentia em seu coração uma vaga aversão por aquela atividade servil. No entanto, precisava de um pretexto tangível para seguir ao seu destino, não só para responder às mentes questionadoras, mas também ao destinatário do que havia naquele prato. Pensou, ainda, que não era apenas uma questão de adoçar a boca de alguém. Tinha notícias para compartilhar.

Aproximando-se da tenda de Colin, sentiu-se um verdadeiro idiota, mas o carcanjo não tinha se apresentado para dar seu relatório da batalha, por assim dizer. Além disso, deveria estar com fome depois de ter passado um tempo fora.

Desculpas, desculpas... Nigel precisava vê-lo. Eram dois malditos. E já estava farto daquela distância. Na entrada, limpou a garganta.

– Colin.

Enquanto aguardava uma resposta, ergueu o guardanapo cor de damasco para verificar se ainda cobria as guloseimas.

– *Colin.*

Ah, chega de toda aquela moderação educada. Entrou e parou. Sobre a modesta cama, havia três ternos, cada um com uma gravata, meias e sapatos combinando entre si.

A combinação do meio, de cores preto e cinza-claro, foi a que mais agradou Nigel. Apoiando o prato, estendeu uma das mãos para acariciar o fino tecido das mangas. Estranho o arcanjo ter alinhado aquelas roupas em cima da cama. Colin não se preocupava muito com suas vestes.

Virando-se, Nigel observou os livros encadernados em couro. O baú. A lâmpada a óleo que queimava emitindo uma luz suave. Aonde o anjo iria vestido daquela maneira?

Então, lembrou-se: Colin estivera lá embaixo com Edward e, onde quer que Edward estivesse, lá estaria Adrian também.

O anjo cabeça-dura com seu fetiche por *piercings* nunca fora conhecido por se envolver com seres do mesmo sexo, mas Nigel não se envolvia em detalhes assim da vida de seus subordinados. Além disso, Colin era irresistível. O que afundava Nigel naquela terrível posição.

*Como sou tolo* – Nigel pensou. – *Como sou tolo.*

Saiu dali, mas fechou a aba da tenda suavemente atrás de si. A última coisa que precisava era ser pego...

Um assovio alegre chamou sua atenção. Movendo-se furtivamente atrás da barraca, sua respiração ficou ofegante. Em meio à suave correnteza, Colin apoiava as costas num banco de areia e passava um pano macio sobre os ombros, formando um rastro de espuma que escorria entre seus músculos do tronco, assumindo uma trajetória descendente...

A cabeça de Colin virou-se e, em seguida, seu tronco. Nigel engoliu em seco quando seus olhos se encontraram. O macho produzia a mesma visão de sempre e, ainda assim, parecia algo novo.

– Boa noite – disse o outro arcanjo, antes de voltar a ensaboar o peito.

Quando ele voltou a limpar a pele, não se virou novamente. Em vez disso, continuou a movimentar aquele pano macio cada vez mais para baixo de seu corpo.

– Vai a algum lugar? – disse Nigel em tom amargo.

– Sim.

– Aonde?

O arcanjo ergueu-se por completo... E, observando o corpo do macho, Nigel teve vontade de soltar um palavrão. Os ternos. Aquele banho. Ignorar a refeição como se estivesse se preparando para algo especial. Aquele pênis rijo.

Se não fosse Adrian, seria algum pretendente humano? Ou uma alma que habitava o lado seguro das muralhas do castelo?

– Tenho novidades – Nigel esforçou-se para dizer as palavras com suavidade. – Na verdade, fiz um comunicado durante a sobremesa.

– Desculpe, eu não estava lá.

– De fato.

Enquanto conversavam, a visão periférica de Nigel provava ser muito eficiente: embora se concentrasse no rosto de Colin, tinha plena consciência da atenção que o arcanjo prestava aos órgãos de sua masculinidade. E pensar que a limpeza era uma virtude. Parecia mais uma tortura.

– Nigel?

– Também perdeu a bandeira de vitória e a aparição de Jim.

– Pelo que peço desculpas – Colin assoviou um pouco, com prazer, e, em seguida, pareceu voltar a prestar atenção em Nigel. – Agora, diga, quais são suas novidades.

– O Criador decretou quem será a próxima alma por quem os sinos dobrarão. Não é quem nos foi comunicado no princípio.

Isso chamou a atenção do arcanjo – e congelou os movimentos daquele maldito pano.

– Pensei que todas as almas estivessem combinadas antes de o jogo começar.

– E foram. E se acreditava... ao menos eu pensava assim... que seriam apenas seis, pois um dos lados acabaria vencendo mais cedo.

– E agora?

– Ah, essa alma foi aprovada. Só não se sabia que haveria uma segunda rodada com ela.

A surpresa de Colin foi satisfatória, ao menos provou que Nigel ainda conseguia produzir alguma reação nele.

Com um forte impulso, o arcanjo mergulhou suavemente nas águas e saiu do rio em seguida. Quando emergiu, pingando e ainda ereto, Nigel ofereceu gentilmente a toalha que o macho havia pendurado sobre o galho mais próximo de si... Porém, não foi para evitar que o arcanjo contraísse um resfriado. Mas porque Nigel não precisava incendiar o local.

No entanto, apesar de Colin ter se secado, o bastardo apenas pendurou a coisa em volta da nuca quando terminou.

– Não vai se vestir? – Nigel perguntou.

– Sim.

– Agora? – por favor.

– Quem é a alma?

– Matthias.

Colin franziu a testa.

– Então, o Criador está desconsiderando a vitória de Devina?

– A decisão é de que a vitória dela permanecerá, mas Jim terá uma segunda chance de influenciá-lo.

– Isso não tem precedentes.

– O jogo não tem precedentes.

Quando os dois se entreolharam, o coração de Nigel doeu ao ponto de sentir algo real. Era o momento de partir, não era?

– De qualquer forma, achei que gostaria de saber – disse rapidamente. – Então, adeus e... boa noite. Está claro de que a intenção é essa.

– É mesmo – as pálpebras de Colin abaixaram. – Na verdade, preciso disso.

Nigel assentiu com firmeza e caminhou sem muito charme em direção à sua tenda. Ao passar pela mesa de chá que já tinha sido limpa, ficou feliz que os outros dois e o grande cão tivessem retornado aos seus aposentos. Não desejava sequer que o olhar canino de Tarquin testemunhasse aquela caminhada de humilhação pessoal.

Havia preparado um pequeno presente e ido até lá apenas para presenciar os preparativos de um encontro que, obviamente, não o envolvia.

Estúpido.

Tolo.

Em seus aposentos, Nigel despiu-se, mas não para tomar banho – havia memórias demais. Em vez disso, vestiu um roupão de cetim que nunca havia usado na presença de Colin e deitou-se sobre o divã, observando os acessórios de luxo.

Mesmo com todas aquelas cortinas coloridas e a cama confortável, parecia um lugar muito vazio.

Ao lado dele, a chama de uma vela flutuava à deriva, e Nigel invejou o seu trabalho fácil. Infelizmente, o objeto oferecia muito pouco em termos de companhia, então, apenas observou a autodestruição em silêncio, as lágrimas de cera escorriam lentamente ao longo do corpo cada vez mais reduzido.

Que deprimente: mesmo algo tão romântico como a luz de uma vela dava brechas para que interpretasse tudo em termos de perda...

– Este bolinho é fantástico.

Nigel olhou para cima. Colin estava parado na entrada da tenda, seu braço forte segurava a cortina para um lado, sua forma alongada e delgada preenchia o espaço. Usava o terno preto e cinza.

Nigel recuou para observar melhor à luz da vela.

– Fico feliz que tenha gostado.

– Muito gentil de sua parte – o arcanjo aproximou-se enquanto terminava de comer. – Sabe? Ficou um bom tempo sem me visitar.

Na verdade, tinha feito uma visita muito recentemente, mas não poderia mencioná-la.

– Não vai sair? – Nigel murmurou.

– Ah, sim – quando Nigel olhou para ele, Colin deu uma volta em torno de si de uma maneira muito viril. – Gosta?

– Das roupas? – Nigel acenou com uma das mãos. – Não cabe a mim julgar isso.

– Vesti para você.

Os olhos de Nigel fixaram-se nele.

– Por que está sendo tão cruel?

– Cruel? – o arcanjo disse com uma confusão sincera. – Para quem mais eu vestiria um traje tão inútil?

Nigel franziu a testa.

– Pensei que talvez fosse para Adrian ou...

A risada de Colin foi imediata. E soou um tanto estridente.

– Acha que aquele anjo... e eu...?

– Ele está em forma.

– Sim. Mas não é quem eu quero.

Nigel engoliu em seco e, olhando em volta, tentou esconder sua reação.

– Isto... é... para mim?

– Sim. Então, o que me diz, amado meu?

Finalmente, encontrou os olhos de Colin e os dois observaram-se por um longo tempo. Em seguida, Nigel sentou-se e acariciou os cabelos para trás com uma das mãos trêmulas: o desejo de manter a compostura não venceu, não ali, naquele aposento particular. Não com Colin. Temia nunca conseguir isso com o arcanjo.

Estendendo uma das mãos para o seu amor, Nigel disse com voz rouca:

– Eu digo que... eu teria escolhido este.
O arcanjo aproximou-se com um sorriso.
– E foi por isso – Colin murmurou – que o vesti.

# CAPÍTULO 51

Na Terra, num belo subúrbio de Caldwell, Susan Barten estava sentada em sua sala, bem acordada, apesar de serem quatro horas da manhã. No andar de cima, seu marido e a filha que lhe restava dormiam em suas respectivas camas e tudo em volta, acima e abaixo dela, repousava em silêncio.

Estava acostumada àquela sessão de silêncio profundo e doloroso. A última noite de descanso ininterrupto que teve foi na noite anterior... de ter acontecido "aquilo".

Como de costume, sentou-se na poltrona ao lado do sofá, com os olhos voltados para a porta da frente. Aquela era sua posição de vigília, o ramo sobre o qual fixou seus pés para ver os ventos do destino soprarem fortes contra seus entes queridos, arrancando camadas dela, do que era sua família e da maneira como esperava que seus dias passassem sobre a Terra.

Sempre observava a porta pela qual Sissy havia saído e entrado tantas e tantas vezes – e Susan fez isso mesmo depois das primeiras noites, quando a esperança inicial havia sangrado, sem deixar nada além de um medo paralisante para trás. Ainda era verdade até mesmo agora, quando havia uma razão concreta para crer que sua filha nunca, jamais, voltaria para casa outra vez.

Deus, e pensar que se sentia afortunada por haver algo para enterrarem. Com isso, lágrimas brotaram do canto de seus olhos, e viu-se pensando no livro do dr. Seuss, que foi tão importante na formatura do colegial, aquele que tinham comprado para Sissy junto com os brincos, o colar e o bracelete em formato de pomba.

*Ah, os lugares aonde você irá!*

Uma morte prematura não era o destino que haviam imaginado. Por que não a faculdade de medicina? Ou a Europa? Ou a cidade de Nova York? Ou simplesmente um salão de cabeleireiro no centro de Caldwell, ou uma clínica veterinária, ou uma escola primária onde pudesse lecionar? Por que o destino não pôde lhe conceder o que havia concedido a todos os seus colegas de classe? Por que teve de ir ao supermercado naquela noite em particular?

Susan estava prestes a enlouquecer quando pensou nas centenas de caminhos diferentes que se apresentavam à sua filha mais velha... E perguntou-se mais uma vez por que os dados do destino tinham imposto aquele resultado.

Um grito irrompeu de sua boca sem nem perceber que emitia algum som, e aconteceu o mesmo com suas pernas... Ergueu-se da cadeira e colocou-se atrás do móvel antes que pudesse sequer se conscientizar do movimento.

Um homem passou pela porta. Um homem loiro, enorme, entrou na casa sem abrir a porta e, agora, estava parado no hall de entrada. Olhando para ela. Espere... ela conhecia-o. Fora para ele que tinha dado aquele colar. Era ele quem parecia arrasado assim como ela. E ainda estava arrasado.

– O que está fazendo aqui? – perguntou suavemente, com a estranha sensação de que não importava como ele havia entrado, não estava ali para machucá-la ou para ferir o que restou de sua família. – Por que você veio?

O homem apenas olhou-a sem responder, o rosto rígido estava tão triste que parecia estar à beira do mesmo abismo que ela.

Sentindo perder o equilíbrio, Susan andou em volta da poltrona e jogou-se sobre ela. Então, colocou as mãos sobre os joelhos e começou a balançar o corpo lentamente para frente e para trás.

– Já sei que a encontraram – ela disse. – Sei que encontraram... minha filha...

O homem aproximou-se quando Susan começou a soluçar, e, depois de tentar enxugar os olhos, viu que ele havia agachado aos seus pés.

– Você disse que ia trazer a minha filha de volta – disse, sufocada.

Quando ele assentiu, parecia que ainda tinha a intenção de cumprir a promessa, mas, com certeza, ela sabia que tal coisa era impossível de ser feita.

– Estou feliz por ter vindo – ela murmurou, pensando em voz alta.

Ele permaneceu em silêncio e, quando Susan observou aqueles olhos estranhos, expressou a culpa que não teve coragem de dizer a ninguém:

– Eu matei minha filha. Mandei que ela fosse até aquele mercado. Pedi isso a ela... e, se ela não tivesse ido... não teria...

Não havia mais o que fazer quando ela começou a chorar. Enquanto chorava com toda a força de seu coração, o grande guerreiro ficou com ela, compartilhando dor, solidão e arrependimentos, uma de suas grandes mãos repousou sobre o ombro de Susan e confortou-a, sua presença era um bálsamo sobre as queimaduras que cobriam sua pele apesar de, aparentemente, ela estar intacta.

Quando se acalmou um pouco, ele colocou suas mãos sobre as dela. Com o contato, um calor mágico entrou nela e viajou ao longo de seus braços, sentia que algo mudava no abismo que havia em seu peito, preenchendo-a.

Foi então que viu que o homem tinha asas. Asas grandes e leves que se erguiam sobre seus ombros e resplandeciam, mesmo com as luzes da casa todas apagadas.

– Você é um anjo – sussurrou, paralisada. – Você é... um *anjo*...

Ele não mostrou qualquer reação, apenas continuou observando-a. Mesmo sentada, os belos olhos e o toque restaurador do visitante elevaram-na.

Enfim, ele retirou as mãos, mas o calor permaneceu no corpo de Susan.

– Precisa ir? – disse de maneira triste.

Ele assentiu, mas, antes de se erguer, puxou a camiseta para baixo. Sobre sua garganta, havia o colar delicado que Susan havia dado à filha, a pomba da paz estava suspensa na fina corrente.

Ela estendeu uma das mãos e tocou aquela corrente que se revelou quente contra a pele reluzente.

– Sei que vai cuidar dela.

Ele assentiu uma vez... e, então, partiu. Instantaneamente.

Com movimentos bruscos, Susan pulou da cadeira e correu para a porta da frente. Destrancando-a e abrindo-a com força, saiu em direção ao frio concreto da varanda. Nenhum sinal dele. Mas esteve ali. Ainda sentia dentro de si o calor que lhe dera.

Quando olhou para cima, viu que estava nevando: pequenos flocos brancos desciam lentamente dos céus, percorrendo caminhos sinuosos como o destino das pessoas, sempre mudando, nunca os mesmos, movendo-se em meio aos obstáculos visíveis e invisíveis.

Ao deixar a cabeça cair para trás, Susan sentiu os pequenos pontos na testa e nas bochechas, como se fossem mãos pequeninas e gentis enviadas para secar suas lágrimas.

– *O anjo voltará* — pensou. E Sissy, onde quer que estivesse, não estava sozinha.

Passou-se um longo tempo antes de Susan voltar a entrar em casa, fechar a porta e caminhar em silêncio até a cama que ela e seu marido dividiam há décadas. Ao deslizar para dentro dos lençóis, ele despertou.

– Você está bem?

– Temos um anjo – ela disse. – Ele está cuidando de nós. De Sissy.

– Acha mesmo?

– Não – disse, aproximando-se dos braços do marido e fechando os olhos de exaustão. – Eu *sei*.

E, com isso, caiu num profundo e longo sono...

# Epílogo

Duas semanas depois de Reilly ter saído do hospital, parou em frente à escrivaninha do quarto e se perguntou se era moralmente errado usar uma lingerie provocante sob as roupas, já que estava indo à casa de seus pais para um jantar de domingo. Talvez devesse usar uma renda preta. Sensual, mas nada exagerado...

– O que está fazendo? – Veck disse ao aproximar-se por trás e colocar os braços ao redor dela.

Estava nu, como sempre, e muito satisfeito em vê-la... como sempre. Olhando por cima do ombro, ela sorriu e segurou o sutiã em questão.

– O preto. Estava pensando no preto. O que me diz?

– Boa escolha. É um dos conjuntos que mais gosto de tirar de você.

Quando a beijou lenta e profundamente e esfregou aquele pau duro contra o roupão de banho, Reilly entregou-se – mas apenas por um momento.

Afastando-se um pouco, ela balançou a cabeça.

– Já estamos atrasados.

– Não vai demorar muito – murmurou, colocando as mãos sobre o laço frontal do roupão. – Prometo.

– Mas vou ter que dar uma explicação ao meu pai do por que nos atrasamos para o jantar.

Veck recuou rapidamente. Pigarreou. E ficou olhando para trás de si, como se o pai dela estivesse no quarto com eles.

– Meu Deus, por que não está vestida ainda, mulher? Vamos lá, mexa-se!

Ela riu quando Veck dirigiu-se até uma mala que havia num canto e começou a jogar roupas pelo quarto como se a casa estivesse pegando fogo.

Seu parceiro ainda era o cara durão, decidido e sensual por quem tinha se apaixonado: era o mesmo detetive obstinado. Sempre alerta e cheio de cuidados com ela. Alguém que nunca desistia, recuava, cedia e que, ainda assim, conseguia satisfazê-la. Mas, se havia alguém na face da Terra que conseguia intimidá-lo, era seu pai.

Veck e o Grande Tom, era assim que Veck chamava-o, tinham muitas afinidades, mas Veck nunca ultrapassava os limites e sempre comportava-se da melhor maneira possível. E o fato de os dois se darem tão bem era apenas mais um motivo para amar como amava os dois homens de sua vida.

– Ainda está de roupão, Reilly? – exclamou enquanto vestia as calças.

– Amo você, sabe disso, não?

Ele não fez sequer uma pausa, continuou com os movimentos rápidos ao abotoar a camisa.

– Isso é bom, querida. Agora, vamos, vista-se.

Reilly riu outra vez, pegou um conjunto de lingerie da Victoria's Secret e reproduziu no banheiro sua versão daquela agitação toda de Veck ao vestir-se.

Era incrível como as coisas haviam mudado tanto... e tão pouco. O corpo de Bails fora encontrado nos escombros da pedreira três dias depois e a morte foi considerada suicídio, uma vez que a arma que havia usado ainda estava em suas mãos frias quando o acharam. Kroner tinha acordado morto: a equipe médica do hospital concluiu que, na mesma noite em que ocorrera o colapso na pedreira, Kroner parou de respirar e não conseguiram mais reanimá-lo. Não foi surpresa, considerando a gravidade de seus ferimentos.

Quanto a Sissy Barten, sua morte foi colocada, não oficialmente, sobre os ombros de Bails: o corpo dela não permitiu uma coleta apropriada de DNA que indicasse algum tipo de contato entre eles, mas os especialistas de investigação forense se conectaram aos vários computadores do cara e encontraram uma série de tramas e loucuras – tudo girando em torno de Veck e de seu pai. Acabaram encontrando algumas postagens de Bails afirmando que gostaria de assassinar alguém como Sissy da maneira como ela fora morta, usando exatamente as mesmas técnicas e marcações, como uma forma de homenagear o pai de Veck.

Desnecessário dizer, mas Veck foi inocentado de todas as suspeitas. Na verdade, uma auditoria nos arquivos das câmeras de segurança da sala de evidências mostrou que o sistema ficou fora do ar por um tempo entre a chegada do material relacionado a Kroner e o momento em que Bails divulgou sua falsa acusação. A premissa de que Bails havia arquitetado tudo aquilo era óbvia.

E... era isso.

Depois de tudo, Veck não falou muito sobre o que aconteceu... Nem sequer fez alguma observação sobre o fato de seu pai ter sido executado de acordo com o que havia sido programado. Também não comentou sobre o momento na caverna quando a decisão errada poderia ter acabado com a vida dos dois. Mas passaram noites suficientes juntos a ponto de Veck dizer alguma coisa aqui e ali. Reilly estava dando tempo ao tempo, mas não tinha a impressão de que ele escondia ou esconderia algo dela.

Se Deus ajudasse, teriam os próximos cinquenta anos para conversarem.

– Estamos prontos? – ele gritou do quarto.

– Sim! Estou indo!

Uma rápida escovada nos cabelos, uma borrifada do perfume que Veck gostava e ela saiu correndo do banheiro para...

No centro do quarto, ao lado da cama que compartilhavam, ele estava de joelhos, com uma caixa de veludo sobre a palma de uma das mãos estendida.

Pense em alguém se movendo em câmera lenta, como num filme.

Reilly colocou uma das mãos sobre o coração que batia forte e ficou confusa por um momento.

– Duas chances para adivinhar o que vou te perguntar – ele murmurou, abrindo a tampa da caixinha.

Por um longo momento, ela simplesmente ficou ali parada em estado de choque. Porém, em seguida, conseguiu entender o que acontecia, mas tudo ao redor de Veck ainda flutuava.

Olhando para baixo, viu um anel solitário delicado com um diamante pequeno e perfeito sobre ele.

– Só para que saiba – Veck murmurou – perguntei, ao seu pai há uma semana. Ele deu permissão... e jurou me bater até me transformar em patê de sangue e me enterrar no jardim de rosas da sua mãe se eu fizer algo de errado com você.

Reilly ajoelhou-se junto dele, as lágrimas embaçavam tudo.

– É... é bem a cara dele dizer isso.

Os dois riram.

– Sim. Então – Veck limpou a garganta –, Sophia Maria Reilly, quer ser minha esposa? Por favor?

Reilly assentiu com a cabeça, pois não confiava em sua voz... E, esquecendo-se da pedra, jogou seus braços ao redor dele e abraçou-o com força.

– Eu te amo...

Veck apertou-a contra si e depois recuou. Com mãos que tremiam levemente, tirou o anel do compartimento de veludo... e deslizou-o sobre o dedo de Reilly.

– Serviu perfeitamente.

Ela levou um tempo admirando o brilho que piscava reluzente. A pedra exibia um estilo firme, preciso e impressionante.

– Não é grande – disse Veck –, mas é impecável. Isso é importante para mim. Queria te dar algo... impecável.

Ela apertou seus lábios contra os dele.

– Você já me deu algo assim. E não foi nada que pudesse comprar numa joalheria.

Veck retribuiu o beijo por um bom tempo... que pareceu eterno, e que mal foi suficiente para ela. E, então, ainda com a boca contra a dela, Veck sussurrou:

– Agora, se importa de entrar no carro e ultrapassar alguns limites de velocidade? Por mais que eu ame o jardim de sua mãe, prefiro não servir de adubo, especialmente numa noite como esta.

Rindo, Reilly levantou-se e ajudou seu... meu Deus, seu *noivo*... a se levantar também.

– Sabe o que acabei de perceber? Tratamos um ao outro pelo sobrenome.

– E nenhum de nós sabe cozinhar.

– Viu? – disse enquanto desciam as escadas lado a lado. – Estávamos destinados a ficar juntos.

Na metade do caminho, Veck deteve-a, puxou-a contra os seus braços e beijou-a outra vez.

– Amém, meu amor. *Amém.*

Um último beijo... e só então saíram pela porta...

Para seguir por um longo futuro juntos.

Este livro foi composto nas fontes Adobe Garamond Pro e Trajan Pro,
e impresso em papel *Norbrite* 66,6g/m² na Imprensa da Fé.